U0738701

毕业当村官

李明诚　著

廣東省出版集團
花城出版社

图书在版编目（CIP）数据

毕业当村官 / 李明诚著. -- 广州 : 花城出版社,
2011.1
ISBN 978-7-5360-6130-9

Ⅰ. ①毕… Ⅱ. ①李… Ⅲ. ①长篇小说－中国－当代
Ⅳ. ①I247.5

中国版本图书馆CIP数据核字(2011)第008930号

责任编辑：张　懿　曹玛丽
技术编辑：易　平
装帧设计：张红霞

出版发行　花城出版社
（广州市环市东路水荫路11号）
经　　销　全国新华书店
印　　刷　佛山市浩文彩色印刷有限公司
（南海区狮山科技工业园A区）
开　　本　787毫米×1092毫米　16开
印　　张　15.25　1插页
字　　数　250,000字
版　　次　2011年1月第1版　2011年1月第1次印刷
定　　价　29.80元

如发现印装质量问题，请直接与印刷厂联系调换。
购书热线：020－37604658　37602954
欢迎登陆花城出版社网站：http://www.fcph.com.cn

序

古人云："临池羡鱼，不如退而织网。"

勤奋的人知道，织网能学到技术，能解决就业；聪明的人知道，捕鱼能养家糊口，能发展产业；智慧的人知道，养鱼能生生不息，能成就事业。

也许我们来自同一所学校、同一个专业，但踏入社会后，却有截然不同的表现，这是为何呢？并非我们不努力，并非我们智商低，而是我们前进的方向，是否有远见卓识？是否遵循心灵的指引？

宁做寻常人，不走寻常路。与其在城里当蚁族，不如到农村去，农村有淳朴的乡亲，有广袤的田野，有绿色的产品，有无限的梦想……因为你的到来，因为你的创意，困顿的村民脱贫致富，滞销的果蔬供不应求，勤劳的乡亲喜上眉梢。这份快乐，这份奖赏，是金钱和地位无法企及的。

我生长在江南农村，亲友中既有村支书，也有村主任，我还结识了几位大学生村官，和他们成为好朋友。他们在农村担当着主任助理等职务，适应得很好，在历练中不断成长。我还认识几位六十多岁的老知青，他们回忆起四十年前的那段岁月，饱含深情，从不后悔，他们说，在农村的日子，是他们一生受用不尽的精神财富。

每年六百万的大学生面临就业，你是六百万分之一，我理解你的处境和心情，但不必忧虑，不必气馁，思量好自己能做什么，想做什么？坚实地跨出第一步。孟子云："天将降大任于斯人也，必先苦其心志，劳其筋骨。"温室里的小花是成不了栋梁之材的，经受风雨，经受磨炼，你才能茁壮成长，笑傲江湖。

学生的前途和农村的发展，紧密联系在一块儿，这是社会赋予的重任，也是时代赐予的机遇，放眼未来，农村将成为生存与发展的大后方。大学生当村官，这是一场两情相悦的恋爱，这是一次滑翔途中的加油，来吧，同学们，背起行囊，挺起胸膛，出发吧！让我们在村官的岗位上，谱写人生华美的乐章！

谨以此书，献给千千万万的大学生、献给大学生村官、献给所有关心青年一代和农村发展的朋友们！我相信，一本书，经得起读者和时间的淘洗，才能显现它的价值。当你拿起这本书，希望吸引你的不仅是好看的故事，还能让你感受到温暖、信心和力量！

目　录

为什么我的眼里常含泪水？

因为我对这土地爱得深沉……

——艾青《我爱这土地》

01　应聘村官

五月的一天，商亮、周凤明和司马琴，提着行李，前往汽车站。这是个不同寻常的日子，他们将深入农村开始村官生涯。商亮去的是花桥镇，周凤明去桃源镇，司马琴去锦溪镇。他们很幸运，从两千名应聘者中脱颖而出，又过关斩将，从面试者中坚持到最后，成为东吴市首次聘任的大学生村官。前路漫漫，他们不知是鲜花抑或荆棘，但他们踌躇满志，心中满是憧憬。

候车室里，商亮的同学陆强前来送行，他握着商亮的手，说："不管怎么说，当村官是你们自己选择的，各位要好好干，有朝一日好衣锦还乡啊！"商亮笑道："路漫漫其修远兮，吾将上下而求索！放心吧，我从农村出来，现在回农村去，这是我们学习和回报的好机会，必当全力以赴！"周凤明满不在乎地说："实话实说，我是因为暂时找不到工作，先下乡看看再说，父母花钱供我们上大学，是想让我们在城里工作，不是叫我们回农村的，眼前对口的工作难找，应聘村官，不得已而为之吧。"司马琴说："周凤明，还没出行，你怎么就泄气了？你既然不喜欢，为何还去报名，占用名额？"周凤明回道："你现在别说得冠冕堂皇，到时候吃不了苦，你可别打退堂鼓！"司马琴笑了笑，说："我虽然是个女生，但我不会朝三暮四的，我对村官工作充满信心！"商亮笑道："别争了，就当是一次社会实践，对我们也是有益的。"

商亮挤上汽车，车子缓缓启动。挤公交是力气活，又是技术活，既要像泥鳅一样会钻，还要像猴子摘果子一样踮起脚尖，幸好商亮先上车，有座位，不用那么费劲。陆强他们朝开动的公交车行注目礼，商亮隔着窗玻璃向他们挥手，不知他们是否看见？天下无不散之筵席，同窗四年，友谊与日俱增，如今各奔

前程，撞击他们心胸的，除了伤感，更多的是祝愿！赵燕没来送行，每个人有自己的生活方式，但愿她留在城市，过上她向往的生活。

东吴真是好地方，花桥、桃源、锦溪，连地名都这么诗情画意，就像撒落民间的珍珠，光听名字，就让人心驰神往了。花桥镇在东吴市的东边，是个古色古香的小镇。两年前，商亮曾和赵燕去过花桥，当时是去旅游，当晚，他们住在镇上的小旅馆，和着春风细雨，他们度过一个美妙的夜晚。商亮心想，也许真的跟花桥有缘，两年后，我又来到这里，至少在这里度过三年的时光。

公交车从城区向效外行驶，商亮望着窗外熟悉的一切，心头浮想联翩。四年前，自己是村里第一个大学生，有多少人投来羡慕的眼光？可是，毕业后就业的窘迫，让商亮非常难过，也无颜回家。上大学的费用，是妹妹商兰打工挣的，商亮多想尽早找到一份好工作，挣钱后给家里寄去，给妹妹寄去，这些年欠他们的太多了。读了四年的文科，走出校园，如迷路的孩子，不知何去何从？司马琴来告知东吴市选聘大学生村官的消息，商亮闻讯后眼前一亮！为什么没有尊严地留在城里？为什么不到农村一试身手？女友赵燕却说："我们好不容易考上大学，身上背负着亲人的期望，绝对不能再回农村，哪怕在城里租房也比住在农村强！"商亮没有听女友的劝告，参加了招聘村官的考试，如愿以偿。

商亮坐的车，沿途还要上下客。乘过中国的城市公交，才能真正领略中国人口之多！商亮一直没明白，公交车的超载，交警怎么不管？车子没开多久，在一个站点停了下来。商亮看到，有位姑娘手里抱着个孩子，正往车厢里挤，他本能地站起来，向姑娘招呼道："请到这里坐吧。"姑娘感激地说："谢谢你！"车子开了不到一刻钟，姑娘抱着的孩子，突然"哇哇"大哭起来，姑娘哄着孩子说："宝贝，别哭，妈妈看看你尿湿了没？"商亮本以为她是孩子的阿姨，没想到她竟是孩子的妈妈，这么年轻就当妈妈了？姑娘见尿布没湿，用手指碰了下孩子的嘴唇，温柔地说："宝贝，是不是饿了？"

姑娘伸出一只手，解着衬衫的纽扣，她的动作一点也不迟疑，很快把纽扣都解开了，然后掀起了内衣，在众目睽睽之下，坦然地裸露出胸脯。孩子停止了哭声，贪婪地吮吸着妈妈的奶水。妈妈低头深情地看着孩子。商亮没想到，一个二十多岁的姑娘，哦，她应该是少妇，就在人挤人的车厢内，露出雪白丰满的乳房，给孩子喂奶！车厢里有那么多陌生人，有的偷窥一眼，就知趣地把视线移开，有的把目光瞟向她的胸脯，恨不得看得再仔细些。为了孩子，她全然不顾女人的羞涩，这是多无私的母爱啊！

商亮在终点站下了车，那位抱着孩子的姑娘也下了车。商亮走近她，说："你手酸了吧？要不我帮你抱会儿孩子？"她把孩子抱得更紧了，摇摇头，说："不用，谢谢。"她叫了辆停在路边的电三轮车，对车主说："去江湾村多少钱？"车主说："十块！"她说："我坐过，不是五块吗？"车主说："五块钱一个，你现在是两个人！"她说："我孩子这么小，抱在手里还要收钱？"车主说："少废话！十块钱，少一个子儿都不行！"她说："那我不坐你的车，我叫别人！"车主蛮横地说："不行！你叫了我的车，必须得坐！"她争辩说："你这人好不讲理！"

商亮估计那电三轮是黑车，宰客是他们的拿手把戏，只要你问过价，他们就纠缠不放，如果你执意不坐他们的车，他们还会用不堪入耳的话羞辱你。商亮上前一步，客气地说："这位师傅，我是她亲戚，请你把她娘俩平安送到家，十块钱我来出。"商亮掏出十块钱，递给了车主。车主接过钱，脸色立刻多云转晴，招呼说："别磨蹭了，快上车吧！"姑娘见素不相识的商亮代她付钱，连忙说："不用不用，我来付钱！"她一手抱着孩子，一手去掏钱。商亮笑着说："十块钱，无所谓，你抱好孩子，上车吧。"姑娘见商亮一脸真诚，就说："你又是让座又是付钱，太谢谢你了！"商亮笑道："不用谢。"姑娘说："对了，你叫什么名字？"商亮笑道："商亮。"

商亮走向花桥镇政府，路上接到一个来电。商亮说："请问哪位？"对方是个男的，说："你是商亮吗？"商亮应道："我是，您找我有事吗？"对方说："你现在到哪儿了？"商亮有些莫名其妙，说："您到底是谁呀？"对方笑道："我是花桥镇党委办的秘书，你到花桥镇了吗？"商亮高兴地说："我到镇上了，就快到镇政府了。"对方说："好，请到二楼会议室报到！"商亮兴奋起来，一颗漂泊的心，终于找到暂时的落脚点了。他拉着行李箱，脚步轻盈，恨不得飞起来。

商亮来到花桥镇政府，上到二楼，站在走廊中间，不知往哪边走？迟疑间，只见前面有位中年男子推门出来，他看到商亮，问道："你找谁？"商亮说："我叫商亮，是来报到上班的。"男子说："哦，我是罗镇长，你跟我来吧！"商亮跟随罗镇长进入会议室，只见圆桌四周已坐了十几个人，圆桌中央放着几盆盛开的鲜花。罗镇长说："商亮，来，你和这三位认识一下，你们是我镇招聘的第一批大学生村官。"站在商亮面前的，是两男一女。商亮和他们握手，自我介绍说："我叫商亮，陕西人。"一位男同学说："我叫张健，本市的。"另一位男同

学说："我叫孙晓龙，本地的。"还有一位女同学说："我叫徐洁，本市人。"

商亮笑道："只有我一个是外地的。"张健笑道："外来的和尚好念经啊！"罗镇长呵呵笑道："你们是朝气蓬勃的知识青年，把你们安排到农村基层就职，是看好你们的未来，希望你们给新农村建设出谋划策，带领群众奔向幸福的康庄大道！"罗镇长指着座位上的几位，说："我给你们介绍一下，这位是江湾村党支部书记李爱民，这位是坊前村主任郭大勇，这位是地园村主任姚金荣，这位是梅园村主任杨坤元！四位大学生各有千秋，他们各自去哪个村，为了公平起见，由你们四位村领导抓阄决定！"

工作人员把四位大学生的名字，分别写在四张小纸条上，各自卷成一团，放入一个空杯子，盖上盖摇晃几下，然后，工作人员掀起盖子，挨个请四位村领导抓阄。四人将纸团展开，谜底揭晓，江湾村李书记摸到的是写着商亮的纸条，另三位同学也各有归属。李书记大概四十几岁，身材挺拔，一副干练的模样。商亮上前跟李书记握手，李书记笑容满面地说："欢迎你到江湾村工作！"商亮笑道："我终于找到组织了，请李书记多多关照！"

罗镇长说："请四位大学生签一下工作合同，聘用期是三年，职务是支书助理或主任助理。期满后，根据你们的工作表现，以及你们个人的意愿，可以续签合同，继续在原单位工作，如果你们感到工作不适应，到时也可以另谋高就，对于工作期间犯严重错误或有违法犯罪的，我们有权提前解除聘用合同，对于表现出色，作出较大贡献的，镇里会考虑作为干部培养对象，另作调任。"张健说："不知我们的待遇如何？"罗镇长说："参照我镇村级副职干部的薪资水平发放工资，一年三万元左右，每月先发一千五百元，另加三百元生活补助金，留存的工资，年终一次性发放。"

商亮感到很满意，一年三万元的工资，相当不错了。如果自己通过人才市场找工作，很难有这个薪资水平，也就一千五百元到两千元之间，因为招聘单位大多要求有工作经验，而应届毕业生欠缺的就是这个。商亮看得出，除了那位叫徐洁的女孩，另两位本地毕业生，似乎对年薪三万元并不满意。苏南的经济相对其他地方要好，也就在东吴市的大学生村官，有这个工资水平，如果是偏远地区的，是没有这么多的。"宝剑锋从磨砺出，梅花香自苦寒来。"商亮愿意从基层干起，走好人生每一步，锻炼自己，充实自己。

商亮跟着李爱民书记，走出镇政府大门。李爱民说："咱们在这等会儿，我女儿一会就过来，让她送咱们回村。”商亮说：“李书记，我们到镇上吃了饭再走吧，我请客!”李爱民看了看他，严肃地说：“小商，你还没工作，哪来的钱请客？钱要花在刀口上，不要乱花！要把精力放在工作上，别搞拍马屁这一套!”商亮不好意思地说：“是，我听您的!”商亮想，今后要在李书记手下工作，第一天来报到，请他吃个饭，套个近乎，没想被他严词拒绝了。不过，商亮心里很高兴，能感觉到，李书记是清正廉洁的村干部，不是那种吃吃喝喝、稀里糊涂的人，跟着他，一定能学到很多。

不一会儿，一辆雅阁轿车停在了他们跟前，车窗徐徐摇下，露出一张青春亮丽的脸庞。女孩微笑着打量商亮。商亮见她二十岁左右，却已拥有私家车，不禁有点疑惑。女孩冲着李爱民叫道：“爸，他是您今天接的人吧？来，帅哥，上车吧!”李爱民拉开车门，催促道：“小商，还愣着干吗？上车吧!”女孩似乎看透了商亮的心思，笑着说：“你是怕我的车来路不正吧？那就太小看我了！告诉你，它是我开服装店挣钱买的，没用老爸一分钱，绝对的清清白白!”

江湾村距离花桥镇政府七八里远，步行需一个小时，开车十分钟就到了。车子停在江湾村支部的大院里。商亮拖着行李箱下了车，回头说：“谢谢你!”女孩说：“不用这么客气，你还没告诉我，你叫什么?”商亮说：“我叫商亮。”李春燕说：“我叫李春燕。”李春燕转头说：“爸，我店里还有事，就不下车了。”李爱民笑道：“你现在是大忙人，走吧，不耽误你做生意，开车慢点!”李春燕笑道：“老爸，你的观念要更新了！开车是为了节约时间，不开快点，我买车干吗?”李爱民瞪了她一眼，说：“不管干什么，都要牢记安全第一!”

村委会两层小楼里，走出来几个人，一位五十岁左右的男子说：“老李回来了，这位就是新来的大学生吧?”李爱民介绍说：“小商，这位是江湾村的村主任王根林同志。”商亮上前握手说：“王主任，您好!”王根林说：“欢迎你，小伙子!”旁边一位四十岁模样的妇女说：“李书记，宿舍我整理好了。”李爱民指了指商亮说：“宿舍是给他准备的。”李爱民又给商亮介绍说：“小商，这位是村妇女主任张桂宝，旁边这位是会计马金根，还有这位是村治保主任郭兴元。”商亮和他们一一握手。

李爱民介绍完了，对张桂宝说：“你带小商去看看宿舍，缺什么尽管说。”郭兴元说：“村里没食堂了，他吃饭怎么办?”张桂宝说：“床、柜子和被褥都有了，水电也通好了，煤气灶和米还没买。”李爱民说：“今天小商到我家吃饭，

下午你们把他的生活用品都备齐了，他在这儿生活三年，咱们要给他提供方便。”张桂宝说：“他一个人弄吃的也麻烦，我看，以后小商就到我家吃吧，我阿妈在家，多烧一个人的饭，不是问题。”王根林说：“我家近，就在河对岸，要不去我家吧？”马会计说：“那就轮流吧，咱们轮流请小商到家里吃饭，怎么样？”

商亮听着他们的话，眼眶有点湿润了。自己刚刚来，什么都没做，他们却如此热情，没把我当外人，争着请我吃饭，这么淳朴的乡亲，真让人有种回家的感觉！商亮感激地说：“谢谢大家的好意！我到江湾村起码要呆三年，不是一天两天，我老家是农村的，家务活我会做，吃饭的事，我自己解决吧。”

02　初到江湾

江湾村坐落在花桥镇的西南，农田、河流、村庄，构成一幅现代派的印象画。连片的田野，错落有致地镶嵌着几个自然村，村里大多是漂亮的楼房，房前屋后种着桃树、南瓜、丝瓜、扁豆之类蔬果，花团锦簇，生机盎然。一眼望去，蓝天白云，红花绿草，还有小麦、油菜、西瓜等，寄托着村民丰收的希望。这里没有工厂，没有黑烟滚滚的大烟囱，村民大多不用煤气灶，还用老式的灶台，每家的楼房边上接个灶屋，阳台上露出一米高的小烟囱，白色的炊烟，随着微风袅袅上升，给人一种悠闲和诗意的感觉。

商亮到李书记家里吃午饭。李爱民的老婆叫张秋妹，正把菜端上桌。商亮说："阿姨好!"秋妹笑着摇头："我有那么老吗？别叫我阿姨，叫我阿姐。"商亮腼腆地笑着，心下感慨，这里的农村妇女，似乎不显老，四十几岁的人，看上去就像三十几岁般年轻。吃饭闲聊时，商亮说："我刚来，什么都不懂，还请李书记多指教。"李爱民说："我们是跟老百姓最近最亲的人，老百姓的烦恼，老百姓的愿望，我们最清楚，为人民服务五字牢记心中，比什么都强!"商亮说："李书记，我不知道我应该做什么？您给安排些事我做吧。"李爱民说："别急，你刚来，先熟悉一下江湾村的环境，毛主席说过，不打无准备之仗嘛!"

商亮先回了村委会。秋妹一边收拾碗筷，一边说道："爱民，你怎么找了个助手？"李爱民说："是镇里安排的，落实一村一个大学生村官的计划，说是提高基层村干部的素质，为新农村建设培养人才。"秋妹说："我看这小伙不错，人蛮机灵。"李爱民说："他身上没有一般大学生的骄气，是个可造之材，可村里人手都有分工，我让他干什么？"秋妹说："他是你助手，你叫他干啥他就干

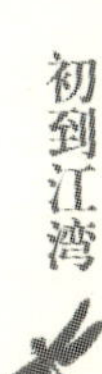

啥！”李爱民说：“如果他是本地人，我可以带带他，培养培养，可他是外地的，说不定三年后，一拍屁股就走了，三年里，他能干出啥成绩？”秋妹说：“外地人根不在这儿，确实不太可靠。”李爱民说：“但愿他能从零开始，做出点成绩，别让我失望。”

商亮回到宿舍，打开行李箱整理东西，把毛巾牙膏之类拿出来，还把几本书放到枕边。村里想得真周到，这间二十平米的屋子，有床、有橱、有写字台，写字台上还放了盏台灯，生活用品一应俱全，对于单身的商亮来说，这里是个像样的新家了。虽然，室内没有卫生间，但院子里有公共厕所，出去也很方便。一楼除了商亮的宿舍，还有农资部、小卖部、卫生室，还有仓库，办公室在二楼。

上班第一天，商亮不想迟到，下午一点不到，他就去了二楼。还没到办公室，就听到里面有人说话。村主任王根林说：“镇里不派个带项目带资金的技术员，派个年纪轻轻的大学生，有个屁用？他会干什么？”马会计说：“商亮有文化，还是有用的，现在没文化的人，找工作更难。”王根林说：“老马，你以为大学生好找工作？他要能找好工作，还愿意下乡来农村？”张桂宝说：“中国现在人多，僧多粥少，所以要搞计划生育，提高生活质量！”郭兴元说：“商亮愿意下基层是好事，有的年轻人宁愿玩也不愿上班，咱们应该接纳他。”

这是一个开放式的办公室，有五十平米大小，几个人共处一室办公。初来乍到，商亮并不在乎别人的议论，“哪个背后没人说？哪个背后不说人？”彼此还不了解，他们有不同看法很正常，我是抱着学习的态度来的，但愿他们能慢慢接受我。王根林看到商亮进来，稍稍愣了一下，说：“商助理，你有事吗？”商亮说：“我叫商亮，大家可以我小商，我是来上班的，不知有没有需要我帮忙的？”王根林说：“你是老李的助理，我们可不能随便差遣你。”商亮说：“没事，你们都是我的领导，让我做什么都行！”商亮看到王主任的茶杯没水了，就说：“我给您倒杯水吧。”

商亮给王主任和其他几位的茶杯添了开水，又看到地上有点脏，就去墙角拿了把扫帚，在办公室扫起地来。张桂宝坐不住了，她站起身说：“别别，你现在别扫，下班以后才扫地，再说，这是我干了好几年的活，你怎么抢我的活呀？”王根林笑道：“办公室里的清洁工，以后就让他干吧！”商亮笑呵呵地说：“好啊，以后这些杂务，就交给我来做吧！”商亮倒水呀，扫地呀，是没事找事干，也是想拉近和村干部之间的距离。

李爱民来到了办公室，手里拿着一张纸。他看到商亮在扫地，说："这事有人做，你不用干。"商亮说："没关系，我反正没事干，再说扫地也不累。"李爱民看看办公室里的人，说："谁说你没事干？小商，我问你，你会打字吗？"现在的大学生，谁不会打字呀？商亮说："我会。"李爱民说："我手里有份材料，是关于村妇女主任换届选举，你打印几份。郭兴元，你等会把材料贴到几个村口，过几天就进行票选。"

马会计的办公桌上，有一台电脑，这是一台税控电脑，打印发票用的。马会计只会拼音打字，速度很慢，一分钟打不了几个字。商亮打开电脑，手指在键盘上熟练地敲打，十几分钟，就把字打好了，又用打印机打印出 10 张。商亮看到，竞选新一届村妇女主任的候选人名单，一个是张桂宝，另一个是陶美玲。李爱民拿着打印纸，在手里扬了扬说："你们会打字吗？别看小商老实就为难他！我们要尊重人才，别让人家受委屈！"王根林说："老李说得对，商助理是人才，人才咱们要保护，以后别让他干粗活脏活了。"商亮说："不不，在你们面前，我是小学生，我要向你们学习！"

郭兴元拿着纸张要去张贴，商亮说："我和您一块儿去！我想认认江湾村的路，看看江湾人的生活。"李爱民笑道："好，在农村工作，就要深入基层，你们一起去吧。"郭兴元和商亮跨着自行车，骑向附近的村庄。郭兴元介绍说："咱们江湾村，一共有五个自然村，呈南北走向。现有人口二千三百五十六人，一共是四百九十七户人家。"商亮敬佩地说："您知道得这么清楚？"郭兴元笑道："那当然，每家有几口人，叫什么名字，做什么工作？我都了如指掌，当村干部的，可不能一问三不知！"商亮说："我怎么看到村里都是老人、妇女和小孩，其他人呢？"郭兴元说："白天么，年轻人都在上班，有的在外面做生意，晚上人就多了。以前，村里有什么事，都用大喇叭广播，现在大家各过各了，村里跟村民的联系少了。"

商亮一直在读书，对农村的事知之甚少，不清楚这些年来，农村发生的巨大变化。政策春风吹拂大地，农村的减负、免收农业税、征地，以及鼓励农民走出去打工和创业，人们的生活逐渐富裕起来。村民委员会和村党支部，和村民之间的纽带关系，却越来越淡漠，各级地方政府，正从组织和领导型，向服务型转变。城市是资源消耗型社会，而好山好水好地的农村，拥有着得天独厚

的资源优势，尤其是位处苏南地区的东吴农村，在被侵占的窘迫下，也在分享着城市快速发展的蛋糕。只不过，远离城镇的农业村，享受不到这种好处罢了。

晚上，商亮煮了点米饭，炒了个卷心菜炒咸肉丝，吃得很香。卷心菜和咸肉，是妇女主任张桂宝送来的，她还送来十个鸡蛋。南方人喜欢吃米饭，陕西人喜欢吃面食，包子呀，肉夹馍呀，但商亮在东吴上大学，已经入乡随俗，米饭和甜食，他也吃习惯了。吃过晚饭，看看时间还早，外面夜色很好，商亮走出宿舍，想到院外吹吹风。

村委会大院看门的是位老人，商亮走到传达室门口，看到他在喝酒，桌上一碟花生，两个切开的咸鸭蛋。老人看到商亮，说："你是新来的吧？吃了吗？"商亮走进屋内，说："老伯，您喝酒呢？"老人啜了一口酒，挟了一粒花生，笑眯眯地说："天天喝点小酒，不喝酒日子不香。"商亮笑着说："老伯，您在这看门多久了？"老人说："二十来年了，抗美援朝回来，就在村里养猪，分田到户后，村里为了照顾我，叫我来这看门，书记换了几茬，我还在这呢。"

商亮肃然起敬，没想到这个瘦小的老头，居然是抗美援朝的志愿战士，看他身体硬朗，眼不花背不驼，一点也不显老态。商亮说："老伯，您今年多大岁数啦？"老人笑道："不大，才七十多。小伙子，你要没事，坐会儿聊聊话。"商亮高兴地说："好啊！"商亮知道，这样一位老人，饱经风霜，阅历无数，跟他聊天，一定能了解更多有关江湾村的人情世故。

老人说："我姓陈，你叫我老陈好了。"商亮说："陈伯，您这个年纪，应该安度晚年，您怎么还上班？"老陈说："女儿嫁到别的乡了，我老伴去世了，我一个糟老头子，呆在家里等死啊？我不会搓麻将，跟其他老人凑不到一块，还是上上班，喝点老酒，这个传达室，现在就是我的家了。"商亮说："我看您白天挺忙的，要烧开水，还给院子打扫，还要自己做饭。"老陈说："我身体好，那点小活累不着我，白天我就负责烧开水、扫院子、扫厕所，以前村里有食堂，来的人也多，一年的招待费要好几万，李书记上任后，把食堂撤了。"

老陈看门这么久，很少有人找他聊天，今晚，这个新来的大学生村官，主动前来攀谈，老陈很高兴。人老了，难免会有孤独感，有人来说说话，对他们是种慰藉。老陈说："李书记当过兵，身子骨正，不沾歪风邪气，村民都尊敬他！"商亮点点头，说："我能感觉到，李书记是个好书记，给他当助理是我的荣幸。"老陈兴致很高，跟商亮聊了许多。他呷一点酒，以花生和咸鸭蛋下酒，吃得津津有味，说得眉飞色舞，完全看不出逾七十高龄。商亮听得入神，对江湾村不再感到陌生了。

不知是夜里睡觉被子没盖好，还是水土不服，第二天，商亮感觉有点头晕，肚子也不舒服，腹泻了好几次，但他仍坚持上班，帮着办公室里的人，打印一些材料，还教会马会计在电脑上制作报表。李爱民看到他脸色不好，问他："是不是病了？这里事情不多，你刚来，可以到处走走，不用跟我们一样照作息时间上班。"郭兴元接话道："我看他老往厕所跑，可能吃坏肚子了。"商亮说："有点腹泻，不要紧的。"正说着话，突觉一阵便意，商亮赶紧捂着肚子，面色很难看。李爱民笑道："别逞能了，快去卫生室配点药吧。"

商亮从公共厕所出来，有点头晕眼花。他走到卫生室门口，看到门关着，隐约听到屋里传出说话的声音。一个男的说："美玲，你放心，竞选的事，包在我身上！"一个女的说："这几年，风言风语我忍了，这次你说话要算数！"男的说："我安排好人了，你放心！"商亮觉得声音有点耳熟，男的似乎是王主任，女的是那个卫生员陶美玲，他们在里面嘀嘀咕咕做什么？

两天后的下午，江湾村进行妇女主任的选举。商亮看到办公桌上，放着两个红纸糊起来的纸箱，写着"选票箱"三个字，上面有个塞选票的口子。李书记说："公民参加选举活动，是民主权利的一种体现，现在村民都很忙，我们要发挥基层组织的服务职能，挨家挨户上门，请选民涂写选票，实行一户一票，因为每家至少有一个妇女。我们当天统计选举结果，并把结果报镇妇联。"王主任说："叫郭兴元带几个人，上门请村民填涂选票。"郭兴元说："我和小商去，负责南三村，两名联防队员负责北二村，现在出发！"

白天，农村里留守的妇女，大多是老年妇女，农村老人通常不识字，她们不认识选票上"陶美玲"和"张桂宝"的名字，郭兴元问她们选哪个？她们说了一个，郭兴元就帮她们在选票上涂圆圈，然后塞进商亮捧着的选票箱。商亮感到惊异，由工作人员代涂选票，这是不符合规定的。商亮说："老郭，这样做行吗？为什么不晚上来？让妇女代表自己涂选票，更加规范。"郭兴元说："晚上是下班时间，谁给发加班工资？"

他们来到一户人家，客堂里坐着几位老妈妈，正在折锡箔，原来这户人家前不久刚死了人，过两天就是五七祭日了。郭兴元说："村里选妇女主任，有两个人选，张桂宝和陶美玲，你们选哪个？"一位老人说："那还用说，当然是张

桂宝！”郭兴元说：“那我帮你们涂上了，你们忙吧。”郭兴元用黑色水笔涂好选票，往选票箱里塞，商亮意外发现，上面那张选票，墨涂涂对应的姓名，竟然不是张桂宝，而是陶美玲！商亮本能地说：“我看看！”郭兴元把手一缩，神色紧张地说：“我们走吧，到外面说话！”

郭兴元摊开手掌，商亮接过选票一看，只见选票上，涂上圆圈的全部对应着“陶美玲”的名字，明明刚才老人们选的是张桂宝啊！商亮不解地说：“老郭，您为什么这么做？这是不公平的！我要告诉李书记！”郭兴元说：“千万别！我不是怕处分，我是怕这事曝光，局面会不可收拾！”商亮想了想，说：“老郭，我可以不把这事说出去，但您必须把选举结果纠正过来！”郭兴元说：“我知道我错了，可是，选票箱不能私自打开，怎么改？”商亮说：“老郭，您记得错涂的选票大概有多少张？”郭兴元想了想说：“大概有二十张，投张桂宝的，我都涂在了陶美玲名下。”商亮说：“那在后面的选票中，如果村民投陶美玲，您就改成张桂宝的，只要改回二十张就够了，这样才算公平！”

郭兴元高兴地说：“好办法！这样总算扯平了！我的心也放下了！”郭兴元给另一组的联防队员打电话，说：“小王，涂选票的事，你们要实事求是，村民选谁就是谁，我们不能随便改动！”商亮好奇地说：“老郭，谁让您干这种事，您怎么就听了？”郭兴元用力将脚边的一块瓦片踢到河里，瓦片在水面上划出一个个水花，沉了下去。他长舒了一口气，说：“我不能说，但我真的要感谢你，还是你头脑清醒，要不是你发现得早，我就干下了糊涂事，这事就没法收拾了！”商亮笑道：“我年轻不懂事，但我看不惯歪门邪道！”郭兴元说：“你为人正直厚道，做人应该像你这样！”

下午五点，李书记把两个选票箱打开，王主任负责唱票，郭兴元在后墙的黑板上，按选票数写“正”字。经统计，一共收到四百二十张选票，票数超过三分之二，选举有效。选举的结果是，张桂宝得票三百二十八张，陶美玲得票九十二张，张桂宝再次当选为江湾村妇女主任！众人鼓掌。陶美玲满脸通红，盯了王根林一眼，转身跑下楼去。王根林困惑地看了看郭兴元。郭兴元冲着商亮会意地一笑。张桂宝起身感谢大家对她的信任，她表示，她将继续努力，在李书记和王主任的领导下，更好地为江湾的父老乡亲服务，把计生工作和保障妇女权益等工作，落到实处，做得更好！

下班后，商亮发现，陶美玲没有回家，过了十几分钟，王主任走进了卫生室，门关上了。不久，里面传来了争吵声，一会儿又传出哭声。商亮想过去劝架，被老陈叫住了：“小商，你来一下。”商亮走了过去，老陈说：“你是不是想劝架？我劝你别去！”商亮说：“为什么？”老陈说：“有的事，我们要挺身而出，这是道义；有的事，我们睁一眼闭一眼，这也是道义。”

03 自食其力

农村的上班时间不是刚性的，说是早八点上班，下午五点下班，但并没有严格的打卡制度，只要不影响当前工作，你可以自由活动，但要保持通讯畅通，随时可以找得到人。商亮原想跟着李书记，跟他学习工作方法，积累工作经验，日后好独当一面，但李书记却要他保持距离，叫商亮多接触其他层面的工作，多跟其他同志跑，熟悉农村各类情况。李书记还叫商亮多出去走走，别窝在屋里，跟村民多接触，多听听他们的心声，才能想村民所想，更好地为他们服务。

李书记语重心长地说："小商，你是我的助理，是村里的人，不是我的私人秘书，不要围着我一人转，应当围绕村部工作的需要，做你力所能及的事。"商亮来江湾将近一个月，他深深感觉到，李书记是个有抱负的人，不是那种占位子捞票子的基层干部。商亮由衷地说："我来的时间虽短，但从这里学到了很多在学校里和书本上学不到的宝贵知识，可惜我读的是文学，在农村没有多大用处。"李书记说："谁说一定要专业对口才能有作为？毛主席读的师范，不也指挥千军万马？鲁迅学医的，不也成为大文豪？你教大家学用电脑，帮我润色材料，你来了以后，办公室里粗话少了，这都是你带来的变化！"

晚上，商亮在网上写日记，妹妹商兰打来电话。商兰说："哥，你咋不给我打电话？你知道我多想你吗？"商亮笑道："我知道，我昨晚还梦见你了。"商兰开心地说："是吗？梦见我什么了？"商亮笑着说："梦见你又尿床了！我醒来发觉自己屁股湿湿的，以为是我尿床了，掀开被子一看，原来你屁股底下比我还湿，是你画的地图，把我屁股底下一块画进去了！"商兰嗔道："哥，你好坏，老拿小时候的事取笑我！我今年 21 了，不是 5 岁，下次再说这事，我不理你了!”

商亮说:“兰兰,你现在过得好吗?当服务员累不累?”商兰说:“还行,虽然工资不高,但包吃包住,穿的也是饭店统一提供的工作服。”妹妹对生活的要求不高,前几年她每月挣800元,却把500元寄给商亮。商亮和商兰之间,除了浓浓的兄妹之情,他对她还有深深的感激之情。当哥哥的没照顾好妹妹,反而让妹妹做出牺牲,商亮想起这些,心里就很歉疚。

商亮说:“哥有工作了,兰兰,你以后不要再给我寄钱了,等哥有了实力,我会报答好妹妹你的!”商兰笑道:“我是你妹妹,哪要你什么报答?”商亮说:“你现在是大姑娘了,要买好点的衣服和化妆品,打扮得漂漂亮亮,找个好婆家。”商兰说:“哥,我把你当村官的事告诉爸妈了,他们知道后很高兴!”商亮说:“兰兰,你替我多向爹妈问好!”农村人素有“望子成龙”的念想,他们期盼儿子能鲤鱼跳龙门,能跳出农门,走出农村,风风光光到大城市生活,能给家里长脸,要是他们知道,他们含辛茹苦培养的大学生儿子,去农村上班,说不定会生气,还好,父母没有责怪,商亮悬着的心,终于放下了。

商兰笑着说:“哥,你在那儿生活得咋样?吃得惯住得惯吗?他们对你好吗?”商亮笑道:“好,这儿风景好,人也好,他们对我都很好,我住在村委会宿舍,什么都不缺!”商兰笑道:“那么好的地方,咋让你找到了?你到了那儿,是不是不想回家了?”商亮笑着:“这儿风景秀美,生活条件比咱们老家强多了!我当然想家了,但现在还不能回去,第一年上班,我不想请假,要给他们留下好印象!”商兰笑道:“哥,我支持你!我和爹妈都盼着你有出息!”

商兰说:“哥,爸知道你脾气,你是老实人,爸说,现在社会上老实人吃亏,爸要你听领导话,把事儿办好,爸还想给你寄点土特产,叫你送给领导!”商亮笑道:“老实巴交的爸,啥时候也学会这一套了?兰兰,你告诉爸,这里啥都不缺,不用给我寄啥土特产。”商兰说:“爸说了,给领导送礼,这是形势,人要跟着形势走!哥,商场里买的东西,咋能跟土特产比?再说,送土特产不叫送礼,那只不过意思意思,帮你搞好跟领导的关系,对你有好处。”商亮笑道:“爸要寄就寄吧,送不掉,我自己吃!”

六月中旬,走在江湾村的乡间小路上,处处能看到忙碌的身影,时时能闻到瓜果的芳香。妇女主任是个热心肠,常给商亮带来鸡蛋和蔬菜,商亮来到江湾村后,这个给他送腊肉,那个给他带咸鱼,他还没到镇上的菜场买过菜,上

次村里给买的米和面，他到现在还没吃完。商亮来这里后，喜欢上了一种零食，这种零食不是香瓜子，也不是巧克力，而是黄瓜！这真是一种绝顶好吃的绿色食品，解渴又解饥，听着那嘎崩嘎崩的脆响，就是一种享受。

江湾村的公路是个侧倒的T形，南北走向的路，衔接着五个自然村，中间一条路，把江湾村一分为二，村委会坐落在中间这条路的东边。南三村和北二村的种植品种并不相同，从上半年来看，南三村以小麦、油菜和蔬菜为主，北二村以小麦、西瓜、番茄为主。江湾村的农业，部分实现机械化，收割小麦、水稻用收割机，挖沟抛泥有开沟机，翻田用拖拉机，但插秧还是人工。在麦田里间种西瓜的，麦子只能人工收割，以免碰坏西瓜藤。油菜经过拔起、晒干、拍打，那些像六神丸的油菜籽，从晒枯的菜荚里蹦跳出来。

田野里的颜色丰富多彩，金黄的麦穗、翠绿的西瓜、鲜艳的西红柿、青青的秧苗，让人赏心悦目。在田里劳作的，大多是中老年人，年轻人都在上班。上夜班的年轻人，农忙时节，白天也去田里干活，但他们干的活，父辈的人往往看不上，说他们搭手脚，帮倒忙。农村里四十岁以上的，才称得上是农民，二三十岁的年轻人，他们不会干农活，有的连农具都没摸过，农民有失去接班人的危险。很多人羡慕田园风光，但身体力行上，谁愿意做一个地道的农民？

农忙期间，村干部也去忙活了，村委会除了老陈在咪几口老酒，拉几曲二胡，只有商亮留守大院。商亮在办公室接接电话，在宿舍看看书，看到村上人都在忙碌，自己却闲得无聊，商亮待不住了。他漫步田头，和村民聊上几句，帮着敲几下菜籽，摘几个番茄。江湾村的人，大多认识了这位新来的村官。商亮在村里走动，遇到村民，总是礼貌地打招呼，谁不喜欢尊老爱幼、彬彬有礼的年轻人？现在的年轻人，有文化没礼貌的很多，商亮的谦逊态度，使村民对他颇有好感。

商亮看几位妇女拔秧很轻松，只见她们左手往秧苗稍上一撩，右手握着秧苗根部轻轻一拔，连续几下，手里的秧苗就有一把了，然后在身边的水沟里洗一下秧苗根部的泥，伸手拿过一根浸湿的稻草，围着手里的秧苗滴溜绕两下，将剩下的稻草一塞，一把秧苗就捆扎好了。商亮笑着说："大姐，我来试试，行吗？"一位大姐说："可以啊，你来试试。"商亮把凉鞋一脱，把裤脚一挽，步入秧田。他蹲下身子，学着大姐的动作，握住一把秧苗往上拔，用力轻了，没拔出来，他就加了把劲，用力一拔，没想到，秧苗跟着厚厚的一层泥被拔出来了，他在水沟里洗了好一会，泥还是没洗掉。

那位大姐笑了，说："拔秧讲手法，不讲力气，你一次只拔二三根，就容易拔起来，根上的泥也少，要是一抓一小把就难拔，根上的泥也多，连在一块不好洗，泥多了插秧也麻烦，要是洗得太干净也不好，秧苗放不起，几天就枯黄了。"商亮笑道："没想到拔秧还是个技术活。"大姐说："扎秧也要注意，扎得太松，搬来搬去要松掉，扎得太紧，不容易解开，插秧就慢。"商亮不由感慨，"三人行，必有我师"，生活里处处有学问，自己在生活面前太肤浅了。

这月十八号，是发工资的日期，商亮盼星星盼月亮，早就盼着这一天了。这是商亮第一次领工资，终于能自食其力了，这种激动和喜悦的心情，外人是无法理解的。他不想把第一个月的薪水随意花掉，他从银行领了八百元，给父亲买了件衬衫和一条长裤，给母亲买了条棉布睡衣，给妹妹买了件粉红色的连衣裙，在邮局用包裹寄出了。他给自己买了两件短袖圆领衫，添了点生活用品，给手机充了费。花钱容易挣钱难，八百元，就剩下三百元了，这是下一个月的生活费。

商亮在镇上转了一圈，正要回去，忽然接到一个电话。商亮说："哪位?"对方笑道："听不出我是谁吗?"商亮有点印象，但想不起来是谁？商亮说："你到底是谁呀?"对方笑道："真是贵人多忘事！你来的第一天，我给你当过车夫，想起来了吗?"商亮笑道："哦，原来是你，李书记的女儿!"李春燕笑道："我打电话给我爸，他说，你到镇上来了，发薪水了吧?"商亮笑道："你消息真灵通。"李春燕笑道："你今天有钱了，要不要请我喝满月酒?"商亮一愣，说："什么满月酒？我又没小孩。"李春燕笑道："今天是你来花桥整整一个月，你说有没有纪念意义?"李春燕一语提醒，商亮这才想起，今天真是自己当村官"满月"的日期。商亮说："好啊，请客就请客，我这就给李书记和王主任他们打电话!"李春燕笑道："我要你请我，谁要你喊一桌子人了？你到江南春饭店等我，我马上就到!"

商亮坐在江南春饭店的大堂里，有点忐忑不安。从饭店的装潢可以看出，这是一家比较有档次的饭店，商亮有点担心，如果李春燕尽挑贵的点，只怕身上的三百元光荣捐躯还不够。李春燕一边浏览菜单，一边狡黠地偷看商亮的表情。李春燕说："这个松鼠桂鱼怎么样?"商亮没吃过这个菜，但知道它很贵，佯装没听见，没接茬。李春燕笑道："既然你诚心请客，就不能吝啬，这个菜是

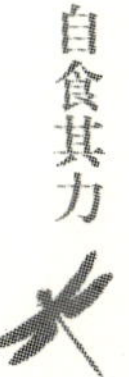

东吴名菜，估计你没吃过，那就来一个吧!”李春燕一下点了七八个菜，都是价格不菲的，商亮心疼不已，后悔刚才随便答应请客，要是厚着脸皮拒绝了，这顿饭就不会这么浪费了。

李春燕吃得很香，啧啧有声。商亮不敢下箸，桌上随便哪个菜，都要好几十块，两个人吃不了那么多，何必如此奢侈？李春燕指着一条银白色的鱼说：“这条叫白鱼，肉质像豆腐脑一样细腻，据说吃了能美容，像这一斤左右的，生鱼要卖五十块一斤，饭店里卖出来可能要一百块了。”商亮有点咋舌，说：“这么贵？什么白鱼黑鱼，还不是一样的吃？依我看，还不如几块钱一斤的鲫鱼好吃!”李春燕笑道：“鲫鱼和白鱼怎么能比？你说石头和白玉能比吗？”商亮应道：“你伶牙俐齿，挺会说的。”李春燕笑道：“不会说，我能开服装店吗？”

李春燕指着一盘红烧虾说：“商大哥，这个你吃过吗？”商亮笑道：“这个我吃过，不是大龙虾吗？”李春燕笑道：“这不是大龙虾，这是大河虾，又叫清水虾，肉质饱满，洁白鲜嫩，像这么大个儿的，一斤要七八十块，差不多一个十块钱。”商亮后悔不已，说：“春燕，你喜欢吃贵的东西吗？”李春燕笑道：“哪里？你以为我花钱大手大脚吗？没有！今天是你请客，我故意点贵的，敲一下你的竹杠!”商亮有点来气了，说：“不是花你自己的钱，你就不知道心疼是吗？”李春燕笑着说：“这要看跟谁一起吃饭了？如果是跟朋友，花多少钱我都不会心疼，要的就是开心嘛!”商亮不舒服地说：“那你今天开心吗？”李春燕笑道：“开心啊！你的满月酒，就请我一个，我能不开心吗？来，吃吧，不吃也是浪费!”

商亮看着眼前一桌丰盛的菜肴，刚开始还心有戚戚，觉得吃这么贵，实在是浪费，不好意思大吃大喝，但听李春燕说“不吃也是浪费”，想想也对，今天是我请客，是我花的钱，我干吗不吃？于是，他放开肚皮，毫不客气地大吃起来。李春燕说：“商大哥，你觉得我爸爸对你怎么样？”商亮咽下嘴里的一块东坡肉，点点头说：“好！李书记对我非常好!”李春燕笑道：“我今天让你破费，你不会怪我吧？”商亮摇摇头说：“不会!”李春燕点点头：“我吃饱了，商大哥，你慢用，我去下洗手间。”

女孩不在跟前，商亮更不顾忌风度了，这些菜的味道真好，商亮把菜盘子里大多数菜都消灭了，包括李春燕吃剩下的也不放过，最后剩下大半块东坡肉和半只椒盐烤鸡，实在吃不下了。李春燕回来后，看到了桌上的情形，笑着说：

“吃饱了吗？”商亮用湿毛巾擦了下嘴，用手抚摸了一下腹部，笑道：“饱得不能再饱了，再吃我就走不动了。”李春燕笑道：“请放心，我会送你回江湾村的。”

李春燕对服务员打个手势，说：“服务员，打包！”服务员拿了两个饭盒，把东坡肉和烤鸡打了包。李春燕拎着装了饭盒的袋子，说：“商大哥，你知道我们这一顿中饭，吃了多少钱？”商亮说：“不知道，肯定不少吧？”李春燕说：“冒昧地问一句，你口袋里带了多少钱？”商亮说：“三百块，够了吗？”李春燕笑道：“三百块？两个三百块差不多！”商亮吃惊地说：“啊？那怎么办？”李春燕说：“你银行卡上有钱吗？要不把我留在这儿当人质，你去取钱？”商亮说：“那怎么行？怎么能让你当人质？我让饭店服务员跟我一起去取钱不就行了？”李春燕笑道：“你还算有良心，我没错看你！商大哥，我们走吧！”

商亮犹豫着说：“我们这就走了呀？”李春燕笑道：“难不成你想留在这儿吃晚饭？”商亮说：“咱们还没买单呢，怎么能一走了之？”李春燕笑道：“没结账，饭店会让我们走吗？”她从兜里拿出一张纸，扬了扬说：“这是发票，我去洗手间的时候，已经付过了！”商亮没想到，李春燕会偷偷帮自己付账，他抑制自己激动的心情，说：“说好我请客的，怎么能让你付钱？”李春燕笑道：“我是让你请客，没说让你买单呀！我知道你挣钱不容易，哪能让你乱花钱呢？”商亮说：“让你花了那么多钱，我会过意不去的。”

李春燕打开车后厢，让商亮把自行车放在后面，然后打开车门，把打包的菜放到后面的座位上，让商亮坐在副驾驶位置上。商亮扭头看到，后座上有几个纸盒，还有一台笔记本电脑。商亮在上大学时，同宿舍的周凤明有一台笔记本电脑，毕业后，周凤明把它送给了爱玩游戏的陆强，他自己又买了台新的。商亮也想有一台电脑，上上网，查查资料，但他没钱买。

李春燕一边开车，一边说道：“我听爸爸说，你每天吃的不是面条就是素菜，说实话，你到江湾村是去工作，不是当苦行僧，没必要亏待自己！”商亮说：“吃饱睡好，我没亏待自己。”李春燕说：“看到你比刚来时瘦了，我就想请你饱餐一顿，不是慰劳你，是慰劳一下你的胃，它跟你一起受苦了！”商亮笑道：“天将降大任于斯人也，必先苦其心志，劳其筋骨，饿其体肤，空乏其身……”李春燕打断他的话，笑着说：“我上初中时，语文成绩不好，尤其怕古文，老师要我背的，我到毕业了还欠着没背，你跟我说古文，就像对牛弹琴。”

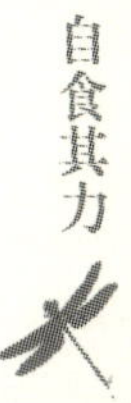

车子经过江湾村北部的村庄，商亮看到路边有几人在吵架，一个四十来岁

的妇女，冲着一个抱着孩子的少妇骂骂咧咧的。商亮一瞥之下，觉得那抱孩子的少妇有点眼熟，车子一闪而过，他没看清，就转过头去看。李春燕说："你对吵架感兴趣?"商亮说："不是，那抱孩子的女的，我好像在哪见过?"李春燕说："她叫怀梅花，是个寡妇。"商亮说："她那么年轻，怎么会是寡妇?"李春燕说："她老公是开黑车的，就是没营运证跑出租的，去年年底出了车祸，人死了，当时，他们孩子出生才两月，怀梅花没回娘家，说要留在王家，要把小孩抚养成人。"商亮说："怀梅花真是个好女人。"李春燕笑道："寡妇门前是非多啊!"

车子到了江湾村大院，李春燕把打包的餐盒和几个纸盒递给商亮。商亮说："纸盒里是衣服，是给李书记买的吧?"李春燕笑道："我爸有衣服，这是我送给你的。"商亮把纸盒一放，说："不行不行！我怎么能连吃带拿呢?"李春燕笑着说："我开服装店的，别的没有，有的是服装，这几件衬衫和汗衫，还有两条裤子，是去年流行的款式，今年卖不动了，我就做个顺水人情，送给你了，你就收下吧!"商亮心想，既然是她卖不掉的，那我就收下吧。

商亮拎着东西进入宿舍，转身发现李春燕抱着笔记本电脑站在门口，他就开玩笑说："春燕，你不会是送电脑给我吧?"李春燕笑道："你猜对了一半，是借给你用，不是送!"商亮惊喜地说："真的吗？你真的把它借给我用?"李春燕把电脑放桌上，笑道："电脑我放这了，你还不信?"商亮猜不透她的用意，说："为什么?"李春燕环顾了一下宿舍的摆设，说："现在是网络时代，哪个年轻人不喜欢上网？你呆在江湾村，生活单调，肯定感到寂寞，我那儿正好有一台不用，就想闲置不如借给你用用，以后咱们还能在网上聊天呢!"

李春燕的一番好意，使商亮感激不尽！商亮说："春燕，谢谢你！有了电脑，我的生活更充实了。"李春燕笑道："谢什么？你来江湾村，还不是帮我爸爸工作?"商亮笑道："不是帮你爸爸，是帮我自己！既能自食其力，又能锻炼自己，我很喜欢这份工作。"李春燕笑着说："我们都是八零后，但你跟他们不同。"商亮笑道："是吗？我怎么没发觉自己有何异样?"李春燕说："现在的八零后，不是喜欢钱，就是喜欢玩，你就不同，你有理想有追求，心态又好，这不是优点吗?"

商亮打开了电脑，显示屏上出现一张李春燕巧笑嫣然的照片，这是电脑的桌面，只要开机，就能看到她的笑脸。李春燕笑着说："商大哥，我的照片好看不？”商亮瞧了瞧她，笑道：“好看，真人比照片还好看！”李春燕高兴地说：“是吗？”继而，她撅起嘴说：“可惜我是单眼皮，不是双眼皮！”商亮笑道：“一个人的美是整体的，跟单眼皮双眼皮没啥关系。”李春燕却说：“我们女孩不这样想，要是身上哪个部位特别出彩，比如鼻子、眼睛、腿，还有三围，我们就多一点自信。”商亮笑道：“爱美之心，人皆有之，可以理解。”

李春燕眼神盯着商亮，说：“商大哥，你谈过恋爱吗？”商亮沉吟一下说：“谈过，但没有结果。”李春燕不解地说：“为什么？你这么优秀，她舍得离开你吗？”商亮微微摇头，说：“她不希望我到农村，要我留在城里，我没答应。”李春燕哼了一声，说：“她看不起人！她以为现在的农村，还像过去那样贫穷落后？她以为城里人就比农村人高级？观念太陈旧了！”商亮说：“她说我是自讨苦吃，是耽误前程，可我不这样认为，我是农民的儿子，我回到农村，就像回到父母身边一样！”

李春燕说：“我最看不惯自以为是的人，有本事在哪都能生存，何必一定要呆在城里？我也是农村人，只有初中毕业，我爸开明，没逼我读书，我在爸爸和舅舅的支持下，开了一家服装店，别的不说，我现在一年赚的，那些白领要干好几年！”商亮笑道：“春燕，我很佩服你，把服装店经营得那么好，要我开店，别说没本钱，就是有钱也开不成，我不是经商的料。”李春燕笑道：“做生意其实很简单，就是人缘要好，回头客多了，生意就会越来越好！”

商亮看了看电脑，说：“可惜没有网线，上不了网。”李春燕笑道：“你打开网络连接，试试看？”商亮连接网络，咦？居然能上网！商亮惊喜地说：“这电脑能无线上网？”李春燕笑道：“是啊，我在移动公司办了包年的上网业务。”商亮迟疑了一下，说：“你把电脑借给我，我已非常感激，不能让你再贴网费了，等下回领工资，我把上网费还给你。”李春燕摆摆手，笑道：“你要把我当朋友，就别提钱的事！只要对你有用，我就非常高兴了！”商亮只好说：“那多谢了！”

李春燕说：“商大哥，你这儿需要什么，就给我打电话，我帮你送过来，省得你骑自行车来回跑。”商亮笑道：“骑车是健身运动，比开车还环保，我何乐而不为？”李春燕笑道：“这两年我开了小车，有点胖了，明天我也买辆自行车，锻炼锻炼身体！”商亮笑道：“你不胖不瘦，刚好！我是酸葡萄心理，买不起车，就说骑车比开车好。”李春燕笑道：“你想去别的地方玩，就告诉我，我们开车去！”商亮笑道：“我不是来玩的，我要是吊儿郎当，你爸还不把我给开了？”

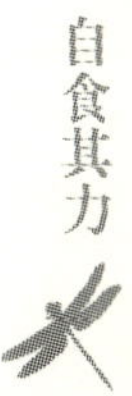

李春燕要回镇上了，她走到室外，说："人都去农忙了，这儿好安静，商大哥，你一个人住这儿，不觉得冷清吗？"商亮笑道："不是我一个，传达室不是有老陈吗？还有窗外这棵香樟树陪着我呢！"李春燕笑道："你真行，和老陈都能聊一块儿，他的年纪能当你爷爷了。"商亮笑道："古代的孟子说过，'老吾老以及人之老，幼吾幼以及人之幼'，意思就是我们要尊老爱幼！老陈和我是忘年交，我喜欢听他讲故事，那是我们没有经历的岁月，了解过去的艰辛，我们会更加珍惜今天的幸福生活！"

04　网上卖瓜

六月下旬，本地西瓜就开始上市了，卖瓜难，一直困扰着江湾村的瓜农。外地瓜有的品种早熟，比如早春红玉，五月份就上市了，而本地瓜成熟期晚，上市稍后，销售上不利。早上市的西瓜，物以稀为贵，能卖两块钱一斤；六月中旬以后上市的，能卖一块一斤；到了七月，本地瓜大量上市，相互杀价，只能卖七毛一斤，低的时候甚至卖五毛、三毛一斤。价贱伤农，瓜农几个月的辛苦，不但赚不到钱，还有可能赔本。

农民是靠天吃饭的，天气变化影响着农民的收成。西瓜长成乒乓球大小时，如果阴雨连绵，小西瓜就会萎掉，影响产量；如果在西瓜上市期间，雨水不断，就会影响西瓜销路。西瓜不利于长途运输，又不能长久保存，本地销量有限，还要受到外地瓜的冲击，城里又不让沿街摆摊卖，所以，一到西瓜采摘季节，江湾村几十户瓜农，总是愁得吃不下饭。有的人家，宁愿让田荒着也不种庄稼，因为种田不赚钱；有的人家，没有其他经济来源，只能种田，光种小麦和水稻不赚钱，他们在麦田间种西瓜，增加一些收入。

再过一星期，江湾村的西瓜就要进入采摘阶段，瓜农的卖瓜难问题，一直困扰着李爱民，他希望帮一把瓜农，使他们的辛苦付出，有满意的回报，但又想不出好办法。王主任当过农技员，对侍弄庄稼是行家里手，但对农产品的营销，却是有心无力。往年，瓜农把成熟的西瓜摘下，连夜把满载西瓜的农船开到城里，第二天，女的看船和烧饭，男的挑着一担瓜，走街串巷叫卖，挣一些辛苦钱，常常满脸汗水顾不上擦一把。有时，一船西瓜要卖好几天。

这天上午，李爱民在办公室和大家讨论，怎么帮村民解决卖瓜难？郭兴元

说："本地瓜甜，水多，就是上市晚，卖不起价，不如向厂家推销，拓展团购生意。"王根林说："西瓜磕磕碰碰容易碎，工人不方便带，现在又都是外企和私企，他们不一定肯要。"李爱民说："隔壁的玩具厂刚好在转型，不生产玩具，生产塑料袋了，咱们给西瓜套上一个塑料袋，既能保鲜，拎起来也方便，这样容易推销。请大家抓紧时间，利用好各种人际关系，帮村民把西瓜卖掉，卖上好价钱！"商亮刚来不久，对种瓜卖瓜不熟悉，也没人际关系，所以，他只是聆听大家发言，没有说话。

西瓜一般采三茬：头道瓜、二道瓜、收藤瓜，如果按每次采的数量来分，头道瓜相当于十分之三，二道瓜相当于十分之五，收藤瓜相当于十分之二。头道瓜是最早成熟的一批，六月二十日左右开始采摘，延续到六月底，这批瓜基本能卖掉，价格也卖得起；最旺盛的是二道瓜，七月上旬开始，西瓜大批成熟，要采得快卖得快，否则，成熟的西瓜就会变质，换不来钱，二道瓜的销售最让瓜农不放心，西瓜大批上市，价格有时跌得很快；收藤瓜是最晚成熟的，顾名思义，就是在收藤前采摘的最后一批瓜，在七月十五日以后，有时，价格还会回升，别小看这收藤瓜，卖一个是一个，这可是瓜农的利润。

那天下午，张桂宝帮堂哥家摘瓜，商亮希望一起去。张桂宝和他一块儿来到堂哥的瓜田里，她笑着对堂哥说："哥，我给你找了个帮手。"堂哥一见是商亮，连连摇头说："他？不用不用！"商亮说："大哥，让我一起摘瓜吧，我会小心的。"看在张桂宝的面上，张大哥点头同意了。张桂宝介绍说："摘瓜，一般在早上十点前，或者下午四点以后。"商亮说："瓜熟了，不是随时可以摘吗？"张桂宝说："十点以后和下午四点以前，温度高，西瓜离开瓜藤，在太阳下暴晒，会把瓜晒坏，还有，摘瓜要用剪刀剪，不能随手扯瓜藤，瓜上要留几寸长的瓜柄，这样能使西瓜的保质期长一些。"

商亮听得仔细，说："瓜瓤在里面，怎么能看出瓜有没有熟？要是摘个生的，顾客买了会有意见。"张桂宝笑道："瓜有没有熟，第一看瓜柄，如果柄是青的，水分很足，柄上有很多细毛，那瓜是生的，如果瓜柄颜色不那么青，细毛较少，西瓜就可能是熟的；第二看瓜屁股，屁股就是着地的那块地方，如果瓜屁股碧绿生青，没有痕迹，大半还没成熟，如果瓜屁股有巴掌大的一摊黄，熟的希望就很大；第三听声音，用指关节敲几下西瓜，如果嘟嘟的声音很脆，是好瓜，如果声音很闷，不是没熟就是熟过头了。"

张桂宝和她堂哥摘瓜的速度快，商亮没有经验，对一个西瓜磨蹭好久，才敢剪下去。商亮说：“张姐，既然西瓜卖得晚吃亏，为什么不早点种，让瓜早点熟，好早点卖?”张桂宝说：“品种不同，地方不同，成熟期是不一样的，江湾村用的是本地西瓜的种子，每年都是这个时候成熟，你别看这块地今年是瓜田，明年就不能接着种了，要隔年才能种，熟田种西瓜，产量低，病虫害多。”真是行行有学问，在这些种田的行家面前，商亮分明觉得自己是个幼稚生。

商亮说：“我在买瓜时，有的卖瓜人吆喝说‘包熟包甜’，他们真有这个本事吗?”张大哥直起身子，说：“我种了十几年西瓜，也不敢打包票说包熟包甜，有的人敢出噱头，因为吹牛不担责任，万一切开后瓜是生的，换一个或退钱不就行了?”商亮说：“听说有的用激素给西瓜催熟，还注射糖精增甜，这是真的吗?”张大哥生气地说：“咱们种瓜的，种瓜采瓜卖瓜都来不及，哪有闲功夫弄那个东西?”张桂宝说：“早上市的瓜，不能保证成熟，有的商家用色素用糖精做手脚，江湾村的瓜，都是自然成熟，绝对没问题，而且，给瓜田施的是猪粪等农家肥，瓜甜着呢!”

太阳快要落山了，西天的云彩，仿佛被烧红了一般辉煌夺目。绿油油的瓜田里，一个个西瓜，露出圆溜溜的脑袋，有的将走向市场，有的将继续生长。商亮把摘下来的瓜，几个几个合放在田埂边。张大哥说：“今年西瓜长势不错，就不知道好不好卖？去年二道瓜上市那会儿，下了三天的雨，把我愁死了，幸好后来连续十来天的高温，好歹把瓜都卖掉了。”张桂宝心疼地说：“哥，你去年累得胃出血了，今年可要注意身体!”张大哥乐呵呵地说：“没事，我挺得住!”

张大哥拿了一副担子，两个箩筐，商亮和张桂宝把西瓜装进箩筐，张大哥挑起一担西瓜，稳稳地走在三十厘米宽的田埂上，挑到河边的水泥船上。他的妻子把西瓜从箩筐搬出来，放到船舱里。张大哥挑了几回，张桂宝担心地说：“哥，叫个帮手吧，你得过胃出血，不能挑重担。”张大哥满不在乎地说：“已经治好了，没事!”商亮自告奋勇地说：“张大哥，您歇一歇，我来挑吧!”张大哥打量着商亮，说：“你行吗?”商亮响亮地说：“我能行!”张桂宝说：“小商，你别逞能了，你就是挑得动，也不一定走得牢这条田埂!”商亮仗着自己年轻，说：“相信我，一百多斤我挑得起!”张大哥说：“船上还有一副担子，那你试试吧。”

商亮看了看装满西瓜的箩筐，他半蹲下身，把扁担搁在肩上，想站起来。

哦，好重！但他还是站起来了！商亮从田里走到田埂上，小心地往前走。前后各八个西瓜的担子，重达一百多斤，商亮没挑惯重担，走在这么狭窄的田埂上，不免有点晃晃悠悠。商亮在田埂上走了不到三十米，一脚踩在田埂边上，边上泥松，只觉脚下一滑，一个趄趔，不禁“哎呀”一声，一屁股坐倒在地，右边那个箩筐顿时倾翻在地，好几个西瓜滚了出来！

张桂宝在后头看着他，见他走路不稳，替他提心吊胆，看到他从田埂滑倒，连忙小跑过来，关切地问：“小商，脚有没有扭伤？”商亮抱歉地说：“我没事，可是这瓜……”张大哥正好从船上返回，看到商亮的担子打翻，上前把他扶起，问道：“看看你的脚和腰，扭伤没有？”商亮活动了一下，没事。张大哥说：“叫你不要挑嘛，你还不信，没当过三年农民，这田埂是走不牢的！”张桂宝查看了一下，说：“两个瓜碰碎了。”张大哥说：“只要人没事就好，瓜碎了不要紧。”商亮有点不好意思：“对不起，我打碎了你的瓜。”张大哥笑道：“种瓜人，还在乎两个瓜吗？打碎的，等会儿咱们把它吃了，你带两个好的回去！”

张桂宝叫了一位亲戚来帮忙挑瓜，商亮和张桂宝负责往箩筐里装瓜。商亮不挑了，他不想给人家帮倒忙，还给他们造成损失。挑完西瓜，快要下午六点了，但天色还没暗下来，张大哥把打碎的两个西瓜，掰开来，四个人每人半个。西瓜的裂缝中滴着鲜艳的汁水，瓜瓤很红，商亮吃了一口，很甜，清爽的甜味，很解渴。张大哥笑道：“这瓜甜吧？”商亮点点头：“真甜，真好吃！”张大哥说：“给西瓜施人粪、猪粪、鸡粪，西瓜的糖分就高，味道甜，要是施了尿素等化肥，西瓜的味道就会咸溜溜，没这么好吃了。”

张大哥执意要商亮带两个西瓜回去，商亮盛情难却，就拿了一个。尽管在挑担时出了点洋相，但商亮并不沮丧，相反的，他今天很愉快。商亮了解到，瓜农种三四亩西瓜，如果年成好，价钱不错，可以卖万把块钱，这是他们主要的经济来源，去掉生活开支，剩余不了多少，如果年成不好，有可能竹篮打水一场空，白辛苦一场。江湾村的生活水平还可以，但中老年的农民很辛苦，他们靠地过活、靠天吃饭，几十年如一日，如何帮到他们，使他们种植的农作物，既好销，又卖得起价？这是商亮苦苦思索的问题。

自从李春燕借来一台可以上网的电脑，商亮在宿舍时，经常上网看看，浏览国内外的新闻，对于新农村建设和大学生村官的报道，尤为关注。商亮还喜欢到东吴大学的论坛，发发帖子，写自己在东吴大学的读书生活，讲述新生如何适应新环境，进入学习状态？他还把在江湾村当村官的点点滴滴，写成日记，每天在母校的论坛更新。那一篇篇内容鲜活的村官日记，引来了同学们极大的关注，每当他的日记一更新，总会赢来众多的回复，有向他咨询的，也有要向他学习，准备毕业后下乡当村官。

当晚，商亮在《村官日记》的帖子里，详细描述了自己去瓜田摘瓜的情形，帖子发出一个小时后，就有不少的跟帖。有的说："农村的田园风光真迷人，比城市干净多了！"有的说："周末真无聊，上网也没劲，真想去江湾村看看，开开眼界！"有的说："这么好的西瓜，我们却吃不到，奇怪！江湾村在哪儿？我想去买几个大西瓜！"有的说："要是能亲自摘几个西瓜，肯定很有趣！作者能否当向导，带我到江湾村走一走？"

网友们饶有兴趣的回帖，让商亮眼前一亮！对啊，既然学弟学妹对农村生活如此向往，既然他们都想来江湾村看一看，想亲手摘几个西瓜，我何不顺水推舟，组织他们来江湾村采瓜买瓜？商亮决定跟文学社和学生会的人联络一下，看能否组织一次大学生下乡志愿采瓜活动？商亮当即打电话给文学社的小孙和学生会的小王，他们听了商亮的想法，很感兴趣，说行，先发个活动的召集帖，看有多少人响应，要是志愿参与的报名人数较多，就租辆大巴，周末就去江湾村，就当是同学们的一次休闲活动，费用由学生分摊，不用村民负担。

有了校友的支持，商亮信心倍增，说干就干，他立即写了篇《周末去江湾村采瓜的志愿活动开始报名啦》的帖子，发在东吴大学的论坛上，他还特别说明，如果这次活动成行的话，网友要自带剪刀、自备草帽、交通费自理。能不能成行，还要看网友的参与热情如何？商亮决定暂时不把这事告诉李书记，要是先说了，结果没成，那不是瞎折腾吗？等事情七七八八差不多了，有了充分的把握，再对村里一说，相信村里会欢迎的。

随后几天，商亮一直关注着召集帖的进展情况，网友报名的踊跃程度，出乎他的意料，短短两天，就有五十名网友报名参加！商亮让报名网友到文学社的小孙那儿登记确认，到星期五下午五点的报名截止时间，登记确认的报名学生，达到八十四人。小孙笑着说："刚好坐满两辆大巴车。"学生会的小王组织能力强，他跟旅游公司联系好了，明天由旅游公司提供两辆大巴负责接送，来回的费用一共是四百元，平摊到报名者身上，每个只需五元钱。

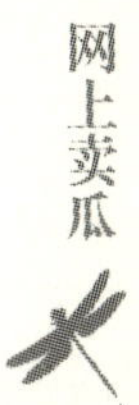

七月一日，刚好是周六，东吴大学的校园内，报名去江湾村采瓜的同学们，

戴着草帽，带着剪刀，挎着背包，兴高采烈地上到大巴车上。女同学还给脸和手臂，抹上了防晒霜。小孙在车上说："到达目的地后，由我们的学长、现任江湾村支部书记助理的商亮同学接应，大家要听从当地村领导的指挥，不要走散，有秩序地进行采摘西瓜的活动，不要乱踩乱踏，不要乱扔矿泉水空瓶等垃圾，不要大声喧哗，要自觉维护大学生的良好形象！"

周六上午，江湾村支部办公室。商亮对李书记说："我的母校东吴大学，今天有八十多位同学要来咱们江湾村，帮北村的村民采瓜，是义务的，现在他们已经出发了，大概一个小时就到村里了。"李爱民惊讶地说："小商，你怎么不早说？二道瓜就开始采摘了，确实需要人手帮忙，你叫了那么多人，要跟大家商量一下嘛！"王主任说："就是，事是好事，但你不能自作主张，要是出了乱子谁负责?"商亮说："对不起，刚开始的时候，我不知道同学有没有人报名，所以就没说，这次活动，我只是提议者，是由学校的学生会组织的，是同学们周末体验生活的一次尝试，我负责在这边接应。"李爱民说："那还等什么？老王、老郭、桂宝，你们去通知种瓜的人家，我和小商在这里迎接他们到来！"

两辆大巴开进江湾村委会大院，同学们陆续下车，李爱民和商亮上前迎接。商亮介绍说："这是江湾村的李书记。"小孙和小王上前握手，李爱民说："我代表江湾村全体村民，欢迎同学们的到来！小商，你在前边带队，咱们这就去瓜田！"有的家在城市的学生，第一次来到农村，对一切充满了好奇，有的老家也在农村，但家乡和江湾村的情景大不相同，看到生机盎然的田野，同学们脸上写满了兴奋。不知是谁起了个头，唱起了《在希望的田野上》，于是一呼百应，悠扬的歌声在江湾村久久飘荡。看到那一张张朝气蓬勃的脸庞，李书记仿佛看到了二十年前自己的模样，不由自主地笑了。

坐在课堂里整天面对枯燥学习的同学们，此时此刻，站在绿油油的瓜田里，视野开阔，迎面吹来田野里凉爽的风，心情激动而快乐。这是二道瓜的采摘，瓜田里大部分的西瓜都熟了，只留下那些个头还小的西瓜到收藤时摘。同学们人数众多，为了采瓜场面不混乱，王主任要求每三个同学负责一垄瓜田的采摘。每当谁看到一个大西瓜，就会发出"哇!"的欢呼声，有的男同学还把西瓜抱起来，凑到嘴边亲上几口，惹得女同学一阵笑声。

一百多亩的西瓜，大多被同学们剪掉了脐藤，每十几个一起堆在田埂边。有的男同学，两个人扛一筐西瓜，帮忙村民把瓜搬运到船上。好多同学带了数码相机，美丽的田园风光把他们陶醉了，他们拍摄了好多照片。不到十一点，这次采瓜活动就结束了，同学们意犹未尽。有的说："下次采瓜，我还能来吗？"村民为了表示感谢，给每位同学送个大西瓜，大家接受了。同学们另外买了很多的西瓜、西红柿和黄瓜，每个座位底下，塞满了这次采购的蔬果。八十多位大学生，帮忙瓜农采瓜，不收分文，秩序井然，临走还买了很多东西，瓜农们很高兴，参加采瓜活动的同学们，同样很快乐。

商亮和同学们挥手告别，西瓜船停靠在岸边，船上满满的西瓜，把船舷压得很低。船上装不下的，就留在瓜田里。瓜农们脸上的笑容渐渐退去，浮上他们心头的，又是卖瓜难的忧虑。王主任笑着说："网络真是个好东西，采瓜都能从网上叫人，小商，你要能帮大伙卖瓜，那我就真服你了！"说者无心，听者有意。商亮心想：江湾村卖瓜难，主要是销售渠道不畅，西瓜虽然不便在网上叫卖，但可以在网上推销，让大家知道江湾村的西瓜大又甜，一旦名声在外，说不定就能打开销路，或许还能吸引瓜贩子前来。

商亮在东吴热线和附近几个城市的网站上，发布了一条供求信息，说明花桥镇江湾村有大量新鲜西瓜供应，价格面议，并留了自己的手机号码。那些参加采瓜活动的同学们，也在校内校外的论坛上，纷纷发表自己在江湾村的见闻，照片上那一片片翠绿的瓜田和一个个又大又圆的西瓜，令人垂涎欲滴。很多网友对这次没去参加采瓜深表惋惜，表示下次有机会一定要报名前往。

第二天早上，商亮接到好几个瓜贩子打来的电话，说他们从网上看到江湾村有西瓜卖的信息，他们要大量收购，马上就开卡车去瓜田那儿，如果看上了西瓜，立即过磅装车，关于价格，现在西瓜的市场价是每斤一元，他们的收购价是八毛，成交后当场付钱！商亮喜不自禁，他把消息告诉了李书记，李书记大喜，带着村干部来到北村，把瓜贩子开车要来收瓜的消息，告诉了站在船头上忧心忡忡的村民，村民们喜出望外，一阵欢呼！

一车车西瓜从江湾村的田头运走，瓜农蘸着口水，点着一沓沓崭新的钞票，布满皱纹的脸上笑开了花！村民握着商亮的手，眼里闪出了泪花，感激地说："商助理，谢谢你！你帮了咱们大忙！你是咱们恩人哪！"李书记在一旁笑道："大家再也不用为卖瓜发愁了，小商，你真行！"商亮说："没什么，这是我应该做的……"话音未落，几个村民上前，一下把他抱起来，抛向空中！他在村民的吆喝声中，被抛上抛下，但商亮一点也不晕眩，也许没人发现，他的眼泪在飞！

05 解放思想

农村的夜晚，没有灯红酒绿，没有车水马龙，少了几分喧哗，多了几分静谧。窗外草丛里传出的虫鸣此起彼应，使夜色多了几许缠绵。为了躲避花蚊子多情的亲吻，商亮燃起一支蚊香，在袅袅轻烟中，他透过窗外那株香樟树枝叶间的空隙，凝望夜空，那弯弯的月亮，勾起了心底悠长的思念。

几年不见，父亲的背或许又驼了些，母亲的白发又多了些，幸好父母身边，有兰兰时常陪伴，他们寄予厚望的我，何时才能回到家乡，重享合家融融的天伦之乐？陆强，你还沉迷在游戏中昏天黑地吗？人要活得有意义，不能浑浑噩噩，现实生活，比虚拟世界更宝贵，你可不能执迷不悟啊！周凤明，你适应了新环境吗？你的家庭条件比较好，我和阿强没少得到你的周济，我们的“铁三角”是坚不可摧的！司马琴，你是个模样小巧的川妹子，农村的生活，你过得惯吗？但愿我们都能把村官做好，交上满意的答卷。

凌晨时分，商亮起了趟床，宿舍里没有抽水马桶，他打开门，小跑着到大院一角的公共厕所方便。往回走时，他仰脸望了望夜色中的穹庐，星星如钻石一般在天空闪闪发光，它们是寂寞的，它们又是不甘寂寞的，无论身边有没有月亮，它们各自散发着璀璨的光芒。不能温暖你，但能照亮你；不能照亮你，但能指引你；不能指引你，但能安慰你。它们诠释了自身存在的意义，据说，每个人对应一颗星星，商亮希望自己是一颗发光的星体，能够照亮和温暖他人！

墙边的香樟树，在晚风的吹拂下，发出沙沙的声响，虫儿也进入了睡眠，传达室传出老陈抑扬顿挫的鼾声，静悄悄的夜色洋溢着生动的气息。商亮佩服老陈，七十多的人，睡得沉，起得早，手脚利索，步履稳健，比年轻人还有精神。老陈曾经说过，老酒、二胡和阿黄，是他忠贞不渝的三个老友。阿黄原是一条野狗，流浪到这儿，老陈把它收留了，朝夕相处，阿黄也忠心耿耿地跟随老陈，一起守护着村委会的大院。阿黄平时很温驯，但若夜里有生人靠近，它会汪汪大叫示警，若来人胆敢翻门入院，阿黄会毫不犹豫扑上去撕咬。老陈曾向商亮展示过阿黄的战绩，那是被阿黄咬下的一块陌生人的裤脚，上面还沾有血迹。

又是新的一天。办公室里，李爱民说："咱们村的情况，大家都清楚，在花桥镇，江湾的经济属于中下游，最近我一直在考虑，是不是咱们安贫乐道，不思进取？你们看，其他村都富了，为什么咱们还是老样子？人家在跑步前进，咱们还是原地踏步？"郭兴元说："其他村有地理优势，咱们比不了，在花桥镇边上的几个村，现在都划到镇区了，家家不用种田，靠出租门面，一年到手好几万，活得多滋润？有的村靠近工业区，农户靠出租住房，收入很可观，可咱们有什么？既没有工厂，又不靠近交通要道，怎么发展？"

王根林说："一方水土养一方人，咱们村历来以农业为主，眼热别人也没用，咱们没那个条件，还是踏踏实实种好庄稼地，种好蔬菜地，还能咋办？"张桂宝说："种田快要靠不住了，现在的青年人，哪个愿意下田干活？就是愿意，也没几个会庄稼活，再过几十年，恐怕没人会种田了！"马会计说："镇上的粮管所都取消了，都市场化了，现在村民吃穿住是不用愁了，但手里缺少活络钱，一人生病，全家受穷。"李爱民说："所以要寻找出路，要有危机意识，不能坐吃等死！"王根林说："老李有什么新打算？"

李爱民说："城乡一体化是新农村建设的方向，江湾村的地理位置不佳，咱们不能等、靠、要，得自己动脑筋，想办法！"张桂宝说："现在物价涨得快，生活压力大，是得想想办法了。"李爱民说："对农田重新规划，融合成片农田的优势，鼓励和发展大农户，使农业实现机械化，解放一部分劳动力。"王根林说："老李，这个方法行不通啊，现在村里能进厂的都进厂了，还有的在做生意，做泥工或木工，剩下的就是老年人、中年妇女、没文化没手艺的，他们现在就靠种田过活，要是田让个别人承包了，他们没事干了，不是收入更少了？"

李爱民说："国外早就实行农场制了，机械化和规模化生产，可以提高效率，多余出来的人手，可以做其它事。"王根林说："三十年前，全国的农村还不是集体所有制？公社、大队、生产队，效率也没见提高，倒是有人吃不饱，后来分田到户了，生活水平才提高了，咱们不能再走过去的老路啊!”李爱民笑道：“老王，你就知道分田到户后日子好过了，可你知道为什么好过吗？就因为解放了一部分劳动力啊！农民腾出时间腾出人手干其他活，比如副业，比如上班，有了更多的经济来源，生活才慢慢好起来！所以，今天我们要解放思想，争取给村民创造条件，让他们有更多的挣钱机会，改变他们一有空就打牌、打麻将的赌博恶习!”

王根林说：“农忙空闲，他们打打牌、搓搓麻将，是他们的自由，村里好像管不着。”郭兴元说：“小来来是没什么，但往往小来来就闹出大麻烦，有的辛苦一年的几千块钱，一个晚上就输光了，夫妻为此发生争吵和打架，有的人自己的钱输光了，还借钱赌，结果欠的账还不上，村民之间就发生矛盾。”李爱民说：“赌博欠的账，不受法律保护!”郭兴元说：“话是这么说，但打了欠条的，要赖也赖不掉，就是没打欠条，也有证人，不还钱说不过去，可又没钱还，欠钱的就像过街老鼠，抬不起头了！民间赌博活动，确实影响了江湾村的社会风气!”

商亮是支书助理，有义务有责任参与决策，但他毕竟是一个外人，又是新人，在村里某些事情的讨论上，他不方便发表意见，但他很关心村民的生活，对大家业余喜欢赌钱有所了解，赌钱确实会滋生一些家庭矛盾，甚至导致人际关系的恶化。商亮忍不住插话说：“李书记，我有个建议，不知当讲不当讲?”李爱民感兴趣地说：“哦？你说!”商亮说：“我建议村里建一个老年活动室，现在村里的老人很多，就是一些种田种瓜种蔬菜的，空闲下来也喜欢赌钱，给他们提供一个娱乐活动的场所，比如打牌、下棋、打乒乓球、读书、看报等等，专人负责管理，不允许在活动室参与赌博，也许情况会有好转?”

李爱民笑道：“不当家不知柴米油盐贵，你的建议不错，不过，建老年活动室需要钱，钱从哪里来？咱们村是清水衙门，就一个塑料厂和几个鱼塘，村里能收点租金，给村里补贴点办公费，给村干部逢年过节发点福利，哪还有余钱?”商亮真不知道村里居然和自己一样穷，不管是单位还是个人，没钱真是办不成事，商亮一时不知说什么好。李爱民接着说：“花桥镇的经济水平，在全市的乡镇中，是排在中上游的，但老爸富不等于儿子富，江湾村的经济相对落后，并非村里不努力，而是由江湾村一贯的以农业为主的经济结构所决定的！农业只能解决温饱，不能解决致富问题，咱们村一年 20 万元的经费，由镇里拨一部分，其它经济发达村支援一部分，自筹一部分，村里就这点家当，要支付几位村干部和联防队员的工资，要不是我压缩招待费开支，恐怕村里要入不敷出了!”

马会计说：“李书记上任后，村里的账目公开透明，没有乱花钱，没有坏人坏事，其他村有的村干部不和，有的贪污被抓，有的村民闹意见，咱们一概没有，咱们很团结，这是李书记领导有方啊!”王根林说：“老李的为人和能力，大家是没话说的，但老李刚才说要解放劳动力，对于这点，我不理解，空闲的人多了，挣钱的机会就少了，还怎么谈发展?”李爱民笑道：“解放劳动力只是第一步，第二步就要利用劳动力!”郭兴元说：“江湾村既不靠近商业区，又不靠近工业区，没法开店做生意，闲人一多，怎么安排是个问题。”李爱民说：“穷并不光荣，发展经济，既可利用资源优势，也可以无中生有，没有条件创造条件!”王根林说：“我们两手空空，怎么创造条件?”李爱民说：“无农不稳，无工不富，江阴的华西村，在二十年间发展为中华第一村，他们就是解放和利用好劳动力，靠发展工业起家，才有令人羡慕的今天!”

张桂宝说：“咱们村穷得丁当响，怎么搞工业?”郭兴元说：“是啊，江湾村既没厂房，又没项目，更没技术，搞工业能行吗?”马会计说：“我拥护李书记的决定！这些年我看在眼里了，只要李书记想做的，就一定能说到做到!”王根林不以为然地说：“想法虽好，但要符合实际，咱们比不得那些依靠地理条件发达的新农村，江湾村自古就是个农业村，应当围绕农业生产找思路，村里要是搞养殖业或是种植业，我一百个赞成，要是搞工业，我看有点不靠谱。”

李爱民说：“咱们要解放思想，要敢于尝试，不去想不去做，哪有成功？村里的农田重新规划后，除了满足大农户的需要，空余出来的地块，我们可以建造厂房，对外出租！先有梧桐树，后有凤凰来！有工厂进来，村里的富余劳动力，就找到了出路，有了工作，收入就增加了!”王根林说：“说得轻巧，办老年活动室的钱都没有，哪有钱造厂房?”郭兴元说：“对啊，画饼不能充饥，没有钱怎么办?”李爱民说：“我想过了，一是向银行贷款，二是向村民集资，只要把厂房造起来，再招商引资，咱们村就有希望改变现在的面貌!”

王根林说：“我看这项目有点玄！向银行借贷，村里拿什么做抵押？向村民集资，现在上面不是不允许集资吗？我觉得还是稳妥点比较好，老话说‘想发财，穷得快’，老李，你可不要让大伙背上一身债啊!”李爱民摇摇头说：“老

王，你思想太保守了！带领江湾人走上致富路，这是我义不容辞的责任！国家对农村人再就业和创业有扶持政策，如果造厂房需要一百万，那么，我们贷五十万，另外五十万要靠大伙的集资，平均下来每户一千元，实际上，这不是一般的集资概念，这是投资入股，将来的租金收入，除了偿还贷款和利息，剩下的利润，按入股比例全部分红给村民，村里不得一分钱好处！”

马会计笑道：“这么一解释，我更明白了，李书记这么做，全是为了咱江湾人！我还是那句话，李书记的决定，我支持！”王根林说：“说来容易做起来难，这事要慎重一点，心急吃不了热汤圆，致富要一步一步来，比如多养几头猪，多种几亩瓜，要是村里借钱造厂房，万一租不出去怎么办？我是江湾村的村主任，我有责任为村民负责，我投反对票！”郭兴元说：“我不知道村里造了厂房后，有没有人来租，但我还是支持李书记，李书记为了两千三百多个江湾人能过上好生活，才想出这么个办法，行不行得通，要试了才知道！”

张桂宝说：“这件事，我觉得老王讲的也有道理，借钱办的事，总让人不放心，再说，一户集资一千元，有的人家不愿交钱怎么办？”李爱民说：“我说的是平均数，愿意多交集资款的不限上数，不愿集资也不强求，将来按入股比例分红，多交多得，少交少得，不交没得。”张桂宝说：“我觉得，要是在养殖和种植方面发展，或许有戏，要是造厂房，这个很难说。”王根林瞟了眼商亮，说：“我早说过了，要是来个懂农业的大学生，说不定能帮上村里大忙，派个读文科的，有什么用？”郭兴元反驳说：“谁说小商没用？不是他解决了农户的卖瓜难问题吗？”

李爱民说：“关于我刚才说的集资的事，大家表决一下吧，举右手的表示赞成，举左手的表示反对，不举手的表示弃权，为了公平起见，我就不参加表决了。”马会计和郭兴元举起了右手，王主任和张桂宝举了左手。李书记看了看，笑道：“二比二，小商，还有你呢？你也有权表决，请表个态吧！”商亮明白，李书记是希望他投赞成票的，但从内心讲，商亮对李书记的这次决定持保留意见。建厂房招商引资，的确是好事，但靠贷款和集资做这件事，风险较大，万一不成功怎么向村民交待？村里也将陷入经济困境！如果引进的工厂，给美丽的江湾村带来各种污染，村民就算赚了钱，也是得不偿失的。

最近，商亮在网上浏览了很多网站，看过许多关于农村建设的文章，商亮觉得，如王主任所言，江湾村有江湾村的特色，村民可以发展养殖业和种植业，养猪、养鸡、养鸭、养鹅、养鱼等，这里草多，小河多，采取放养式的生态养殖，在江湾村是可行的，种植方面也可考虑，可以种瓜、种果树，还可以搞大棚蔬菜，如果种植反季节蔬菜，可以获取更高的利润。如果，商亮举右手赞成，实非出自本意，曲意逢迎，有违他做人的原则，但是，如果表示反对，商亮又很过意不去！自从他来到江湾村，李书记对他十分器重，李书记这次的发展计划，似乎志在必得，如果商亮公开反对，如何面对李书记的厚爱？以后在江湾村的日子，商亮也将陷入尴尬境地！

商亮思前想后，决定不表态。李爱民看到商亮坐着没动，默不作声，不禁愣住了！他没想到商亮会弃权，他以为商亮肯定站在自己这边！在李爱民的心目中，商亮不单是助理，他很看好这个新来的大学生，认为商亮沉着机智，值得培养，未来必有良好的发展前景。小商还是一个好帮手，能帮自己完成一些事业，可眼下他竟然弃权了！是他城府太深，不想得罪人？还是他认为我的想法不当？

商亮站起身，神色有点局促，说："李书记，王主任，我先声明，我不是弃权，我是想说话。"李爱民松了口气，说："你想说什么？"商亮说："李书记的心里装着江湾的老百姓，时刻为村民的利益着想，让我十分敬佩！"李爱民笑道："我是江湾村的支书，为大家着想是理所当然的。"商亮说："李书记刚才说的集资建厂房，能否先征求一下村民的意见，看有多少人支持，然后再作决定，如何？"李爱民有点不高兴，说："小商，你也是共产党员，你不懂民主的实现要经过一系列程序吗？在咱们内部还没统一思想之前，就拿到全体村民面前去投票表决，你认为合适吗？村党支部先提出方案，委员们通过了，再向村民公开，征求他们的意见，这样才能干成事，就好比打仗，部队领导先讨论决定打不打，再争取群众的支持，要是让群众决定打不打，那仗打得起来吗？小商，我要听的是你个人的表决，你扯群众投票干什么？"

商亮有点不安，但他不是为了讨好领导就违心说话的人，商亮为了完整表达自己的意思，继续说道："李书记，请原谅我刚才的无知！您想方设法为村民谋福利，这是大家有目共睹的！"李爱民打断说："少说没用的恭维话，你想说什么就直接说，不要拐弯抹角！"商亮咽了口唾沫，接着说道："村里打算造厂房，如果把厂房都租出去，确实有可观的收益，不过，村支部承担的风险很大，因为钱不是自己的，而是银行和村民的，这就意味着，只能成功，不能失败！"

李爱民说："干什么事都要有信心，前怕狼，后怕虎，成不了事！"商亮心情镇定了许多，接着说："如今都提倡可持续发展，农业就是可持续发展的表率，而发展工业将不可避免带来污染，如果江湾村的环境被污染，空气和水不干净了，人就容易生各种疾病，那村里做的好事就前功尽弃了。"

郭兴元说："小商说的有道理，他也是为大家着想，现在村民虽然不富裕，但大家身体健康，长寿的人也有不少，要是厂开起来了，生病的人多了，咱们就是好心办坏事了。"李爱民不悦地说："小商，你的意思是反对我造厂房？"商亮说："不是反对，我想，能不能折中一下？"张桂宝说："怎么折中，你说来听听？"张桂宝对商亮的话很感兴趣，觉得他想得多，看得远，不是只顾眼前利益的人。

商亮继续说："我来江湾村两个月了，这里土地肥沃，河水清澈，物产丰富，是个典型的鱼米之乡，我深深地爱上了这里！农业村有农业村的特色，我觉得，是否可以考虑在河里发展养鱼、养鸭和养鹅，在岸上养鸡和养猪？禽畜的粪便可以当庄稼地的肥料，不会造成污染和浪费。农业方面，除了常规的小麦和水稻，以及油菜、西瓜、白菜等，还可以发展大棚蔬菜，一年四季，对外都有新鲜蔬菜供应，我发现，逢年过节时的蔬菜，卖的比平时贵一倍多，有很大的利润空间。"王根林笑道："小商，你赞成我的看法，继续发展农副业？"

李爱民冷冷地说："小商，你什么意思？这就是你折中的方法？你忘了，你是谁的助理？"商亮忙说："李书记，我当然是您的助理！"李爱民说："那你认真考虑过我的规划吗？现在是讨论造厂房，不是讨论种植养殖！"商亮说："我建议，工业和农业能不能一起搞？厂房照造，留一半的钱，发展种植和养殖，这样可降低投资的风险，万一……"李爱民腾地站起身，不悦地说："别说了！油腔滑调，两面不得罪，没想到你是这么没主见的人！"商亮怔立当场，不知自己说错了什么？李书记又说道："今天的讨论先到这里，我要去趟镇上，向黄书记和罗镇长请示一下，改天再接着讨论！"

商亮一整天都在想这事，有点神思恍惚，他百思不得其解，不明白自己说错什么，做错什么，惹得李书记如此不高兴？商亮不理解，我说的都是实话，想什么说什么，难道说真话就不受欢迎吗？我知道，李书记希望我支持他的发展规划，但真的这么做了，谁知道带给江湾村的是福是祸？毕竟那一百万元不是村支部出的，那是银行和村民的集资，出不得闪失，万一厂房租不掉，或者招来工厂把江湾村的环境污染了，那将后悔莫及！我只是提出自己的建议，希望能分摊投资的风险，这有什么不对吗？

商亮很苦恼，这是他来江湾村后，第一次情绪低落。晚上，他吃过晚饭后，无心上网，走到院外想吹吹风。老陈在大门口摆个方凳，上面一碟花生，两只鸡爪，他坐在一张小矮凳上，怡然自得地喝着酒。老陈看到商亮闷闷不乐，招呼说："小商，怎么啦？怎么像打了败仗，垂头丧气的？"商亮说："陈伯，我有点想不通。"老陈笑道："年纪轻轻的，有什么想不通？这儿没人为难你吧？"商亮把心事一说，老陈听了呵呵大笑，说道："就为这呀？你也太放不开了，李书记说你骂你了吗？"商亮说："他是没骂我，可我心里比他骂我还难受，我不知道自己错在哪里？"

老陈笑道："年轻人哪，这点挫折都经不起，同事之间有不同意见很正常，你犯得着烦恼吗？"商亮说："我感觉李书记这次很生气，他说我油腔滑调，没有主见，可我没有做错什么呀？"老陈呷了口酒，慢条斯理地说："你知道李书记为什么生气吗？"商亮说："我就是不知道才想不通，陈伯，您知道李书记为什么生气吗？是不是因为我没举手支持他？"老陈叹了口气，说道："李书记是复员军人出身，你没当过兵，不了解战士的心情！你可以反对他的观点，只要你说出理由，他不会怪你的，但你两边讨好，左右摇摆，听上去有道理，实际上你没有立场，这是军人最讨厌的，当兵的不喜欢两面三刀的人，是敌是友必须有明确的表态，不能糊稀泥！"

商亮委屈地说："我是为村里考虑啊，并不是故意和李书记作对。"老陈说："该你表态的时候，你就要拿出立场！你是共产党员，不是政协委员，李书记要你表态，是把你当自己人，把你当江湾村的人，没把你当外人，你却说这也要搞那也要上，那比弃权都不好！"商亮有点疑问，说："是不是李书记和王主任不和睦？我支持搞农业，所以李书记不高兴？"老陈摇摇头，说："你呀，就是太年轻，看问题太片面，李书记和王主任分管工作不同，他们个人之间没矛盾，有时为了工作上的事，可能会发生争执，你别用放大镜看待小问题，其实他们的出发点都是好的。"商亮笑了，说："我明白了，陈老伯，谢谢您的开导！"

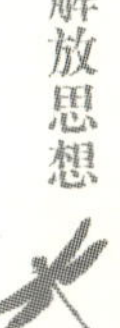

商亮担心李书记在罗镇长面前批评自己，心里有点担忧。老陈笑道："小商，你怎么像俘虏一样低着头？"商亮说："我担心李书记今后不理我，我在村里就被动了。"老陈笑道："你呀！要我说，你这个担心完全多余！你跟了李书

记这么久，还没摸透他的脾气？他是那种小肚鸡肠、给人穿小鞋的人吗？你放心，他不会跟你计较的，假使他发现自己错了，说不定还会向你道歉！”商亮想想也对，李书记不是那种排斥异己的人，他对我情同父子，我怎么能无端猜忌他？商亮惭愧地说：“是啊，我相信李书记会谅解我的。”

老陈把碗里的酒一仰脖子喝干了，抹了抹嘴，说：“小伙子，江湾村是你人生当中的一个小站点，前面的道路长着呢，记住，你一定要把心胸放开阔，千万别在小事上绊倒了！”商亮感激地说：“陈老伯，谢谢您！我会记住您今晚说的话！”老陈转回屋里盛了碗饭，划啦了几口，说：“你看我这把年纪了，胃口还这么好，想不想知道有啥秘诀？”商亮笑道：“想！”老陈笑道：“少说话，多做事，吃饱饭！这是我这个糟老头子笑口常开的秘诀！”

06　生日快乐

第二天上午，商亮在办公室没看到李书记。郭兴元约商亮一起去踏看江湾村的地形，为重新整合土地做准备。郭兴元对昨天商亮的发言很赞赏，觉得小商考虑问题很全面，他虽然支持李书记的规划，但内心也倾向于发展农副业。郭兴元说："活口难养，搞养殖可能不如种植来得安全，小商，你到网上查查，看看种什么东西比较好？"商亮回到宿舍后，上网去查找关于养殖和种植方面的资料，保存到电脑的文档里，方便日后查阅。

商亮坐在床沿上，拿过桌上一根黄瓜，狼吞虎咽地吃起来，清爽的味道，使他的心情渐渐明朗起来。手机铃声响了，是李春燕打来的。商亮说："春燕，有事吗？"李春燕笑道："你是不是把我忘了？没事我就不能找你吗？"商亮说："你是李书记的女儿，我能忘记吗？"李春燕不满地说："你是爱屋及乌，因为我爸才记得我？"商亮连忙解释说："不不，你是我到花桥镇后认识的第一美女，我能忘记吗？"

李春燕笑道："这还差不多！咦，你嘴里叽里呱啦在吃什么？"商亮把最后一节黄瓜扔进嘴里，一边咀嚼，一边含糊不清地说："黄，黄瓜。"李春燕笑道："黄瓜？商大哥，别吃黄瓜了，你赶快换身新衣服，我过半小时后去接你！"商亮疑惑地说："我换新衣服干吗？又不是去相亲！"李春燕沉默了几秒，说："你来了就知道了！"商亮开玩笑说："你不告诉我为什么，我就不去，万一你把我绑架了怎么办？"李春燕笑道："我哪敢绑架你？你不绑架我，我就万幸了！"

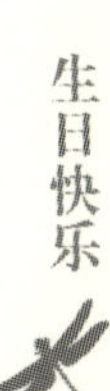

商亮说："春燕，真的什么事？"李春燕说："今天是我生日，我请你参加我的生日派对！"商亮说："有钱人就是好，还过生日，我长这么大，从没过过一

个生日。”李春燕惊讶地说：“是吗？那你把生日告诉我，下次我给你过！”商亮笑道：“这哪行？”李春燕催促道：“不多说了，你快洗澡换衣服吧，我一会儿去接你。”商亮说：“在哪过生日？还是那家江南春饭店？”李春燕笑道：“不在那儿，在我家！”商亮说：“哪个家？江湾村的？”李春燕说：“在镇上我自己买的房子，月亮小区 208 号！”

李春燕稳稳地开着车，商亮坐在副驾驶位置。他偶尔望一眼窗外，想着心事。同是农村，老家和这里的差距就这么明显，老家刚走出温饱，这里已走向小康，身边这位比自己还年轻的女孩，已有车有房，而自己要奋斗多少年，才能达到她这样的生活条件？李春燕瞥了眼商亮，笑道：“你在想什么？”商亮说：“我在想，论身高、学历、年龄，我都比你高，但收入远不如你，我很惭愧！”李春燕笑道：“我挺羡慕你的，能离开家乡，到外面上大学、工作，逍遥自在，我没文化，出门靠什么生活？我不甘心被社会淘汰，所以开个服装店养活自己。”

商亮对她的开店经历很感兴趣，问道：“你是哪年开的服装店？”李春燕说：“我十六岁初中毕业，十七岁就开店了，当时，我爸给我三万块，我舅借给我两万，我就用这五万块，在镇上的集贸市场门口开了家服装店，因为地理位置好，生意很好，第一年就赚了八万块，第二年，我到市场对面租了个大的门面，开了现在这家品牌服饰专卖店，平均一天的营业额有三千块，我有一千多的毛利润。”商亮感叹道：“开店这么赚钱吗？”李春燕说：“也有开服装店亏本的，这跟店面位置和经营方法有关，我店里卖的服装，价位在五十元到两百元之间，大多数在一百元左右，面向年轻人，面料好，款式新，比较好销。”商亮说：“你真行，我对生意经就一窍不通！我曾经想过创业，苦于没有本钱，只能停留在纸上谈兵。”李春燕说：“不一定非要等到自己有钱才去创业，如果能借到钱，借钱做生意也行，这叫借鸡生蛋！”

听了李春燕的话，商亮想起李书记集资造厂房招商的事，他们父女的思路还真是一致。也许，李书记的打算是可行的，江湾村没有本钱，如果因循守旧，就很难有突破，只有打破常规，以集资方式筹集资金，建造厂房对外出租，给村民创造新的经济来源，才能有所改变，这叫“取之于民，用之于民”。身旁的李春燕，她初中毕业后，也是两手空空，就是在亲友的帮助下，开起了服装店，有了今天的成绩。商亮说：“用借来的钱创业，是否压力更大？要是亏本了怎么办?”李春燕笑道：“亏本了当然要还，不过，谁创业不想成功？既然做了，就要千方百计把事做好!”

实践出真知，锻炼方成才。商亮感觉自己考虑问题瞻前顾后，总想面面俱到，滴水不漏，殊不知有些事情，想得太多，反而做不成，倒不如把问题想得简单点，一心朝着目标去做，或能更接近成功。商亮笑着说：“春燕，你店里要不要临时工？我每天下班后，到你服装店来打工吧?”李春燕笑道：“小庙供不起大和尚，我可不敢埋没人才！一来，我店里的人手够了，二来，我哪能抢阿爸身边的人?”商亮笑道：“你是拒绝我了?”李春燕笑道：“咱是小店，合理安排人手很重要，不比机关单位，领导的七姑八姨都往里塞，造成有的人没事干，有的事没人干!”

商亮笑道：“有的人没事干，有的事没人干？太精辟了!”李春燕偷笑道：“不是我说的，是我从《新闻联播》上听来的。”商亮说：“你不看时装表演，看《新闻联播》?”李春燕说：“我爸逼我看《新闻联播》，说年轻人要关心国家大事，不能两眼一抹黑!”商亮基本不看电视，想了解什么信息，就从网上查询，这回听了李春燕的话，觉得有必要看看电视新闻，了解时事动态，国家对三农的政策也能及时掌握，使自己在农村更好地工作与生活。

车子拐进月亮小区，商亮忽然想起什么，抱歉地说：“真不好意思，我就跟着你就来了，什么礼物都没买。”李春燕笑道：“说什么呢？你来了，就是最大的礼物啊!”李春燕打开房门，一阵音乐扑面而来，有人叫道：“小燕回来了！哦，还带来了神秘嘉宾，是位帅哥哦!”李春燕向商亮介绍道：“这几位是我的好朋友!”她又向屋里的几位介绍道：“这位是我的朋友商亮，东吴大学的高材生，现在咱们江湾村当村官，是我爸的助理!”一位叫黄晓慧的女孩笑道：“朋友？是男朋友吧？春燕，你把男朋友雪藏了这么久，保密工作够可以啊!”春燕脸红着，连忙解释说：“商大哥不是我男朋友，我男朋友不知在哪闲逛，我还没遇见呢!”

商亮看到屋里有几位男孩女孩，没见李书记和张姨，轻声问道：“春燕，你爸妈怎么没来?”春燕笑道：“未成年时，是父母给我过生日，现在我是成年人，当然由自己操办过生日了。”商亮说：“那也该请父母一起来参加庆贺呀。”春燕拿过两罐饮料，递给商亮一罐，笑道：“我们不能老有依赖心理，八〇后一代，崇尚独立，商大哥，你不也在外独立生活吗?”商亮的独立，是因上学和工作的

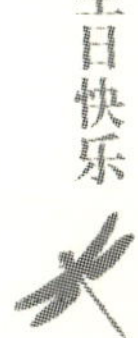

需要，是迫不得已，而李春燕的独立是自觉自愿的，说心里话，商亮很佩服她，她的自力更生和我行我素，充满着青春的活力和张力。

影碟机在放刘若英的《很爱很爱你》，几位男孩女孩在哼唱着，商亮坐在沙发上喝着饮料。黄晓慧说："这个歌曲软绵绵的，咱们换个节奏感强的？"旁边一位男的说："放街舞吧，那个带劲！"李春燕说："就放街舞吧，小杰，小强，小慧，小萌，小玉，咱们一起来跳街舞吧！商大哥，你会跳吗？跟我们一起跳吧！"商亮摇头说："我不会，你们跳吧，我坐这儿欣赏。"黄晓慧来拉商亮，说："你好腼腆，一个人坐着都没劲？一起来吧！"商亮说："不不，我真不会。"李春燕笑道："晓慧，随他吧，让他当观众也好，商大哥，别忘了鼓掌哦！"街舞音乐响起，几位男孩女孩，随着节拍扭动起来。

街舞的动作，比较夸张、激情和跳跃，还有翻筋斗、倒立、旋转等高难度动作，几位女孩毫不拘束，表情十分投入，飞吻、抛媚眼、抚摸等几个动作，甚至带有挑逗的意味，她们穿着也很大胆，都是露脐装，手舞足蹈中，她们的小蛮腰，晃得商亮有点喘不过气。商亮感觉自己落伍了，同为八〇后，但和他们有点格格不入，他们的热情奔放，既感染着商亮，也使他有点困惑：我们年轻人追求的是什么？是无所顾忌的张扬个性？还是今朝有酒今朝醉的及时行乐？抑或是不达目的不罢休的横冲直撞？

几人一曲跳完，跑到茶几前，拿起饮料咕咚咕咚就喝。李春燕一边喝着可乐，一边说："商大哥，我们跳得不好吗？"商亮说："好啊！"黄晓慧说："那怎么从头到尾没听见你的掌声？"商亮抱歉地说："哦，你们跳得好极了，我看得太入神，忘记鼓掌了，对不起啊！"黄晓慧笑道："只要跳得高兴，跳出身材，跳掉烦恼，比什么都快乐！"商亮笑道："你也有烦恼？"黄晓慧说："人活着，谁没有烦恼？但我们不是为烦恼活着，我们要追求快乐！"商亮说："你的烦恼是什么？"黄晓慧摇摇头说："我说不上来，反正有时觉得挺迷茫的，要不是父母铺好了路，我不知道未来的路该怎么走？"张小杰说："当一天和尚撞一天钟，想那么多干吗？"罗小强笑道："所有的问题都是时间问题，所有的烦恼都是自寻烦恼，人活那么累干吗？快快乐乐，潇潇洒洒，多好？"李春燕说："今儿是我生日，咱们不谈烦恼，只享受快乐！来吧，咱们开席吧！"

三男四女，杯觥交错，喝的是啤酒，菜是从熟菜店买的，很丰盛。李春燕在家过生日，不去饭店，倒不是为了省几个钱，而是她感觉在自己家里过生日，热闹、随意、有气氛。几位比自己年轻的这么能喝，商亮不好意思推辞，喝了不少啤酒。商亮的酒量不行，啤酒喝一瓶刚好，喝两瓶有点头晕，喝三瓶就视觉模糊，不分东西南北了。李春燕的客厅里放着一箱瓶装一箱罐装的啤酒，商亮记不清自己喝了多少？

接下来的节目是点蜡烛、切蛋糕，李春燕双手合十，默默许了个愿，然后一口气把21支蜡烛吹灭了。黄晓慧问："小燕，许了什么愿？"春燕笑道："不告诉你！"李春燕将大蛋糕切开，给每人切了一小份。商亮刚吃了几口，就见黄晓慧和罗小强捧了一手奶油，嘻笑着往春燕的脸上和身上涂抹，春燕举手反抗，闹作一团。众人互相涂抹，有逃有追，逮谁就抹谁，商亮也未能幸免，被几个女孩涂得脸上和衣领上沾了好几摊奶油。把蛋糕折腾完了，他们继续喝酒、唱歌、跳舞，到最后，几个人和酒瓶一样，东倒西歪了。

大约嬉闹到夜里十一点多，徐小玉的爸爸打来电话，催问她在哪里？小玉口齿不清地说："我，我在，小燕家，过生日！"小玉爸爸说："玩得这么疯，这么晚了还不回家？"罗小强的酒量好，他还比较清醒，他给老爸打了个电话，说："老爸，我在春燕家，您叫人开车来接我！"罗镇长说："好，我叫小凌开车去接你！"罗镇长知道儿子在李春燕家，松了口气。他和李爱民关系不错，小强能跟春燕玩在一起，这是好事，平时小强不在网吧，就在歌舞厅，有时彻夜不归，让他很担心，就怕他年纪轻轻学坏。现在的年轻人，个性倔强，大人说他们几句，他们根本听不进去。

罗小强对黄晓慧说："晓慧，一会儿我陪你回家！"小慧摇头说："不用！你送小杰回家就行了，我爸一会就派车接我，我还要送小玉和小萌回家！"黄晓慧的父亲就是花桥镇的黄书记，这些干部子女常聚在一起玩，这是他们的社交圈子。商亮迷迷糊糊听到他们打电话，心想：他们都有一个富爸爸，花钱大方，有车接送，日子过得很逍遥，他们是富二代，但他们的安逸生活，来自于父辈，这些人里，除了李春燕，还有谁靠自己创造了财富？

小强临走时，站在门口说："亮哥，我车上有空位，要不我送你回江湾村？"商亮扶着桌子，摇摇晃晃地说："你送我？好，好啊！"李春燕挡在门口说："小强，不用麻烦你，商大哥有我呢！"李春燕脸颊绯红，眼睛水汪汪的，也许是酒精的作用。小强笑道："小燕，你行吗？我看你站都站不稳了！"李春燕说："我，我能行！江湾是我家，我，我闭着眼睛都能开到家！"小强挤眉弄眼地说：

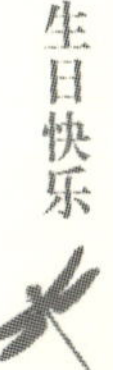

"那我走了，你们继续玩!"李春燕扬了扬手说："少，少废话！我，我要关门了!"

李春燕转身拿起啤酒瓶，咕噜咕噜往杯里倒，丰富的泡沫，溢出酒杯，从桌上淌到地上。商亮结结巴巴地说："我，我不能，不能再喝了!"李春燕端起酒杯说："今天是我的生日，我高兴！商亮哥，你，你来陪我，陪我过生日，我太高兴了！来，咱们，咱们把这杯干了!"李春燕先举起杯，仰起脖子，咕咚咕咚把一大杯啤酒喝了下去，不知她怎么这么能喝？商亮还没有完全醉，他看到春燕把酒都喝了，自己男子汉大丈夫，岂有不喝之理？于是，他也举起酒杯，说道："喝，喝!"把杯里的啤酒喝得精光！

清晨五点多钟，商亮醒了过来，他感到头痛，口渴，想起床喝点水，刚撑起身子，猛然发现身边躺着一个人！啊，是李春燕！她的头发和衣衫零乱，她的衬衣敞开着，露出紫色的胸罩，能看到她胸前优美的乳沟，她穿的短裙很短，上面露出一截粉嫩的腰，她一条雪白圆润的大腿，竟然压在了商亮的腹部！这，这是怎么回事？商亮仔细一看，原来自己躺在一张大床上，看墙上的装饰，这是春燕的卧室！我怎么睡在她的床上？昨晚发生了什么？他的头还有点昏昏沉沉，想起昨晚来春燕家里，和她的一帮朋友一起过生日，后来喝酒，吃蛋糕，再后来，再后来就不知道了。商亮深怕自己酒后乱性，对春燕做出什么不轨的事情，他查看了一下自己的穿着，衬衫有点脏，但内衣内裤都在身上，应该没发生什么意外。

商亮再次对春燕从头到脚看了一遍，见她闭着眼睛，抿着嘴唇，胸脯随着均匀的呼吸微微起伏，一副睡得很香的模样。从她的呼吸中，还能闻到一股酒气，看来她昨晚喝得不少，要不，不会到现在还没醒。商亮坐起身子，把春燕的一条腿，从自己身上挪开，轻放到床上。他很怕她此时睁开眼睛，要是四目相对，彼此会很尴尬！商亮从地上抱起一条薄薄的被单，把春燕胸部以下盖好了。

商亮蹑手蹑脚离开卧室，轻轻关上房门，看到客厅里零乱的情形，他把桌面和地上清理了一下。这套足有一百五十平米的房子，就李春燕一个人住着，她不会感到冷清吗？哦，不会，她有那帮玩街舞的朋友，她不会感到寂寞。她才二十一岁，就这么独立生活了，李书记和张阿姨对她这么放心？女儿生日，他们都不过来看看？春燕那么年轻漂亮，又会赚钱，她有房有车有朋友，她还缺什么呢？她还缺少一份爱情？哦，那是她不想谈恋爱，如果她要找男友，应征的人，恐怕从花桥镇一直排到江湾村！江湾村？对啊，我还等什么，我应该马上回江湾村！

商亮本想给李春燕留张纸条，但一时不知留什么话好，想一想，还是什么都别说，以后见面，也绝口不提“同床”的事，免得彼此难堪。商亮关好防盗门，来到大街上，叫了一辆载客的摩托车，向江湾村驶去。

回到江湾村委会，老陈正在清扫大院，他看到商亮从摩托车上下来，匆匆往宿舍走，问道：“小商，你昨天没回来睡？”商亮不想让别人知道他昨晚住在春燕那儿，就含糊其辞地应道：“嗯，昨天我出去了。”老陈看了看商亮，说：“你衬衫上花花绿绿的是什么？”商亮的衬衫上，昨晚被几个女孩涂抹的花色奶油，留下了一摊摊的印迹。商亮想起有的男人，衬衣上被情人留下口红唇印，回家被老婆见到，难免爆发家庭风暴，幸好自己没恋人，不必为此担忧。商亮灵机一动，说：“饭店墙上的涂料没干，我不小心碰到了。”

07　邻里纠纷

商亮回到宿舍，把衬衫换了。商亮感觉头有点胀，躺床上小睡一会，脑海里却不时浮现李春燕娇美的身影。他起来用冷水洗了把脸，感觉清醒了许多。商亮匆匆来到办公室，听到张桂宝说："北村的怀梅花，隔壁的孙桃花又跟她吵上了！王冬生老打她主意，孙桃花不怪自己老公花心，反倒怪怀梅花勾引她老公，这种事，唉！我得去一趟！不要以为怀梅花没了老公，就任由人欺负！"商亮一听"怀梅花"三个字，想起乘车来花桥镇时，同车上那个喂奶的少妇，她不就是怀梅花吗？没想到她老被人欺负，我来了两个月，该去看看她！商亮站起身说："张姐，我跟您一起去！"

走在路上，张桂宝告诉商亮，怀梅花的丈夫王小弟，是王家的独生子，初中毕业后跟建筑队做泥水匠，两年后，他父亲生病去世，把家里的积蓄花光了，王小弟做了几年泥水匠，挣了几万块钱，去学了汽车驾驶，还买回一辆小面包车，做出租车生意，前年，王小弟跟怀梅花结婚了，去年上半年，他家买了楼板、砖瓦等建筑材料，准备把平房翻造楼房，没想到年底，王小弟出了车祸，他的小面包车撞上了人家卡车后头，王小弟当场就死了，因为王小弟闯的红灯，又撞了人家，所以没赔到钱。怀梅花带着出生才两月的儿子，和她的婆婆住在一起，家里穷，还老有人欺负她，真是个命苦的女人！

商亮同情地说："她生活这么难，怎么不回娘家住呢？"张桂宝叹口气，说："女人离婚了，才能回娘家住，怀梅花没离婚，她现在还是王家的媳妇，王小弟的阿妈还活着，三个人相依为命。"商亮说："像她家的情况，民政上有照顾吗？"张桂宝说："那要到今年年底了，也没多少，就是发几百块钱救济一下。"

商亮说："几百块太少了，帮不了她家什么忙。"张桂宝说："那也没办法，村里没钱补贴贫困户。李书记就是想让大家好过一点，才想办法筹钱建厂房，将来好有租金收入，小商，你应该理解李书记的良苦用心啊！"商亮点点头，说："我理解，李书记所做的一切，都是为了乡亲们好。"张桂宝说："你那天说的话，等于否定了他的做法，看得出，李书记有点失望。"商亮说："其实我没反对李书记的方案，我会向他解释的。"

张桂宝说："你是男人，又不是本村人，等会儿到了怀梅花家，尽量少说话，我来劝他们。"商亮跟老陈聊天时，听老陈说过这样的话："人为什么有两只眼睛两只耳朵却只有一张嘴？那是老天爷告诫人要多看多听少说！"商亮说："好，我知道了。"张桂宝说："怀梅花的人性好，她还年轻，本来可以再嫁人，但为了给王家留后，硬是留在了王家，说要把小孩抚养成人，眼下上有老，下有小的，真是难为她了！"商亮说："是啊，她要熬多久才能松口气？"

王小弟家就在公路旁，三间旧平房，屋场上堆放着好几摞建筑材料，江湾村95%以上的人家都翻建了楼房，平房是很少见的。民谚说："小康不小康，关键看住房。"怀梅花家至今住着平房，可见生活水平不怎么样。商亮看到屋场上，一个四十几岁的女人，指指戳戳，骂骂咧咧，她身后还站了个五短三粗的男人，两只手掌都缠上了纱布，而怀梅花抱着小孩，站在自家的房檐下。那女人骂人用的是当地方言，但商亮能大概听懂，他在东吴生活过四年多，听多了当地话，也能听懂七八成意思。

张桂宝低声说："屋场上的男人，就是隔壁的王冬生，开口骂人的是他老婆孙桃花，抱小孩的就是怀梅花。"商亮想起一首歌《女人何苦为难女人》，他不明白，桃花和梅花不都是花吗？同为女人，干吗吵得那么凶？只听孙桃花骂道："你这个扫帚星！丧门星！狐狸精！你这个不要脸的女人！是不是老公死了，当空姐当腻了，就来勾引我老公？要不是你嫁到王小弟家，王小弟也不会死！你这个克夫的女人，你还有脸呆在王家？你是不是想把村上的男人睡个遍！"商亮一开始没明白那女人骂的"空姐"是什么意思？稍微一想就猜到了，不禁愕然，那女人怎么什么话都骂得出口？

怀梅花回应道："桃花婶，你老公是什么货色，你比我清楚，只有你才会把他当成宝！你问问你男人，他昨晚干了什么？"孙桃花说："他干了什么？还不是你勾引的？你洗澡没把窗帘拉好，你没把肉藏好，能怪狗偷吃？"原来，王冬

生昨晚偷看怀梅花洗澡，亏孙桃花说得出口，不怪自己老公好色，却怪怀梅花没把窗帘拉好，真是恬不知耻，倒打一耙！这应该是怀梅花告王冬生骚扰才对，这种不光彩的事，王冬生的老婆居然有脸骂上门来？

张桂宝上前劝道："你们两家吵吵什么？俗话说得好，金乡邻，银亲眷！隔壁人家要和睦相处，三天两头吵呀吵的，你们烦不烦呀？"孙桃花一把拉着张桂宝的手，说："妇女主任，你来得正好，我要去村里找王主任，请他给评评理！"张桂宝说："你找王主任也没用，你以为他是冬生的堂兄就帮你们说话？王主任躲还来不及呢，这不叫我来劝劝你们！"孙桃花瞪了怀梅花一眼，说："妇女主任，这回你来劝也没用，怀梅花这骚货太坏了，她把我们害惨了！"张桂宝把孙桃花拉过一边，小声劝说道："你家和王家媳妇的事，我知道，不是我说你，你要管好你老公，他趁着怀梅花家里没男人，想动歪脑筋，这是不对的！"

孙桃花说："张主任，你不了解情况！这回跟从前不一样，这回，怀梅花一定要赔钱！她要不赔钱，我是不买账的！"张桂宝不解地说："赔钱？赔什么钱？"孙桃花一把拉过身后男人的手，说道："你看看，你看看！冬生的手受了伤，是被怀梅花害的！她要赔偿冬生拍片费、药费，还有误工费！"张桂宝如坠云里雾中，说道："到底怎么回事？"孙桃花在老公的臂膀上拧了一把，说道："死男人，你倒说句话啊！"王冬生被老婆拧得龇牙咧嘴，嗯嗯了几下，才用包满纱布的手，指了指怀梅花，说："她在路上撒了碎玻璃和大头钉，我不小心跌了一跤，手被扎伤了！去医院看伤，花了五百块钱！"

张桂宝有点怀疑，说："有这种事？怀梅花不会故意吧？"孙桃花叫道："她就是存心的，这种坏女人，什么做不出来？"张桂宝说："碎玻璃在哪儿？我怎么没看见？"王冬生说："喏，在那窗台下！"张桂宝一看，心里雪亮，笑道："王冬生，屋场这么大，哪儿不好走，你往窗台那儿走干吗？"王冬生支吾着说："我，我……"孙桃花在一旁叫道："你什么呀！你不就是去偷看那女人洗澡吗？这点事，有什么说不出口的？"张桂宝说："要真这样，就是冬生的不对，这事幸亏怀梅花没报警，要是她去派出所报案，冬生搞不好要被拘留！"

孙桃花有点害怕，但仍不甘心地说："这女人太坏了！她往地上撒碎玻璃、撒大头钉不说，还在窗台上抹菜油！谁去扒窗台谁就摔跟头，你说她的心肠毒不毒？"张桂宝哑然失笑："冬生不去扒窗台，会摔跟头吗？你们不想想前因后果，光知道找别人的岔，出了这种丢脸的事，冬生应该反省反省，你当老婆的要对他加强管教，还好意思上门来吵？依我看，你们不但没理由要怀梅花赔偿，还应该向她道歉！”

商亮自从在车上见到怀梅花后，心底一直没忘记她，有一次做梦，居然梦见自己是个小孩，躺在她的怀里，贪婪地吮吸着她的奶水，感觉特幸福特甜蜜！醒来后，商亮觉得有点不可思议，难道说，自己有恋母情结？其后，商亮坐在李春燕的车上，瞥见过怀梅花一次，虽然来江湾村已两个月，商亮并没到怀梅花家登门拜访，他渴望和她再次相见，但平时又刻意避开和她重逢，这种矛盾的心理，商亮自己都琢磨不透。

怀梅花看到站在妇女主任身边的商亮，她一眼就认出了他！这个和自己年龄相仿的男青年，曾在车上给自己让过座，还代付过十块钱的车费，那次的萍水相逢，她不自觉地记住了他。她听说村里来了位大学生村官，名字叫商亮，有好几次，她想到村委会去看看，看看那位村官是否就是自己遇见的那个好心的青年？但不知为什么，她都没有成行。商亮带大学生来北村的瓜田帮忙摘瓜，她听说了，但她那天去镇上卖菜了，不在家。不过，怀梅花隐隐有种感觉，村里来的那个大学生村官，十有八九就是给自己让座的青年！怀梅花看到商亮就站在了自己的面前，心底突然涌起一阵莫名的羞怯，就像一把沉寂已久的琴，突然被人拨动了一下琴弦，不自禁地发出了颤音，这种颤动的声音，只有她自己听得到！

商亮和怀梅花，几乎异口同声地说：“是你？”随即，两人都笑了。商亮略有点紧张，说：“你住在这里？”怀梅花点点头。商亮说：“你一个人挺不容易的。”怀梅花摇头说：“我和小磊，还有小磊奶奶，还有小磊他爸爸！我家一共三个人，不，是四个人！”说着，她指了指客堂里，眼神暗淡下来。商亮朝客堂看去，只见屋子的西北角，有一张桌子，桌子上安放着骨灰盒，还有两个蜡烛座，各插着一支烛泪斑斑的蜡烛，墙上挂着一个花圈，还有一副镜框，镜框里是一个男人的黑白照片。商亮说：“他是你丈夫？”怀梅花眼眶含泪：“嗯，他遭了车祸，走了。”商亮心里一动，她对她的丈夫，是多么深情？一提起她的丈夫，她的眼眶就湿润了，在人情淡薄、心灵干燥如沙漠一般的世俗，她的心却像一泓清泉！

王冬生看到怀梅花和商亮站得很近，聊得很亲切，酸溜溜地说：“这不是村里新来的商助理吗？怀梅花这个水性杨花的女人，这么快就跟商助理勾搭上了，

真是不要脸啊！”张桂宝斥道：“别胡说！说话要注意分寸！”孙桃花说：“我一看这女人就知道她是假正经！女人没男人怎么过？熬一月两月还行，要是熬上三个月半年的，有哪个女人受得了？不偷吃才怪！”张桂宝说道：“你们夫妻俩咋回事？吃饱没事干了？就喜欢对别人说三道四？怀梅花哪里惹你们了，你们要这么欺负她？”王冬生说：“谁欺负她了？我可什么都没干！”张桂宝说：“要不是你去偷看她洗澡，你会摔倒？”王冬生说：“就算我偷看了，她又没少什么？撒大头钉扎人，太阴损了！”

怀梅花回应道：“论辈分，你是我叔了，你来偷看不说，有时半夜还来敲我的窗户，你把我当什么人了？我忍无可忍，才把半盒大头钉，撒在了窗台下，扫了点碎玻璃撒在那儿，我还抹了点菜油在窗台上，我是防贼的，规矩人不会半夜三更站我窗台下，我这叫正当防卫！”王冬生气愤地说：“你做得这么阴，害我两只手都扎伤了，花了医药费不说，我还不能去做小工，你这招，害我损失了多少钱哪！”怀梅花冷冷地说：“那是你自作自受！谁叫你老不正经！”

原来，昨天晚上，怀梅花为了防范色狼的骚扰，在窗台和地上做了手脚，谁要是夜里来敲窗户，就给他们点教训，别以为我好欺负！当她伺候小磊睡着后，就准备洗澡睡觉，平房没有卫生间，她洗澡要在浴盆里洗，当时，她忘了把窗帘拉上了。隔壁的王冬生，早就对怀梅花不怀好意，他以为年轻女人好面子，死了丈夫坚持不了多久，只要天天去试探她，没准哪天她就把门开了。

王冬生刚好从窗外走过，透过窗玻璃，隐约看到里面有人在洗澡，他按捺不住好奇心，想偷窥一下她的身体，就轻手轻脚走到窗前，踮脚扒住窗沿想偷看屋里的情形，没提防窗台滑不溜秋，他一个失手，“哎呀”一声摔倒在地！他的双手刚撑到地上，就觉得一阵刺痛！玻璃碴和大头钉，扎进了他的两只手掌！怀梅花在屋里，知道有人尝到了苦头，没敢出来。王冬生连夜叫亲戚的电瓶车送到镇上的医院，清创包扎，还打了破伤风针。他十分懊恼，但他不怪自己，只怪怀梅花使阴招！他老婆孙桃花知道后，刚开始骂了丈夫几句，后来一想，丈夫受伤不能去做小工赚钱，就迁怒于怀梅花。于是，夫妻两人从医院一回来，就找上门来，对怀梅花破口大骂，还索要赔偿，怀梅花当然不会给。

王冬生听到怀梅花说他“自作自受”和“老不正经”，愤愤然地说：“梅花，你真没良心！三月里你儿子去儿童医院看病，我还借给你八百块钱，好，赔偿我可以不要，但八百块钱，你现在就还给我！”怀梅花说：“王叔，你借给我钱，我很感激，那是你自愿借给我的，我现在没钱，等我有钱了就还给你！”孙桃花一听丈夫偷偷借钱给怀梅花，这事她一点都不知晓，不禁心头怒起，一把揪着丈夫的耳朵，骂道：“你这个吃里扒外的东西，连人家的手指头你都没碰着，八百块就送上门啦？你老实交待，瞒着我你给过她多少钱？你这个猪头！”王冬生很后悔刚才失言，原本他想给怀梅花一点小恩小惠，趁机沾怀梅花的便宜，这下事情穿帮了，吃醋的老婆会闹腾个啥样？

王冬生把一切责任，都怪到怀梅花身上！要是她早点放下架子，自己偷偷给她更多的钱，事情也不会败露！要是她不在窗台上抹油，不在地上撒钉撒玻璃，自己就不会受伤，也不会把借钱的事说出去！不是她的错是谁的错？王冬生摸摸被老婆揪得火辣辣疼的耳朵，他的心里，倏地蹿起一股怒火！他瞪着眼，冲向怀梅花，嘴里喊着：“都是你这个女人害的！”抬腿就向她的腹部踢去！

这一下猝不及防，怀梅花抱着小磊，根本没反应过来，眼看要被王冬生踢上一脚，说时迟，那时快，站在怀梅花身边的商亮一个箭步上前，只听“扑”一声，商亮的右腿，结结实实挨了王冬生一脚！张桂宝在旁边喊道：“王冬生，你怎么打人?”怀梅花也是一声惊叫！没想到，王冬生并没有停止动手，他一个转身，抬脚又向怀梅花踢来！嘴里还在叫嚷：“欠钱不还，打的就是你！”商亮岂容王冬生再次行凶？他忍着疼痛，跨前一步，弯腰迅速一抄，双手抓住王冬生踢来的脚，借势往上一抬！王冬生“扑通”一声，摔了个仰面朝天！

王冬生一骨碌爬起来，叫道：“你帮她，连你一块打！”他双手挥舞着扑向商亮！王冬生的双手都缠着纱布，商亮肩上被他打了一拳，也不觉得疼痛。商亮喝道：“你是长辈，欺负一个弱女子，你算什么男人！”王冬生叫道：“你一个外地人，有什么资格管我们的事?”说话间，他挥拳向商亮的胸口打来！商亮心想：他这么蛮不讲理，虽说他是本村人，跟王主任又是亲戚，论年纪还是我的长辈，但为了怀梅花今后不被他欺负，今天我得教训他一下！

商亮年轻力壮，王冬生的手上又缠着纱布，哪是商亮的对手？商亮瞅准他的手势，一把扭住他的手腕，将他反背过去！王冬生酸疼得“啊哇哇”大叫，他被商亮扭住手臂，不得不弯背低头。商亮说道：“王叔，你骚扰怀梅花，还动手打人，实在太过分了！”王冬生哀求道：“我痛啊，你放手！快放手啊！”商亮说：“要我放手可以，你必须保证今后不再骚扰怀梅花！如果你还对她不怀好意，我会支持她把你告上法庭！告你坐牢！”王冬生连忙说：“好好好，我保证！

我保证今后对她客客气气，再也不胡思乱想了！”

旁边的张桂宝、孙桃花和怀梅花，还有刚从田头回来的怀梅花的婆婆，她们都没想到王冬生会和商亮动起手来，商亮又把王冬生给制服了！她们怔立当场，没人上前相劝。商亮松开手，王冬生直起身，揉着手腕和肩膀，一张脸涨得通红。商亮说：“王叔，对不起！”王冬生惭愧地说：“别说了，是我不好！”他转身对怀梅花说：“今天，我这张老脸丢尽了，我知道错了，梅花，是我对不起你，请你原谅王叔的不是！”怀梅花露出了笑容，说：“王叔，没事，咱们没有仇恨，只要你们不嫌我家穷，咱们还做好邻居！”怀梅花的婆婆放下篮子，抱过怀梅花手里的孙子，高兴地说：“隔壁乡邻的，没个仇没个怨，何必弄得像冤家对头？小弟看到咱们两家和和气气，他也会高兴的！”

张桂宝没想到，自己来调解邻里纠纷，真正起作用的，却是小商！是他让两个大吵三六九、小吵天天有的家庭，平息了风波！让人匪夷所思的是，小商的调解手法，不是摆事实讲道理，不是苦口婆心的劝说，却是打架！他和王冬生莫名其妙打了一架，又莫名其妙把两家的矛盾解决了，真是有趣！当然，这是歪打正着。看来，江湾村还真是少不了小商，小商到江湾村来，也是来对了地方！

王冬生和孙桃花回到了隔壁。怀梅花感激地对商亮说：“谢谢你！每次都是你帮我！”商亮笑道：“这是我应该做的，我现在也是江湾人。”怀梅花说：“张主任，商亮，你们留下来吃顿便饭吧？”张桂宝笑道：“村里还有事，我要回去的，小商，你留下来吃饭吧？”商亮说：“来日方长，下次吧。”商亮从裤袋里掏出一张五十元，塞到怀梅花手里，说：“这个你拿着，给孩子买袋奶粉。”怀梅花把钱塞回商亮的手里，说：“不不！我不能要你的钱！”商亮笑着说：“我不是大款，帮不了你多少，这五十块，算我借你，你就拿着吧！”怀梅花确实手头紧，也就收下了。她握着商亮的手，感激地说：“你处处帮我，我怎么谢你？”商亮笑道：“不用谢。”顿了顿，他轻声说道：“你放心，我会常来看你的。”

08　齐头并进

农村的环境很空旷，到处是生机勃勃，果实累累。生活在江湾村的村民，也许不觉得家乡有多好，但来了两个月的商亮，却是满心的喜欢。商亮愿意是一滴水，融入江湾的怀抱。建功立业，是每个男人的向往，但有几人是轰轰烈烈的？只需脚踏实地，在平凡的岗位上做出成绩，同样对得起自己的人生。

李爱民夹着公交包，脸膛红通通地走了进来。王根林说："老李，这两天没见你，忙啥了？"李爱民拍拍手里的包，说："还能忙啥？找书记，找镇长，找行长！"王根林说："找他们干吗？"李爱民走到洗手池边，一边洗手一边说："要政策，要支持，要贷款！"张桂宝说："李书记，看你皮肤都晒红了，怎么不叫春燕开车送你？"李爱民笑道："那是她买的私车，当老爸的没贴一分钱，不好老蹭她的车呀。"郭兴元说："春燕做生意真行，后生可畏！"李爱民笑道："说起她，我是又自豪又惭愧！这些年，论赚钱，我还真不如她！"

商亮泡了杯茶，端到李书记的桌上，说："李书记，您辛苦了！"李爱民温和地看着商亮，说："小商，你上次提的建议不错！"商亮说："是我没有领会您的良苦用心，你的筹划是对的！"李爱民笑道："我要的是真正为村里着想，能帮我出谋划策、助我一臂之力的助理，不是马屁精！你能提出不同的观点，这就很好！呆会儿，你起草一份村里向村民集资入股的告示，贴出去让大伙知道，江湾村发展经济的步伐太慢了，要加紧速度啊！"王根林说："老李，你决定造厂房了？上次的讨论不是还没结果吗？"

李爱民呷了口茶，笑道："结果么？就照小商前天说的做，两条腿走路，工业和农业共同发展！这个方案，得到了黄书记和罗镇长的肯定！你们还有意见

吗？”听到这个消息，大家都很高兴。商亮说：“谢谢李书记采纳我的建议！”王根林兴奋地说：“我说嘛，村里要是早点搞种植养殖，也不至于这么穷！”李爱民说：“老王，你误会了，不是村里搞种养业，村里要做的工作，是扶助村民搞种植和养殖！”王根林有点失望地说：“村里得不到好处，那有什么意思？”李爱民说：“我们要多考虑村民的利益，村民富了，那才是江湾村的实力，光村里有钱，大伙还是没富起来，这算什么本事？”

王根林说：“那我可以搞个养猪场吗？”郭兴元说：“我也想搞个养鹅场。”李爱民说：“我跟镇农业银行的沈主任谈好了，农行愿意提供贷款，支持咱们搞三产，作为村干部，要把有限的机会让给村民，不要把好处先占了！”王根林说：“我想先带个头，要是我赚到钱了，村民也就乐意跟着干了！”李爱民说：“老王，你的话没错，但实际操作中，村民会认为咱们自私自利，占用贷款为自己服务，你有本职工作，如果办了养猪场，你是养猪场场长还是村主任？”

郭兴元说：“大家都想致富，主要问题是缺钱缺技术，钱的问题可以贷款，技术问题怎么解决？缺少种植和养殖技术，就是给大伙钱，他们也不敢上啊！”李爱民说：“加快发展农业村的规划，这是镇里面的统一部署，咱们江湾是试点村，要走在前面！黄书记说了，养殖方面，市里的畜牧局和镇里的兽医站，都会派人来指导。”王根林说：“那种植方面怎么做？是村里统一安排，还是村民各种各的？”李爱民笑道：“老王，你是村主任，这个问题应该问你，农业的事，你比我精通！”王根林不好意思地说：“农业上怎么创新？我也不懂。”

商亮说：“我在网上看了一些资料，发展种植业，要有所选择，不是种什么都行，要考虑市场需求，种附加值高的品种。”王根林说：“什么叫附加值？”商亮说：“附加值就是增值空间，也就是利润高的品种。”郭兴林说：“对，种什么要考虑好，不能拣到篮里就是菜，种桃树和葡萄赚不到钱，价格低，熟了又容易烂。”马会计说：“种枇杷树不错，味道好，价格高。”李爱民说：“为了提高大家参与的积极性，尽量上马短平快项目，一般村民都希望当年投入，当年就有收入，早点看到回报，更能激起村民的热情，上次商亮说的大棚蔬菜，倒是不错。”

张桂宝、马会计和郭兴元都说：“这个行！种菜大家都会，不用学，容易上手。”商亮笑道：“大棚蔬菜的种植，是技术活，要讲究大棚内的温度、湿度、光照等，这和大家平时种菜是不一样的，我在网上可以咨询一些专家，多向他们请教。”王根林说：“网络这么神奇？还能请到专家？”李爱民对网络了解一些，女儿没买房子前，每天回家住，他常看到春燕上网和网友聊天，还能通过视频看到对方的长相。李爱民笑道：“网络上的名堂多得很，两个没见过面的男女，还能在网上搞对象呢！”商亮笑道：“李书记，您也知道网恋和网络征婚？”

王根林说：“咱不谈网民，还是谈点实际的事，老李，你不是说可以贷款吗？集资的事还要搞吗？”李爱民说：“集资建厂房是好事，房子在那儿，不会亏本，造好了出租，年年有收成，村民变成了股东，变成了房东，年年坐收红利，当然要搞！”王根林说：“万一造好了租不出去，分红不成了空头支票？”郭兴元说：“老王，你不要乌鸦嘴好不好？事还没做，你就说不吉利的话，这不是存心泼冷水吗？”王根林说：“我不是泼冷水，我是提个醒，别把事想得太好，结果却没实现，村民能放过咱们这些放卫星的村干部吗？”

李爱民咳嗽了一下，说：“办事不能怕担责任！我想好了，农业和三产方面，由老王负责，郭兴元协助相关工作，造厂房和集资入股这事，由我全权负责，小商协助我工作，我们要尽一切努力，把这件事做好，让江湾人都富起来！”王根林说：“老李，你的意思是说，贷款的钱归我管，集资的钱归你管？”李爱民说：“我们不只管钱，还要管事！你负责三产，我负责招商，把事情做好，别让村民失望！”张桂宝说：“我支持李书记，要集资入股的话，我愿意出五千元！”李爱民笑道：“发展经济是当务之急，赚钱不可耻，村里也好，村民也好，都需要钱，大家的口袋富了，江湾才能实现全面小康！”

商亮的手机响了，他看了一下来电号码，有点惊喜。他抱歉地说：“我到外面接个电话。”李爱民说：“去吧，等会儿别忘了写集资告示。”商亮点点头，退到了室外。商亮说：“司马琴，怎么是你？怎么想起给我打电话了？”打来电话的是司马琴，她去了锦溪镇，和商亮一样是村官。司马琴说：“这么久你没打电话给我，是不是早把我忘了？”商亮说：“喝水不忘挖井人，我哪能把你忘了？”

司马琴沉默了，商亮“喂喂”了几声，没听见回应，以为手机信号中断，正要重拨，却听见司马琴说：“商亮，你能不能来看我？我快坚持不住了！”商亮一惊，问道：“发生什么事了？”司马琴犹豫了几秒，说：“我实在受不了……你能不能过来一趟？我真的需要你！我快要崩溃了！”商亮不解地说：“到底是什么事？有那么严重吗？”司马琴长叹一声，说：“哎，电话里说不清楚，你到我这里来一下，哪怕就一天，好吗？”商亮迟疑地说：“村里事情忙，我可能走

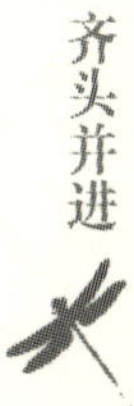

不开，要不，你有什么事，先找周凤明商量一下？”司马琴颇感失望地说：“他？算了吧！商亮，我们两个月没见了，你不能来看看我吗？我真的走投无路了！”商亮听她的语气，好似真有什么事困扰她，于是，他说：“那好，我跟书记请几天假。”

商亮回到办公室，走到李爱民的办公桌前，说：“李书记，我想请两天假，去锦溪看望一位同学。”李爱民说：“最近村里事多，集资，规划土地，厂房建设，都需要你，要不，让你同学过来玩，怎么样？”商亮说：“好的，我对同学说，叫她过来。”商亮拨通了司马琴的手机，说：“抱歉，我这里有点走不开，要不，你来我这里，行吗？”司马琴伤感地说：“你过来才有用！要是我过去有用，我还求你干吗？”商亮在办公室里和司马琴通话，李爱民听到了司马琴的话，笑道：“小商，是你女朋友要你去吧？听声音她好像有点不高兴，那你去一趟吧，这边的事，等你回来再办。”

下班后，李爱民叫商亮留下来，把集资的告示写好。商亮坐在马会计的座位上，对着电脑发呆，不知从何下笔？他对集资的内容和意义，十分茫然。李爱民看商亮没有动静，笑道：“小商，怎么，不会写？”商亮说：“我不知怎么写，才能说服大家参加集资？”李爱民说：“通俗点讲，集资就是大伙为了办成某件事凑份子，集资建厂房，这是一件有意义有前途的事，从大的方面说，这是江湾村发展的需要，从小的方面说，可以盘活村民手里的钱！”

商亮有点担忧，说：“村民手里的钱本来就不多，他们愿意拿出钱来投资吗？”李爱民笑道：“我了解江湾人的性格，他们省吃俭用，把辛苦的积蓄存在银行里，为了防病、养老、为孩子的上学、结婚、建房等做储备，但他们不知道，存在银行里是吃亏的，利息抵不上物价上涨的速度，比如造房子，十年前，村民在自家宅基地上翻建楼房，三万多块就够了，现在，材料费、人工费，翻了几倍，十万块才能把房子造好，这不是吃亏了吗？”商亮眼前一亮，说：“我们老家的人也是这样的，生活过得很艰苦，挣的钱，不是花在孩子身上，就是放在银行里，就是舍不得花。”

李爱民点点头，说：“农民的意识都差不多，挣钱不易，花钱谨慎，但积攒下来的钱存银行，不但没增值，反而让辛苦钱贬值了，所以说，储蓄是让活钱变成死钱，投资是让死钱变成活钱！”商亮说：“投资也有风险，村民能承担这个风险吗？”李爱民说：“做任何事都有风险，但风险有大小，如果投资股票，有可能血本无归，像我们投资造厂房，几乎没有风险，有人来开厂，村民就有了上班挣钱的机会，厂房租出去有租金收入，每年还能分红。小商，你要给大家多讲讲投资的好处，大家理解我们了，事情就顺利了。”

集资建厂房是个好主意，但要说服缺少理财观念的村民，有一定的难度。商亮说：“我有个建议，能否让村干部带头投资入股？最好把集资的金额公开在告示上，榜样的力量是无穷的，大家看到村干部带头入股，会跟风吧？”李爱民笑道：“你说得对！小商，你想到了我没想到的，好！”商亮谦虚地说：“我是受您的启发才想出来的。”李爱民笑道：“不瞒你说，我的投资意识，还是受了我女儿的影响，当初我投钱给她开服装店，想让她吃点苦头，到撑不下去了，就让她安安分分上班，没想到她的生意越做越好，不知多少个三万块赚回来了。”

商亮说：“春燕确实很有经商天赋，我很敬佩她，李书记，春燕生日那天，您和阿姨怎么没去？”李爱民笑道：“春燕那丫头，她跟一帮朋友过生日，不要我们大人掺和，对了，你怎么知道她过生日？”商亮不好意思地笑了笑，说：“她的生日，我也参加了。”李家民笑道：“哦？她邀请你了，却不邀请爸妈，真是忘恩负义的家伙！”商亮笑道：“年轻人都希望有独立的空间。”李爱民淡淡地说：“她就是文化程度低了点，初中毕业，在这个社会是很难混的。”商亮说：“一个人的生存能力，比其它能力更重要，我一个大学生，自食其力都有困难，春燕却能从容做老板，这是我自愧不如的！”李爱民说：“你和春燕不同，春燕充其量把店开得再大一点，而你潜力很大，我相信，你今后的路会越走越宽！”

商亮感激李书记的信任和鼓励，一个人在成长路上，如果遇到一位良师益友，可以少走许多弯路。商亮说：“李书记，谢谢您对我的鼓励！是您无微不至的帮助，才使我很快适应了这里的工作。”李爱民语重心长地说：“你既然来了，就要沉下心来，农村基层工作说累也累，说轻松也轻松，我在村里呆的时间长，深有体会，只要不犯错误，哪怕一年啥事不干，年终也能拿几万块工资，但我们不能这么混，村官的职责是什么？就是服务于民！村里的公共事业要完善，需要一大笔钱，我希望招商引资完成后，等村里有了钱，可以补贴村民的教育、医疗和养老，解除他们的后顾之忧，让他们过上舒心的日子！”

听君一席话，胜读十年书！村支书面对的，是实实在在的民生问题，群众的眼睛是雪亮的，李书记所做的一切，相信村民会理解和支持的！商亮想好了写告示的思路，他一边打字，一边说道：“李书记，我知道您压力大，请放心，

我会竭尽所能，当好您的助手!”李爱民说：“我的确有压力，江湾村的经济落后，穷则思变，这次我下决心建造厂房，是有把握才这么做的。你知道我有个阿舅叫张永明吧?”商亮说：“知道，他是隔壁塑料厂的厂长。”李爱民说：“他脑子活络，交游广阔，认识不少大款，他答应我，只要我把厂房造好，出租的事包在他身上。”商亮说：“如果把预建的厂房有人要租的消息写在告示里，一定会提高村民参与集资的积极性!”李爱民笑道：“写东西你在行，你看着办吧。”

09　冒牌男友

第二天，商亮乘车来到东吴，再转车前往锦溪镇。到达锦溪镇的车站，商亮刚一下车，就看到司马琴在出站口的身影，她的身后，还有一个三十多岁的胖男人，脖颈上一条粗大的金项链很晃眼。司马琴迎上前来，眼里突然间涌出了泪。商亮伸出手说："琴姑娘，你怎么啦？"司马琴握着他的手，有点激动地说："商亮，你来啦！你怎么才来呀？"司马琴转过身，说："杨主任，我来介绍一下，这位是我的男朋友，他叫商亮。"商亮还没回过神来，又听司马琴说："亮，这位是咱们莲湖村的杨村长，是我的领导。"司马琴的表情，让商亮颇感意外，她怎么说我是她的男朋友？但商亮明白，她这么说，一定有她的原因，她不会平白无故开这个玩笑的。

商亮知道，村长就是村主任，村长是当地村民的习惯叫法，但有的人喜欢别人叫他"村长"，因为带"长"字的是领导，而"主任"只代表一种职务。商亮上前一步说："杨主任，您好！"杨主任似乎对商亮的到来，并不欢迎，他点了点头，说："嗯，你好。"商亮感觉到，他的手很肥厚，但没有用力，握上去软绵绵的。这是一种冷淡的态度，只是表示礼节性的欢迎，如果是热情友好的态度，握手就会握得很紧，很有力。

杨主任说："我车在那边，我送你们回村吧！"司马琴有点胆怯地说："村长，我想和男朋友在镇上随便走走。"杨主任说："那好吧，别走远了，半小时后我来接你们，一起吃饭。"商亮心想：半小时？半小时怎么够？朋友见面，总得找地方谈谈心吧？看似他对司马琴很关心，实际是很不放心！我在江湾村，工作氛围是很自由的，这个村主任怎么对他的助理管得这么严？商亮说："杨主

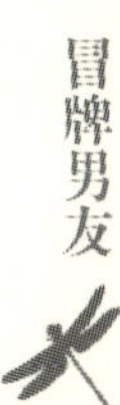

任，我和司马琴很久没见面了，我想和她多呆会儿，您不会反对吧？”杨主任愣了愣，大概没人这么跟他讨价还价的，他严肃地盯了司马琴一眼，说：“我中午要去办事，下午再接你们去村里！”杨主任坐上旁边那辆本田车，扬尘而去。

商亮暗笑，好家伙，他连中饭都不招待了。杨主任刚走，司马琴一把拽住商亮的手，说：“商亮，你怎么叫我琴姑娘？”商亮不解地说：“那我叫你什么？”司马琴说：“你叫我琴啊！”商亮笑道：“琴？司马琴同学，我被你闹糊涂了，你怎么说我是你男朋友？”司马琴羞涩地一笑，说：“你知道吗？我请你来看我，就是希望你扮演我男朋友的角色！”商亮疑惑地说：“扮演？扮演给谁看？”司马琴扯了一下他的手，说：“我们去茶楼坐坐。”

锦溪镇是个千年古镇，小桥流水人家的格局，历经风雨洗礼，依然保存完好，古色古香的味道，仿佛使人跨越历史，回到了古代的街市。锦溪和花桥很相似，都是那种很古老但是又很兴旺的小镇。商亮赞叹于江南古镇的质朴和灵巧，如果单个地看，无论石桥、石子街，还是枕河人家的房屋，给人一种很雕凿很精致的感觉，然而，整体地看，感觉却又是纯朴的，浑然天成的。

两人来到一座水乡茶楼，茶楼是木结构的老楼，门前是街，背靠着河。楼梯也是木头做的，人走上去，发出咯吱咯吱的声响。商亮要了一杯碧螺春，司马琴要了一杯茉莉花茶，还要了一碟南瓜饼。司马琴说：“商亮，你尝尝这里的小吃，味道很好的。”商亮笑道：“你不是叫我亮吗？怎么又改成商亮了？”司马琴笑了，说：“私下里，可以叫名字，但在人前，我叫你亮，你叫我琴，好吗？”商亮笑道：“这么亲昵的称呼，我会浮想联翩的。”司马琴微微摇头说：“口是心非！你浮想联翩，会两个多月不给我打电话？”

商亮端起茶杯，有点烫，就对着茶水吹了吹，呷了一小口。司马琴笑道：“你不会喝茶。”商亮笑道：“喝茶不就是解渴，还有什么讲究？”司马琴笑着说：“喝茶要讲究色、香、味、形，像这碧螺春，茶叶细细的，就像小尖螺，用八十度左右的水冲泡后，茶水清绿，香气浓郁，喝上一口，嘴里会有淡淡的清甜，热茶被你一吹，香气就被吹散了。”商亮笑道：“你这是跟谁学的？”司马琴说：“是杨村长，他喜欢喝茶，喝的都是名茶，什么龙井、碧螺春、铁观音、普洱，有的要几千块一罐。”商亮笑道：“你们那村很有钱嘛！”司马琴说：“村里是很有钱，不过没什么工厂，村庄旁边有个莲湖，莲湖边有好多别墅，还有一个很大的高尔夫球场。”商亮笑道：“我明白了，村里靠卖地赚钱吧？眼前是发了，可子孙后代吃什么?”

司马琴说:“我不清楚,我去的时候就是这样了。”商亮说:“那你具体做什么事?”司马琴说:“我不知道村长助理应该做什么?村长杨坤不但是村里的主任,还是镇上一家货栈的老板,他几乎每天都有应酬,都是什么老板呀,领导呀,每次都叫我一块去,去了就要喝酒。”商亮说:“你可以拒绝,可以不去嘛,陪酒不该是村长助理分内的事吧?”司马琴说:“我不敢!”商亮说:“怕什么?你是给村里工作,又不是为他工作!”司马琴说:“他很凶的,村里没人敢顶撞他,就连村支书都让他三分!”商亮愤慨地说:“这是村长吗?我怎么听了像是土皇帝?”司马琴说:“莲湖村就是他说了算!”

商亮拿了块南瓜饼吃起来,又软又糯又香,味道真不错。商亮说:“他开的车是你们村里的吗?”司马琴说:“不,是他私人的!他在村里有个三层楼房,他老婆和他女儿住着,他在别墅区还有一幢别墅。”商亮叹道:“就凭他一个村长,能有那么多钱吗?”司马琴说:“他说是他开货栈赚的。”商亮说:“开货栈是他洗钱的方式吧?他那么有钱,你给他当助理的,也没少拿吧?”司马琴说:“我月薪二千五,全额发放的,村长另外发一千块奖金。”商亮说:“村里还发一千块奖金?”司马琴说:“不是,是村长给的,说我陪他去喝酒,在他的朋友面前长了面子,一千块是他奖励给我的。”商亮笑道:“带个漂亮的女大学生一块喝酒,他是很有面子!司马琴,我看你不像是他的助理,倒像是他的公关小姐!”司马琴说:“杨村长说,助理就是协助他办事。”商亮摇摇头说:“他把你这个主任助理,当成是他的私人秘书,他太不尊重你了!”

司马琴露出忧愁之色,说:“他就是太不尊重我,我才向你求助啊!”商亮说:“到底怎么啦?”司马琴说:“我来了半个月不到,他就开始对我动手动脚,我陪他去喝酒吃饭,他当着其他人的面,摸我的手、腿,还摸我的胸脯……”商亮气愤地说:“他竟然对你耍流氓,太过分了!”司马琴害怕地说:“他还对我搂搂抱抱!我力气小,挣不开,又不敢大声呼喊,怕他怪我丢他的面子!”商亮不解地说:“他对你这么非礼,你还照顾他的感受?”司马琴说:“我怕他报复我!他说过,如果我敢得罪他,他不会放过我!”商亮拳头攥得紧紧的,说:“真是个无赖!他还敢威胁你?你可以报警,告他性骚扰啊!”司马琴面露难色,说:“他在当地有钱有势,我告他有用吗?这种事传出去,对我的名誉也是伤害,我的工作也可能没了,他要是报复,我怎么办?”

商亮说："就是你的软弱可欺，才使他得寸进尺！司马琴，既然你这么怕他，那叫我来，我能帮你什么呢？"司马琴沉默了一会，说："商亮，你别笑话我，我真的是不知所措了，才想到一个办法，就是，就是请你做我的男朋友！以前，你是赵燕的男朋友，我们接触很少，但我知道，你是个善良和热心的人，在东吴市，你是我唯一可以信赖的朋友！所以，请你一定要帮帮我！"商亮说："据我所知，周凤明对你有意思，你为什么不找他帮忙呢？"司马琴摇头说："我不喜欢他，我不想让他产生误会。"

商亮笑道："要我冒充你的男朋友，当然可以，不过，这有用吗？"司马琴说："我想试一试，杨村长要是看到我有男朋友，或许他会收敛一点，不会对我怎么样。"商亮笑道："那要我怎么表演呢？我可以吻你吗？"司马琴的脸红了，说："可以，要演就要逼真一点，他们才不会看出真假。"商亮笑道："我明白了。"司马琴说："到了莲湖村后，你在大家面前，对我表现得亲热一点，不要露出破绽，就算你完成任务了！"

中午，他们在一家小吃店，各要了碗面，碗大面多，司马琴吃了一半就吃不下了，商亮吃完了自己碗里的面，又端过司马琴面前的碗，把面条倒在自己碗里，笑道："你吃不了，我来吃！免得浪费粮食！"司马琴笑道："你不怕面条沾上了我的口水呀？"商亮笑道："怕什么，你是我女朋友嘛！我得提前进入状态，免得把戏演砸了！"司马琴笑了，两个月来，俩人第一次相遇，此时，她的心里有一丝安慰和幸福，她真希望，自己和商亮不是在演戏，自己真的是他的女友！

司马琴说："你跟赵燕怎样了？"商亮笑道："不了了之。"司马琴说："赵燕和你的价值观不同，但我感觉，她对你还是有感情的。"商亮说："感情在现实面前，往往脆弱得不堪一击。"司马琴说："你们经历过，那是你们的财富，可我到现在还是一片空白，我无法想象爱情和婚姻是什么样子？"商亮笑道："你是一张白纸，在上面无论画什么都是美丽的，而我这张纸已经涂抹过了，再画什么都是模糊不清的。"司马琴微笑道："空白的纸没什么价值，我希望有人给我涂上色彩，让我不再一无所有。"商亮笑道："这个使命，现在就交给我了，谁让我是你的冒牌男友呢！"

商亮和司马琴都笑了，尽管两人的"恋爱"是虚构的，但还是能带给他们一些美好的遐想。司马琴说："你们那个铁三角不在一块儿了，还经常联系吗？"

商亮说："我刚到江湾村，有点忙，没和他们联络。"司马琴笑道："有那么忙吗？你去市区，半天就能来回，就算人不去，打个电话的时间总有吧？"商亮笑道："说忙是借口，不过，刚到一个新环境，自己需要一个适应的过程，有点心无杂念，朋友也很少联络了。我最担心的是陆强，怕他玩物丧志，整天打游戏，会饿死在出租屋里！"司马琴说："担心他，就应该去看他啊！不过，我觉得陆强没那么颓废，他是有想法的，或许他将来能一鸣惊人呢？说不清为什么，我不喜欢周凤明这人，他给我发过几条短信，我都没理会。"商亮说："我和阿明、阿强性格不同，但不妨碍我们是好朋友，阿明表面上刻薄，其实心地不错，我和阿强经济拮据，他没少救济我俩。"司马琴说："男人之间的友情，是否比女人之间的友谊更牢固？我给赵燕打过电话，她没接，是不是我和她分开了，她就不把我当朋友了？"商亮笑道："她对农村没好感，你我都在农村，她就不搭理我们了。"

司马琴和商亮在镇上逛了一圈，回到车站等候。下午二点钟时，杨村长给司马琴打来电话，说："你在哪？"司马琴说："我们在车站呀。"杨村长说："下午我有事，就不送你们了，你们自己搭车回去吧！"司马琴说："好的。村长，我想请两天假，陪陪我男朋友。"杨村长沉默了一下，说："好吧。"商亮笑着说："看来他不欢迎我啊，饭不请，现在连开车送一下都不来了。"司马琴笑道："他不来才好呢！"两人在路边叫了辆载客的电瓶车，前往莲湖村。

二十分钟左右，电瓶车停在了一幢气派的大楼前，楼前停着几辆崭新的小轿车。司马琴说："到了，就这儿。"商亮下了车，看到大楼一层的大门两侧，挂着"锦溪镇莲湖村村民委员会"和"中共东吴市锦溪镇莲湖村党支部"两块牌子，有点怀疑自己的目光，说："这么一幢五层高的办公楼，是村委会？我还以为是乡政府呢！"司马琴笑道："我来的第一天，也以为走错了地方，一个村委会，怎么会拥有这么一幢大楼？"商亮说："同在东吴市，没想到村与村之间，贫富差距这么大，难怪咱们村的李书记要发展经济，这不比不知道，一比吓一跳！"

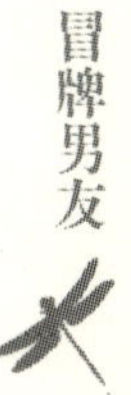

他们手挽手走进大楼，司马琴满面春风，向楼里的同事介绍商亮。她说："这是我大学同学，我的男朋友商亮！"商亮和他们一一握手。商亮发现，这里的人，表情很冷漠，笑得很假，他们嘴里说着"欢迎欢迎"，放手就转身忙去了。商亮发现，他们并非在忙正事，这里的办公条件好，每个办公桌上都有电

脑，他们无非是在上网聊天、看电影、打牌，甚至炒股。这可是在上班时间，这么没纪律，这么闲得无聊，真是不可思议。

司马琴把商亮领到自己的办公室，房间里有两张办公桌，商亮刚要在一张椅子上坐下，司马琴连忙说："别坐那儿!"商亮奇怪地说："这儿不是没人坐吗？为什么不能坐?"司马琴说："这是杨村长的办公桌，就是空着，也没人敢坐他的座位，他不让别人碰他的东西。"商亮笑道："这人好霸道！跟这样的人在一个办公室，你不感到压抑吗?"司马琴无奈地说："他在办公室的时候，我坐着像一具木偶，动都不敢动，太压抑了！幸好他很少来，早上来一下，马上就出去了，有时中午或晚上回来，叫我一起去吃饭。"商亮笑道："相比你的处境，我真是太幸福了！我们江湾村的书记，绝对的平易近人，和蔼可亲!"司马琴说："我没想到他是那样的人，好难受，但我选择了村官这条路，我一定要熬过三年!"

商亮说："我发现楼里的人，不大搭理你，这是怎么回事?"司马琴说："他们认为我是杨村长的人，平时很少和我说话，更不敢指使我，我在这里太孤立了!"商亮说："你又没得罪他们，他们对你这么冷淡，你怎么开展工作?"司马琴说："我除了在办公室看看报，写点材料，没别的事。"商亮说："轻松未必是好事，照你这种情形，在村里待上三年，你能学到什么?"司马琴说："村里的田大多被征用了，不是房地产就是高尔夫球场，有什么事，都由杨村长和陆书记亲自过问，帮他们跑腿的另有其人，我现在很清闲，就是心里不踏实，看在待遇不错的份上，先呆着吧，等三年期满，我就离开这儿，另外去找份工作。"

商亮和司马琴在食堂吃过晚饭，回到司马琴的宿舍里聊天，看电视。司马琴的宿舍，在办公楼的二楼，是一室一厅一卫的房型，吃饭、洗澡、睡觉，非常方便，比商亮的宿舍条件好多了。他们聊了一会，窗外的天色渐渐暗下来。商亮说："晚上我睡哪儿？要不，我回镇上住旅馆吧?"司马琴说："你如果住旅馆，那你假扮男友的效果就没了，这里的休息室虽然可以住人，但楼里夜间有人值班，我怕他们看到。"商亮说："那怎么办？我住在你屋里，不方便吧?"司马琴笑道："有什么不方便的？你是客人，你睡床上，我睡沙发。"商亮说："那哪行？还是我睡沙发，你睡床。"

楼下响起了汽车的一声鸣叫，司马琴说："听声音，好像是村长回来了。"商亮笑道："你对他的车这么熟悉，听声音就知道是他的车?"司马琴笑道："你可别吃醋！我经常坐他的车，听得多了，就有印象了。”一会儿，楼道里响起了脚步声，脚步越走越近，似乎朝司马琴的宿舍来的。司马琴低声说：“是他来了，我们怎么办？”商亮低声应道：“还能怎样？演吧！”

两人坐在沙发上，商亮一个侧转，一把抱住司马琴的肩膀，向她的嘴唇亲去！司马琴双手环抱着商亮的腰，身体后仰，把他拉向自己！俩人躺倒在沙发上，嘴唇贴在了一起！商亮压在了司马琴的身上，他闻到了她身上淡淡的芬芳，他的嘴唇触及她湿润的双唇的一眨那，心底突然涌起了一阵冲动！他情不自禁地噙住她的唇，不停地摩挲和吮吸，司马琴也在热烈地回应，她闭上眼睛，主动把舌头伸入他的口中，忘情地探索！

杨坤站在门外，他想敲门，当他看到窗户没有拉上窗帘，就悄悄向前几步，他想看看司马琴在不在房间里？有没有和她的男朋友在一起？室内灯光明亮，室外光线昏暗，从窗外可以清晰地看到室内的一切。杨坤看到司马琴和商亮在沙发上拥抱激吻，他的心里涌起一阵醋意！呆呆地站了大约半分钟，他悄悄离开了。

不知是假戏真做，还是年轻男女的激情使然，商亮和司马琴相拥着吻了许久，才恋恋不舍地松开手臂。司马琴脸红红的，坐起来整理压皱的衣衫。商亮轻轻笑道：“琴，我的演技怎么样？”司马琴羞赧地捂住脸，过了一会，她放下手，瞅了他一眼，说：“商亮，你占我便宜！”商亮笑道：“你是说刚才吗？就当是你给我的片酬吧！”司马琴轻轻一拳打在商亮胸口，嗔道：“你好坏，你乘人之危！”商亮呵呵笑道：“谁叫你引狼入室呢？”

10 独辟蹊径

一个村主任，很少有机会和一个漂亮的女大学生呆在一起，司马琴的到来，无疑让杨坤心头一震，使他蠢蠢欲动的心，愈发不安分起来。但是，他知道欲速则不达，司马琴是他的助理，就在他的办公室，她是逃不了的，但对她不能用强，用强得来的没有乐趣，也不能性急，性急会吓跑她。杨坤明白，刚出校门的女孩还很单纯，往往经不起诱惑，所以，他带她去接触那种奢靡的场合，让她体验灯红酒绿的快乐，再给她一些物质上的恩惠，杨坤有信心，司马琴早晚会心甘情愿地投入自己的怀抱。

司马琴的反抗是无力的，挣扎是徒劳的，在杨坤的眼里，尽管她不是很配合，但也没有强烈的反抗，每次叫她一块去应酬，她都没有拒绝，而且，她还学会了喝酒。他每个月额外给她的一千元奖金，她也没有拒收。经验告诉他，对方只要肯收一千元，接下来就有可能收一万，甚至更多。当然，这钱不是白给的，你得了我的好处，就得为我所用。杨坤相信，在他的恩威并施下，司马琴无处可逃。

狼是不会理解羊的心情的。司马琴虽硬着头皮跟杨村长去应酬，但她内心的惶恐，杨坤是不会察觉的。到莲湖村当主任助理的第一天起，她每天过得提心吊胆，害怕他做出过分的举动。每天面对一个强势的男人，他既是她的上司，又似乎有着不良企图，在这样的处境中，司马琴感到非常苦恼。这种焦虑的心理，噬咬着她的身心，她在身边找不到人倾诉，也许是急中生智，她想到了商亮，想请商亮来假扮自己的男友。司马琴想，如果杨坤知道我有了男朋友，或许能改变对我的态度，以后不再来骚扰我？

司马琴在杨坤的眼里，就像是到了嘴边的一块肉，吃不吃？怎么吃？决定权在他的手里。可杨坤没想到，变化比计划来得快，司马琴居然有男朋友！杨坤不想看到他们在自己跟前卿卿我我的样子，借口有事离开了，也不想请司马琴和商亮吃饭了。晚上回到村里，在窗外看到司马琴和商亮热吻，更让他醋意大发！他原想眼不见为净，不想看到司马琴和商亮在一起的情形，但转而一想，司马琴的男友有工作，不可能长期呆在这儿，他只是临时过来探望，一两天就要走的，那我就盯着他们，不给他们亲热的机会！

第二天上午，杨坤叫司马琴去办公室，有事要对她说。司马琴和商亮昨夜同处一室，但他们毕竟不是恋爱关系，商亮的男友身份，是名不正言不顺的，俩人相安无事地过了一夜。司马琴接到杨村长的电话，有点惴惴不安。她对商亮说："我不是向他请假了吗？他怎么还叫我去上班？"商亮安慰她说："他只是叫你去一下，没说要你上班，你别担心。"司马琴说："我有点害怕见他。"商亮笑道："他又不会吃了你，你怕他干什么？何况，有我充当你的护花使者，你有什么不放心的？你要是还担心，那我陪你一块去！"司马琴说："不用了，他只叫我，你一块去，有点不妥。"商亮握了握她的手，笑道："别把敌人想得太强大！我们先要战胜自己，才能战胜别人！"

司马琴来到办公室，怯怯地问："村长，您叫我？"杨坤盯着她的嘴唇，看了十几秒，想起昨天她和另一个男人的接吻，心里颇为不爽！他语气冷淡地说："为了安全起见，村里的办公楼不允许外人住宿！你现在是莲湖的村干部，不能带头违反村里的规章制度！你去对你男朋友说一下，夜里叫他另外找地方睡，不要呆在办公楼里！""啊？"司马琴没想到村长说的竟是这个，应道："我男友难得来一次，另外找地方睡不太方便，我想……"杨坤打断道："难得来一次也不行！你住的是村里分配给你的宿舍，不是你们的婚房！"司马琴不敢违抗，说道："好吧，晚上我叫他去镇上住。"

司马琴回去对商亮一说，商亮笑道："这个村长居心叵测，他存心不让咱们假戏真做啊！"司马琴脸一红，说："假戏真做？你想得美！"商亮笑道："我有点担心你。"司马琴说："担心我什么？"商亮笑道："担心你被大灰狼捷足先登啊！"司马琴呸了一声，板着脸说："商亮，你开这种玩笑，我可要生气了！"商亮笑着说："好好，我不开玩笑！咱们不能一天呆在宿舍吧？是不是到哪里放风？"司马琴不解地看着商亮，说："放风？犯人才放风呢！"商亮接着说："那

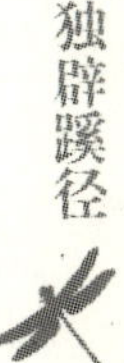

我们去望风？”司马琴越发奇怪，说：“你用词不当！小偷才给同伙望风，商亮，你怎么啦？毕业了，你的中文退步啦？”商亮笑道：“我就是逗你乐嘛，呵呵，走吧，我们去采风！”司马琴扑哧笑道：“你怎么喜欢风言风语？”

商亮搂着司马琴的细腰，走出莲湖村委会。他们不知道杨村长有没有在暗中窥视？但在村委会，为了达到对杨村长的“预警”作用，他们要尽量装得像一对恋人。走出两三百米，两人才松开手。商亮笑道：“当男主角，我没感觉有多快乐，看来我不是演戏的料啊！”司马琴转头看看他，说：“说真的，你能来看我，我很感动，也很高兴！”商亮说：“我虽然来了，但不知能不能收到预期效果？你们村长不让我住在村里，我准备下午三点回去，省得在镇上住宿另外花钱。”司马琴呆了一下，表情有点失望，说：“你在锦溪住一晚再走，明天回去也来得及啊。”商亮说：“我看没必要，反正杨坤已经知道咱俩的关系了。”

经过一天一夜的相处，司马琴对商亮又增了几分好感。商亮不是那种出类拔萃的男子，不是风度翩翩、才华横溢之类，但他很真诚，很实在，跟他在一起，能感觉到生活的温度，生活的质感。她真希望他今晚住在镇上，她很想去陪他，和他在一起，如果商亮在言谈举止之间，表露出想“假戏真做”的愿望，司马琴已想好不再拒绝！把自己交给一个自己喜欢的男人，这是最好的结果！

虽是盛夏，早晨的阳光不算炙热，司马琴和商亮在公路上步行。走了有半个小时，映入商亮眼帘的，是一个巨大的高尔夫球场，少说也有几百亩，里面有土丘，有斜坡，有水塘，主要是草坪。司马琴介绍说：“来这儿玩的人挺多的，每到星期天，这条路上会有许多高档轿车经过，都是去高尔夫球场打球的。”商亮说：“这里原本是大片的良田，良田不种庄稼，却种上了草坪，真是不可思议。这种高尔夫球，是贵族运动，普通人玩不起，搞这种设施，有什么意义呢？”司马琴笑道：“没想到你这么保守，这是当地吸引外资的一个手段，用杨村长的话说，这叫改善投资环境，因为外商喜欢打高尔夫球，有了这样的娱乐设施，他们就愿意在这儿办企业，有的台商还在这里购置别墅定居。”

往前，就是连片的别墅。司马琴说：“一栋别墅，至少一百万以上，这辈子，咱们是住不起这样的房子了，只能饱饱眼福。”商亮笑道：“你没发现别墅的那个墅字吗？上面是个野，也就是说，别墅是建在荒郊野外的，或者说，就是在农村的！你说奇怪不奇怪？农村人买房子要进城，有钱人买房子尽往农村跑。”司马琴笑着说：“可能就是围城效应吧？城外的想冲进去，城里的想往外跑。”

司马琴指着一排别墅说：“杨村长家的别墅，就在那儿!”商亮看了她一眼，说：“你去过他家?”司马琴没有隐瞒，说：“去过，是白天，那次，村长带我去外面吃饭，回来时，他和几个人到他家别墅里打麻将，后来我听说，杨村长输了几万块。”商亮笑道：“他可能是故意输的钱，这是一种变相贿赂。”司马琴说：“他们打麻将时，我在别墅区随便转了转，发现里面别有天地。”商亮说：“哦?你发现了什么新大陆?”司马琴说：“你猜我看到了什么?我看到‘接天莲叶无穷碧，映日荷花别样红’的壮观景象！那莲湖里，满是荷花，有红的，白的，绿的！我终于明白，莲湖的名字是怎么来的了。”商亮笑道：“怎么还有绿的?”司马琴说：“绿的是荷叶嘛！可惜，从外面根本看不到这一幕美丽的风景，别墅挡住了外面的视线，莲湖成了他们的私家花园，附近的村民根本欣赏不到莲湖的景色，这太不公平了!”

快到中午时，阳光亮得耀眼，晒得他俩直冒汗。商亮笑着说：“咱们回去吧，再在太阳下暴晒，你这只白天鹅，要变成黑天鹅了。”司马琴的嘴边荡漾起一丝笑意，说：“在你眼里，我真的是白天鹅吗?我一直以为，自己是一只没人关心的丑小鸭呢!”商亮笑道：“有这么漂亮的丑小鸭吗?不瞒你说，有时，我还真希望自己是一只癞蛤蟆!”司马琴的心头，有如吹过一缕春风，她笑着说：“你是说，癞蛤蟆想吃天鹅肉?”商亮笑道：“可惜没机会了，我下午就得走了，也不知谁有这个福气?”犹如刚刚升温的春天，突然吹来一阵冷空气，使司马琴心里有种“倒春寒”的难受和失落。

下午三点，锦溪镇汽车站，开往东吴市区的公交车，乘客正陆续登车。司马琴买了两个南瓜糕，让商亮带回去。商亮接过袋子，说：“琴姑娘，我要回花桥了，你多保重!”商亮恢复了以往对她的称呼，使他们从假冒的“恋爱关系”，一下子回到了现实。司马琴点点头，伤感地说：“商亮，有空来看我!”商亮没有和她拥抱告别，径直走上了车门口，他向司马琴挥了挥手，笑道：“如果有续集，别忘了还叫我演男主角!”司马琴的眼泪差点夺眶而出，她冲他笑了笑，说：“一定!”商亮转身去找座位，他不知道，司马琴是多么希望他把那个“演”字去掉，多么希望他是她名副其实的男主角!

商亮乘车回到市区，想到很久没和陆强联系，这次到了城里，即将是晚上，少不得要去看望一下朋友。他站在昔日的出租屋门前，敲了几下，里面没有回

应。莫非陆强在睡懒觉？或者搬走了？商亮掏出钥匙，开门一看，眼前的情景，让他愣了好一会！屋里没有出现以往那种脏乱差的情形，脏衣服和方便面空桶都不见了，屋里整理得井井有条，陆强却不在屋里。商亮心想，这小子，什么时候整理过自己的窝？莫非他找到了女朋友？

正当商亮愣神儿，听到门外有人嘀咕："我明明关了门，怎么开了？"商亮笑道："阿强，是我！"陆强从门外进入，一看商亮站在眼前，上前一个拥抱，叫道："阿亮，想死我了！"商亮拍拍他的肩，笑道："少肉麻，你刚上哪去了？"商亮看到陆强虽然略瘦了些，但精神状态不错，眼睛里没有熬夜玩游戏出现的血丝。陆强笑着说："我把你们留下的没用的旧书，打包卖给废品收购站了，换点饭钱，这不，一共十八块。"商亮笑道："我看到屋里打扫过了，我还在想，太阳从西边出来了，阿强什么时候变勤快了？原来你是收拾废品卖啊！"

陆强笑道："人难免有窘迫的时候，伟大的马克思还曾靠恩格斯的救济生活呢！"商亮把南瓜糕放在桌上，笑着说："你呀，别为自己找借口了！这是司马琴买的南瓜糕，我就借花献佛了。"陆强拿过南瓜糕，拿在手里掂了掂，笑道："原来你去看司马琴了，怪不得这么久没来看我，重色轻友啊！"商亮说："今晚我不回江湾了，明早回去，走，咱们找家小饭店，好好聊聊！"陆强笑道："别啊，你把钱给我，我去买酒买熟菜，在这儿喝多好？"商亮给了他五十元，笑道："你没钱用啦？"陆强不好意思地说："囊中羞涩，要不也不会把旧书处理了。"

一刻钟左右，陆强拎着马夹袋回来了。熟菜有盐水鸭、凤爪和花生，酒是东吴啤酒，冰冻过的，一共四瓶。没有酒杯，也没用碗，一人两瓶，任务包干。商亮和陆强碰了下瓶口，说："来，喝酒！"咕咚咕咚，一下喝了半瓶。陆强说："今天我打了好几个喷嚏，估摸着谁会来，阿亮，你果然来了，真是及时雨宋江，来得太是时候了！"商亮说："一碗啤酒，你没喝醉吧？我怎么成宋江了？"陆强笑道："你不来，我也要找你和阿明，房东来催交房租，我没钱了，想跟你们借点。"商亮笑道："借没问题，问题是你长此以往，没有收入怎么办？"陆强笑道："阿亮，你放心，我是不甘心碌碌无为的，我已经找到了一条通向财富的小路！"

商亮好奇地说："你说说看，是什么小路？"陆强笑道："这是商业秘密，不过，你是我哥们，我就实话实说了，我想开个网站，进军互联网！"商亮伸手摸了摸他的额头，说：“你没发烧吧？开网站是你玩的？那是烧钱的行业！就算是一百万扔进去，未必混得出名堂，就凭你，不是做白日梦吧？”陆强笑道：“我不是做门户网站，我只是做个小网站，为特定人群提供服务。”商亮说：“做网站既要能力，更要财力，你呢，连自己都养不活，还能服务别人？”

陆强笑道：“士别三日，当刮目相看，咱们分别快三月了，你还用老眼光看我，未免太小瞧人了吧？”商亮正色道：“阿强，我没有看不起你，但你也不能不务正业啊！人先要自立才能自强，你不能老是迷恋网络，幻想在网络上淘金，你要走出这个屋，去找一份正式的工作，哪怕挣得少点也没关系，总比闷在屋里混沌度日或是异想天开好！”陆强笑道：“阿亮，谢谢你苦口婆心的教诲，但你没听我说完，不要急于否定嘛。”商亮说：“那你说，我洗耳恭听。”

陆强抓起一只鸡爪，津津有味地啃完了，才用手撸了撸嘴，说：“我是从自己的生活得到灵感的，我想开个懒人服务网，专门为东吴市的懒人服务！”商亮又好气又好笑，说：“烂人服务网？亏你想得出来！”陆强解释说：“人类科技的进步，很多发明就是为懒人们服务的，比如有人懒得走，就发明汽车、飞机，有人懒得做事，就发明了机器人当保姆，有人懒得去商场购物，所以那些网上商店才能生存……”商亮笑道：“照你这么说，人懒惰还光荣了，还为人类进步作出贡献了？”陆强笑道：“懒惰是不好，但懒惰也给勤快的人带来商机！”

商亮说：“既然说懒惰不好，那你为懒惰的人提供服务，不是助长了他们的懒惰吗？何况，你又能给他们提供什么服务呢？”陆强笑道：“我刚不是说，是从自身得到启发吗？当我玩游戏入迷，肚子饿的时候，希望有送上门来的盒饭，当我的脏衣服脏袜子丢得到处都是，希望有人来帮我收拾屋子，有人能帮我洗衣服，我这里不用的废品，希望有人帮我卖给废品站，当我感觉无聊的时候，希望有人能陪我聊天，我想买样东西，希望有人能帮我送上门来……”

商亮听他这么一说，觉得也不是没有道理，这些服务，确实有人会有需要。商亮说：“你既没有饭店、干洗店、小卖部，也没有人手，就连办网站的钱都不知从哪来，这些想法有点不切实际了吧？”陆想笑道：“有了想法，才能付诸实现，我现在缺的就是办网站的钱，其他的好办。”商亮说：“怎么办？”陆强说：“我只是提供服务，也就是牵线搭桥的角色，我可以找几家餐馆、干洗店、小超市挂钩，客户要吃的、要洗衣服、要买东西，我派人买了送过去就行，我跟客户收取一点跑步费，跟商家收取一点销售提成。”商亮笑道：“你倒是两面收费，

有这么好的事？你没有三头六臂，谁来帮你做这些事？”

陆强笑道：“中国人多，最不缺的就是人，就在东吴市，每年有多少大学生毕业了找不到工作？还有很多学生想兼职挣一点学费，我可以给他们提供这个机会！像收拾房屋的钟点工，陪人聊天，或是上门做家教，这些事，同学们直接可以做，我中间收一点介绍费，如果是洗衣服洗袜子，有的不用干洗，他们也可以洗，只要买洗衣粉就行，代购小件商品或送快餐之类，同学们只要有自行车就可以，上门收废品的话，可能要买一辆三轮车。”商亮笑道：“你什么都要做啊？这可不行，你要量力而行，你没那么多本钱，买三轮车的钱都没有，你怎么收废品？还有，提供家教还可以，但陪人聊天这种事，有点拉皮条的意思了，你最好不要做，万一同学出点什么意外，你负得起这个责吗？”陆强笑道：“我只是有这想法，好，我听你的，咱要干合法的，不过……”

商亮说：“不过什么？”陆强笑着说：“阿亮，你现在是支持我的创业构想了，但不能光口头上支持，要有实际行动啊！”商亮笑道：“想借钱是不是？我刚参加工作，也没多少钱呀。”商亮从口袋里掏出三百元，说：“身上就三百多块，我留点路费就行了。”陆强接过钱，说：“阿亮，谢谢你！不过，这点钱是不够的。”商亮说：“大概需要多少？”陆强说：“申请一个国际域名，要一百多块，还要租用网站的虚拟空间，这个大概一千块，这只是个人网站的起步费用，以后发展了，有钱了，可以购买更大的虚拟空间，网页我可以自己做，不用花钱，拍照片的话，我可以跟同学借数码相机，还要招一两个人，接电话啦，取送东西啦，就是最节省的预算，把网站开起来，至少要两千块吧。”商亮笑道：“刚开始，服务项目少一点，起步先走好了，再向别的方面发展就顺利得多，你现在是白手起家，又是服务业，应该扎扎实实把事情做好，你的网站才有前途！”

陆强说：“我需要你和阿明的支持！我知道你刚工作，也没钱，我想跟你和阿明，各借一千块，等我赚到钱了，我会连本带利还上，我上次欠阿明的钱没还他，估计他不肯再借给我了，阿亮，希望你帮我代借一下，你跟他开口，阿明不会不借的。”商亮笑道：“我明天就可以把一千块汇你卡上，向阿明代借的事，你放心，我会办的。”陆强向商亮的肩头打了一拳，说：“好哥们，谢谢你！认识你，是我一生中最大的财富！”商亮笑道：“我们有缘成为朋友，当然要珍惜，知己不言谢，我不想看到你萎靡不振，真心希望你能创出一番事业！”陆强激动地说：“知己不言谢，好，咱们把这瓶酒干了！”

两瓶啤酒，当然不会把他们放倒。商亮吃了大半的花生，很少吃盐水鸭和鸡爪，不是不喜欢吃，他是想把这些熟菜留给陆强，他知道陆强生活清贫，平时吃的是馒头或方便面，不大可能吃上好的，自己毕竟有了工作，比阿强过得好。两人喝完了酒，又切了点南瓜糕吃。陆强很兴奋，商亮能来看他，而且答应借钱给他办个人网站，他的创意能付诸实现，使他对未来满怀美好的憧憬。陆强知道，自己和商亮、周凤明虽然都是朋友，但还是和商亮关系最好，最合得来。

两人躺在床上，陆强说："阿亮，你跟赵燕真的没戏唱了吗？"商亮说："怎么说呢？她有她的追求，她不想理我，我也不去打扰她了。"陆强说："可惜了你们三年的恋情，当时我和阿明都羡慕你，没想到，校园恋情的生命力，竟如此短暂。"商亮说："我现在能理解赵燕为什么和我分手？她真正不满的不是农村，她是不满我没有和她站在一起，选择了另一条路。"陆强说："先不去说她，阿亮，你现在是不是和司马琴走到一块了？"商亮说："不是这么回事。"陆强说："那你为什么专程去看她？"商亮说："她是遇到了一点麻烦，叫我去帮忙。"陆强说："她遇到什么麻烦了？村里人欺负她？"商亮说："差不多吧，她的上司，也就是那个村的村长，老是骚扰她，她没办法，才叫我过去假扮她的男友，好让村长知道她有男朋友，以后不再去骚扰她。"

陆强笑道："司马琴的想法太单纯了，我看不见得有效果。"商亮说："我把戏演完了，就回来了，我对她说了，如果那村长对她仍不规矩，她可以报警寻求帮助。"陆强说："报警就是跟她上司翻脸了，除非她不在那儿干了，否则，她是很难做到这一步的。"商亮说："只能走一步看一步了，我不是她男朋友，我能帮到她的，是很有限的。"陆强笑道："你为什么不把假的变成真的？她为什么不找我，不找阿明帮忙，偏偏找上你？说明她对你是有意思的。"商亮说："她只是请我临时去假冒一下，我可不能想入非非。"陆强笑道："你呀，智商很高，情商不行，你有过恋爱史的，怎么就不解风情？"

商亮笑道："她请我当她的男朋友，只是权宜之计，我不否认对她有好感，但那不是爱，她因为被骚扰而痛苦，我怎能乘人之危？"陆强笑道："你太傻了？司马琴为什么把招聘村官的消息跑来告诉你？还不是为了帮你？她为什么在困难的时候首先想到请你帮忙？还不是因为她信任你，喜欢你？你现在没女朋友，你们完全可以让友谊升华为爱情，可惜你辜负了美人意，说不定她正伤心呢！"商亮翻了个身，说："同学之间相互帮忙很正常，你别想歪了，睡吧！"

11 张冠李戴

商亮一回到江湾村，就给周凤明打电话，说："阿明，你那里的工作情况如何？"周凤明没好气地说："别提了，我难受死了！到了桃源的板桥村，我管不了别人，也没人来管我，我成了一个多余的人！"商亮说："怎么可能是多余的呢？你是村主任助理，总有你做的事吧？就算他们没给你安排，你可以自己找事做嘛！"周凤明说："我应聘的是村官，不是清洁工、杂务工！可是，这里的人对我爱理不理的，好像我是一个陌生人，我还不如一个临时工，无聊透了！"商亮说："我刚开始也找不到北，我们到农村，首先要学会适应环境，你要把心态调整过来，别太清高，先帮其他人做点事，搭把手，他们接受你了，就会消除原有的隔膜，你会觉得农村比你想象的有意思多了。"

周凤明说："这里靠近公路，村里靠出租厂房，村民靠出租民房，他们都有钱，村干部闲得很，村主任也没啥事，偶尔有村民闹矛盾去调解一下，我跟着去了，插不上一句话，就像个木头人！看上去我很自由，实际上我很不自在，浑身不自在！我感觉村里不需要大学生村官，他们接受我，纯粹就是同情我，给我一份没有事干的工作，给我一份吃不饱饿不死的薪水，除此之外，我不知道我这儿有什么意义？"也许，各个村的情况不一样，商亮没想到周凤明会遇到这样的情况，既然那个村不需要人，为什么又接受大学生去任村官呢？

商亮安慰道："你就抱着学习的态度，多学一点基层的工作经验。"周凤明说："实话说，我有点后悔了，后悔当这个村官了，简直是浪费时间浪费生命！过一阵我可能会跳槽，或者去考公务员。"商亮说："你没呆满三年，考公务员享受不到优惠政策，还是坚持一下，三年以后再考虑出路。"周凤明说："这里不需要我，我留下来有什么意义？我学不到什么真东西，我也帮不上忙，对村里来说，我是可有可无的！我不想一错再错，阿亮，要不，咱们一起去考公务员，做村官既没保障，又没意义，我现在是度日如年！公务员就不一样了，当上公务员，一生无忧啊！”商亮笑道：“度日如年还不好？天天像过年，你还不满足？我在江湾村过得很充实，我喜欢这儿，喜欢这份工作，暂时不想考公务员。”

周凤明说：“我们的前途在哪里？反正我是看不到，大学生就业难，这是事实，然而，把我们推向社会，推向农村，这就解决问题了吗？政策是好，但我们来到农村，有一种隔阂，有的村民看到大学生毕业了还回农村，他们也不想让子女继续上大学了，而我们不能学以致用，不是很悲哀吗？”商亮说：“如果你工作不忙，你可以在农村寻找创业路子，你可以在村里养猪或者搞大棚蔬菜，这是大有可为的，我所在的江湾村，就准备在这方面发展。”周凤明说：“我不想养猪，也不想种蔬菜，父母把我培养成大学生，他们可不想让我干这些事！”商亮说：“人要适应社会，面对现实，现实是不会来迁就你的，人家想当村官，还当不上呢！”周凤明说：“是我身在福中不知福，好了吧？算了，阿亮，不跟你多说了，我还以为你给我打电话，能给我带来好心情，没想到话不投机啊！”

商亮说：“阿明，那我们就不谈工作，我今天打电话给你，是有事请你帮忙。”周凤明说：“啥事？”商亮说：“我想跟你借点钱。”周凤明说：“借多少？派什么用场？”商亮说：“借一千，至于派什么用，等以后我告诉你。”周凤明笑道：“你以为我不知道？肯定是陆强要交房租了，叫你来向我借的吧？”商亮说：“就算是吧，他目前有困难，咱们是不是应该帮帮他？”周凤明笑道：“交房租用不了多少，他是不是欠了别人什么钱，叫咱们帮他收拾烂尾楼？”

商亮想了想，说了实话：“阿强想办个网站，叫懒人服务网，就是给人送快餐呀，买东西呀，打扫房间呀。”周凤明笑道：“他一个人懒还嫌不够，还要影响别人？”商亮说：“我觉得他想法不错，市场有需求，可以试试。”周凤明说：“他在瞎胡闹！异想天开！办网站，他能干得了吗？用别人的钱做试验，亏了也不亏他的，真是打的如意算盘！我不会借给他的，有借有还，再借不难，他欠了我多少钱了？旧账没还，还想添新账，没门！”商亮说：“他想做事了，总比他沉迷游戏好吧？咱们应该帮帮他。”周凤明说：“我上他的当还不够吗？要借你自己借给他，别扯上我！”商亮还想说什么，发现周凤明已经挂了电话。

中午，商亮骑车来到了花桥镇，给陆强的银行卡汇去了两千元。这是商亮卡里仅有的积蓄，本来他想把钱积攒下来的，每个月存一千元，但陆强需要用钱，而周凤明不肯把钱借给陆强，商亮就把自己的钱都汇给了陆强，让他先把网站办起来。汇完钱，商亮给陆强打了电话，说："阿强，我把钱汇了，两千块。"陆强说："太谢谢了！我的梦想终于能跨出第一步了！"商亮说："其中一千块是阿明借给你的，我对他说了，他支持你的创业。"陆强笑道："我错看阿明了，我以为他是小肚鸡肠，不肯再借钱给我，没想到他去了农村，人变得大方了，有朝一日我阿强成功了，一定不忘记你们的帮助！"

板桥村在一条公路的两侧，沿路的村民，得了地利之便，纷纷破墙开店，有汽车摩托车的修理店，有小商店，有小饭店，这些是村里先富起来的人，距离公路比较远的几个村，要少一些收入来源，他们种的田是口粮田，不用交税和交粮，有的在田里种些蔬菜，过着自给自足的生活。村里还有几家私营工厂，不但解决了村里富余劳动力的就业，还招有外来打工人员。看上去，村里不差钱，村民过得都还可以，从他们住的房子，以及每天吃的菜可以看出来。

周凤明刚来时，这儿的人，对他颇有几分好奇，喜欢问长问短。哪里人？家里什么情况？大学里学的什么？有没有对象？这都是他们感兴趣的话题。一星期后，好奇变成了冷清，冷清得让周凤明无所适从，他们似乎无视他的存在，没人和他说话，没人交待他做事。农村生活的波澜不惊，对周凤明仿佛是一种折磨，他喜欢热闹，偏偏农村的生活很单调。不被人重视，不被人尊重，这让周凤明很郁闷。无所事事的工作，唾手可得的工资，一点没让他高兴起来。

自尊心较强的周凤明，觉察到自己的处境，不免有些尴尬，有些愤慨。他不想做一个稻草人，这样乏味的日子，三年怎么过？周凤明渐渐觉得，每村安排一名大学生村官，看上去很美，但这双鞋并不适合每个大学生。板桥村似乎并不欢迎他的到来，大学生村官，也非村里真正的需要，而是上面层层下达的一个指标。大学生深入农村基层，出发点是好的，解决了大学生的就业，给农村增加了新生力量，但大学生来到农村，如果缺乏培训和协调，往往与当地的人事格格不入，出现水土不服的现象。

周凤明刚开始想面对现实，适应这里的环境，他原本就把村官当成过渡，没想当螺丝钉，但日复一日，周凤明感到自己错了。恋爱要彼此相爱，找工作其实也如此，要相互接纳才行，如果一来就有隔膜，如何能相得益彰？所谓的

“先就业后择业”，只能解决最基本的生存，却无法追求生活的质量，一个人如果只是为了活着而活着，那还有什么意义呢？

无聊的日子还在继续，他为了排遣寂寞，染上了烟瘾，一天至少抽一包，他还偷偷光顾镇上的洗头房。周凤明在一个洗头房里，认识一位贵州来的女孩，她叫珊珊，才十八岁，长着一张娃娃脸，看上去清纯可爱，谁会想到，她竟然做这个行当？周凤明听她说过，她是被男朋友骗出来的，说是帮她找工作，结果，他们钱用完了，她男友就逼她去洗头房上班，她就陷进去了。

一天下午，村委会来了一辆标有“公安”字样的中巴车，从车上下来三人，都穿着警服。板桥村治保主任徐培根迎上前去，说：“张所长，您这是？”三人中有个四十来岁的民警说：“徐主任，王建忠是你们村的吧？”徐培根说：“是啊，就前面王家庄的。”另两位民警说：“我们是西湖市公安局的，王建忠在我市涉嫌一起巨额诈骗案件，我们将对其依法带回审讯！”徐培根说：“有这种事？好好，我马上带你们去他家！”周凤明在村委会闲得无聊，就说：“徐主任，我跟您一块去吧。”徐培根看了看他，说：“你去干吗？”周凤明说：“反正没事，我去认认人家啊。”徐培根没再反对，周凤明跟着他上了中巴车。

周凤明平时对警察有几分敬畏，今天如此近距离地观察他们，觉得他们除了表情严肃一点，并不可怕。张所长对徐主任说：“你们村在全镇属于富裕村，待遇不错吧？”徐主任说：“比上不足，比下有余，马马虎虎吧。”张所长说：“你要加强外来人员的登记和管理，治安不能放松！”徐主任说：“农村情况复杂，叫外来人员办暂住证，他们不愿办，拿他们没办法。”张所长说：“这里交通便利，要防止盗抢分子流窜作案！”一位西湖来的民警说：“你们可在多个路口，安装几个室外摄像头，加强对周边环境的监控，防范比打击的治安成本更低。”张所长笑道：“您说得对，我们正有这个打算。”

几人说着话，车子快到王家庄的村口了。徐培根的手机响了，他接过一听，紧张地说：“肚子痛得晕过去？她家里还有人吗？哦，别着急，我马上就过去！”张所长说：“你有事？”徐培根说：“我丈母娘肚子痛，痛得吃不消了，她家里没人，电话是隔壁人家打给我的，我要马上送她去医院！”另两位民警说：“那谁带我们去王建忠家？”周凤明自告奋勇地说：“我去！”张所长问：“你是？”徐培根说：“哦，忘了介绍了，他是新来的村长助理，大学刚毕业。”周凤明说：“徐主任，您放心去吧，这里由我带路。”车子停下，徐培根拉开车门下车，回头对

周凤明说："小周，你带张所长他们去，我先走了。"

中巴车停在村外的公路旁，他们一行朝村子里走。周凤明平时不到村子里走动，不认识王建忠家在哪儿？他看到有位老奶奶走在路上，就上前问道："奶奶，请问五组的王建忠家在哪儿？"老奶奶看到三个穿警服的，有点害怕。张所长笑着说："阿姨，别怕，我们只是问个讯。"老奶奶用手一指说："前面不过桥，右手第一家。"

几位民警快速前行，一会儿就来到桥边右手第一家。有位三十五岁左右的男子，正用吊桶打着井水，西湖的一位民警上前询问道："你叫王建忠？"那男子疑惑地看了看他们，说："是啊，你们有什么事？"张所长说："有件案子，请你到所里去一趟，协助调查！"另一位民警说："你涉嫌诈骗，请跟我们走一趟！"王建忠惊愕地说："什么？我一直在厂里上班，我没犯什么案子，你们肯定搞错了！"西湖民警说："你是不是东吴市桃源镇板桥村五组，姓名叫王建忠？"王建忠说："没错，是我啊，你们是什么人，怎么莫名其妙来抓我？"

一位民警说："我们是西湖市公安局的，请跟我们回去协助调查！"王建忠后退几步说："西湖市？我最近根本没去过那，你们肯定搞错了，我没诈骗！"另一位西湖民警说："哪个小偷承认自己是小偷？狡辩是没用的，给他铐上，看他老不老实！"一位民警不由分说，上前就给王建忠铐上了，王建忠一边挣扎一边叫喊道："我是冤枉的！我没诈骗！你们搞错了！"张所长说："走吧，到所里把事情交待清楚！"两位民警分别叉着王建忠的左右胳膊，把他塞进中巴车，张所长和两位民警上了车，车子突突发动，扬长而去！

刚才这一幕，不过二三分钟，周凤明站在旁边，看着警察把王建忠带走，一时没回过神来。看这个王建忠，并不像是坏人，居然在外面犯下诈骗案，真不可思议，哎，好人坏人，是看不出来的，真所谓"法网恢恢，疏而不漏"，王建忠还是落入了法网，迎接他的，将是法律的制裁！张所长他们抓了人后，开车时并没有叫上周凤明，周凤明只好步行走回村委会。

周凤明回到村委会，村支书顾书记看到他一个人回来，问道："张所长他们走啦？人带到了吗？"周凤明说："带走了，他们没回村里，直接开走了。"顾书记说："徐培根呢？他也去派出所了？"周凤明说："哦，徐主任的丈母娘病了，他送他岳母去医院了。"顾书记说："你来咱们村三个月，生活还习惯吧？"周凤明不便说出自己的真实感受，笑着说："很好啊，工作轻松，没想到村官这么自在！”村委会主任严文祥说：“村里杂七杂八的事，你处理不了，再说，有几个大学生是甘心留在村里的？几年后还不是远走高飞？你们上了大学却找不到工作，也怪可怜的，村里接收你，是对你的照顾，你将来要考公务员呀，研究生呀，村里也不会阻拦你。”周凤明想想他们说的也有道理，他们对我挺了解的嘛，只是平时不来搭理我罢了。

突然，一个六十来岁的妇女，哭哭啼啼地冲了进来，拍着桌子哭叫道：“冤枉啊！顾书记，我家建忠是好人哪，他老老实实一个人，得罪谁了呀，哪个把他抓走了啊？”原来是王建忠的妈妈来了。顾书记说：“周大姐，你别着急，有话慢慢说。”王建忠的妈妈顿足捶胸地说：“我能不急吗？建忠他一直在厂里上班啊，我的儿子我了解，他不会去干坏事的，一定是谁要害他！顾书记，你要救救他啊！”顾书记说：“是啊，你儿子一直规规矩矩在上班，怎么会犯下案子？大姐，你好好想想，他最近有没有什么异常？”王建忠的妈妈说：“没什么异常啊，我天天在家看到他，今天我刚去隔壁人家串个门，他就被抓走了，是哪个缺德坏良心的害我家建忠啊！”顾书记说：“按理说，警察不会随便抓人，他们抓人有手续，还是张所长陪着来的，这事不会有错啊。”

严主任提醒说：“会不会抓错了人？五组有两个王建忠。”顾书记一拍大腿说：“对啊，我怎么没想起来？有这个可能！”严主任说：“周大姐的儿子王建忠，跟王厨师的儿子王建忠，两人同名同姓，周大姐家的一直在厂里上班，哪有时间去诈骗？王厨师家的儿子，一直在外面做生意，有六七年没回家了，谁知道他在外面做什么生意，骗人也有可能，我们怎么把他给忘了？”顾书记瞪了周凤明一眼，说：“你看看，你办的什么事？”周凤明辩解道：“顾书记，这事不能怪我，一个村上有两个人同名同姓，我一点都不知道啊！”顾书记斥道：“你是死人还是活人？你不会多问问？你除了添乱还能干什么？”严主任说：“成事不足，败事有余！现在的大学生，真是没用！”周凤明尽管委屈，但也没辩解。

王建忠的妈妈哀求道：“快救救我儿子吧！他是冤枉的！别让他遭罪啊！”严主任说：“老顾，快给张所长打电话，跟他们说明情况，要是王建忠被带到西湖市去，再要回来就困难了！”顾书记赶紧给张所长打电话。派出所里，两位民警正在对王建忠进行初步的讯问，王建忠对民警所谓的自己在西湖涉嫌诈骗五十万元的指控，矢口否认，一个劲地喊冤枉，说警察抓错了人，要求尽快放自己回去！

张所长接到电话，不禁一愣，说："一个大村同名同姓的有，一个村民小组里同名同姓比较少见，我要核查一下，如果真抓错了人，这事不能怪咱们民警，你们村派人带的路，是他带错了人家！"顾书记说："哎，他是个新来的大学生村官，什么都不懂！这个王建忠是个工人，没出过远门，诈骗这事估计跟他不沾边，张所长，您再核实一下，要真是弄错了，就尽快让他回家，他妈妈都快急疯了！"经过联络，西湖市公安局传真过来一份犯罪嫌疑人的身份信息，家庭地址和姓名虽然相同，但身份证号码果然跟眼前的王建忠不一致！

王建忠回到板桥村，怒气冲冲地要找周凤明算账，他在办公室门口叫嚷道："周凤明，你差点害我坐牢，你安的什么心？是不是存心想害我！"几名村干部劝住了王建忠，有人说："他不是故意的，他真是不认识你。"周凤明道歉说："王大哥，对不起！我不认识您，也不知道王家庄有两个王建忠，害您受惊了，请您原谅！"严村长劝道："建忠，他不懂事，别跟他一般见识。"顾书记不满地说："周凤明，你看你会干什么？这点小事都办不好！"

12 礼轻情重

江湾村的集资工作进展顺利，村民朋友十分踊跃。他们看到村干部带头三千、五千地入股，也就你一千我两千地参与，加上告示上说，厂房还没建，已经有人要租了，说明这事行，大家很放心。一个星期，村里就收到村民共计六十多万元的集资款。马会计说："集资就是比贷款好，不用交利息。"李爱民说："这是乡亲们对村支部的信任，咱们要把这些钱用好，等厂房建起来了，往后有租金进账，大家都有分红，我就能睡个安稳觉了。"

王根林说："老李这块搞起来了，可农业这块怎么办？"郭兴元说："饭要一口一口吃，先上哪个都行，一步一步来吧。"商亮说："上次来收西瓜的贩子说，他们也收蔬菜，要是咱们村发展蔬菜种植，是不是能让村民增加一点收入？"郭兴元说："我对养鹅很感兴趣。"李爱民说："我同意小商的观点，种植好上手，小商上次说的蔬菜大棚，我看可以试试。"王根林说："现在有多少人愿意在田里干活的？"

李爱民说："厂房建好以后，如果顺利出租，还能解决村里的部分就业，农业方面，要提高大家的积极性，村干部要发挥模范带头作用。"王根林说："种田收入太低，水稻和小麦不用说了，刨去化肥、农药、人工，还有挣吗？蔬菜家家都种，就是小打小闹，种点自己吃吃，多余的到小菜场卖卖，一年也就千把块，虽说种大棚蔬菜可能赚钱，但村里人没干过这个，不知怎么弄？"商亮说："我在网上查过，大棚种花菜和菜椒，比种白菜萝卜收入高，空心菜和菜椒亩产五六千斤，一斤卖一块钱，逢年过节卖两块多，种一亩地，一年收入就可超万元。"李爱民笑道："别看小商不会种田，但说的话就是在理！"王根林笑

道："老李，你让小商跟我吧，我更需要他！"李爱民笑道："他刚来时，你说他没用，现在怎么抢着要他了？"王根林笑道："是我看走眼了。"

邮递员给商亮送来一张包裹单，商亮一看寄件人的地址，是老家寄来的，物品一栏填着"土特产"。商亮从邮局领到了包裹，一个五十斤装的蛇皮袋，里面装了大半袋东西，商亮按了按，摸了摸，感觉像是花生。唉，这么老远的，寄花生来干吗？到处都有卖，现在谁稀罕这个？商亮把蛇皮袋放到自行车的书包架上，用绳子绑牢了，正要抬腿跨上自行车，忽听到一个熟悉的声音叫道："商大哥，你在干吗？"商亮转头一看，李春燕的车停在边上，她的头探出车窗，笑吟吟地看着他。商亮说："老家寄来一个包裹，我来取的。"李春燕说："你把袋子放我车上，我送你回江湾村。"

商亮坐到副驾驶位上，看到春燕脸色绯红，脸颊还有汗珠，说道："天这么热，怎么不开空调？"李春燕笑道："一热一冷，会感冒的，所以我开窗没开空调。"商亮说："你没在店里吗？"李春燕说："上午我到市区取货去了，回来刚卸完货，正要回家洗个澡，就看到你了。"商亮说："取货卸货，你叫店里的伙计干呀，你还亲力亲为？"李春燕笑了笑说："我还是自己动手吧，就当是减肥。"

李春燕洗完澡，从房间走出来。她乌黑的头发，水润的脸庞，乳白色的棉布短衫，黑色的短裤，显得亭亭玉立，青春逼人。商亮只觉眼前一亮，笑道："春燕，你好漂亮！"李春燕笑道："别人夸我漂亮，我听了没感觉，不过，你说我漂亮，我很开心！"商亮笑道："你把我带回家，就不怕我是坏人？"李春燕笑道："不怕！从我第一眼看见你起，就知道你不是坏人，要不我也不敢把你留在家里过夜。"想起那夜的情景，商亮有点不安，说："那天真是抱歉，我不知怎么喝醉了，后来的事不记得了。"李春燕抿嘴一笑："我也喝醉了。"

回到车上，李春燕说："商大哥，你到邮局，除了取包裹，是不是给家里寄钱了？"商亮摇摇头："没寄，我自己也没钱。"李春燕别转头看他，说："你不是领过几次工资吗？你在江湾花不了钱，怎么会没了？偷了还是借了？"商亮说："我把卡上的两千都借给一位朋友了。"李春燕好奇地说："哦？借给谁了？你做好人好事也要给自己留点嘛。"商亮说："是我的一个哥们，他想办个网站，缺少本钱，我就借给他了。"李春燕说："办网站？什么网站？"商亮说："网站叫懒人服务网，就是给客户送快餐、给需要家教的孩子介绍辅导老师等等。"李春燕说："你那哥们信得过吗？"商亮说："我们相交四年多了，我相信他。"李春燕说："那好，要是他还需要钱，我可以凑一分子。"商亮惊讶地说："你还没见过他，就敢把钱借给他？"李春燕笑道："我相信你不会看错人！不过，我不是白借给他钱，我想投资，将来他的网站做大了，我也有份！"商亮笑道："万一做不下去呢？"李春燕笑着说："投资有风险，当然是我自负盈亏了。"

他们回到江湾村村委会。张桂宝看到李春燕，笑道："春燕，是你送商亮回来的？"李春燕说："我来看我爸，顺路送商亮回来。"李爱民笑道："燕燕，你说反了，你是送小商回来，顺路来看爸爸！"李春燕说："爸，我帮您把助手送回来，我的油钱您是不是要给我报销？"李爱民笑道："是你自己要送，我又没请你。"春燕笑道："爸，您真抠门！"

商亮拿把剪刀，把蛇皮袋剪了个口子，发现里面还有一层塑料膜，薄膜里还有一个面粉袋。王根林说："什么好东西，保护得这么好？"商亮说："可能是我爸为了防止被雨淋湿，才这么保护的。"商亮把面粉袋解开，里面果然是花生！王根林凑上前一看，说："我以为是什么宝贝？原来是花生米，寄这么多花生，你吃得完吗？"商亮说："不是寄给我的，这是我爸妈自己种的花生，想送给大家。"王根林上前拿了一颗塞进嘴里，刚嚼了两下，就把嘴里的花生吐进了垃圾筒，皱起眉头说："怎么是生的？这还得自己炒，多麻烦！"

李春燕说："商大哥的父母寄来这么好的花生，每颗差不多大小，都这么饱满，那要挑多长时间啊？都说礼轻情义重，王伯伯，您怎么还挑剔呀？"王根林说："谁挑剔了？我才不要呢！"商亮解释说："炒熟了，花生要掉皮，不好看，还容易碎，生的好保存，邮到这儿不会坏，想吃多少就炒多少，很方便。"李春燕说："既然他们不稀罕，商大哥，别送给他们了，你就送给村里的人，让他们当种子，让你家乡的花生，在江湾村生根发芽，多有意义啊！"李爱民笑道："我女儿这主意好，我赞成这么做，商亮，你就把花生送给村民吧，总比送给我们吃了好！"

晚上，李爱民在家吃晚饭，他老婆张秋妹说："爱民，我听说那个商亮，跟咱女儿走得近，你提防着点！"李爱民说："提防他干吗？他又不是坏小子。"张秋妹说："你忘啦？咱燕燕的终身大事还没定，可不能鲜花插在牛粪上，影响她一生的幸福！"李爱民说："现在提倡恋爱自由，我们不能干涉燕燕的私生活。"张秋妹说："燕燕她还小，她不懂事，她要是跟商亮好上了，罗镇长那边怎么

办？罗镇长的老婆凤英向我提过，说他们儿子罗小强对春燕有意思，希望咱两家结成亲家，要真成了亲家，说不定你能调到镇里当干部，那多好啊？"

李爱民说："别把我的事掺和进去！燕燕的事让她自己作主，你替她答应了，万一她不愿意，不是害了她吗？"张秋妹说："我听凤英姐说了，小强经常找燕燕一块玩，说明他俩挺投缘的，要是被商亮横插一杠子，坏了事咋办？"李爱民说："燕燕又不是小孩，她向来有主张，咱们别操心了。"张秋妹看了看丈夫说："商亮是外地人，当村官能当多久？说不定过两三年就走了，咱就燕燕一个女儿，你就不担心吗？"李爱民叹道："你想得太多了！如果你真为女儿好，就尊重她的意愿，她长这么大，有哪件事让你不放心的？"

张秋妹攥着丈夫的手，说："我是有点不放心，她现在是会挣钱，但挣那么多钱有什么用？找个好对象，比赚钱重要多了！"李爱民说："女儿这么好，你还不满足？"张秋妹说："她好什么？一月才回来两三趟，她心里还有我和你吗？"李爱民笑道："我们还不老，要女儿在身边干什么？让她闯一闯，对她有好处。"张秋妹说："爱民，我可跟你说好了，要么并家，要么招上门女婿，不能让宝贝女儿嫁出去，要不然，她这几年辛苦赚钱，不是帮外人赚了吗？"李爱民笑道："女婿是外人吗？不管是进门还是出嫁，只要她幸福就好。"张秋妹说："不！这件事一定要听我的！春燕是咱俩的独生女儿，现在咱们年轻，还能上班挣钱，到咱们老了，她不在身边，谁来照顾咱们？"李爱民笑道："时代在进步，说不定到那个时候，农村都有敬老院了，咱们就上敬老院呆着，不去连累女儿。"

国庆节前的晚上，李春燕给家里打来了电话，张秋妹说："人不回来，光打电话回来，你还知道有我这个妈吗？"李春燕说："妈，您别生气，马上国庆节了，我要备足货源，所以最近忙了点，别人放假，我们开店的越是忙，这叫假日经济！我店里一天的营业额，能做到两三万呢！"张秋妹说："就你忙忙忙，那你明天回不回家吃饭？"李春燕说："回啊，明天是国庆节嘛！妈，您多买点菜，钱不够，我来出！"张秋妹说："去，妈没这么穷，买菜的钱还出得起！"李春燕说："明天我想请个朋友到家里吃饭，行吗？"张秋妹喜道："是不是罗小强？行啊！"李春燕说："不是小强，是商大哥！"张秋妹说："你爸的助理商亮？不行，这事没得商量！"

李春燕说："为什么嘛？他一个人在外面不容易，离家那么远，不可能跟家里人团聚，再说，他又是爸爸的助理，咱们请他到家里吃饭，这是合情合理的啊！”张秋妹说：“你不知道明天是什么日子吗？”李春燕说：“知道啊，国庆节，普天同庆嘛！”张秋妹说：“知道你还请一个外人来家里？”李春燕说：“咱们对他关心一下，不可以吗？”张秋妹说：“你就知道关心别人，你关心过自己吗？咱们这儿的风俗，五一劳动节、十一国庆节，是请女婿上门吃饭的日子，你叫商亮来家里吃饭，不怕别人说闲话吗？”李春燕说：“别人爱说闲话，让他们说好了！商亮是个聪明有志气的青年，我就喜欢这样的男孩！就算我不跟他谈恋爱，将来找对象，我要找他那样的！”

李爱民笑道：“吃顿饭有什么关系？我不请，别的人家也会请他，上次他帮几户瓜农卖瓜，人家都想请商亮吃饭。”张秋妹嗯了一下，说：“商亮人是不错，可惜就是外地人，心不在这儿，咱们还是不要考虑他。”李爱民笑道：“咱们只是请他吃饭，不说别的，年轻人的事，让他们自己去决定。”张秋妹说：“我就怕燕燕迷上他，商亮的电脑是燕燕给他的，商亮身上穿的衣服，是燕燕送给他的，燕燕对商亮那小子没意思，会对他那么好？”李爱民笑道：“商亮身上有好的品质，春燕跟他交往，对春燕没坏处，年轻人，多个朋友有什么关系？”

国庆节上午，怀梅花到村委会的小店买东西，商亮正在晾衣服，没发现她。怀梅花买好东西，走出商店，商亮刚好转过身，他看到怀梅花拎着东西匆匆要走，连忙叫道：“怀梅花！”怀梅花立定了，朝他笑道：“是你啊，你自己洗衣服？”商亮走近她，说：“我是单身汉，当然自己动手了。你来买东西？”怀梅花说：“买瓶酱油，买袋盐，给小磊买几两水果糖。”商亮说：“有段时间没去看你们了，你现在过得好吗？还有人欺负你吗？”怀梅花笑道：“隔壁跟我家是和好了，还有野狗想钻进篱笆，都被我赶走了！”商亮说：“小磊会走路了吧？”怀梅花笑着说：“刚学会走路，他会叫妈妈了！”

商亮说：“你没上班，就靠种点蔬菜，家里三个人的开销怎么办？我身边有点钱，你到我宿舍来，我拿给你。”怀梅花说：“不不，咱们非亲非故，你帮过我几次了，我不能要你的钱，你自己存着吧！”商亮轻拉她的胳膊，说：“谁没有个难处？我来江湾村，也有好多人帮过我，我现在也是江湾人，你有困难，我关心一下是应该的。”怀梅花站着没动，说：“商亮，你的好意我心领了，可我真的不能要你的钱！你放手吧！”商亮用力一拉，笑道：“来吧，你只要知道我不是坏人就行了。”怀梅花被他一拉，不由自主地跟着他走，嘴里说道：“你

对我们家这么好，我会过意不去的！”商亮笑道：“有困难相互帮助，这是人之常情，哪天我遇到困难了，相信你也会帮我的！”怀梅花笑道：“你真会说笑，你哪会有困难？”商亮笑道：“月有阴晴圆缺，人有旦夕祸福，那可说不定。”

两人来到商亮的宿舍，商亮从行李箱里取出一个信封，把一千元拿出来，点了八张一百的，递给怀梅花，说：“我卡上还有钱，这八百你先拿着，不够了我再领。”怀梅花接过钱，拿了五张，把三张还给了商亮，说：“谢谢你！你的心肠这么好，一定会有好报的！我就借你五百，剩下的你自己留着用。”商亮说：“我卡上还有，我每个月有工资，你都拿着好了。”怀梅花说：“你要都给我，我连这五百也不要了！”商亮说：“好好，听你的，孩子需要营养，多给他买点营养品，过些天我去看你们。”怀梅花说：“你有纸和笔吗？我给你写张借条吧。”商亮笑道：“写借条干吗？我还怕你不还吗？”怀梅花说：“你不怕我赖账吗？”

商亮说：“我为你考虑过了，你要照看孩子，没法上班，村里要发展蔬菜种植，我会帮你留意的。”怀梅花说：“可我家没多少地啊，也没有人手。”商亮说：“把你家田地旁边的荒地一块租过来，有两三亩地，种蔬菜就有不错的收入了，钱的问题，你不用担心，我会帮你想办法。”怀梅花眼里噙着泪花，说：“商亮，你为什么对我这么好？你是可怜我吗？”商亮笑道：“怎么会是可怜？你的善良和坚强，深深打动了我，你没有为自己而抛弃孩子和老人，这种品德太难得了！”

怀梅花用手轻拭眼角，说：“我要回去做饭了，哦对了，今天是国庆节，你放假休息吧？要不到我家吃饭吧？”商亮笑道：“李书记一早就打电话给我，叫我去他家里吃中饭。”怀梅花说：“哦，那我走了，商亮，谢谢你啊！”商亮笑道：“你都谢了几次了，别那么客气。”商亮刚送怀梅花走出宿舍，就见李春燕的雅阁轿车开进大院。怀梅花说：“春燕来接你了，恭喜你啊！”商亮奇怪地说：“恭喜我？我喜从何来？”怀梅花微微一笑，说：“不打扰你们了，我走了。”

李春燕满脸笑容地下车，当她看到怀梅花从商亮的宿舍出来，笑容不禁僵住了。怀梅花走出大院，拐到围墙外看不见了，李春燕才走到商亮跟前，说：“你知道她是谁吗？怎么跟她在一起？”商亮说：“我知道啊，她是北村的怀梅花，丈夫出车祸死了，她带着小孩和婆婆住在一起。”李春燕不解地说：“你既然知道她的底细，还和她走那么近？她可是村里有名的风流寡妇啊！”商亮正色道：“那是流言蜚语！春燕，你背后这么说人家，是很不礼貌的！”李春燕见商亮有点不高兴，就笑道：“好了，不说她了，走，去我家吃饭！”

13　白手起家

懒人服务网，在陆强夜以继日的努力下，终于完成了网页制作，并且上传到了互联网，其他人只要能上网，都能浏览到懒人服务网的网站。一个人有梦想，就会有信心与力量，就是苦点也愿意。租房子的钱和办网站的钱，都是哥们支援的，陆强身边剩下两百元钱，如果懒人网不挣钱，他会变成真正的无产阶级了。

陆强知道，要利用网站这个平台挣钱，靠自己这个光杆司令是不可能完成的任务，必须要有帮手。陆强在东吴大学的论坛上，及时发布了招聘广告。网友的跟帖、邮件、电话，趋之若鹜。陆强暂时招了三名，一女两男，女的负责客服，男的负责送货。为了节省成本，陆强还面向在校生招聘社会实践志愿者，不收押金，也不付工钱。这是陆强的聪明之处，志愿者不在乎挣钱，而是希望了解社会，体验校外生活。同学们整天呆在校园，他们渴望与社会接轨。

三名员工，女的叫杨秀玲，男的叫汪兵和顾卫峰，都是外地人，都是今年毕业后没找到工作的。陆强向他们坦言创业之初的困难，声明待遇不高，目前只能管吃，不管住，不保证按时发放工资，要等两个月后，根据网站运营情况再分配薪水。三人均表示接受，愿意和老板一起白手起家。陆强说："你们是网站的第一批员工，我希望咱们的懒人服务网，日后能像阿里巴巴一样成功！到时候，你们就是网站的元老，我和你们共同分享成功的喜悦！"陆强的表态，把三位应聘者感动得眼泪汪汪。

陆强办网站，不是当雷锋，而是创业，为他人提供方便的同时，谋求自己的生存与发展。他首先确定了三个经营项目：代送盒饭、代洗衣服和家教中介。

代送盒饭，主要针对散客，因为请不起厨师，只能从别的小饭店订餐；代洗衣服，也是从客户那里拿到定点的洗衣店里洗，有的人就是懒，哪怕洗衣店就在楼下，他们也懒得把脏衣服拿到店里。以上两项，赚的就是可怜的跑腿钱。

比较可观的是家教中介服务，想做家教的大学生很多，想请家教的家长也很多，所以，一把消息发在网上，就有人报名和咨询了。做家教是利用晚上和周末，不影响学习，收入也不错，在勤工俭学中是比较受欢迎的。如今，市民对子女的教育非常重视，孩子的薄弱课程，急需要辅导，一些老师的水平虽高，但孩子大多对老师有畏惧心理，不如大学生更有亲和力，这些大哥大姐久经考场，懂得学习方法，对孩子的辅导更有针对性，因此，更受家长的欢迎。陆强把家教报名者的相关资料公布在网上，供家长们挑选，双方达成意向后，签一份协议，明确辅导课目、时间和收费情况，懒人服务网收取20%的中介费。

由于资金的严重短缺，陆强的一些想法，目前还无法实现，只能循序渐进，走一步看一步。他想买两辆电动车，加强上门服务的速度，现在两位男生的自行车，是他们自己带来的；他还想买台洗衣机，夏天的衣服，不用送干洗店，自己用洗衣机洗或者手洗就行，如果自己洗，挣的钱就多了；他还想做上门收废品的生意，但现在连三轮车也买不起，只能延后考虑。网站刚开始运转，挣的一点小钱刚够吃饭，如果三个月没有起色，网站就喘不过气来，只能呜呼哀哉。

网站开办以来，订要盒饭的很多，代洗衣服的也不少，但家教却雷声大雨点少，成交的寥寥无几。起初，陆强以为网站的知名度不够，他就在市内各家网站，发布懒人网和家教中介的信息。杨秀玲说："心急吃不了热汤圆，可能还没到时候，现在是九月份，学生刚回学校上课，要到期末考试前一两个月，孩子的成绩不好，家长才会着急，到时候，说不定家长就急着找家教了。"陆强觉得她说得有理，做事的成功与否，确有时机的因素，"天时、地利、人和"，这天时还排第一位呢，就像冬天卖风扇、夏天卖电热毯，时机不对，生意怎么会好？

国庆节几天，订盒饭的人特别多，由于学校和工厂放假，上网的人多，而沉迷网络的人，就算隔壁就是饭店，他们也懒得去排队买饭，宁愿通过网络订餐，等别人把快餐送到跟前。汪兵和顾卫峰忙得晕头转向，因为网站刚开张，合作的快餐店有限，他们必须到合作餐厅买了饭再给客户送去，来回要跑不少冤枉路。从合作餐厅买饭，享受八折优惠，一客十块钱的快餐，陆强他们从中赚两块钱，有的客户订五块钱的，只能赚一块钱，而从其他店买饭享受不到优惠。陆强想联络更多的快餐店，把市区各个角落的快餐店集合起来，送货工就能就近买饭，节省路途时间，增加服务效率。当然，饭菜质量和卫生要有保障。

出租屋现在兼着办公场所，自杨秀玲来上班后，这里不再像过去那样脏乱差，屋里屋外，整理得清清爽爽。代洗衣服的生意，倒是络绎不绝，陆强说得没错，有些年轻人真是懒得可以，内衣和袜子，自己都不洗一洗，不但男生如此，有的女生也一样。国庆期间，人手不够，陆强也上阵帮忙。他在出租屋外，用砖头搭个架子，买了块水泥板搁在上面，屋前拉了好几根晒衣绳。他在杨秀玲的提议下，还购买了搓衣板、板刷、洗衣粉、肥皂和两个大塑料盆。陆强请了两位志愿者来洗衣服，给她们每人三十元工钱。夏季服饰，基本可用手水洗，陆强仓促上阵，决定自己赚这笔钱，省得被别人剥削。

10 月 5 日下午，出租屋外，来了一辆小轿车。商亮和李春燕从车里出来，商亮手里还拎着几个袋子，他们向出租屋走来。李春燕看到屋前的绳子上挂满了各式各样的衣服，笑道："这里是晒衣场吗？商大哥，你以前就住这儿？"商亮笑道："瞧这架势，估计是我那穷哥们玩的行为艺术，衣服肯定不是他的！"两人走到门前，商亮故意咳嗽一声，叫道："屋里有人吗？"陆强听出来是商亮的声音，在屋里喊道："阿亮，少装疯卖傻，快进来喝酒！"

商亮和李春燕先后进屋，只见屋中央的桌子上，放着几个菜，有麻婆豆腐、鸡蛋炒韭菜和一碗清汤，还有一个啤酒瓶，陆强穿着汗衫在喝酒，旁边的电脑前坐着一位短发女孩，电脑荧屏上显示的正是"懒人服务网"。商亮笑道："阿强，你真是逍遥自在啊！自个儿喝酒，还请了个女秘书！"旁边的女孩说："现在快下午两点了，陆哥忙到这会儿才吃饭呢！"陆强笑道："阿亮，我哪有你混得好？我现在是从零开始，不成功便成仁！"他看了看李春燕，笑道："阿亮，你的新女友真漂亮，你小子的女人缘就是好！"商亮知道他口无遮拦，笑道："我纠正一下，她不是我女朋友……"李春燕笑道："陆哥没说错，我是商大哥的女朋友，是女性朋友，简称女朋友。"

陆强见李春燕很随和，笑着说："阿亮，你真不够意思，女朋友已经不打自招了，你还抵赖？"商亮笑着说："开玩笑要适可而止哦，阿强，我们是专程来找你的，我介绍一下，这位是江湾村李书记的女儿，叫李春燕，是一家服饰专

卖店的老板!”陆强笑道:“欢迎李小姐光临指导!我是穷鬼创业,举步维艰,希望若干年后,我能和马云、张朝阳平起平坐!”李春燕笑道:“好!我就欣赏陆哥雄心勃勃、志在必得的创业精神!”陆强指着杨秀玲,介绍说:“她是我聘请的客服主管杨秀玲小姐!”杨秀玲转身笑道:“我哪是什么主管?就是一打工妹,接接电话而已。”陆强说:“不,你千万不要轻视自己的工作!我们是同甘共苦的创业伙伴,到懒人服务网飞黄腾达之时,你一定是真正的主管!”

李春燕笑道:“不想做将军的士兵不是好士兵,陆哥有远大目标,这样才能干大事!”陆强伸出手,笑道:“李小姐,你真是善解人意,来来,咱们握一把!”李春燕和他握手,笑道:“别叫我李小姐,你和商大哥一样,叫我春燕吧!”陆强把杯里的啤酒一饮而尽,说:“我这里条件简陋,连饮水机都没有,真是抱歉!不瞒你说,我寄予厚望的懒人服务网能顺利诞生,全仰仗你身边的这位商亮,他是我的好哥们!”商亮笑道:“跟我说话还这么肉麻?”陆强说:“滴水之恩当涌泉相报,我陆强说话随便,做人绝不随便,我会记得朋友的恩情!”李春燕笑道:“陆哥性格直爽,知恩图报,做商人有这样的品格,你一定会成功的!”

陆强拱手笑道:“谢谢你的吉言!”商亮把手里的袋子放到床上,笑道:“阿强,这是春燕送给你的几件新衣服,你是得谢谢她!”陆强笑道:“谢谢!谢谢!无功不受禄,我怎么好意思?”商亮笑道:“接下来,还有更大的惊喜要送给你,阿强,你肯定想象不到是什么?”陆强看了看李春燕,笑道:“难道是红包?”商亮笑道:“不是红包,胜似红包!”李春燕笑着说:“不是红包,但跟钱有关,陆哥,莫非你有特异功能?”陆强惊喜地说:“是给我雪中送炭来的吗?”李春燕说:“虽然你现在生活条件很艰苦,但你很快乐,拥有这样的心态,怎么可能不成功呢?”陆强笑道:“我现在过的,比以前无所事事时,起码快乐一百倍!”

杨秀玲把桌子收拾干净。商亮说:“阿强,介绍下你的经营情况吧?”陆强掰着指头说:“一个多月来,我挣了五千块,买了两辆电动车,就剩下一点生活费,小杨和两位送货兄弟,还没有开一分钱的工资,我对不起他们啊!”李春燕说:“万事开头难,没亏本就是胜利啦,你还有钱赚,应该祝贺啊!”陆强叹气道:“唉,我明明看到前面金山银山,但就是心有余而力不足!”商亮笑道:“叹什么苦经呀?今天,我把财神爷给你请来了!哦,不是财神爷,是财神妹妹!”李春燕笑道:“我不是财神妹妹,我是上梁山来入伙的!”

陆强一愣，随即明白过来，瞪大了双眼，高兴地说："财神妹妹！哦不，春燕妹妹，你是说，你要和我一起做网站？"李春燕笑道："有这个想法，不过，我想了解，你的网站靠什么盈利？是靠登广告吗？"陆强说："不是，我办网站的宗旨是为人民服务，当然，也是为人民币服务，目前有送饭、洗衣和家教中介服务，如果资金充裕，我会开拓其他的生财渠道。"李春燕说："家教中介应该不错。"陆强毫不隐瞒地说："家教有季节性，在寒暑假期间，以及在期末考试前两月，家教有旺盛需求，以后这块相信会越来越好！还有代洗衣服，别看是小生意，但生意相当不错，有时收的衣服多了，一下来不及洗，真想买台干洗机！送盒饭的生意，自网站开办以来，一直很好，可惜是活累钱少，如果我们自己有厨房，自己做盒饭，利润会丰厚得多！"

听了陆强的侃侃而谈，李春燕说："三个项目都在盈利，做得非常好！现在好多单位和个人都有电脑和打印机，但时不时会罢工，我有个建议，陆哥，你可以召集几个电器修理工，给客户提供上门修理服务，应该会有市场。"陆强一拍脑袋说："这是个金点子，好！我会考虑的！"商亮笑道："我也有个建议，阿强，你记得三个月前，大学生和市民踊跃到江湾村采西瓜的事吗？你可以组织农村一日游，给他们当导游，这也可以赚钱嘛！"陆强笑道："你对农村熟悉，还是你做这件事比较合适，我可不想掠人之美！"

李春燕说："陆哥，通过和你的交流，我对你很有信心，我决定投资你的网站！"陆强笑道："太好了，我缺钱不缺信心，你这时候的帮忙，我就像久旱逢甘雨，感激不尽啊！"李春燕说："你现在大概需要多少资金？"陆强想了想说："买电脑，买干洗机，网站需要更大的储存空间，也需要用钱买，如果盒饭能接到大单的话，我想另外租房子开厨房，这些加起来，起码得五万吧！"李春燕说："五万够吗？"陆强说："目前够了。"李春燕说："那好，就先给你五万，钱我明天汇给你，如果不够的话，你再告诉我！"

陆强感激地说："春燕，我不会辜负你对我的信任！我一定会给你丰厚的回报！"商亮笑道："春燕是个好妹妹，她不但服装店开得好，还乐于助人，阿强，你可不要把她的钱亏掉了，那就太对不起她了！"陆强说："每一个帮助过我的人，我都铭记在心！春燕，你投资五万，我把网站一半的股份给你！不管将来网站如何发展壮大，一半的股权属于你！我现在就给你写个协议！"李春燕连连摇手说："不要不要！我不要那么多！"商亮说："那就三分之一吧。"李春燕点

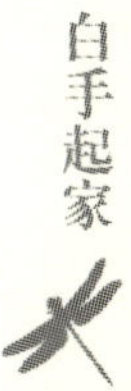

头应允，说："陆哥，在你力所能及的情况下，希望对员工好一点，多给他们一些报酬！"陆强点头："那自然！没有他们，就没有我的灿烂明天！"

10 月 6 日是中秋节，江湾村给每位村干部发了一盒月饼和一箱苹果。每逢佳节倍思亲，商亮不禁思念起了亲人，如果能和父母、妹妹一起过中秋节，一家人围坐在屋场上，一边聊家常，一边吃月饼，一边听蛐蛐的叫声，这是何等乐事？商亮想到自己单身一人，一盒月饼吃不了，过了中秋节吃就没意思了，何不给怀梅花家送去，让他们也尝尝？

怀梅花一家在喝芋奶粥，她还点了两支蜡烛，端了一碗粥，放在丈夫的遗像前。梅花在喂儿子小磊，小磊调皮地冲着碗里吹泡泡。中秋节夜里，喝芋奶粥是村里的传统风俗，把香芋、糯米一起煮粥吃，粥汤粘稠如奶水，所以叫芋奶粥。怀梅花哄着儿子："小磊，来，乖，再喝一口，再喝一口就给你月饼吃。"小磊手舞足蹈，不听话，还用手推开粥碗，怀梅花故意板起脸说："小磊，妈妈生气了，你再不喝粥，妈要打你屁股了！"小磊稚声稚气地说："妈妈打人，妈妈坏！"门外响起了嘟嘟的敲门声，怀梅花有点奇怪：谁会来敲门？就是那些心怀不轨的男人，也不会这么早来骚扰，何况，今天是中秋团圆节，谁会在外面乱转？

怀梅花的婆婆说："会不会是狗撞到门上了？"怀梅花说："狗不会刚好撞三下，肯定是人！"怀梅花的婆婆说："我去开门看看。"怀梅花的婆婆把门打开，看到门前站着一个青年男人，旁边停着一辆自行车，车旁放着什么东西。她愣了一下，说："你是？"商亮笑道："大妈，您不认得我啦？我来过您家。"怀梅花的婆婆觉得商亮有点面熟，但想不起来是谁了。怀梅花听到商亮的声音，抱起儿子到门口，招呼说："商亮，是你啊，妈，他就是上次跟妇女主任到咱家来的商助理！"婆婆想起来了，说："哦，小伙子，是你啊，进来进来！"

商亮把月饼盒放在苹果箱上，一下抱起来，放到怀梅花家的客堂里。怀梅花说："你怎么还带这么多东西？我买了三个月饼的。"商亮说："村里发的，我一个人吃不了，就带过来了。"怀梅花的婆婆说："还没吃吧？锅里还有芋奶粥，吃碗芋奶粥吧？"商亮的确没吃晚饭，听说什么"芋奶粥"，名字很好听，就笑着说："好，我尝尝芋奶粥的味道。"怀梅花的婆婆盛了一碗，递给商亮，商亮也不客气，稀里哗啦喝了两口，连连称赞："嗯，好香，好甜，真好喝！"怀梅花笑道："锅里还有，好喝就多喝一碗。"

喝完了粥，怀梅花的婆婆收拾碗筷，拿去厨房清洗。怀梅花对儿子说：“小磊，叫叔叔。”商亮摸摸小磊的头，笑着说：“好可爱！”小磊明亮的眼睛瞪着商亮，忽然叫道：“爸爸！爸爸！”怀梅花吓了一跳，脸蹭地红了，不好意思地说：“小孩子乱叫，你别在意。”商亮笑笑说：“小磊从小就没爸爸，我要是有这么个儿子就好啰！”商亮张开手臂，对小磊说：“来，让叔叔抱抱。”怀梅花把孩子抱给商亮，商亮双手托着孩子的胁下，把他几次举过头顶，把孩子逗得咯咯直笑。

商亮把小磊骑跨在自己的脖子上，他扶着小磊的手臂，在屋里来回走动。小磊咧着小嘴，开心地笑。怀梅花笑着说：“商亮，你还没结婚，这么会哄小孩开心？”商亮笑道：“我看到别人怎么带孩子的。”他话音刚落，只觉脖子一热，他伸手一摸，湿湿的，热热的。怀梅花惊呼：“小磊尿尿了！商亮，对不起对不起！把你衣服弄湿了！”商亮呵呵笑道：“没事，他冲我撒尿，没把我当外人啊！”

14 知青回村

10月下旬，秋收农忙开始了。要在半个月内，完成收割、脱粒和播种小麦。稻田不是连片的，无法用收割机，只能人工收割。商亮看到妇女们弯腰挥动镰刀，熟练地收割稻子，很久才直一下腰。古人说的“粒粒皆辛苦”，商亮有了更深切的理解。

这天，商亮回到村里，李书记叫住他，说：“小商，有个任务要交给你。”李书记曾对商亮说过，建造厂房时，请他负责采购建筑材料。商亮说：“我对建筑一窍不通，李书记，您叫别人管采购吧。”李爱民笑道：“没知道什么事就先拒绝了，小商，你太不给我面子了。”商亮意识到失礼，抱歉地说：“李书记，对不起，不知是什么任务？”李爱民说：“明天有一拨人来咱们村，我想请你全程陪同。”商亮说：“是领导来考察吗？”李爱民说：“不是，是四十年前的知青回村来，看看他们当年生活过的地方，都是六十年代末、七十年代初来咱们村插队的知识青年。”商亮惊喜地说：“当年的知青？太好了！我正要向前辈取经呢！”

次日上午十点，一辆中巴车开进了江湾村大院，从车上陆续下来二十几个年龄在六十左右的男女，他们神采奕奕，一下车，就好奇地东张西望，宛若一个个活泼的孩子。李爱民和几位村干部，还有李爱民请来的几位老人，上前和来访的客人热情握手。江湾村以前叫江湾大队，这些老人，跟知青们相熟。岁月不饶人，几十年过去了，人的相貌有所改变，但他们相互还能辨认出来，彼此兴奋地打着招呼。李爱民冲着一位戴眼镜的老人叫道：“黄老师！”黄老师瞧瞧他，笑道：“李爱民！当年班上调皮捣蛋的小家伙！”李爱民笑道：“不是小家伙了，我也人到中年啦。”黄老师笑道：“我教过的学生，个个都在我脑海里啊！你现在当村支书了，不错不错！”

黄老师向一位七十几岁、头发花白的老人敬了个礼，握着他的手，激动地说：“老徐，我是黄彩文啊！我能当上小学教员，多亏了您！老哥身体还好吧?”老徐是当年的江湾村大队长，相当于现在的村支书，他呵呵笑着说：“我好，没啥病，还能活几年，黄彩文，你回城三十多年了，没想到还能见到你！当年来插队的有 24 个，今天怎么才来了 20 个?”黄老师叹口气说：“哎，有的人过世了，没挨到今天，活着的全都来了，我们想来看看，江湾村的变化，想知道大伙过得好不好?”老徐说：“感谢你们挂念，现在农村生活好过了，不像过去那么苦了。”李爱民招呼说：“欢迎各位知青回家！大家请到会议室休息一下。”

商亮给他们一个个倒茶，李爱民介绍说：“他是今年新来的大学生村官，是我的助理。”商亮自我介绍说：“我叫商亮，请前辈们多指教！”黄老师笑道：“好啊，没想到四十年后，我们这批老知青，还能见到接班人！后继有人啊！我们当年是下乡当农民，接受贫下中农再教育，你是来当村官的，起点比咱们高！”商亮谦卑地说：“我是来学习的，我不是村官，我是学生。”黄老师笑道：“农村锻炼人，也出人才，我们那时候觉得苦啊，现在想想，一点都不后悔！”

老知青陆卫明说：“我初中毕业就来江湾插队了，村里缺赤脚医生，徐大队长推荐我去乡卫生院参加培训，半个月后我就上岗了，内科、外科、妇科，医生护士一个人包干，现在的医科大学生，要读几年书，还要实习，才能上岗。”旁边一位老知青说：“那会儿人的胆子就是大，天不怕地不怕，除了坏事不能干，别的啥都敢干！”对面一人笑道：“是啊，我当年就偷过一户乡亲的鸡！”另一位老知青说：“当时生活确实苦，一天三顿喝稀粥，萝卜干一年吃到头，可说来奇怪，当时人很少生病，有时我巴不得生病，好休息两天。”另一位说：“在田里干活，热得受不了就去河里洗个澡，馋了就去挖芦根吃。”一位女知青说：“我就怕下水田，蚂蟥叮人，有一次我拍死了三条吃饱血的蚂蟥！”还有一位说：“我和王春虎住一屋，他打呼噜震天响，我下半夜才能睡着。”有人唏嘘道：“前年，王春虚生胃癌死了，要是他有灵，没准今天跟我们一起来了。”

黄老师说：“我因为体质弱，有点贫血，是徐大队长照顾我，叫我到小学堂教书，我倒不是怕干农活，实在是吃不消。”老徐笑道：“我看你们从城里来，人年轻，身子骨弱，有的确实干不了农活，就安排教书呀、当赤脚医生呀，谁

也不能闲着！”一位老知青说：“我们刚到江湾时，什么活都不会干，乡亲们没有嫌弃我们，手把手教我们干农活，我们在田间地头，也教他们识字，互相帮助。”一位知青说：“可不是，我开始连锄头和镰刀都不会用，用锄头就锄到自己的脚，用镰刀就割伤自己的手，当时的妇女队长李海仙一次次教我，不厌其烦，我连累她少挣了好多工分，当时的工分就是钱哪！”

一位叫沈爱华的知青说：“我六九年来插队，到七六年回城，这八年留下了我人生中最美好的回忆，大家团结、友爱、勤劳，当时的人，比现在诚实多了！”一位姓周的老知青说：“我当插队青年是十八岁，那是个不知天高地厚的年龄，到农村几年，我懂得了很多做人的道理，当时是苦，但乐在其中，没想到后来能回城，其实，就算一辈子呆在农村，我也乐意！”老知青金荷荣叹道：“那会儿吃大锅饭，讲的是人人平等，当领导的吃苦在前，个个都是积极分子，现在当领导的，变成享乐在前，把责任推得一干二净！我声明，我不是说所有干部不好，当中也有好的！”黄老师笑道：“人老了，大家热衷忆苦思甜啊？”

商亮聆听他们谈话，见他们谈笑风生，对当年的生活，没有怨言，没有悔恨，有的只是怀念之情。商亮现在走的，几乎就是他们当年走过的路。商亮在给黄老师添茶水时，黄老师笑着说：“小伙子，你坐下，咱们新老知青好好聊聊。”商亮求之不得，说：“谢谢前辈！”黄老师说：“我们那一代知青，有的扎根农村，有的返回城镇，成为改革开放的中坚力量，现在的农村，需要知识青年充实农村领导班子，担当继往开来的重任，小伙子，你肩上的担子不轻哪！”李爱民笑道：“商亮来了近半年，为村里做了不少好事，我很看好他！”黄老师笑道：“江湾村的明天，乃至全国的农村建设，就靠你们这一代知青了！”

李爱民说：“时间还早，咱们去村里走走？去田头看看？”大家齐声说好。黄老师说：“我们今天回江湾，是来圆梦的！我们在江湾呆过七八年，但这里永远是我们的故乡！”好几位老知青说：“是啊，人老了，这几年我老做梦做到江湾村，我还在田里拔草、罱泥、挑担！”李爱民抱歉地说：“各位，抱歉，不知道你们故地重游，当年你们住过的小瓦屋，因破落不堪，先后拆掉了。”有几人叹道：“那倒可惜了。”有人笑道：“要是还在，你还回来住吗？”有人说：“来啊，过几年，我打算到江湾来养老，还回南村住，我忘不了那里啊！”

出大院时，老陈站在门口笑道：“你们都回来了，还来插队呀？”一位老人笑道：“对啊，我们还回来插队！还吃你养的猪！”老陈在小队里养猪养牛，牛是种田的帮手，猪长肥后卖给乡里屠宰场，过年分红时，队里杀两头猪，一头半的猪肉分给农户，还有半只就煮熟了，每家去一人，在小学教室里聚餐。喝酒吃肉是当时最大的犒劳，除了一家一个大人，小孩子也可加入。大人们把精肉给孩子们吃，他们吃一些肥肉，啃一些骨头。这一天，对村民来说，比过年还热闹。

一行人浩浩荡荡走在公路上，经过村子里，他们不时和村里的老人打招呼，有的老知青说："这儿是北村 6 队，我当年就住村西头，我隔壁的人家姓李。"黄老师说："记得当时，村里的路都是泥路，一下雨，满脚泥泞，桥都是木桥，走上面晃晃悠悠，村里人挑满满一担粪过桥，走得稳稳当当，粪不晃出一滴，把我看呆了，记得还有小孩掉河里淹死的，现在都改成水泥桥了，好啊。"李爱民说："小时候，楼上楼下，电灯电话，是一个梦想，现在都实现了，现在村民住的都是两层的楼房。"黄老师说："现如今，住城里比住乡下压力还大，水费电费物业费，啥都要钱，在乡下，起码水和蔬菜不用钱买。"李爱民笑道："村里也通自来水了，河水不如以前干净，不能直接喝了。"黄老师说："水是生命的源泉，现在把源泉弄脏了，往后人怎么生存啊？有些人哪，目光太短浅了！"

经过怀梅花家旁边时，怀梅花抱着孩子在屋场上，好奇地看着这些陌生的老人。商亮冲她挥了挥手，笑了笑，怀梅花也笑了，悄悄对儿子说："看到了吗？那是商亮叔叔。"小磊看到了商亮，兴奋地挥动着小手，商亮也朝小磊挥手。李爱民看到商亮和怀梅花这么熟悉，有点奇怪。

他们来到北村的田头，田野里，有的人家在播小麦，有的在削田，用锄头把大块的泥巴削成小块，有的人家在给田里施肥。老知青们抢着上去干活，把村民手里的家什抢过来，有模有样地抓一把麦种，手一挥，麦子就撒落到田里；有的抢着施肥，他们抓一把混合肥，用力撒出去，因为用力不均，肥料没有均匀撒在田里，有人就笑："你这样不行，帮倒忙了！没施到肥的长势不好，吃肥太重，小麦要被烧死的！"施肥的老知青不服，说："你会，你来试试？"有人从尿素袋里抓一把出来，凑鼻边闻了闻，顿时酸得直掉泪，连打了几个喷嚏，引得旁人呵呵大笑！

站在微风习习的田野里，闻着泥土的芳香，老知青们欢欣地笑了，回家的感觉真好！村里没有食堂，几位村干部，邀请老知青到自个家里吃午饭，老人们也不推却。吃着比过去丰盛得多的饭菜，他们感慨万千，都说现在生活条件好，跟过去那是天差地别，但让他们奇怪的是，过去穷，谁家不养三四个小孩？可现在富了，养一个还感到吃力，城里有的年轻人，连一个都懒得养，要做什么丁克家庭，这是他们无法理解的。下午，老人们要回去了，村民纷纷送来各样新鲜的蔬菜，老人既高兴，又热泪盈眶。商亮跟着李书记，和他们一一握手。老人们依依惜别，黄老师说："感谢你们的盛情款待，使我们找到了回家的感觉！"

商亮伫立路边，看着载着老知青的中巴车，渐渐远去。老人们对往事的达观，对插队生活的怀念，深深感染了商亮。青年时代经受的磨练，一定会让人受益终身，再过几十年，自己会和他们一样怀旧。大学生当村官，这是农村在新形势下的探索之路，农村的知识分子，不仅要走出去光宗耀祖，还应有回归和反哺的志愿，把自己的满腔热忱，奉献给新时代的农村，带领广大的村民朋友，走出困境，把千千万万个江湾村，建设成欣欣向荣的美丽家园！

江湾村的厂房用地，选在村委会的东南方向，在小河拐角处的一片荒地上，面积约 30 亩。村里以集体名义征用土地，每亩地每年给农户补贴粮食款 600 元。村里征地用于建造工厂，对全体村民有利，不同于企业或房产公司来征地，所以补偿较少，但村民并无意见，说起来，几百元也是多得的，地本来就荒着。江湾村的厂房建设，经过了花桥镇土管办和建房办的批准，手续合法，避免了违章建筑带来的后遗症。花桥镇有的村，之所以违章建筑泛滥，就因为村部自己就有不少违建，所谓上行下效，你自身不正，如何服众？

李书记是厂房建设小组的组长，商亮负责采购建材，负责施工的老板是江湾人，有个小建筑队。商亮根据施工方开出的采购单，到镇上购买相应建材，有的建材店老板，为了拉拢生意，暗示可以多开发票金额，多余部分归商亮所得。商亮知道这是回扣，这种钱是要不得的，不然，拿人家的手软，他们的建材若是以次充好，出了问题怎么办？商亮要求店里实货实价，发票不要多开一分钱。有几个建材老板直言他傻，还说现在负责采购的，哪个不是靠吃回扣发的财？只要他们不说出来，没人知道。商亮谢绝了他们的好意，"若要人不知，除非己莫为"，如果自己拿回扣，这钱不是建材店出的，实际拿的是村民的集资款，这哪成？

为了节约成本和增快进度，一万平米的厂房，砌的是空心墙，屋架是钢筋结构，屋顶用的是塑钢瓦。一个月不到，两排厂房和一幢宿舍楼就建好了，粉刷一新后，看上去宽敞漂亮。付掉材料费和人工钱，六十几万集资款，所剩无几。光有厂房，没租掉，是不产生效益的。李爱民带商亮来找张永明，因为张永明曾许诺，只要村里造好厂房，招商的事，包在他身上。塑料厂在村委会的隔壁，商亮一次没进去过，但商亮知道，这家工厂的老板张永明，是李书记的内弟。

张永明一米七的个头，剃的板头，很胖，他凸起的腹部，不亚于怀孕八个月的孕妇。张永明招呼说："姐夫，您怎么亲自过来了？有事打个电话，我去您那儿啊。"李爱民说："厂房造好了，永明，记得你上次跟我说过的话吗？这事到底有没有谱？是不是真有人要租咱的厂房？"张永明笑道："姐夫是为这事呀，没问题，改天我请几位老板和姐夫具体谈谈，尽早把租房合同签了，好让姐夫放心！"李爱民见租房没落空，心头一喜，说："他们什么时候来？"张永明看了看桌上的台历，说："现在是十一月下旬，我听他们说过，要在年前把厂房租好，把设备安好，元旦后就开工，我跟他们联系一下，再答复姐夫您。"

李爱民说："永明，你跟他们说好，用工的事，要优先考虑咱江湾村的人。"张永明犹豫道："姐夫，这个恐怕不好说。"李爱民说："村里有闲散劳动力，就近上班，对村民对他们，都很方便。"张永明面露难色，说："我听他们说，他们招的是熟练工，恐怕不会在江湾招工。"商亮插话说："可以先培训，再上岗，村民多一个人上班，就给他的家庭多一份收入。"张永明瞧了眼商亮，不以为然地说："培训？工厂不是学校，工厂要的是效益，培训半年，谁来生产？"李爱民说："永明，你对小商客气点，他是村干部，他是为村里着想！"

张永明嘿嘿笑道："我知道他的来历，不就是个大学生吗？找不到工作才来农村混的吧？姐夫，您要小心这个外地人！我听姐说，他对春燕纠缠不清！商亮，我可告诉你，你最好离春燕远点，要是敢欺骗我外甥女，小心我对你不客气！"商亮辩解说："您多心了，我和春燕是好朋友，我怎么会欺骗她呢？"李爱民说："永明，你别听你姐瞎说，小商是什么样人，我很清楚，年轻人正常来往，没什么大惊小怪的。"张永明说道："我看他很有心计，他是看中春燕的钱，故意接近春燕，目的是想不劳而获，姐夫，您可不要上他的当！"李爱民说："少说人坏话！你把厂房出租的事，尽快给我落实好，我等你回音！"

15 招商引资

次日上午，张永明载着李书记和商亮，开车来到花桥饭店。三人走进饭店大堂，一位四十岁上下的男子笑脸相迎："张老板，李书记，你们来啦，请！"儿人来到210房间，推门进入，里面坐了两个中年男子，一个胖胖的像熊猫，另一个瘦瘦的如猴子。张永明介绍说："领我们进来的，是汪老板，做物流生意的；这位瘦的是熊老板，沙发厂老板；这位胖的是侯老板，开广告公司的。"张永明返身介绍说："这位是江湾村的李书记，是我的姐夫。"李爱民和他们握手，他们客套地说着："幸会幸会！久仰久仰！"

落座后，侯老板看了看张永明，说："张老板，这位小伙子是谁，你没介绍吧？"张永明本来不想带商亮来，是李书记非要带他一起参加洽谈，侯总问起，他只得介绍说："他是我姐夫的助理，叫商亮。"侯老板笑道："李书记，您跟我们见面，还带保镖呀？"李爱民笑着说："他不是我保镖，他是一名大学生，应聘到我们村里上班，是个很不错的小伙。"李书记到哪儿，都不忘对商亮夸奖一番，可见他对商亮的器重。侯老板笑道："没想到大学生沦落到这步田地了，真是读书无用啊！"

商亮解释说："我们到农村工作，是来锻炼和充电的，并不能说明读书没用。"侯老板反驳说："小兄弟，你说的不对！我们在座的，除了你，没一个上过大学，可我们都当上了老板，而你却是给人打工的命，这充分说明现在的大学生含金量太低，上大学照样没出息！"真不愧是做广告的，嘴上功夫好。熊老板呵呵笑道："六十年风水轮流转，现在就流行有文化的给没文化的打工，这是一个金钱至上的社会，其他都是扯淡！"李爱民皱了皱眉，说："怎么越扯越远了？咱们谈正事好吗？”熊老板说：“李书记，咱们慢慢谈，别着急。”

李爱民看了看张永明，张永明说：“熊哥，我姐夫是爽快人，能不能今天有个准确的信？”侯老板说：“厂房我们是要租的，现在就看租金是不是合适？”李爱民说：“我们江湾村的厂房，刚刚建成，有一万平米，水电都通好了，周边环境也好，租金方面，镇上的工厂，一平方是一百二十块，我们厂房在农村，可以适当便宜点。”熊老板说：“便宜多少？你开个价。”李爱民说：“你们一下把厂房都租下来的话，便宜一半，一年是六十万，如果只租一小部分，按每平米八十元算。”熊老板看看张永明，又看看李书记，微微摇头：“厂房我一人包了，但六十万太贵，批发价起码比零售价要便宜一半以上！”

张永明说：“姐夫，熊老板一家把厂房全租下，省了您多少心思？看在我的面子上，给熊老板他们再优惠点，怎么样？”商亮不解地看看张永明，感觉他虽在江湾开厂，却不为江湾的利益着想，反而为外人打算，真是奇怪，现在他们在商谈租房的事，自己人微言轻，不便插嘴。熊老板说：“李书记，你可能不知道，在你建厂房之前，我就跟张老板打过招呼，预订了你的厂房，不知他有没有对你说过？”李书记点点头，说：“说是说过，但你们没付定金，我有权租给别人。”熊老板说：“兄弟我很敬佩你大公无私的为人，我是诚心想租你的房子，如果今天谈妥了，那往后咱们就是朋友啦，李书记，你能否再便宜点？”

李爱民听他说得在理，对江湾村来说，熊老板他们是倏关重大利益的大客户，巴结没必要，但得罪同样没必要。李爱民说：“你们是永明的朋友，我相信你们租房的诚意，我再降点，五十五万，如何？”侯老板笑道：“李书记，咱们都是明白人，我就打开天窗说亮话，厂房租多少钱，对您个人来说，没有一分钱的好处，如果你价格低点租给我们，我们是不会忘记您好处的！”商亮觉得他这话有点耳熟，哦，他们的意思，不就和建材店老板一样，给你回扣，然后他们从中谋利？

李爱民听出了侯老板的弦外之音，叫我压低租金，然后他们私下给我好处费？亏他们想得出来！李爱民正色道：“让我做损公肥私的事，这是不可能的！我们还是秉公办事，该多少就多少！”做物流的汪老板说：“我们是整租，你要是零星出租，大部分的厂房空在那里，你们村里的收入更没保障！”熊老板说：“李书记，我们不是拿不出五十五万，我们之所以到江湾村开厂，既是看在张老板的面子上，优先考虑租江湾村的厂房，要不然，我们可以去别的地方租呀，

还因为我们做的是新项目，现在做什么都有风险，谁也不能保证一定赚钱，所以，租金低点，降低一些我们的投资风险!”侯老板说：“时间不早了，叫服务员上菜吧，咱们边吃边谈。”

丰盛的菜和高档的酒，摆上了桌，服务员给桌上每个杯里倒酒。熊老板说：“来，我敬李书记一杯！咱们一回生两回熟，说不定以后还要李书记多多照应呢!”众人碰了杯，李书记考虑自己酒量不行，趁着现在清醒，还是先谈公事。李书记笑道：“酒桌上谈生意，似乎是中国的国情，熊老板，那你们给个数，我看看是否合理?”熊老板不急不忙地说：“来，吃菜吃菜，吃是眼下的头等大事，其他的免谈。”侯老板附和道：“对对，初次见面，我们联络联络感情，不用急于签协议。”李书记和商亮交换了个眼神，不知熊老板他们唱的是哪出戏?

酒助谈兴，熊老板他们几个，海阔天空，东拉西扯，有讲发家史的，有讲泡妞史的，有讲明星艳史的，真真假假，虚虚实实，反正大部分是李书记和商亮当听众。熊老板说：“东吴市所有公家和私人用的沙发，三分之一出于我的工厂，你们说我牛不牛?”侯老板取笑说：“别人不知道熊哥的沙发是怎么回事?我还不清楚?里面就是几根破木头，塞些烂棉花，用花布一包，一漆，别人还以为是高档沙发，可笑！那是名副其实的‘金玉其外，败絮其中’!”汪老板说：“人为财死，鸟为食亡！现在这社会，钱就是万金油，到哪都少不了，就是人死了，还得让活人大把大把烧纸钱给他花！我算看透了，人在世上走一遭，就是为钱卖命，谁也走不出这个怪圈!”

谁也没有喝醉，商亮更不敢多喝。饭后，李爱民主动提起租金的问题，他说：“大家是抱着诚意来的，我也不想耽误诸位的时间，咱们还是单刀直入，把价格问题谈好，把租房协议签掉，你们说吧，肯出多少钱租?”熊老板和侯老板会意地一笑，侯老板说：“李书记喜欢爽快，那我也不拐弯抹角了，一年租金三十八万，我们每年另外给村部两万块过节费，怎么样?”李爱民说：“三十八万太低！最低不能低于四十五万！要知道，我们造厂房就花了六十几万，通电通水通路，又花了好几万!”熊老板说：“那就四十万！你们的投资，两年就能出本了!”

按厂房租赁行情，一万平米四十万的租金相当优惠，但熊老板一下子租，江湾村的确省事不少，如果入驻的是一家家小厂，这家二百平米，那家五百平米，何时能把厂房租完?如果搞成一个个小作坊，五花八门，会显得比较混乱。

李爱民说："四十万也行，不过，我有个附加条件。"熊老板说："啥条件？"李爱民说："你们工厂招工，要招咱江湾村的人！"熊老板他们交换了一下眼色，纷纷摇头。熊老板说："这个恐怕不行，工人我们自己招，我们要的是熟练工，不是什么都不会的新工人！"李爱民说："你们可以带徒弟嘛，让咱村里人也学点技术！"熊老板说："实在抱歉，这个要求我们不能答应！在商言商，我们要的是利润最大化，而不是去办职业培训班！"

李爱民不打算妥协，招商固然重要，但不能一味迁就对方，村里引进的工厂，如果不招本村人上班，村民的收益仅仅是分红，如果进驻的工厂，能解决30个左右的劳动力，每人每年有一万元的工资，就能帮助30户村民提高家庭收入，走上富裕之路。当农村干部，威信很重要，说一是一，不能食言，否则会影响村民对你的信任，既然在集资时承诺过，要安排部分贫困村民就业，如果说话不算数，村民会有意见，以后谁还信任你？商亮没想到，出租厂房有这么高的收益，一年四十万租金，绝对不是小数目，难怪李书记要上马这个项目，真是"钱途无量"！商亮也知道，厂房价格有地区性差异，经济发达地区是这个价，倘若在偏远山区造一排厂房，不说价钱，能否租掉就让人头疼。

熊老板见李书记不松口，坚持要他们招用江湾村的村民，否则，宁愿放弃这次出租机会，双方的商谈陷入了僵局。熊老板说："李书记，我们站在各自的立场，为自己的利益考虑，这无可厚非，但您是集体的，我们是私营的，您少赚点没关系，我们可是自负盈亏，请李书记体谅我们的难处，因为招新工人，影响我们投产的进度，等工厂投产，我们赚到钱了，再调高价格也行啊。"李书记说："看在你们预订的份上，我优先考虑租给你们，如果你们一味压价，那我只能另想办法。"熊老板沉默了一下，说："那我们考虑一下，三天后再见面谈。"

回村的路上，张永明说："姐夫，熊老板出的价不低了，您提高了租金，钱又不到您口袋里，何必那么较真？"李爱民说："行情我知道，这儿农村的厂房，一万平米租金通常是五六十万，他们出四十万，明显少了，我为什么答应？就是希望他们用工时优先考虑咱村里人，解决村里的闲散劳动力，使他们有份工作，有份收入。"张永明说："可您坚持的话，黄了怎么办？别说四十万，四万也没有进账啊！"商亮说："我也觉得，先把厂房租掉比较好，有了这笔租金，可以给村里办好多事，办老年活动室，给生大病的村民补助款，减轻他们的负担。”

李爱民说：“小商，你的心肠不错，不过，厂房的钱是村民集资的，租金同样属于村民，要怎么用，需要村民同意，我不能自作主张！要是半年没租掉，我们就养猪或者养鹅，总比空置好。”张永明说：“姐夫，您要是把厂房租给熊老板他们，不要把租金给村民分掉，您把钱交给我打理，我保证，年底还您更多的钱！”李爱民说：“交给你打理？你拿去做什么？你有塑料袋厂，难道还缺钱？”张永明说：“塑料袋那玩意，一个只能挣几厘钱，赚钱太慢，我有赚头更快更多的项目，现在我把钱都投那上面了！”李爱民说：“你有赚钱的好项目，怎么不早点对我说？”张永明说：“其实，我的赚钱方式很简单，就是把钱贷给别人，收2%的月息。”李爱民惊诧地说：“高利贷？钱收不回来怎么办？”

张永明笑道：“不会收不回来，我请了人，专门为我讨账！”李爱民说：“有的不是人家不还，是没钱还，比如做生意亏本了，你怎么办？”张永明说：“他有家庭，有房子，有老婆孩子，还有父母，不怕讨不回来！”李爱民有点不安，警告他说：“永明，违法的事千万别干！钱是好东西，但要取之有道，别搞歪门邪道！”商亮说：“民间借贷的利息，好像有规定，不能超过银行同期利息的四倍，张老板，您收取24%的年利息，是不受法律保护的。”张永明笑道：“你懂什么？现在这社会，撑死胆大的，饿死胆小的！人家写有借条，我怕什么？”

李爱民离开后，熊老板和他的朋友，继续在包间内商量。侯老板说：“咱们要做的事，知道的人越少越好，如果招当地人，他们一眼红，容易暴露，还怎么干下去？”熊老板说：“我担心的就是这个，咱们要招外地人，封闭式管理，工人吃住都在厂里，这样才能确保安全！”侯老板说：“实在不行，多给点租金，坚决不招人就是了。”汪老板说：“不是说三天给回音吗？咱们先不忙，到最后一天再联系，让他急！”熊老板说：“好，就这么说定了，宁涨租金不招人！三天后跟他谈！”汪老板说：“过了三天再谈，行吗？”熊老板笑道：“让他们先担心一下，我们第四天去，形势对咱们有利，这叫欲擒故纵！”

第三天下午，熊老板方面不见动静，商亮担心四十万的租金成为泡影，不禁对李书记说：“他们租不租厂房了？万一他们不租，那……”李爱民笑道：“我们稳坐钓鱼台，就算他们不来，也有别人会来。”商亮说：“这是一次机会，要是错过了，厂房不知什么时候能租出去？如果耽误了几个月，会影响租金收入。”李爱民笑道：“这跟打仗一样，要沉住气，你越紧张，就越被动！这几个人，在咱们厂房没影的时候，就有租赁的意向，现在造好了，我要的租金也不高，他们没理由放弃吧？”商亮笑道：“李书记，还是您沉得住气！”李爱民说：“不管什么生意，其实都是跟人打交道，我们不能让别人牵着鼻子走。”

第四天，熊老板通过张永明，转达了他们的意向，熊老板愿意出四十五万，但工人他们自己招，如果不行，他们就放弃。李爱民把情况对办公室的人一说，王根林说：“四十五万？不错啊，早点租掉好，入股的也能早点拿到分红。”李爱民说：“分红还早，要满一年！”郭兴元说：“看来，还是造厂房来钱快，老李真是英明！四十五万可以了，租了吧！”张桂宝说：“钱是不少，可我不明白，他们干吗不招咱村里人？招谁不一样要付工钱？”王根林说：“先租给他们，等他们把厂开起来，咱们再提附加条件，叫他们招人，他们要是不听，村里就断他们的电，看到时候谁求谁？”李爱民笑道：“这招有点小人，咱们还是有理说理。”

当天下午，熊老板和侯老板来到村里，在会议室里，双方签下了厂房租赁协议。协议商定，熊某租下江湾村一万平米厂房，租期三年，从 2007 年 1 月 1 日起，至 2009 年 12 月 31 日止，年租金四十五万元，每年分两次支付，村里负责通水电，水电费由厂方负担，村里不得过问工厂的经营情况，招工事宜由厂方负责，村里不得干涉，村里不得提前中止合同，不得中途提高租金，不得刁难承租方，若有特殊情况中止合同，需经双方协商同意，到期后，熊某有优先续租权。双方确认无异议后，各自签字盖章，各执一份，协议从即日起生效。

送走熊老板，商亮接到了陆强打来的电话。陆强说：“阿亮，告诉你一个好消息，我接到了一个大订单！新区有家新开的工厂，每天订盒饭两百份！”商亮替他高兴，说：“恭喜你！”陆强说：“这笔钱我不想让其他饭店赚，我想自己做厨房！”商亮说：“做厨房，你有本钱吗？”陆强说：“我只有两万块，不够，所以我找你，请你找李春燕说说，希望她再支持我一把！”商亮说：“你有春燕的电话，你就实话对她说啊。”陆强说：“你和她关系近，说话比我顶用，让她再帮我一把，我一定会给她满意的回报，好不好？”商亮说：“钱是春燕的，她愿不愿意再助你一臂之力，我哪知道？阿强，你直接对她说吧，春燕是个热心肠，只要你说动她，相信她会支持你的！”陆强说：“好吧，我这就打电话给她。”

半小时后，商亮接到了李春燕的电话。李春燕说：“陆强说要开厨房，要租房子、买厨具，还要请厨师，这事你知道吗？”商亮笑道：“我也是刚知道，是

我叫他打电话给你的，要不要帮他，你自己决定。”李春燕说：“我觉得他很有商业头脑，自办厨房，比单纯送饭赚跑腿费赚得多，有了自己的厨房，还能对外接订单。”商亮笑道：“春燕，你觉得行，那就追加投资吧。”李春燕说：“我不是富家女，也不是大款，我要了解详细情况后再决定，商大哥，你能陪我去见陆哥吗?”商亮说：“我不能擅离工作岗位，春燕，你是他的座上宾，你去见他好了。”李春燕迟疑了一下，说：“好吧，既然你忙，那我自己去!”

16 大棚蔬菜

江湾村没人搞过大棚蔬菜，村民没把握，都不敢冒这个险，他们在地头种的，仍寻常的冬令蔬菜，有青菜、萝卜、白菜、菠菜、雪里红等，这些蔬菜的售价比较便宜，也就挣点零用钱。商亮知道，榜样的力量是无穷的，若有人带头试种成功，响应的人家就多起来，村民想挣钱，但风险承受能力差，他们现在持观望心理，先看看再说。商亮坚信大棚蔬菜有市场需求，有心带头试种，苦于没钱没地，怎么办？商亮想到了怀梅花，他决定联合她，把这件事干成！

下班后，商亮在小店买了几袋饼干，骑车前往北村。怀梅花每次看见商亮，心里既是喜悦又是歉疚，商亮像是自家的亲戚，不时来探望，这个满脸真诚的青年，他是多么善良和温和，他给了我很多帮助，他能给人带来安慰，我却无力偿还，不知哪一天才能报答他？他陪小磊玩，给小磊礼物和快乐，他既像是一个孩子，又像是上天派来的爱心使者，做着好事，不求回报。因为和他同坐一辆公交车，两人因此相识，如今就在一个村庄，谁说这不是缘分？

商亮把饼干从车筐里取出，递到怀梅花的手上。怀梅花不好意思地说："你每次来，都买东西，实在太客气了！"商亮笑着说："我是买给小磊的，我喜欢他，怎么能空着手来呢？他生活在女性世界，对他的成长不利，我要经常来看他。"怀梅花笑道："你太宠他，他会离不开你的。"商亮笑道："离不开好啊，干脆，小磊当我的干儿子吧？"怀梅花抿嘴一笑，说："你还没结婚，就收干儿子，不怕人说闲话？"商亮笑道："人正不怕影子歪，怕什么闲话？"怀梅花笑道："这会影响你将来娶媳妇的，小磊，快叫叔叔！"小磊稚嫩地叫道："叔叔好！"商亮抱过小磊，在他脸上亲了几下，笑道："小磊，你有一个天下最好的

妈妈!”

怀梅花说：“你先坐坐，我去烧晚饭。”商亮笑道：“先别忙，我今天来，是有事和你商量。”怀梅花一呆，笑着说：“找我商量？什么事?”商亮说：“村里想让大伙搞大棚蔬菜，可没一个人报名。”怀梅花接道：“大棚蔬菜对村里人来说，是新鲜事物，他们胆小，怕钱没挣到，欠上一屁股债。”商亮说：“那你愿意种吗？我和你合伙做!”晚霞的光芒，映射在怀梅花脸庞上，她红通通的脸，如熟透的苹果。怀梅花掠了一下被风吹乱头发，笑道：“我倒是想，可没有钱，能做得了吗?”怀梅花莞尔一笑，露出迷人的酒窝，不禁让商亮心里一荡。

商亮把饼干袋撕开，给小磊几块饼干，然后说：“你出地，我出钱，咱们一起试试，行不?”怀梅花听他说“咱们”，心底升起一股暖意。她笑着说：“我知道你想做榜样，想帮大家，但是，搭蔬菜大棚要花好多钱，你刚参加工作，你有钱吗?”商亮说：“我只有三千块，咱们先搭个小棚试试，就搭三分地的，按产量和售价，推算出一亩的收入，如果有钱赚，咱们再扩大规模。”怀梅花笑道：“别看你是文弱的大学生，却敢想敢做，真是服了你！不过，冬天种什么蔬菜好呢?”商亮说：“种青椒，现在种，刚好在春节期间上市，春节蔬菜卖价高。”怀梅花笑道：“你来江湾半年多，我看你不像是村官，倒像是一个菜农!”商亮笑道：“只要能为村里解忧，让我干什么都行!”

商亮想用怀梅花家的地，试种大棚蔬菜，他把这个想法，告诉了主管农业的王主任。王根林有点不信地说：“你种菜？你会种吗?”商亮说：“不是有怀梅花帮忙吗？江湾田多，但村民收入低，土地的利用率不高也是一个原因，如果种上大棚蔬菜，收入比现在肯定好!”王根林拍手道：“好！小商，我支持你！希望你干成这件事，让我老王也在大伙面前扬眉吐气一回!”郭兴元说：“我看好小商，江湾村有小商辅佐，没有干不成的事!”商亮谦逊地说：“老郭，您太过奖了，我在村里，都是你们在照顾我，我什么都不懂!”王根林说：“小商的三千太少，要搞就搞大点，至少先搞一亩地，钱不够我来支援!”

马会计笑道：“老王，既然你感兴趣，为什么不自己搞？你是村长，你带个头，更有号召力!”王根林摸摸下巴，说：“我老娘不会同意，老婆在病床上要用钱。”张桂宝说：“老王，你家里要用钱，还有钱支援小商弄蔬菜大棚?”王根林说：“她虽然中风，但现在能起床，能简单说话，也不用吃药，暂时不用花钱。”商亮说：“那我明天就去买材料。”王根林说：“现在不用毛竹搭，都用细钢筋扎架子，外面盖农用薄膜，以后还要买喷雾器、温度计，冬天要加温，要用煤炉，或是用取暖器，这些都要买的。”郭兴元说：“老王，你没种过，咋知道这么清楚？”王根林笑道：“我连这些基本常识都不懂，还当什么村长？”

次日，王主任塞给商亮两千块钱，说商亮现在做的事，其实是在帮他的忙。商亮和怀梅花都缺钱，也就没推辞，到以后挣钱了可以还。商亮去镇上采购搭蔬菜大棚所需的材料，王主任叫上郭兴元，还叫了一个联防队员，一起到怀梅花的地头帮忙扎大棚架子。怀梅花本想和商亮偷偷合作，试种大棚蔬菜，没想惊动了村里的领导，这事谁都知道了。郭兴元说：“人多力量大，光凭你们两个年轻人，这大棚两天也搭不好。”忙完后，太阳快落山了。怀梅花对商亮说：“商亮，你不用回去做饭了，到我家吃点便饭吧。”郭兴元笑道：“梅花，就叫小商一个人啊？咱们几个看来今天白忙乎了。”怀梅花笑着说：“我家里没什么菜，你们要不嫌，就一起来喝碗粥吧！”郭兴元笑道：“你家的情况我了解，要不是王小弟死得早，你不会受这份苦，我老婆等我回家吃晚饭呢，老王，小商，我走了！”王主任说：“怀梅花，有朝一日你种蔬菜发财了，可别忘了商亮，他帮了你不少忙哦！”商亮笑道：“哪里？我做的这点事，不足挂齿。”怀梅花瞅瞅商亮，笑着说：“商助理是个好人，我不会忘记他的！”

怀梅花的婆婆在家烧好了粥，等媳妇回来。她和怀梅花，总要留一个在家照看小磊和做家务，另一个去忙碌，或去田里忙活，或到镇上卖菜。小孩的开销比大人还多，吃的米粉和零食、穿的童装，骑的童车、玩的玩具，一样少不了，要不是商亮不时接济，怀梅花真不知这日子怎么挨？她甘愿留在婆婆家，不回娘家，她不愿抛下孤苦伶仃的婆婆，更不想断了王家的香火，她娇弱的肩膀想撑起一个家，很不容易。媳妇与商亮的来往，怀梅花的婆婆看在眼里，起初的确有些担心，媳妇会不会跟着这个男的跑了？经过一段时间的观察，看出商亮是个正派人，对自己家是真心帮助，没有企图。婆婆已想通，儿子已经不在，怀梅花还年轻，她是个好姑娘，她做的一切，对得起王家了，王家不应该拖累她，如果有人真心对她好，又能接受小磊，婆婆愿意成全他们。

当晚吃的是山芋粥，很香。生活在农村，哪怕家境贫穷，还是能吃到一些乡村美味。商亮在怀梅花家无拘无束，也不客气，哗哗吃了两碗。怀梅花笑着问：“吃饱了吗？”商亮撸撸肚皮说：“再不饱，我就成骆驼了。”怀梅花的婆婆说：“我家穷，没有好酒好菜招待你，对不住啊。”商亮笑道：“阿姨太客气了，

我自己烧的饭，不是硬就是稀，炒的菜，不是咸就是淡，你们的饭菜，比我的可口多了！"

老人先去睡了，商亮和怀梅花一边逗小磊玩，一边说着话。怀梅花说："我想就咱们搭个棚试试，没想到王主任也掺和进来了。"商亮说："他是支持咱们试种，要是成了，好在全村推广。"怀梅花说："你收了他两千，咱们的大棚他也有份了，将来会说不清。"商亮说："王主任是支援咱们，我不能拒绝他的好意吧？等以后咱们有钱了，把钱还给他不就行了？"怀梅花笑道："要是试种失败，咱们拿什么还？要是真成了，我怕你的功劳，都变成他的了。"商亮笑道："这有什么功劳？我可不稀罕！只要你日子好过了，只要村民朋友口袋富了，我就心满意足了！"怀梅花笑道："像你这样的人，现在不多了，幸好还被我遇见一个！"

他们的交流，自然而亲切，仿佛小两口在规划着未来。小磊困了，在怀梅花怀里打呵欠。怀梅花摇摇儿子的身体，说："妈妈给你洗脸，再给你把尿，尿完了再睡，要是晚上再尿床，明天就没干被子睡了。"商亮说："你坐着，我去拿面盆和毛巾。"他转身去厨房提热水瓶，把热水倒在脸盆里，再放一些冷水，手摸上去温度适中，再放入一条毛巾，把热气腾腾的面盆，端到了客堂的桌上，把毛巾从热水里拎起来拧干，递给了怀梅花。怀梅花说："谢谢！"商亮笑道："我应该谢你，让我有机会学习怎么照顾小孩。"

怀梅花给小磊洗好脸，又洗好手和脚，怀梅花抱着小磊，把孩子的腿分开，嘴里就像吹哨一样，"嘘——嘘——"半梦半醒的小磊，突然一股尿液，呈抛物线射到面盆里。把完了尿，她把小磊抱到床上，盖好被子，又在他脸上亲了一口，轻轻说："宝贝，睡吧。"商亮等她从卧室出来，说："时间不早了，我要回去了。"怀梅花说："再坐会儿，好吗？"时间虽然只是晚上九点多，但冬天的夜晚，天黑得早。商亮说："我该回去了，我怕闲言碎语对你不利。"怀梅花看了看他，轻笑道："我一个寡妇，还怕闲言碎语？"商亮说："你不是寡妇。"怀梅花眼睛一闪，笑道："我不是寡妇，那我是什么？"

商亮说："寡妇的称呼，是对人性的禁锢，你还年轻，你可以开始新的生活！"怀梅花淡淡地说："我老公过世才一年，我不会有别的想法，何况，只想要我，不想要我孩子和我婆婆的，我根本不会接受！"商亮说："女人需要关怀和呵护，真心希望你打开心扉，迎接新的幸福！"怀梅花摇摇头说："谢谢你的关心，没有男人愿意娶一个累赘，我也不多想了，只想把小磊养大成人，把小磊的奶奶养老送终，那是我作为一个母亲，作为一个媳妇，应该做的事!”商亮感叹道：“你只考虑别人，可你考虑过自己吗?”怀梅花笑道：“我、儿子和婆婆，我们三个人是不可分割的一个整体，其实你也一样，只知道关心别人，不知道关心自己。”商亮笑道：“有人值得你牵挂和关心，也是一种幸福。”

怀梅花看看他，轻声说道：“商亮，真的谢谢你，你让我对生活充满期待，今生能遇见你，是我的福分，可惜我无以为报。”商亮笑了，说：“认识你是偶然，也是必然，从看到你的第一眼起，你的身影就烙在了我的心底，你的母爱，你的坚强，都深深打动了我，你可能没感觉到，其实，我从你的身上，也获得了力量和安慰。”商亮的一番话，有如给怀梅花平静的心湖，投入了一枚石子，激起一阵阵涟漪。一个年轻的女人，一个健康的女人，一个敏感的女人，怎么可能对男人对情感绝缘？怎么可能心如止水？在她感到疲惫的时候，多么希望有个肩膀可以依靠，但商亮是她能依靠的人吗？商亮对怀梅花有微妙的好感，但他知道，自己能力有限，何以给她遮风挡雨？自己绝不能伤害她，绝不能让她感到失望，既然没有能力把花养起来，那就站在她身边，好好欣赏吧。

商亮告辞走了，看着他的背影消失在朦胧的月色中，怀梅花默默关门，自嘲地一笑。她是过来人，当然知道商亮对她的好感，孤男寡女独处，她很容易得到她想要的，但她没那么做。她内心有个声音，告诫自己不能做对不起老公的事，尽管王小弟已不在人世，但他一直在屋子里陪伴着她，她不能在他的眼皮底下，做什么出格的事；她了解商亮的为人，他不是那种随便的男人，不会随便沾别人的便宜，在感情上他是感性加理性的，也就是说，要么他不行动，一旦做出承诺，就会一诺千金，他现在是一个到农村接受锻炼的村官，将来的情况无法预料，自己不能让他分心，应该支持他把工作做好，树立良好的形象。商亮离开了，但她分明感到，和他的距离更近了。

李爱民和妻子坐在沙发上闲聊，张秋妹说：“爱民，你知不知道，你的助理商亮跟那个怀梅花走得很近，听说他们还搭档弄什么大棚蔬菜?”李爱民点点头说：“我也是最近才知道，商亮常去接济怀梅花家。”张秋妹吃一声笑：“什么接济？我看商亮八成是被怀梅花迷住了！还合伙搞什么大棚蔬菜，不出事才怪!”李爱民说：“事情不是你想象的那样，商亮的人品真不错，他自己没几个钱，还去帮助怀梅花，我看他们就是帮扶关系嘛。”张秋妹说：“本来他们勾勾搭搭不

关我事，但商亮跟咱女儿走得也近，别是商亮脚踩两条船，是个花心大萝卜?”李爱民说：“我看小商不是花心，是好心！他来了半年多，为村里做了不少好事，采瓜、卖瓜、救济困难户，这次又带头试种大棚蔬菜，这种人品的小伙子，我看是打着灯笼也难找啊!”

张秋妹不满地说：“爱民，你凭啥老护着他？真把他当女婿培养?”李爱民开玩笑说：“他是我助理，如果做了我女婿，不是亲上加亲吗?”张秋妹气恼地说：“我不同意！婚姻要讲门当户对，凭燕燕的条件，嫁个镇长的儿子绰绰有余，干吗让她嫁这个一无所有的商亮?”李爱民赔着笑脸说：“老婆息怒，妇女主任张桂宝说过，本地人跟外地人联姻，有利于优生优育，不信你问她。”张秋妹推了丈夫一把，说：“他们八字还没一撇，你连生孩子的事都考虑到了？你存心气死我啊?”李爱民说：“我得劝你几句，女儿大了，不是几岁十几岁时都听你的，她现在独立生活了，咱们少干涉她的自由，应该尊重她个人的意愿，咱们既不能干包办婚姻的蠢事，更不能干棒打鸳鸯的傻事!”

17 雪中送炭

李春燕来到陆强的出租屋前，汪兵和顾卫峰正在门口吃饭，他们没见过李春燕，汪兵问：“美女，你找谁?”李春燕说：“你们老板在吗?”顾卫峰说：“陆哥找房子去了，你找他有事?”杨秀玲从屋里走出来，看见李春燕，热情地迎上来说：“哎呀，是贵客到了，请到屋里坐，我给陆哥打个电话，叫他马上回来。”李春燕笑道：“他去租房子啦?”杨秀玲说：“是啊，陆哥想租间房子做厨房，自己做盒饭。”李春燕说：“减少中间环节，增加利润空间，陆老板的思路是对的。”

汪兵好奇地问杨秀玲：“这位美女是什么来头?”杨秀玲介绍说：“她就是给陆哥投资的老板。”汪兵惊讶地说：“我以为给陆哥投资的是个大腹便便的老头，没想到是个漂亮女孩，比我还年轻，太意外了!”李春燕笑道：“没什么，我只不过早开了几年店，赚了点小钱而已。你们在这工作，感觉怎么样?”顾卫峰说：“陆哥对我们非常好，像兄弟一样对待我们，我相信陆哥能把事业越做越大!”李春燕笑道：“创业之初，有很多困难，陆老板没有虐待你们，我就放心了。”

陆强骑着电动车回来了，他一边停车，一边笑道：“谁在背后说我虐待人?我陆强是那种不义之人吗?”李春燕笑道：“陆老板，你回来啦?他们没说你坏话，都在夸你呢!”陆强看到李春燕，喜出望外：“李老板御驾亲征，有失远迎，抱歉抱歉!”李春燕微微一笑：“别叫我李老板，你叫我春燕好了。”陆强笑道：“彼此彼此，你叫我阿强吧!”李春燕笑道：“你比我年长，我还是叫你陆哥吧，我听你电话里说的事，感觉可行，想听听你的实施方案，就冒昧过来了，可我

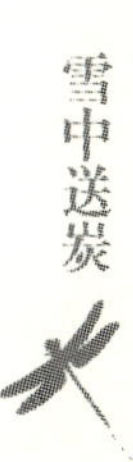

没想到，你速度这么快，这就出去租房子啦?”陆强笑道：“我们这个团队是为懒人服务，但我们不能懒啊!”

汪兵和顾卫峰吃完了饭要出门，陆强说：“阿兵，阿峰，你们午后可以小睡一会，别太累了。”顾卫峰说：“不行啊，下午两点到五点虽然没人订饭，但洗过的衣服要给客户送去，咱们宁愿提前送达，不能延迟，客户满意咱们才有回头客!”李春燕笑道：“说得对！老顾客就是靠信用和服务积累起来的！陆哥，你有这样的员工，也是财富啊!”陆强笑道：“他们是和我一起打江山的先锋，我不是忘恩负义之徒，我会记得他们的功劳!”李春燕说：“你刚去看房子，有合适的吗?”陆强说：“一家不合适，在二楼，我要的是底楼的房子，洗衣机和厨房的污水排放方便，我们出入也方便。”李春燕笑道：“嗯，你想得很周到。”

李春燕来过这间不起眼的出租屋，进去一看，只见里面多了一些设备，空间变得非常狭窄，就说：“太挤了，在这办公，你们不觉得压抑?”陆强说：“为了节省费用，我把干洗机和洗衣机都放这屋了，现在是洗衣和居住、办公三合一。”李春燕说：“你现在应该有另外租房的本钱吧？创业也不至于这么挤压吧?”陆强说：“我对网站的发展有新打算，不敢乱花挣来的每分钱，这次开厨房要好大一笔，租房钱我有，可买设备又不够了，所以我厚着脸皮向你搬救兵，到厨房弄好了，我就把这儿的设备搬过去。”陆强的创业精神，感染了李春燕，她说：“我不可能接了你一个电话，就把钱给你吧？耳听为虚，眼见为实，看到你的真实情况，经过分析有利润空间，我当然会支持你!”

陆强对李春燕十分感激，她在他创业的困难时期，伸出援助之手，这种雪中送炭，比锦上添花更有价值！陆强能认识李春燕，得到她的支持，可以说，完全是因为商亮的桥梁作用，没有商亮，陆强就不可能认识李春燕，如果商亮不在李春燕面前提起陆强创业之事，李春燕根本不可能有投资一家无名网站的念头。所以说，我们不要忽视身边的朋友，朋友是一种资源，也是一种宝藏，说不定在某一天，当你面临困境，当你孤立无援时，朋友会慷慨相助，给你带来转机。

陆强介绍说：“目前，咱们依靠代送盒饭、代洗衣服和家教中介这三个服务内容，网站已进入良性的盈利轨道。我之所以能顺利实施自己的创业计划，使网站安然渡过创业之初的经济危机，最要感谢的就是你的鼎力相助！春燕，你是我陆强的贵人和恩人啊!”李春燕笑道：“你是商亮的朋友，也就是我的朋友，但你和商亮不一样，如果把商亮比作金庸，那你就是古龙，他修炼的是内功，你善于使怪招！”陆强张大了嘴，有点难以置信地说：“不会吧？你把我看得这么透彻？你咋知道我喜欢古龙的武侠小说？”李春燕笑道：“我也喜欢看武侠小说，根据你的所作所为，我猜的！”陆强一声长叹：“知我者，春燕也！”

杨秀玲笑道：“陆哥，你好肉麻，我浑身起鸡皮疙瘩！”陆强笑道：“我说的是实话，春燕真是非同小可，才见过两次面，就像老朋友一样了解我！”李春燕笑道：“陆哥，我觉得吧，你比商大哥有趣，商大哥有点一本正经。”陆强喜笑颜开地说：“我比阿亮有趣？这个评价我爱听！春燕，你真这么认为的吗？”杨秀玲偷笑道：“猴子比人有趣，陆哥，你相信吗？”陆强哇哇叫道：“杨秀玲，你好大的胆子！你竟敢讽刺我？小心我炒你鱿鱼！”杨秀玲毫不害怕，笑着说：“蛋炒饭你都不会，你还炒鱿鱼呢？”李春燕诧异地说：“陆哥，你真的要把杨秀玲开了？”陆强笑道：“对不起，刚才我是开玩笑，我说过，第一批员工，只要他们不离开，我永远将他们留下来！”杨秀玲笑问：“留下来干吗？你学孟尝君养三千门徒？”陆强笑道：“你放心，我不会扣留你当押寨夫人的！”

陆强活泼开朗、重情重义的性格，李春燕十分欣赏，她愿意帮助陆强发展懒人服务网，不仅因为陆强是商亮的朋友，更重要的，是她看好他的事业，还有他的为人。别看他一副玩世不恭、不拘小节的样子，实际他很有创意，敢于独辟蹊径，走别人没走过的路，甚至在没有本钱的情况，敢借钱创业，实践自己的梦想，这样的男孩，哪怕在前进路上摔倒了，他的人生仍然很精彩，因为他为梦想奋斗过！一个人若是没有梦想，若是没有为梦想奋斗过，人生必定会留下遗憾。

李春燕说：“陆哥，你在电话里说，置办厨房设备缺钱，不知道需要多少？”陆强说：“租房子后要简单装修，还要安装排污管道，厨具、冰箱、油烟机、保温桶、微波炉等，都需要买，大概需要三万块。春燕，你放心，这个钱，我过几个月就能还你。”李春燕笑道：“我要对你不放心，就不会单枪匹马过来了！喏，我带来了五万块现金，你都拿着吧！你们每天骑车送货，辛苦又不安全，不如买个二手小面包车，两万块就能买到，以后就方便多了！”李春燕从随身拎着的包内，掏出五沓崭新的百元大钞，放到陆强的床上。

陆强的眼眶湿润了，他激动地说：“谢谢！太谢谢你了！春燕，认识你，我真是三生有幸！此时此刻，我真想给你下跪磕几个响头！”杨秀玲笑道：“男人

下跪，不是忏悔就是求婚，陆哥，难道你想对李老板以身相许，以示报答?”李春燕的脸腾地红了，说：“别误会，我可不是花钱买男人。”陆强跟杨秀玲要了纸和笔，刷刷刷地写了几行字，递给李春燕，说：“这个你拿着!”杨秀玲一旁笑道：“卖身契都写好啦?”李春燕接过一看，还给他说：“给我收条就行了，我不要什么股权承诺书。”陆强说：“你如此帮我，我何以为谢?”李春燕笑道：“只要你创业成功，就是对我最好的回报!”

商亮在村里工作不忙时，常去怀梅花家的田头，一头钻进蔬菜大棚，半天才出来。经过培土、施肥、开沟、落种、保温、发芽、分株、浇水等过程，第一批种植的青椒，长势喜人。看着青椒一点点长大，看着它们在翠绿的枝叶间，绽放一朵朵白色的小花，这种期盼与开心，真是无法形容。从菜场买来的菜，跟自己亲手种出来的菜，意义完全不一样，一个是花钱买现成的，一个是倾注了你的汗水和希望，就像把孩子抚养成人，会特别有成就感。

从外面钻进塑料大棚，仿佛变换了季节，一下从冬天，跨越到了生机盎然的春天。当地人在夏天种过青椒，没在冬天种过青椒，商亮更不会种，他是在网上查阅青椒种植的技术资料，然后打印出来，和怀梅花一起摸索。大棚种蔬菜，讲究温度、光照、湿度、施肥和通风，还有除草和除虫，晴天要通风，晚上还要保温。好在大棚附近的电线杆，有农用电线路，王主任叫村里的电工，接了根线通到大棚内，根据青椒的生长需要，开 200 瓦的白炽灯给棚内加温。

江湾村缺少资源，既不是依山傍水可发展旅游业，也没什么特产引人注目，更没矿产可以开采致富，尽管村村通了公路，但由于不靠近交通要道，工商业难以发展。李书记为了发展江湾经济，曾动过不少脑筋，但收效甚微，这次集资建厂房，终于带来丰厚的回报。李书记遵循“取之于民，用之于民”的原则，将租金的四分之一用于改善民生，再用四分之一补贴贫困户，另外一半以分红形式返还给投资的村民。收到熊老板支付的租金后，他给村里修建了老年活动室，可在里边打牌、下棋、读报、看电视。在村部的宣传栏内，张贴有《江湾村 2006 年 1 月至 12 月财务收支公开明细表》，供村民查对和监督。

熊老板的工厂已开业，厂长和会计是他的亲戚，另外还有三个膀大腰圆的男子充当保安，工人都是外地人，不知他从哪招来的? 工人吃住全在厂里，不允许私自外出。原来的两扇铁栅栏式大门，被他们焊上了铁皮，改装成封闭式的，围墙外面的人，看不到里面的人在干什么? 江湾村的人，并不知道这家工厂生产什么产品？由于协议上写明村里不得干涉他们的经营活动，李爱民虽有疑虑，也不便去探寻真相。商亮怀疑他们虐待工人，有些黑工厂黑煤窑就是这种封闭式管理，他想去一探究竟，但被王主任制止了。商亮说："他们神神秘秘的，说不定有什么见不得人的东西？"王主任说："小商，你少管闲事，眼下你还是先把大棚蔬菜搞好，这关系到我村农业生产的转型！"

蔬菜大棚内，绿油油的青椒稞上，挂满了一个个纽扣般大的小青椒，如同绿玉翡翠般玲珑诱人。怀梅花说："今年除夕是 2 月 17 日，我们的青椒刚好上市，过年时买蔬菜的多，要是价钱卖得好，这一熟青椒，能卖好几千块，比平常地里种的收入高。"商亮笑道："农产品也受到假日经济的影响，节假日，蔬菜价格也会上涨，这青椒不辣，适合东吴地区的人食用，春节期间能吃到新鲜的青椒，一定讨人喜欢！"两人蹲着身子在给青椒对花，怀梅花看着他，忽然悄声说道："商亮，如果我没结过婚，如果我们早几年认识，我一定不会错过你！"

一起劳动的日子，怀梅花的勤快，给商亮留下很深的印象。她不怕脏，不怕累，挑水担粪，她抢着干，很多重活，她都不让商亮帮忙。商亮记不清在她家吃过多少顿便饭？尽管没什么鸡鸭鱼肉等丰盛的菜肴，但在她一双巧手下，就是一碗榨菜蛋汤，就是一碗煸白菜，甚至喝菜粥的时候，什么菜都不用，商亮仍吃得很香。和李春燕在饭店里吃饭，饱的是口福，与怀梅花吃家常便饭，吃得让人舒服。商亮和怀梅花都是成年人，成年人难免会有旖旎之想，但寂寞不是放纵的理由，他们都很克制自己的情感，但相互又是亲如一家，他们在相敬如宾的同时，内心保留了微妙的波动。

商亮知道，怀梅花是一个会过家的女子，一个贫穷的家，会被她打理得井井有条、温情脉脉。商亮不是怕世俗的眼光，怀梅花虽是寡妇，但她的人品，绝不比那些未婚女孩差！商亮由衷地说："真心谢谢你刚才的话，植物中的梅花，傲霜斗雪，品质高洁，是我心中的最爱；人群里的梅花，勤劳善良，温柔坚韧，是我非常敬重的朋友！我是一个偶然流落到此的孩子，是你的出现，才使我枯燥的生活，感受到亲情的温暖！"怀梅花的脸上泛着红晕，说："谢谢你的赞美，如果你不嫌弃，就把我的家，当成你在这里临时的家，有空你就多来，和你在一起说话和劳动，我感到生活很美好，一点都不累！"

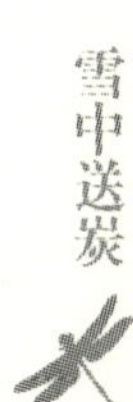

商亮的口袋里响起了手机铃声，他掏出手机一看，是司马琴打来的。商亮心想，她打来电话，会不会让我继续扮演她的男朋友？上次和她同居一晚，做

了回正人君子，难道真有第二次面对诱惑的机会？商亮胡乱想着，接通了电话："琴姑娘，什么事？想拍续集吗？"司马琴对他的玩笑并不感兴趣，她说："商亮，我来到了花桥镇，住在兴隆旅社，我不想在锦溪待下去了，再呆下去，我会精神崩溃的！"商亮吃惊地说："你到了花桥？不当村官啦？"司马琴难过地说："我被他们打伤了！我是被他们赶出来的！我没地方可去，就想到来你这儿，你会收留我的，是吗？"商亮疑惑不解地说："到底发生了什么事？是谁打你？"怀梅花听到商亮的通话，她深知一个人无助时，是多么需要帮助！怀梅花说："先别问了，你赶紧去看她吧！她受了伤，独自呆在旅社里，很容易出事！"商亮对着手机说："司马琴，你别担心，我马上就过去！"

商亮骑上自行车，一路快蹬，赶到了镇上的兴隆旅社。兴隆旅社是小镇上一家老店，价格比较实惠，住宾馆一天要一百块，这儿只需三十块。商亮推开102房间，司马琴坐在床上，面有憔悴之色，脸上有几道血痕，嘴角还有青淤。司马琴看到商亮，感激地说："商亮，谢谢你来看我！"商亮坐在她边上，关切地问："怎么会这么狼狈？到底发生什么事了？"司马琴嘤嘤哭泣，过了一会才说："杨村长的老婆，邀了她的几个兄弟来我宿舍打我，说我勾引她老公，骂了好多难听的话，还要我离开莲湖，说我如果留在莲湖，他们就破我的相！"商亮气愤地说："简直无法无天！你为何不报警？"

司马琴犹豫说："我不想报警，我不想闹得满城风雨，使我以后没脸见人！"商亮不解地说："你是受害人，为什么不想办法保护自己？难道你有什么顾虑？"司马琴悔恨地说："我上了他的当！杨坤欺骗了我！他一次喝多了酒，把我带到了他的别墅，我被他……他跪在地上向我求饶，说他会照顾我一辈子，会给我好处，我当然不相信他的鬼话，可我在他手下上班，只能忍气吞声，我想多积攒点钱，三年后就离开那儿，没想到他的老婆发现了，闹到了村里，杨坤不知躲哪去了，她就找我撒气，来打我……"商亮愤怒地说："这个无赖！司马琴，你怎么那么糊涂，怎么能相信杨坤那个人渣的话？"

司马琴看看商亮，眼里闪过一丝哀怨，说："我一个人在锦溪，没人关心，没人疼爱，无依无靠，面对强势的杨坤，你说我能怎么办？"商亮说："你不是一个人，你可以来找我，我们是朋友啊！"司马琴淡淡地说："还说是朋友，请你帮忙，你急着就走了，我想请你保护我，可你把我放在心上吗？我请你当男朋友，你以为演戏那么好玩，我还有什么话说？"商亮抱歉地说："是我不对，我以为收到预期效果了，杨坤不再骚扰你了，哪知他贼心不死，还是把你欺负了！司马琴，对不起！我有责任！”司马琴叹道：“现在说这些还有什么用？我的清白已经被他毁了！”商亮有点自责，有点心疼，司马琴一个娇弱女孩，在杨坤的淫威下屈辱求生，还要遭受杨坤老婆的殴打，真令人心酸和愤慨！

商亮说：“你是应聘的大学生村官，当地政府有义务保护你，你可以去找锦溪的镇领导汇报，请他们处罚杨坤，给你一个安全的工作环境！”司马琴摇摇头说：“商亮，你和我一样单纯，不了解社会的复杂！我还没离开莲湖时，杨坤的老婆就去镇里倒打一耙，说我道德败坏，勾引她老公，还跟村里几十个男人睡过觉，目的就是想把我搞臭，要赶我走！”商亮说：“那个混蛋杨坤，不出来为你说句话？任凭你受侮辱？”司马琴凄然一笑，说：“那种无耻男人，怎么可能为了一个外地女孩，去得罪他的老婆，去影响他的仕途？”商亮说：“那你不打算回去了？不打算当村官了？”司马琴微微摇头，说：“我不想回去了，也不想当村官了，可我不能就这么回老家，让亲人伤心失望，我想在花桥呆一段时间，等我脸上的伤好了，我去另找一份工作。”

18 男女搭配

天色渐渐暗了下来，街上的路灯亮了。商亮扶着司马琴走出旅馆，她的脚在离开湖莲时不慎扭伤了。两人在街上一家小吃店，要了两碗馄饨，面对面吃了起来。走出小吃店，夜色阑珊，司马琴说："商亮，谢谢你陪了我一下午，我心情好多了。"商亮笑道："那我就放心了，我要回江湾村了，明天下午我再来看你，好吗?"司马琴幽幽地说："我现在走投无路了，你反而对我好，丢下工作马上来陪我，为什么你不早点对我好？我在莲湖村孤独无依时，你却不闻不问，真让我伤心!"商亮歉意地说："我到了江湾村后，心无旁骛，把精力都放在工作上，其他方面照顾不到，还请谅解。"

走到旅社门口，司马琴说："我没有理由怪你，一切都是我的定数。商亮，你回去吧，耽误了你半天时间，对不起。"商亮想了想，说："你住在旅社，我来看你不太方便，要不，你住到江湾村来吧?"司马琴喜道："住江湾村？和你一起吗?"商亮挠挠头皮说："你住我宿舍，我和传达室的老陈一块挤挤。"司马琴的心凉了半截，不悦地说："你宁愿和一个老头睡，不愿和我在一起，是不是因为我失去了贞操，你看不起我?"商亮忙说："琴姑娘，你说哪儿话？我可没有什么处女情结！村里人多嘴杂，我们应该避嫌，免得让人看低咱们大学生!"司马琴一想，商亮说的不无道理，他要是带个姑娘在村委会同居，影响肯定不好，我不应该拖他的后腿！想到这儿，司马琴点点头说："好，我听你的。"

次日，司马琴没等商亮下班后去接她，她在上午就坐了辆电三轮车，来到了江湾村大院。老陈问她找谁？司马琴说找商亮。老陈有点迷惑不解，现在的年轻人交女朋友，怎么像走马换灯笼似的，一个接一个？商亮刚吃过稀粥，正准备上班，看到司马琴拉着行李箱，一条围巾遮住半张脸，正站在院子里东张西望。商亮上前说："你怎么上午就来了？"司马琴说："你不是叫我今天来吗？你又没规定几点！"商亮忙把她请进宿舍，说："我这儿比较简陋，比不得你在莲湖的住宿条件，请别见笑。"

司马琴环顾了一下，说："一间小屋，也挺好啊。"商亮笑道："我这里的素菜和荤菜，大多是村民送来的，不用我到菜场上买。"司马琴羡慕地说："你人缘这么好？"商亮说："我们要深入群众，为他们排忧解难，他们就会把你当自家人，如果你坐在办公室不出去，谁认识你呀？"司马琴坐到床沿上，说："商亮，还是你行，我在莲湖村，对村民一点都不了解，我和他们在一起也没话说，他们也没人理我。"商亮说："你在屋里休息，我要去上班了，你要是会做饭，就烧好饭菜等我回来。"司马琴点点头，微笑着说："好，我会做好饭，等你回来一起吃。"商亮说："你别出去乱转哦，无聊的话，就在屋里上上网。"司马琴说："为什么不能出去？我又不是你金屋藏娇的，怕见阳光……"商亮笑道："来我这儿，我是主人，你要听我的话，他们都不认识你，要是把你当小偷逮了，我可不管！"

商亮去办公室报个到，问了李书记，没别的事要忙，商亮就说要去蔬菜大棚看看。李书记说："这阵不忙，我知道，你的心思都在大棚蔬菜上，那你去吧。"王主任关切地问："青椒长多大个了？啥时候卖呀？"商亮说："过年的时候可以卖了，有的结了七八个，有的十几个，可好看呢。"郭兴元开玩笑说："不是青椒好看，是怀梅花好看吧？"张桂宝说："老郭，别开玩笑了，你看小商脸都红了。"

商亮骑车出院门时，老陈拦住他说："小商，你等等，你和她是什么关系？"商亮笑道："老陈，你放心，我不会乱搞的，她是我同学，来这玩几天。"老陈追问道："那你们怎么住一块？她是你女朋友？"商亮说："哦，老陈，我正要和你商量，她住了我宿舍，我没地方住了，能不能让我和你挤几天？"老陈笑道："行啊，只要你不嫌我糟老头子，就到我屋里睡吧！"

商亮来到蔬菜大棚那儿，看到塑料薄膜已掀起一角，钻进去一看，只见怀梅花已在里面，正在除草，商亮就过去和她一块儿拔草。正所谓"男女搭配，干活不累"，商亮和怀梅花在一起，心情总是很放松，很愉快。怀梅花看到他，关切地问："你同学怎么样了？"商亮说："她跟单位的人发生点误会，被人打了。”怀梅花说：“她受伤了吗?”商亮说：“还好，就脸上有点小伤，她现在已经辞职了。”怀梅花说：“现在找工作多不容易，她怎么轻易就辞了?”商亮说：“她说她不适合原来的工作，想另外找一份。”怀梅花说：“那也好，你们大学生有能耐，找工作应该不难。”商亮笑道：“大学生现在和民工一样多，不稀奇了。”

中午时分，怀梅花说：“走吧，去我家吃饭吧，我婆婆今天烧南瓜咸肉饭，就是把南瓜切成小块，和切成小块的腊肉一块儿放进锅里，和淘好的米一起煮，这样煮出来的饭，有点咸，有点甜，又很香，好吃得很，我在结婚前，婆婆做过几次，我一吃就迷上了!”商亮说：“南瓜咸肉饭? 听上去就很美，真想尝尝，只是，我今天去不成了，改天吧。”怀梅花说：“今天为什么不行? 你有事吗?”商亮迟疑着说：“我宿舍里有人，有人做好了饭。”怀梅花啊了一声，说：“有人给你做饭? 谁?”商亮说：“就是我那同学，她现在在我宿舍。”怀梅花惊讶地说：“同居? 你们是什么关系?”商亮解释道：“你别误会，她住我宿舍，我晚上睡老陈那儿。”怀梅花顿了顿，说：“她住你那儿不大妥当，李春燕要是知道了，会产生误会的。”商亮说：“没事的，我和春燕只是普通朋友，她不会干涉我的事，再说，老陈会为我作证，证明我的清白。”

快到春节了，李春燕在服装店里比平时更忙了。春节前两个月和节后一个月，是服装店的销售旺季，天气冷了，人们要购买御寒的服装。那些外来打工者，年终领到了工资和奖金，会给自己添几件服装，有的还会买了给家人寄去。冬衣的价格，比单薄的春装和夏装高一些，利润也多一些，一套保暖内衣卖一百元左右，一件外套卖一二百元，一件羽绒服卖三四百元，都有30%以上的净利润。她的店走的是中档路线，价格不算太高，大家普遍能接受，加上进的款式好，卖得都很快，有一款女式短风衣，出现了脱销的情况。货卖得快，资金周转就快，销售利润也芝麻开花节节高。年关两三个月赚的钱，几乎占全年利润的一半多。

陆强的“懒人服务网”，经营得相当不错，在东吴地区的网站中，形成“东吴热线”、“东吴大学论坛”和“懒人服务网”三足鼎立之势，其中，“懒人服务网”更有后来居上的发展趋势。懒人网不但口碑好，盈利情况也节节攀升，取得了良好的社会效益和经济效益，作为投资股东的李春燕感到非常满意。陆强是个很好的合作伙伴，李春燕和他聊起生意经，总能找到许多共鸣，她敏锐地意识到，互联网经济蕴含着巨大商机，中国已有几亿个上网用户，他们每一次点击，都会造就一些精英应运而生。让李春燕敬佩的，不仅是陆强的创业思想，还有他的为人。陆强赚了钱，但他并不随意挥霍，他依然在那间出租屋里办公，却给员工租了商品房住宿。

李春燕去市区拿货，顺便去看望陆强。干洗机从屋里搬移后，稍微多了点空间。李春燕笑道："陆哥，有没有考虑搬到高级商务楼办公?"陆强笑道："我不搬，人是容易健忘的，如果这里不拆迁，如果房东愿意一直租给我，我要一直住在这里，我要牢记创业的艰辛，以及朋友对我的帮助!"杨秀玲说："我拥护陆哥这个英明决定！男人一旦离开事业的发祥地，就会得意忘形，就会忘乎所以！我还支持陆哥把这间出租屋买下来，等到百年之后，好修建一个陆强纪念馆，供后人瞻仰!"陆强笑道："小杨，你是在讽刺我，还是在恭维我？我对这间屋子有感情，不单因为这里是懒人服务网的发祥地，还因为这里是我和商亮、周凤明这个铁三角组合的见证地，在我的梦想尚未起步时，是阿亮和阿明的鼎力支持，才使我走出第一步！没有这第一步，就没有懒人服务网的今天!"

李春燕笑道："陆哥，你刚才说的铁三角，使我想起《三国演义》中的桃园三结义。"陆强感兴趣地说："哦，那在你心目中，我们三人分别像谁?"李春燕笑道："我感觉你像张飞，粗中有细，武艺高强，智勇双全；商亮就像刘备，为人仁义忠厚，也有雄才大略；周凤明估计像关羽，重义气，有时过于自负，容易得罪人。"陆强呵呵笑道："解说得太对了，和我想的不谋而合!"杨秀玲揶揄道："张飞后来死得很难看!"李春燕笑道："陆哥不是张飞，只是比喻罢了。"

陆强说："春燕，后来借你的五万块，春节前，我会连本带利一起还给你，上次的五万块作为股本，我会按比例分红，一起汇到你的账上。"李春燕忙说："不用这么快还我，你留着发展业务用吧。"陆强说："明年，我想和移动公司合作，网站开展彩铃和图片的下载业务，可能要交一笔押金，但我跟你借钱时，说好尽快还你，我不能失信于你。"李春燕笑道："服装店我有足够的流动资金，你还给我钱，我也没什么用，存银行不划算，还是你留着用吧。"陆强笑道："那就暂存在我这，哪天你要用，随时可告诉我。"

司马琴住在商亮的宿舍内，不可能白天不出门，村干部和村民都看到司马琴进出宿舍，在农村，传播小道消息的速度是非常快的，马上就有一些传言四散传播，说商亮把外面的女人带到宿舍过夜。李爱民特地询问了商亮，商亮如实相告，说她是自己同学，来江湾暂住几天，虽然她住在宿舍，但自己这两天和门卫老陈一块睡，他和同学之间是清白的。怀梅花也听到了这些传言，她对商亮说："人言可畏，可恶的流言蜚语，不但会影响你的形象，还会影响你的前途，商亮，你不要给自己添麻烦了，让你的同学到我家来住几天吧！"商亮说："你家地方小，她去你家，你和小磊怎么睡？"怀梅花说："小磊跟他奶奶睡，我睡的是大床，让司马琴跟我一块睡好了。"商亮接受了她的建议，司马琴也同意去怀梅花家住几天。

晚上，司马琴和怀梅花睡一个被窝，但各睡一头。司马琴好奇商亮和怀梅花的关系，她看到商亮在怀梅花家，全无拘束，就像在自己家一样，商亮和怀梅花一家人，表现都很亲热，让司马琴心生疑窦。司马琴忍不住问道："梅花姐，你和商亮是怎么认识的？"怀梅花深知女人的醋劲，笑道："村里的人，商亮个个认识啊，我家比较穷，是商亮的帮扶对象，我家的蔬菜大棚，就是在他的支持下搭起来的，他关心大棚蔬菜的生长，因为这是村里的一个试点，所以他来得次数多，跟我家比较熟。"

司马琴半信半疑地说："哦，是这样啊。"怀梅花说："咱们村是农业村，村民收入差，商亮头脑灵活，他想推广种植大棚蔬菜，让大家增加点收入。"司马琴说："他不是支书助理吗？怎么农业他也要管？"怀梅花说："商亮是个好心人，只要他帮得上忙的，他都会帮一把，这样的人，现在真是太少了。"司马琴说："他好像对农村很感兴趣，当初他女朋友就因为这跟他分手的，不知道农村到底有什么好的？"怀梅花说："总的来说，农村很落后，农民很辛苦。一直在农村种田吧，只够混饱肚子，没啥出息，不种田去城里买房吧，平白背一身债，又是何苦？"

司马琴觉得怀梅花说得在理，人有时候真不知道应该生活在哪里，反正哪里都有烦恼。司马琴说："你家种了大棚蔬菜，这个是不是收入好一些？"怀梅花说："还没开始卖，希望能卖个好价。"司马琴沉默了一会，突然说："我真羡慕你！"怀梅花说："我上有老，下有小，穷得差点揭不开锅，你还羡慕我？"司马琴说："你至少有个家，有几亩田，能养活自己，可我有什么呢？读了十几年书，花了家里好几万块钱，现在什么都没有！"怀梅花说："你可以另外找工作，如果找不到工作，你有家，也可以回去嘛。"司马琴淡淡地说："回家？我这个样子，有何脸面回家？"

怀梅花说："春节临近了，你不打算回老家过年吗?"司马琴说："我脸上的伤还没好，今年不回了，若要回家，不带个男朋友回去，至少要有一份体面的工作吧？要不然，家人问起来，我怎么回答?"怀梅花说："不论你什么时候回去，不论你在外面混成什么样子，相信你的家里人都不会怪你!"司马琴说："我们那儿重男轻女，爸爸妈妈不喜欢女娃，最后又生了我弟弟，说是为延续香火。"怀梅花说："你别这么想，家里能供你上大学，说明他们是重视你的。"司马琴说："那是我寻死觅活争取来的上学权利，我答应父母，等我毕业后，就挣钱供弟弟读书。"

早晨，司马琴洗漱后，拿出杨坤送的高档化妆品，对着镜子涂抹起来。怀梅花走近她，笑着说："你天生好看，化淡妆比较好，没必要抹增白粉，口红也淡一点好。"司马琴扭过脸说："我脸上有痘痘，不盖住不好看，梅花姐，你脸上皮肤那么好，白里透红，不知是怎么保养的?"怀梅花笑道："女为悦己者容，我打扮给谁看？我每天要干活，要出汗，可能就通筋活血了，现在是冬天，皮肤容易干燥，我才抹点护手霜，给脸上抹点婴儿护肤霜，那是买给小磊用的，我和他一块用。"司马琴恍然大悟，说："你用婴儿护肤霜？那么柔和水嫩，又没有刺激的东西，难怪你皮肤那么好！明天我也去买一盒!"

司马琴在怀梅花家住了几天，对勤劳美丽的怀梅花，多了几份敬重和喜爱。原先，司马琴看到怀梅花年纪轻轻就守寡，颇有几份同情，没想到怀梅花坚强乐观，恬淡而从容，一家三口虽然生活不宽裕，但常听到他们爽朗的笑声，而自己精神茫然，不知该追求什么？反倒觉得，自己才是可怜的。设身处地，司马琴理解了商亮帮助怀梅花的心意，这个家庭，两个女人一个小孩，怎么支撑起一片天？商亮如果无视怀梅花的困难，那他就不是乐于助人的商亮了。司马琴隐隐感觉到，怀梅花和商亮之间不是帮扶那么简单，但又没发现他们有什么暧昧，看到他们有说有笑，一起出入蔬菜大棚，司马琴有点妒意。

二月的一个早晨，天蒙蒙亮，怀梅花骑着三轮车，车上放着两筐青椒，带到镇上的菜场去卖。这是昨晚摘好的，少量青椒先成熟了，现在一天能摘一百斤左右，大部分要留到春节期间销售。怀梅花去得早，一是为了抢个好摊位，农户摆摊的是临时摊位，有专门一处空地，去得晚就没地方摆了，如果摆在前面的路口，经过的人多，卖起来就快；二是可以把青椒批给菜贩，菜贩子除了运货过来，也收农产品，在凌晨一点到四点，农民从乡下带出来的新鲜蔬菜，

他们以低于市场价20%收购，运到市区的蔬菜批发市场转手，赚取差价，菜农把菜批给贩子，虽价格略低，但省下了卖菜的时间，可早点回家干别的，也不吃亏。

怀梅花到菜场时，菜贩的几辆卡车，装得满满的，看样子他们要满载而去了。怀梅花把一筐青椒从车上搬下，还有一杆秤、一叠塑料袋和一只矮凳。在她旁边，有的人已摆好了摊位，放着萝卜、青菜等，有的铺着一块塑料薄膜，薄膜上压着两块砖头，这是抢“摊位”的一种方法。这块空地，是菜场专门留给农村出来卖东西的，主要是卖蔬菜，零星的有卖草鸡蛋、卖老母鸡、卖鱼的。菜场管理人员，在早晨七点过来收费，一平方收两块，如果菜农提前卖完，管理费可以省了。

有个黑胖的中年男子走到怀梅花的摊位前，弯腰拿起筐里两个青椒，凑近看了看，闻了闻，又捏了捏，说：“怎么卖?”怀梅花说：“零卖一块五。”中年男子说：“一块，我全要了!”怀梅花打量了他一下，说：“你要收?一块不卖，昨天收还一块二!”中年男子说：“菜场又不是超市，行情天天变，一天一个价，我们批给人家才一块二，给你一块二，我们吃什么?”怀梅花坚持说：“我们种出来不容易，卖价太低，我们种菜的就亏了!”怀梅花预算过，要是一斤卖一块，赚头很少，如果价格谈不拢，就留着自己慢慢卖好了，今天星期天，逛菜场的人应该比平时多。中年男子再次问道：“一块卖不卖?”怀梅花说：“一块二，低了不卖!”中年男子转身走了。

天色渐渐亮起来，菜场里人声鼎沸，热闹非凡。菜场里有专门的蔬菜摊位，和肉摊、豆制品摊连在一块，蔬菜的品种较多，但不能保证新鲜。有些居民喜欢到临时摊位上买菜，农民从乡下拿出来卖的，品种虽少，但保证新鲜。让怀梅花意想不到的是，摆了几个小时，才卖掉十几斤。这时她才醒悟，今天是星期天，工厂大多放假，食堂也休息，那些购买量多的食堂采购员一个也没见着。青椒不辣，适合本地人口味，那些爱吃辣的打工者，不大喜欢吃青椒，本地的大娘，贪图便宜，五角的白菜，三角的萝卜，六角的土豆，四角的青菜，都比一块五一斤的青椒便宜许多，她们问问价钱就走开了。

怀梅花有点郁闷，前几天，因为有食堂的人来买，两筐青椒，在八点钟前就能卖完，今天情况不妙，两大筐要卖到什么时候才能卖完，她心里没底。早上没吃，肚子饿得咕咕叫了，想着青椒还没变成钱，她舍不得买早点吃。身边的摊位陆续撤了，她孤零零地站在原地，守着两筐青椒，有点茫然。还有十天就是春节了，蔬菜的价格还没见涨，要是青椒在春节期间卖不上价，那商亮的大棚蔬菜梦就落空了。怀梅花在蔬菜大棚里花去大量精力，其实，她不是为了自己，而是想帮商亮一把，让他试种成功，让他在乡亲们面前表现得更出色！

快到十点了，买菜的人渐渐稀少，怀梅花有点坐不住了。她不甘心就这么回家，青椒没卖掉，商亮会担心的，那就继续留在这儿，不信没人买！怀梅花饿得发慌，在早点摊上买了个大饼，干巴巴地啃起来。有个打扮光鲜的妇女走过来，她看看怀梅花跟前的青椒，说："你的甜椒怎么卖?"由于青椒有股淡淡的甜味，当地人管青椒也叫甜椒。摊位前好不容易来个人，怀梅花生怕她走掉，忙把大饼放下，用衣袖擦了下嘴，不敢多要价，说："一块二，大姐，您要多少?"妇女说："我要三十斤，你帮我送过去行不行?"怀梅花说："送到哪儿?"妇女说："东方红饭店，晚上宴席要用。"怀梅花说："好，我这就给您送去。"

妇女要她送货上门，启发了怀梅花：既然没人来买，我何不主动去推销?青椒跟其他荤菜搭配，可以炒很多菜式，比如"青椒鱼头"、"青椒炒肉丝"、"青椒炒腰片"等，这都是很美味的家常菜，当地人爱吃这种不辣的青椒。从东方红饭店出来，怀梅花踏着三轮车，向沿街的商家和饭店兜售，此时正值烧饭炒菜时间，半个多小时，她就把剩下的一筐青椒卖光了！看到三轮车上空荡荡的两个箩筐，怀梅花如释重负地笑了。

19　挺身而出

过几天就是春节，司马琴想买几件新衣裳，顺便给小磊带几样玩具，她不好意思在怀梅花家白吃白住，何况，怀梅花家生活条件也不好。司马琴去村里找商亮，要他陪着去镇上逛街。商亮这几天比较忙，蔬菜大棚也顾不上去，跟着郭兴元和张桂宝，对村里的残疾人、孤寡老人、贫困户和重病患者，登门看望，送上几盒保健品和三百元慰问金。王主任希望李书记能请村干部吃顿年夜饭，因为今年比往年景况要好，厂房的租金就有几十万。李书记说："吃喝这个口子就不开了，咱们来点实惠的，我已联系了养鱼的老张，他一会儿就送鱼来，每人发两条大草鱼，怎么样?"大家一致说好。

司马琴到村部时，老张开着电瓶车送鱼来，李书记挑了两条最大的给商亮，并且放商亮半天假，让他陪同学去镇上逛逛。商亮骑着自行车，司马琴自然地坐在车后座上，两人离开大院。张桂宝看着他们的背影，笑着说："他俩看上去挺般配的。"郭兴元笑道："我们年轻那会谈恋爱，男的骑辆金狮牌自行车，后面带着女朋友，一路铃声，一路笑声。"张桂宝笑道："过去嫁妆有自行车，后来变成了摩托车，现在还有把小汽车当嫁妆的，想当年，我们结婚用船接新娘、送嫁妆，如今得花钱租高档婚车，时代不同了啊!"李爱民说："照这么讲排场，过几年，年轻人结婚都结不起!"张桂宝说："可不是，我堂哥家的儿子今年准备结婚，女方非要我侄儿到镇上买好房子才结婚，真搞不懂，是嫁男人还是嫁房子?"

司马琴抱着商亮的腰，商亮有点不自然，说："你这么亲热的举动，不怕别人误会吗?"司马琴轻笑道："不怕，误会了才好!"商亮说："原来你早有预谋啊？那我就不带你了，你想逛街就走到镇上吧！”司马琴说：“我的脚刚刚好，好意思让我走长路，你怜香惜玉一点好不好？”商亮说：“琴姑娘，你打算在哪过年？回家吗？”司马琴说：“不回家，你在哪过我就在哪过！”商亮笑道：“那你要多买点礼物，我们都到怀梅花家蹭年夜饭吃！”司马琴说：“商亮，你怎么跟她像亲戚似的，这么随便？”商亮笑道：“你认为我随便吗？”

商亮的自行车，正要从公路拐弯，突然看到十几个人，脚步匆匆地向村委会方向拥去。商亮认识他们，他们是江湾村的村民，其中两个是混混，一个叫支晓军，一个叫陆边风，父母离异，他们初中没毕业就在社会上混了。他们不务正业，但不在村里作恶，上次他俩敲诈花桥中学的几名初一新生，被家长举报，他俩被派出所拘留了十五天，是郭兴元和商亮一起把他们保出来的。商亮有些疑惑，他们跑去村委会干什么？商亮停下了自行车，说：“司马琴，我们改天去镇上，先回村委会吧！”司马琴不解地说：“为什么？”商亮说：“这帮人气势汹汹，我估计他们不干什么好事，我们去看看！”司马琴说：“商亮，你什么时候爱瞧热闹了？”商亮说：“你没看他们是去村委会吗？我看来者不善！”

十几个村民拥进大院，支晓军用脚踢了踢地上一条草鱼，阴阳怪气地说：“分鱼啊？真是来得早不如来得巧！大伙别客气，一人一条，赶紧拿吧！”真有人弯腰去抓鱼，王根林喝道：“这是分给村干部的，你们想干什么？”陆边风说：“哦哟，王主任，你这话就不客气了，都是江湾人，凭什么村干部有鱼拿，咱们村民就没有？合着你们看不起人哪？”郭兴元喝道：“支晓军，陆边风，你们想干什么？”支晓军说：“郭主任，谢谢你上次来保我，不过，今天咱们来，是冲着村里，不是冲着你，所以，请你闪一边去，我们有话要向李爱民书记讨教！”

李爱民不知他们所为何事，说：“你们有什么事？”支晓军说：“既然你们在分鱼，就先从这鱼说起！你们吃肉，就不让咱们喝汤吗？凭什么你们有钱捞，有鱼拿，咱们村民两手空空，什么都没有？”王根林说：“年终分东西，哪个村没有？李书记说不请年夜饭，发两条鱼，怎么啦？你们不学好，是不是想在派出所过大年？”陆边风怒道：“老头，闭上你的狗嘴！这里轮不到你说话！李书记，晓军问你，你干吗不说话？是不是理亏了说不出口？”

李爱民心平气和地说：“都是一村人，有事好说话，咱们江湾穷，几年没发年终福利了，今年情况好点，发两条鱼意思一下，你们有意见，欢迎提出来。”支晓军说：“还用得着说吗？村里的情况，大伙不是瞎子！你们收了四十几万租金，却不给大伙分红！当初说的安排人进厂，又说话不算数！你们当大伙是傻子，被你们骗得团团转，好处全让你们村干部独吞了！”陆边风嚷道：“什么村干部？就是一伙骗子！我们是来讨公道的！”

李爱民明白了，前几天，有参加集资建厂房的村民来询问，问今年村里分不分红？李爱民给他们解释过了，一年以后才分红，银行利息不也是到期后才给的吗？可能有的村民想不通，就邀了支晓军和陆边风来闹事。李爱民解释说：“大伙的集资款，交了还不到半年，我们收到租到也才三个月不到，当初说好满一年分红，我绝不食言，不会少大家一分钱，请尽可放心！”一位村民说：“李书记，这可是您说的，不少大伙一分钱，可您前几天还说，第一年只拿三分之一租金分红，第二年开始才一半，这怎么解释？”李爱民说：“村里要给占地的农户补偿款，还建造了老年活动室，加强了大病补贴和教育补贴，将来村里有人生大病，村里会有补助基金给予照顾，帮他们渡过难关，孩子考上大学，村里都会补贴学费，我们用的一分钱，都有账可查！”

张桂宝说：“村里做的好事，有的人就是看不到，还以为咱们有私心，真是吃力不讨好！”支晓军说：“四十几万租金，你们攥着不肯松手，你们是个人的话，就实现分红的诺言！他们当初听了你们的忽悠，把钱交给你们，你们现在只进不出，真是天下乌鸦一般黑！”这个支晓军，初中时的学习成绩并不差，就因为父母离婚，没人管他，他才荒废学业，跟社会上的人混在了一起。

商亮和司马琴回到村委会，看到了支晓军的无理取闹，他看不下去了，上前说：“支晓军，你不要冤枉好人！为了建造厂房，李书记花了多少心血，你们知道吗？”支晓军“呸”了一声，说：“狗屁！你别给他脸上贴金，他女儿在开店，有的是钱，可他还不满足，扣着四十万租金不分红，他就是想贪污！”支晓军对身边的一群人说：“你们还愣着干吗？逼他们给钱啊！”几个村民头脑简单，被支晓军一唆使，嚷嚷着向李书记冲来！商亮和郭兴元张开手臂，拦住前面村民的去路，王根林掏出手机想报警，支晓军叫道：“大家看好了，谁报警就揍谁！”吓得王根林忙把手机放回了口袋。传达室的老陈悄悄拉下司马琴的手臂，示意她赶快用手机报警。

商亮把向前冲的村民拦住了，支晓军怒道：“你小子闪开！不然老子对你不客气！”商亮说：“你叫他们别胡来，有事好好说，违法是要负法律责任的！”支晓军嘲讽道：“别以为你是大学生村官有什么了不起？你不过是李爱民身边的一条狗!”是可忍，孰不可忍!商亮怒声回道:“我要是狗，你连猪狗不如!”支晓军恼羞成怒，扬手想打商亮一巴掌，被商亮躲过了。支晓军又抬腿向商亮踢来，商亮眼明手快，双手抓住他的脚板，连着后退几步，支晓军被商亮拖着腿，另一只脚不得不跟着跑，差一点摔倒!陆边风眼见同伴吃亏，跑过来要打商亮，被郭兴元挡住了。

郭兴元毕竟是复员军人，尽管多年没练过，但摔跤和擒拿都没忘，还能派上用场。陆边风一拳打来，郭兴元侧身让过，伸手掰他的肩胛，同时脚上一扫，陆边风“扑通”一声，摔了个四脚朝天!一同来的十来个村民，他们本无意闹事，只不过想给李书记施加压力，希望今年春节能拿到分红，眼看支晓军和村干部打起架来，一下愣住了。支晓军被商亮拽着一只脚，不得不骑着马步跟着跑，样子很可笑。当支晓军经过郭兴元身旁时，郭兴元伸脚在他的腿弯里一点，支晓军腿一软，顿时向前跪倒在地!

眼看支晓军和陆边风都被制服，商亮心想:虽说这事是支晓军带头起哄的，但村里对红利的分配没跟村民解释清楚，工作做得不到位，引起一些村民的猜测和不满，村里也有部分责任，彼此需要坐下来好好谈，做好沟通与和解。想到这些，商亮主动上前，弯腰去搀扶支晓军。没想到，支晓军一只手迅速伸向小腿，突然拔出一把十几厘米长的水果刀，抬手就刺!商亮来不及反应，只觉肋间一麻!司马琴打完报警电话，从院外进来，刚好看到商亮被刺的一瞬，不禁花容失色!她一边朝商亮奔去，一边大叫起来:“救人啊!商亮!商亮你怎么啦?”

花桥卫生院的病房内，商亮躺在病床上，左肋下敷着纱布，扎着松紧医疗带。商亮睁着眼睛，望着吊架上的盐水瓶，有点茫然。今天发生这样的意外，商亮始料未及，本来只是一场误会，有少数村民对村里暂不分红的决定不理解，这在情理之中，但支晓军唆摊闹事，竟然还持刀行凶，实在令人震惊!幸好，支晓军的刀不长，商亮穿的衣服多，刺入并不深，加上村卫室的及时止血处理，经过卫生院拍片检查，商亮受的只是轻伤。但医生说了，要是行凶者的刀再长点，要是刺入的部位再往上一点，就可能伤到商亮的心脏，后果就不堪设想了!

陪在商亮身边的，有李书记、郭兴元和司马琴。郭兴元看到商亮伤得不重，说:“我去趟派出所做笔录，小商，你放心，行凶的支晓军，派出所会严肃处理!”司马琴说:“光天化日之下动刀行凶，这种人不能轻饶!商亮，你要告他

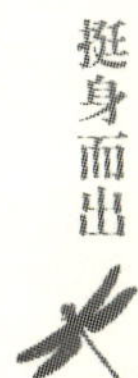

吃官司！免得他在社会上害人！”商亮忍着伤口的疼痛，在枕上轻轻摇头说：“我伤得不重，郭主任，请派出所从轻发落吧。”李爱民也说：“冤家宜解不宜结，支晓军是单亲家庭，从小缺少家庭温暖，拘留几天，让他反思一下，要是对他打击太重，他会对社会产生报复心理。”郭兴元有不同意见：“就因为平时对他没严厉打击，他才越来越嚣张，无法无天！要是他早点进班房，就不会发生今天的事了！”

商亮轻声说：“这是一场误会，我是李书记的助理，我的工作没做好，致使村民产生意见，到村里讨要说法。”司马琴说：“商亮，这跟你没关系，整件事就是支晓军唆使的，是他故意伤人，商亮，你的命差点丢在他手上，你不能对他心慈手软！”李爱民说：“我是村支书，集资和分红的事是我一手抓的，是我考虑不周全，责任在我！我会去镇里向领导汇报，做深刻检讨！”郭兴元说：“老李，镇里你别去，他们还不知道，你去向他们汇报，难免要挨批评，也免得有人对咱们村集资的事说三道四！”李爱民说：“支晓军捅伤人，被抓进了派出所，这事是瞒不住的，该面对的还得面对，我是江湾一把手，我难辞其咎！”

郭兴元走后，商亮说：“李书记，我没事，这里有司马琴陪我，您回去吧。”李爱民说：“那好，你安心养伤，争取在大年夜能出院，我回村去，估计不少人会打听你的伤势，知道你没事，他们也就放心了。”商亮说：“请大家不要来医院看我，一点小伤，不要紧的，过两天就能出院。”李书记走后，司马琴说：“我以为江湾村的人多淳朴，没想到也有野蛮的一面！那个支晓军跟你无冤无仇，对你下手这么狠，真把我吓坏了！”商亮说：“这次风波因集资分红的事引起，不能把责任都怪到村民头上，村里虽然对租金的使用做了详尽的安排，但没有及时向村民公开说明，的确有很多人不知道，难怪他们有疑问。”司马琴笑道：“你被人刺成这样，还在为别人着想，我真是服了你！”

李爱民走进女儿的服装专卖店，看到她正热情招呼客人。春节期间是服装店最忙的时节，营业员招呼顾客很有讲究，问话也有技巧，不能生硬地问顾客：“你要不要买？”应客气地问：“您想买哪件？”当顾客犹豫不决，你一定要给出建议，比如说：“我觉得你穿这个颜色很好看！”或者说：“这个款式新到的，您穿上它，显得特别漂亮！”对于实在不想买的，依然要满面春风地说：“谢谢光临，欢迎您下次再来！”对于买了服装的，在顾客离开时，除了要说：“感谢您的光临！”还恭敬地送上一张贵宾卡，下次购物可享受九折优惠，这样能拉拢回头客。人都有贪图小便宜的心理，为了答谢购物的顾客，每次送一点小礼物，比如袜子、手套、木梳、小镜子之类实用的东西，当顾客使用这些赠品时，就会想到你的店，还会替你免费宣传。

李春燕看到父亲，迎上来说："爸，您怎么来了?"李爱民说："我不买东西，你就不欢迎吗?"李春燕笑道："哪能呢？进店的每个人，我们都认真对待，热情服务。"李爱民脸色一转说："春燕，你去看看商亮吧!"李春燕不解地看着父亲，说："过几天春节，我是要去看他来着。"李爱民说："他住院了，在镇卫生院。"李春燕吃惊道："他怎么啦？生病了吗?"李爱民说："不是生病，是受伤。"李春燕更加疑惑了，说："受伤？他怎么会受伤?"李爱民说："村里不是出租了厂房吗？有些村民要求在春节前分红，带头的是支晓军，他们是冲我来的，结果商亮去拦，被支晓军用刀捅伤了。"李春燕说："真是狗咬吕洞宾，不识好人心！爸，您为他们办好事，他们怎么还找您麻烦？最可恨的是那个支晓军，吊儿郎当，坏事总少不了他！爸，商亮伤得严重吗?"李爱民说："还好，冬天衣服穿得多，伤得不深。"李春燕说："我这就去看他!"

怀梅花在菜场卖青椒，让她忧虑的是，眼看到春节了，价格还没涨，青椒的零售价还是一块五，商亮期盼的春节卖三四块一斤，恐怕不太可能。今天还好，有一家食堂买了六十斤，到了中午，青椒就卖完了。她把箩筐搬上三轮车，想到肉摊买点肉，快过年了，给家里改善一下伙食。怀梅花走在肉摊之间，一个女人把她拉住了，说："梅花，你还没回去？菜卖完了吗?"怀梅花扭头一看，原来是邻居孙桃花，以前两家闹过矛盾，后来和好了。怀梅花说："婶，是你啊，菜卖完了，我过来买点鲜肉。"孙桃花说："我买了两斤肋条，冬生喜欢吃肥的。"怀梅花对摊主说："给我切半斤腿肉。"孙桃花说："你现在卖菜有钱了，干吗这么省？半斤怎么够吃?"怀梅花说："小磊和我婆婆都喜欢吃馄饨，我想给他们包点馄饨。"孙桃花说："你光顾着老人小孩，你自己也要注意身体。"怀梅花说："我年轻，身体壮着呢，没事。"

孙桃花把她拉到一边，说："商亮出事了！你知道吗?"怀梅花一愣，说："商亮人老实，他会出什么事?"孙桃花说："他呀，被支晓军那小子用刀捅伤了!"怀梅花着急地说："啊？这是真的吗？婶，你知道商亮伤得重不重？他现在哪儿?"孙桃花说："我没亲眼看见，是听其他人说的，支晓军刺伤了商亮的肋骨，后来110警车来了，把人送医院了。"怀梅花一时着急，有点慌了神，她一把抓着孙桃花的手，说："婶，商亮现在哪儿？在卫生院吗？"孙桃花摇摇头："不知道，我是看见他对你家不错，才对你说的。"怀梅花飞快地说："婶，谢谢你！你帮我把鲜肉带回家，我去找他！"

商亮躺在床上，脑子里胡乱想着。今天村民和村干部发生冲突，虽然支晓军的胡闹是原因之一，但也确实事出有因，村民可能会想，村里收了集资款，说好入股有分红，现在村里收到了租金，现在过年了，却没有兑现分红，于是他们想不通，就来村里要说法。商亮知道村里对租金的使用情况，他理解李书记这么做是对的，不是有钱就分掉，而是有着更多更远的打算。李书记的意思，是按实际满一年后再分红，而村民认为过年就是一年，两者在认识上有偏差，或许村民觉得胳膊扭不过大腿，就去请二混支晓军帮忙，想以非常手段解决纠纷，结果出了意外，导致商亮受伤，支晓军被拘留了。

李春燕来到病房门口，看到了坐在病床前的司马琴，心想，莫非她就是妈妈在电话中说过的商亮的女同学？李春燕走到商亮的病床边，把蛋白粉等营养品放到床头柜上，说："商大哥，我爸来店里告诉我，说你受伤了，我来看看你。"商亮笑道："没死，证明不严重，春燕，你怎么老是给我送东西？我受之有愧啊！"司马琴不认识李春燕，也不知道商亮到江湾村后，除了跟怀梅花走得近，跟李春燕也很好，听李春燕说到她爸爸，难道是李书记？

司马琴说："还不严重？差一点伤到心脏了！当时，可把我吓坏了！"商亮笑道："大难不死，必有后福，我这不算大难，算个小难，但愿将来能有点小福。"李春燕笑道："商大哥，你还有心情自嘲，看来情况不坏，我就放心了。"司马琴说："商亮是个乐观主义者，除非当了烈士，要不然，他总是一副不在乎的神态。"李春燕愣愣地看着司马琴，说："听你这话，你对商大哥很了解啊？商大哥，你怎么不介绍一下？"商亮说："她是我同学，司马琴；这位是李书记的千金，李春燕。"司马琴点点头，说："原来是李书记的女儿，怪不得……"李春燕说："怪不得什么？"商亮笑道："司马琴，莫非你认为，春燕是李书记的女儿，我才和她套近乎？"司马琴轻轻摇头，笑道："不，我的观点正好相反，因为你是潜力股，李春燕才对你感兴趣，从这个角度而言，我佩服她的眼光！"

20　浪子回头

李春燕在感情上很单纯，她对谁好，关心谁，都是发自内心的，投资可能需要回报，而人际交往中的付出，她是不计回报的。她送给商亮和陆强服装，她请客吃饭，她给商亮电脑用，就是很单纯的信任你，喜欢你，而这种没有心计的关心，更让男人感动。

李春燕说："商大哥，刺伤你的支晓军被派出所抓了，你有什么打算？"司马琴说："还能怎么办？这种害群之马，应该受到法律的严惩！"商亮摇摇头，说："他和我一样年轻，听李书记说，他父母很早就离婚了，他从小缺少父母的爱，没人教育，才慢慢学坏的。"李春燕说："这是他个人的问题，离婚的人家多了，别人家的子女为什么没学坏？他应该为他做的事负责！要他赔偿他拿不出钱，你就告他坐牢吧，说不定几年后，他能老实一点！"司马琴说："对！不能让他再为非作歹，伤害别人！"商亮说："惩前毖后，治病救人，重要的还是治病救人，过两天就是除夕，希望村里能出面把他保出来，让他回家过年。"

司马琴说："商亮，对敌人仁慈也是犯罪！他刺伤了你，你处处为他着想，有你这样做好人的吗？你这是纵容！"商亮笑着说："我跟他无冤无仇，对他恨不起来，人之初，性本善，给他改过的机会，说不定他能学好呢？"司马琴说："他对你下手这么狠，挥刀就刺，你还说跟他无冤无仇？"商亮说："我们拉人一把，总比推人一把，更有积极意义吧？这个世界上，人与人已经有些冷漠了，我们是受过高等教育的，如果有机会，我们应该为这个社会作一点贡献，你说呢？"

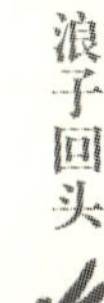

李春燕不住地点头，说："商大哥，我服你！你说得有道理，做人应该宽

容，不要太斤斤计较！就像我开店做生意，讲的是和气生财，曾经也有人在我店里偷过东西……”司马琴好奇地说：“你在开店？那你发现有人偷东西，不报警吗？”李春燕说：“我们把小偷抓住后，我想过报警，店里的人还想狠狠揍他一顿，但我还是放过了他，让他放下东西走人。”司马琴说：“为什么放过他？现在的小偷那么猖獗，你放过他一次，他下次还会来偷！”李春燕说：“我也看情况的，有的是惯偷，是团伙作案的，我会叫员工把守好出口，及时报警，让警察来处理，如果是一个人，偷了件衣服，我发现后，叫他认个错，就让他走了。”

司马琴说：“就这么放过小偷？你的店在哪儿，我今晚也去偷上一件，反正不会被惩罚！”李春燕说：“有的其实不是小偷，是临时起意，看看没人注意，他就顺手牵羊，他们不知道，我店里有监控探头，门口还有磁性感应器，偷了东西不被发现是很难的，但我要是报了警，他们的人生档案就会留下污点，对他们将来肯定有不好的影响，他们会因此恨上我，要是我当时放过他们，不和他们计较，他们反而觉得不好意思，好像欠了我一份人情。”商亮由衷赞道：“春燕，你真了不起！你做得非常好，难怪你店里生意兴隆！”李春燕笑道：“有一个女的，曾经拿过我店里东西，后来，经常来照顾我生意，买了好多衣服，她告诉我，她当时并不是没钱，只是觉得好玩，才一念之差，把一件内衣塞进衣服里，却被发现了，当时她以为铁定要出丑了，没想到我放过了她，她觉得我这人不错，就和我交上了朋友。”商亮说：“嗯，与人为善，这也是我做人的原则。”

商亮忽然觉得一阵尿意，他想起床去厕所。商亮一手抓着床沿，一手将上身慢慢撑起，也许是牵动了伤口，只觉一阵揪心的疼痛袭来，商亮手一松，仰起的半个身子，重又落回床上。李春燕说：“商大哥，你要坐起来吗？来，我来扶你。”商亮轻声说：“我想上卫生间。”李春燕和司马琴面面相觑，不知怎么办好？李春燕苗条，司马琴小巧，她们没有力气扶商亮起床，何况，商亮要上的是男厕所，她们也不便陪他去。

正在这时，怀梅花出现在了商亮的病房门口。她听邻居孙桃花说商亮受伤住院，就赶到了镇卫生院，问了护士，才知商亮的病床号。她走到商亮的病房门口，刚好看到商亮试图撑起身子，他旁边的两个女孩却束手无策。怀梅花径直走到病床前，说：“商亮，你怎么啦？”司马琴说：“梅花姐，你怎么来了？”

李春燕说："梅花姐，你也来了？"李春燕知道商亮和怀梅花在合作搞大棚蔬菜，对她的出现并不奇怪。商亮说："我一点小伤，不要紧的，我这里有人照顾，你很忙，不用来看我的。"怀梅花说："商亮，你说的什么话？她们是她们，我是我！你怎么跟人打架了？还被人捅伤了？"商亮笑着摇头："一点误会，不是什么大事。"李春燕说："听我爸说，支晓军和十几个村民，到村里闹事，商大哥为了保护我爸，跟他们发生冲突，被支晓军捅了一刀！"怀梅花说："伤在哪儿？"商亮说："侧腰上，包扎好了，医生说没事。"司马琴说："还说没事？就差一点点到心脏了，算你命大，躲过一劫！"怀梅花说："我看看。"

怀梅花轻轻掀起被子，看到了商亮胸间绑着的松紧绷带，绷带下露出一截纱布。怀梅花伸手在伤口处摸了一下，说："现在痛吗？"不碰还好，一碰，商亮就痛得龇牙咧嘴，但他嘴里却说："还好，不怎么痛。"怀梅花说："我刚在门口看见你想起床，是想上厕所吗？"司马琴惊奇地说："梅花姐，你怎么知道？"怀梅花笑了笑说："我照顾过病人，他们一个动作，一个表情，我就知道他们想做什么？商亮，来，我扶你起来。"商亮不好意思地说："不麻烦你，我自己来。"

怀梅花在商亮的肩部上方弯下腰，说："跟我客气什么？我有力气，来，你用双手吊住我的肩膀，慢慢起身。"商亮因为要小便，自己下床有困难，此时不得不借助外力，也就依言伸手吊住怀梅花的双肩，慢慢起身。怀梅花双手抄起商亮的后背，一边徐徐往上托，一边用力直起身子，并轻声说道："慢点，别着急，慢点就不会痛。"商亮在她的动作的引导下，慢慢坐了起来，然后，他又慢慢转身，把脚伸到床下，直到双脚着地。怀梅花伸手拿下吊钩上的盐水瓶，说："商亮，你在前面慢慢走，我拿盐水瓶，陪你上厕所。"

商亮朝厕所方向挪动脚步，怀梅花一手举着瓶子，一手搀在商亮的腋下。商亮尽管感觉到伤口的疼痛，但怀梅花站在他的身边，使他感受到了温情和力量。看到怀梅花悉心照顾商亮，就像一家人一样，毫不避嫌，李春燕和司马琴的心里，百感交集，翻腾着说不出来的滋味。

过了一会儿，怀梅花陪着商亮回到病房，商亮回到床上，说："我想坐会儿。"怀梅花给他的后背垫上一个枕头，让他靠得舒服些，又给他披上一件外套。李春燕和司马琴木然站在一旁，看着怀梅花做着这一切。她们没有照顾病人的经验，不知怎么搭把手？怀梅花说："你们都回去吧，今天我来照顾商亮，反正今天的青椒卖完了。”司马琴说：“大棚里还有很多青椒没摘，梅花姐，你忙，我没事，还是我来陪商亮。”李春燕说：“梅花姐，你家是村里第一个种大棚蔬菜的，现在情况怎么样?”商亮说：“年前村里事多，我好几天没去帮忙了，最让我担心的就是销路和价格，快过年了，行情怎么样?”

怀梅花说：“销路还行，就是价格上不去，现在零卖还是一块五，批销是一块二。”商亮有点忧虑：“这个价格，距离我预想的有距离，大棚种植成本高，半亩地，前期搭棚就投入了五千多，还有电费，种子，人工，看来赚钱也不容易。”怀梅花说：“这些天卖了小一半，大棚里大约还有两千斤，我准备留到除夕和春节期间卖，记得去年也是到大年夜，蔬菜才涨价，价格比平时翻了一倍，过年初八才跌下来。”

李春燕说：“过年都是我爸妈买的菜，我对买菜一窍不通。”商亮笑道：“你精通卖服装。”李春燕忽然想起什么，说：“你们都没吃饭吧？我叫快餐店送盒饭来。”转而，她又笑着说：“商大哥，你的好朋友阿强也做外送盒饭生意，可惜离这儿远点，要不就让他给我们送过来了。”商亮笑道：“阿强有股闯劲，能做我们想不到的事。”李春燕说：“不久前我去看过他，他现在做得很顺，开始赚钱了!”商亮笑道：“那都是你的功劳，没有你给他投资，他的未来就真是梦了。”李春燕笑道：“阿强有你这位朋友，是他的幸运，他的成功，一半功劳应该归你，他的网站能办起来，是因为你的支持!”司马琴疑惑地说：“商亮，你们说的，是不是和你住一个出租屋，打游戏打得昏天黑地的陆强?”商亮笑道：“就是他！他现在大变样了，是一家网站的老板了。”李春燕笑道：“他的过去我不了解，但我看好他的现在和将来!”司马琴说：“真想不到，他居然成功创业了!”

除夕清晨，怀梅花又骑车去菜场卖青椒，怀梅花有点发愁，这两天卖得多些，从家到菜场往返两个来回，但也就两百斤的量，大绷里还有很多怎么办？商亮住院后，由司马琴在照顾，怀梅花有点不放心，但她忙，没法抽身照顾商亮，必须把青椒都卖掉，才能收回投资，挣一点辛苦钱。晚上，怀梅花还到医院看望一下商亮，待的时间不长，因为连夜要把明天卖的青椒摘好，一早好到镇上卖。白天，她的婆婆带着孙子王小磊，在大棚里帮忙摘青椒，要不怀梅花一个人来不及。看到怀梅花为了青椒的事，最近人都瘦了，商亮很过意不去，他甚至怀疑，自己试点搞大棚蔬菜，是否错了？要是辛苦一场没有收益，还连累了怀梅花一家。

怀梅花的车刚停下，菜贩子就围过来，一个四十多岁的男子说："三块卖不卖？你两筐青椒，我都要了！"怀梅花以为听错了，说："三块？"男子说："今天都是这个价，你放心，我不会瞎说的！"昨天的批销价还是一块二，今天就跳到三块了，这一下可以多卖多少钱啊？怀梅花抑制住内心的激动，说："我家里还有，你还要吗？"男子兴奋地说："要啊！有多少收多少！你家在哪？"怀梅花说："在江湾村，你开车十分钟就到了。"男子把两筐青椒倒在卡车上，热情地说："来，你上车，带我去！"

菜贩子的车开到江湾村，怀梅花叫上婆婆，还叫了邻居王冬生和他老婆孙桃花，请他们帮忙一起摘青椒，忙了一个多小时，摘下来的青椒，过磅后倒入卡车车厢。青椒一共称到一千六百斤，加上原先的两筐一百斤，一共一千七百斤。菜贩子把五千一百元递给怀梅花，孙桃花看到她手里厚厚一沓钱，羡慕地说："哦，一天就收入这么多，梅花，你发财了！"怀梅花长舒了一口气，笑着说："前些天，一天才卖一百来斤，价格也只有一块二、一块五，我还在担心呢，幸好今天涨价了，总算都卖完了，我也能睡个安稳觉，开开心心过年了！"

怀梅花把一百元递给孙桃花，说："婶，这一百块给你，谢谢你，还有冬生叔，要不是你们帮忙，我们不知忙到啥时候才能摘完？"孙桃花把钱还给怀梅花，说："不要不要，咱们是邻居，哪能要你的钱？快收起来！"怀梅花硬是把钱塞进她的手里，说："婶，别客气了，你就拿着吧。"菜贩子给了怀梅花一张名片，说："以后你这儿有什么菜要卖，可以给我打电话，我过来收。"怀梅花笑道："好啊，有人来收，省得我起早去菜场卖了。"菜贩子说："你们这儿有很多田，为什么就你一家搞蔬菜大棚？"怀梅花笑道："大家都没种过，不知道有没有赚，我家也是刚种，试试看。"菜贩子说："现在城里人都喜欢吃新鲜蔬菜，没用农药的，你们多种一点，肯定有得赚！销路包在我身上！"

菜贩子走后，王冬生说："梅花，你这一季青椒，卖了多少钱？"怀梅花实话实说："前十来天，卖了两千块，今天的价卖得好，加起来有七千块吧。"孙桃花说："啊？一块田，三四个月，就有七千块？比平常种菜多多了！梅花，你能教教我们吗？我们也想跟你弄大棚蔬菜！"怀梅花笑道："当然可以，不过，我是没这个技术的，也是靠商亮帮忙才弄起来的。"孙桃花说："对了，商亮还在医院吗？冬生，咱们去医院看看他！"怀梅花笑着说："你们不用去了，今天

是大年夜，我想下午接他出院，请他到家里来过年。”孙桃花笑道：“梅花，你是个好女人，商亮也是个不错的小伙，你可要抓住机会，别让人把他抢走了！”

怀梅花红了脸，说：“婶，我没那意思，我老公过世刚一年多，我不能……”孙桃花笑道：“王小弟已经走了，你还年轻，不能老一个人过吧？女人身边要是缺了男人，就像缺了主心骨，婶是过来人，知道你啥心思，你要难为情，婶帮你说！婶平时看在眼里，商亮人不错，对你也很好，你们俩就隔着层窗户纸没捅破……”王冬生说道：“别看商亮是外地人，人品真不赖，跟他不会吃苦的！”红通通的太阳从东方冉冉升起，朝霞映照在怀梅花的脸上，她的脸更嫣红了。

医院病房里，司马琴在收拾东西，她已给商亮办好了出院手续，商亮说了，他今天要出院，不呆在医院里过年，医生也同意了，叫他出院后在家静养，过几天来拆线就行。司马琴很高兴，商亮出院后，她可以和他在一起了，除夕之夜，除了她，还有谁能陪在他的身边？这几天在病房里，她一点也不觉得无聊，能和商亮朝夕相处，她感到非常开心，觉得这是老天给她的一次机会。虽然，她自知不如怀梅花能干，不如李春燕有钱，但自己和商亮身份相当，都是外地人，又是同学，还一起应聘大学生村官，这次都没回家过年，除夕呆在一起是顺理成章的。

商亮对病房内的其他人说：“我要出院了，祝你们早日康复！早日出院！”病房里还住着另两个患者，一位刚做了胆囊切除手术，另一位被汽车撞伤了腿，小腿植入了不锈钢。同住一个病房，难免有点同病相怜，相互之间会闲聊，几天下来，彼此有点熟悉了，而商亮出院了。他们回应道：“商亮，恭喜你，你能回家过年了，我们命不好，这个年，要在医院里过了。”

怀梅花急匆匆走了进来，看到商亮和司马琴和其他人打招呼，她兴奋地说：“商亮，我是来接你回家的，今晚到我家过年！出院手续办了吗？”商亮说：“办好了，我们正要出去。”司马琴说：“去你家过年？我们和你非亲非故，怎么好意思？”怀梅花说：“司马琴，你不住我家了？那你住哪儿？”司马琴说：“我去买菜，今晚跟商亮吃火锅，就在他宿舍里过年。”怀梅花知道一对男女在一起过除夕意味着什么？她不能给司马琴这个机会。怀梅花说：“司马琴，你本来就住我那儿，商亮也不是外人，你们都到我家吃年夜饭，怎么样？”

三人走在医院的走廊里，商亮心里记挂着大棚里的青椒，说：“梅花，青椒卖得怎么样了？”怀梅花笑道：“全部出嫁！今天全部卖掉了！”商亮半信半疑：

“真的吗？昨天你还说还有好多没摘，你不会是骗我吧？”怀梅花笑道：“我怎么会骗你？是菜贩子来收购的，三块钱一斤，今天卖了五千块！”商亮兴奋地说：“太好了！我们跨出了成功的第一步！怀梅花，恭喜你！”怀梅花笑道：“是你帮了我家的大忙，我应该谢你啊！”商亮说：“今天我出院，大棚蔬菜又喜获丰收，双喜临门，应该好好庆祝一下，司马琴，你去买点菜，今晚就到怀梅花家过年！”怀梅花盈盈笑道：“菜呀，我都买好了！”

他们走到医院门口，怀梅花正要去路边叫电三轮，却见一辆小轿车在他们身边停下来，李春燕从车里下来，说：“你们都在呀？我来接商大哥出院，去我家过年。”司马琴笑道：“商亮，你成了香饽饽了，两家抢着要请你啊！”怀梅花说：“春燕，我跟商亮和司马琴讲好了，他们都到我家过年。”李春燕说：“商大哥，你去她家过年吗？”商亮笑道：“按先来后到，我该去怀梅花家。”司马琴抗议说：“那我呢？我早和你说过，在你宿舍里过年，怎么又变卦了？”商亮开玩笑说：“司马琴，我和你在宿舍里过，怕闹出绯闻，还是到怀梅花家安全一点。”李春燕笑道：“都别自作多情了，上车吧，我送你们回江湾村！”

怀梅花一块地蔬菜，搭了个棚，小半年就卖了七千块，这事被王冬生夫妇一宣传，在江湾村已是家喻户晓。过完年后，好多村民来找怀梅花，要跟她家一样种大棚蔬菜。怀梅花笑道：“我哪有那么大能耐？弄大棚蔬菜，全靠商助理帮忙！你们去找他吧！”于是，很多人来找商亮。商亮有心带领大家搞蔬菜大棚，走种植致富之路，但他知道自己水平有限，靠自己的能力，是无法完成这个心愿的。

王主任看到那么多村民想搞蔬菜大棚，喜上眉梢，自己想在农业方面有所发展，一直没找到突破口，这一回，大棚蔬菜试种成功，这是一个良好的开端，也是一次很好的机会。王主任在村民眼里没有地位，与他无所作为密切相关，李书记搞厂房出租成功，再次得分，虽说出了点意外，商亮受了伤，但事情还是圆满解决了，村民也接受一年后分红的决定。王主任对商亮有点刮目相看了，商亮来了大半年，为村里实实在在做了很多事，蔬菜大棚也是他鼓捣成功的，自己真该学习他的聪明和干劲。

支晓军被拘留了几天，大年夜那天，李书记将他保了出来。回来的路上，李爱民对他说：“你知道你犯的错吗？持刀行凶！警察说了，你这是故意伤害，要是商亮告你，你要坐牢的！幸好商亮没和你计较，他还要我保你出来，让你

回家过年，你们同样是年轻人，为什么你不学好呢?”支晓军说：“家里没人关心我，我就跟一帮弟兄在社会上混了。”李爱民说：“近朱者赤，近墨者黑，以后你少跟那帮人来往!”支晓军梗着脖子说：“我没地方可去!”李爱民说：“我跟你爸说过了，让你住在家里，春节期间，别出去乱跑，至于你的生活，你不用担心，我会想办法帮你找份工作。”支晓军沉默了，过了一会，他才说道：“李书记！你为什么对我这么好?”李爱民语重心长地说：“没有父母不疼自己孩子的，关键是你自己要争气，不能做扶不起的刘阿斗，不能让亲人对你失望!”支晓军点点头：“我也想学好，每天靠敲诈勒索过日子，我也提心吊胆，如果有一份正当工作，李书记，我一定不让你失望!”李书记说：“好，一言为定!”

21　携手合作

现在过年，亲友之间往来少了，但农村的春节，还是比城市热闹，走亲访友，吃吃喝喝，大家脸上荡漾着喜悦，爆竹声更是从不间断，而城里禁放烟花爆竹，难得亲友聚一聚，也是在饭店包厢，总感觉少了一些节日的气氛，有的干脆举家出游，跟着旅游团一路奔波，除了留下了一些风景照，也是累得慌。

年初八，春节后上班第一天。江湾村办公室，大家谈兴颇浓。王主任说："农民靠一亩三分田，一样能生存，能致富，商亮的大棚蔬菜，就是最好的证明！"商亮说："春节期间，蔬菜价格普遍上涨，如果种反季节蔬菜的人家多一些，就会有更多的村民受益。"郭兴元说："大棚里不止种一种蔬菜吧？有没有想好再种点什么？"商亮说："我从网上看到，现在有一种微型西红柿，大小和拇指差不多，市场上很热销，我想试种这个。"马会计说："是小番茄吧？种这个好！一口一个，吃起来多方便？"

王主任说："有了怀梅花家的蔬菜大棚做样板，在江湾村大力推广种植大棚蔬菜，这是个好机会！"郭兴元说："搭蔬菜大棚，一亩投资不到一万块，一般人家也就两三亩地，这笔钱，大多数人家拿得出的。"张桂宝说："两三万块钱，对村民来说不是小数目，村民收入有限，他们缺乏破釜沉舟的勇气，养老和防病的钱，他们不大敢动用，这事还得从长计议。"郭兴元说："不想种的可以不种，先让感兴趣的搞起来，如果大家都赚了大把的钱，你不让人家种，人家还不愿意呢！"王主任说："很明显，种菜比种庄稼划算，以前，村里种菜的都是零打碎敲，真希望把菜地整合起来，打造成蔬菜种植基地！那就壮观了！"

李爱民走了进来，身后跟着一人，是支晓军。李爱民笑道："你们聊得这么

起劲，在聊什么？”张桂宝说：“聊蔬菜大棚的事，老王说，想把江湾村发展成蔬菜种植基地。”李爱民笑道：“这个主意好！一家富不是目的，做大做强，才能造福更多的江湾人！”商亮说：“要大规模发展大棚蔬菜，必须要有专业技术人员指导，靠自己摸索，风险很大，万一哪个环节没做好，损失就大了。”李爱民说：“这个没问题，镇领导支持咱们开拓思路搞发展，农业村并不意味着就是落后村，咱们要解放思想，勇于探索致富新路子！镇里会聘请农科所的专家，做我们的技术指导！”商亮说：“技术和销路问题解决了，我们就可以大干一场了！”

李爱民对支晓军说：“你伤了商亮，去向他道个歉！”支晓军走到商亮面前，鞠了一躬说：“对不起！是我错了，请你原谅！”郭兴元说：“你也知道不对啊？小小年纪，下手这么狠，要是商亮出了事，你这辈子也毁了！”商亮拍拍他的肩，说：“没事，我的伤已经好了，我知道，你不是故意的，你是为了村民打抱不平，出发点是好的，就是没了解情况，有点冲动……”郭兴元说：“你们那天的行为，已经涉嫌违法了！聚众闹事，持刀伤人，要不是李书记和商亮宽宏大量，你现在恐怕在牢里呆着了！”支晓军低头说：“我知道错了，是我不好！”王主任说：“支晓军，你不是小孩了，真知道错了，今后就好好做人，别再惹是生非了！”

李爱民走到办公桌前，说：“他年轻不懂事，难免会犯点错，我想，支晓军的家庭情况，大家都知道，他也是江湾人，咱们不能眼睁睁看他学坏，郭兴元，你看能不能给他一次改过自新的机会？”郭兴元一愣，说：“我给他机会？我有这个权力吗？”李爱民说：“我想把他交给你，让他进村里的联防队，你看怎么样？”郭兴元犹豫道：“他进联防队？就算我同意，其他队员和村民也不会答应啊！”李爱民说：“拉他一把，免得他走上犯罪道路！”商亮说：“我支持李书记的建议，让支晓军到联防队上班，可以让他自食其力，咱们村有五个联防队员，增加一个，对全村的治安有好处。”郭兴元看看支晓军，说：“这么个人，我不大敢用，我怕他惹事，造成不良影响。”李爱民说：“老郭，留下他吧，出了事我来负责！”支晓军含着泪说：“李书记，谢谢您！您这么相信我，我一定不辜负您的期望，好好做人！”李书记说：“以后跟着老郭，好好表现，在社会上瞎混没有出息的，只要你学好了，没有人会看不起你！”商亮握着他的手，说：“好好干，我相信你不比别人差！”

周凤明在洗头房和珊珊云雨时，被派出所民警抓了现行，尽管板桥村没有开除他，但他没脸继续待下去了。周凤明看着周围的一切，这个自己呆过大半年的地方，内心却没有丝毫的留恋之情。这时候，他才幡然醒悟，这是一场错误的恋爱，并非所有的大学生都适应当村官，他对村官工作没感情，板桥村在情感上自始至终没有接纳他，没有感情基础的短暂恋情，注定要分手的。他本可以走其他的路，他应该去寻找新的路。板桥村也没有挽留他，他在村里就是个闲人，眼不见心不烦，养个闲人，还不如养一头猪。村里和镇里都批准了他的辞职报告，周凤明走的时候，村里没一个人送他，他走得有些落寞。

到了市区，周凤明想起了陆强，这个在出租屋里天天吵架的哥们，不知他现在混得怎样了？自己当村官没学到什么，但工资还是领到的，陆强想玩游戏然后卖虚拟装备的计划不知有没实现？哦，对了，上次商亮说，陆强要办什么懒人服务网？真是异想天开，他本身就是超级懒人，怎么去为别人服务？网站是他能玩得转的？去出租屋看看他吧，要是他还住那儿，暂时就和他搭伙了，要是他搬走了，那今晚要住旅馆了。

熟悉的街道，熟悉的出租屋，看到那扇亮着灯光的窗户，周凤明觉得分外亲切，他加快脚步，走到门前，掏出了钥匙。他听到了屋里清晰的敲打键盘的声音，心想，真是江山好改，秉性难移，还在沉迷游戏？屋里的是杨秀玲，现在懒人服务网的访问量和业务量蒸蒸日上，她每天晚上要加班到九点多，答复客户的一些咨询，登记有意向的学生和家长的名单，供陆强联系确认。她听到有人开门的声音，以为陆强回来了，说道："陆哥，回来啦？"周凤明听到屋里是悦耳的女声，不禁一愣：莫非阿强有了女友？

门已经开了，周凤明看到屋里有床，有桌，电脑台前坐着一位长发女孩，屋里少了两张床，陆强的那张床还在。周凤明说："请问，陆强住在这儿吗？"杨秀玲听到背后响起一个陌生男子的声音，而且这个男子是用钥匙开门进来的，不禁吓了一跳，紧张地回头，映入眼帘的是一个面相英俊的小伙。杨秀玲站起身，警惕地问："你是谁？怎么会有钥匙？"周凤明笑道："我是陆强的朋友周凤明，你是？"杨秀玲紧张的神情放松了，说："我是懒人服务网的客服杨秀玲，陆哥说的阿明，就是你啊？"周凤明笑道："他在背后没少说我坏话吧？我住在这儿的时候，我们俩天天抬杠，不争个面红耳赤，睡不着觉！"

杨秀玲甜甜一笑说："没有没有，陆哥没说过你一句坏话，他老说你好话

呢，说他的懒人服务网，在起步之初，要没有你和商亮借给他钱，他的宏伟计划就胎死腹中，就没有今天的成绩了！”周凤明愣了愣，随即明白了，自己去了板桥村后，并没有再借钱给陆强，肯定是商亮暗中做了好事，他把钱借给陆强，却说也有我的一份，哎，商亮真是太会做人了，可是，他当个小村官，工作没多久，也没多少钱，想必他为了支持陆强办网站，把工资省下来给了陆强，这样的朋友，真是太难得了！

周凤明说：“阿强真把网站办起来啦？现在网站那么多，他靠什么生存？卖游戏点卡？”杨秀玲笑道：“我们以提供家教中介、外送盒饭和代洗衣服为盈利方式，我们的经营理念，就是‘给人方便，自己方便！’”周凤明笑道：“真是想不到，他居然在城里活了下来，而且活得还挺滋润！我真是小看了他！”杨秀玲说：“陆哥是个很好的人，他和我们吃一样的盒饭，他给我们租房子住，自己却住在这间民房里。”周凤明笑道：“阿强是我们铁三角中最次的，商亮的为人，比他强多了！”杨秀玲笑道：“我见过商亮，他温文尔雅，思维敏捷，为人诚恳，是个很优秀的男人。”周凤明笑道：“你是阿强的女朋友，怎么称赞起别的男人，小心阿强吃醋哦！”杨秀玲笑道：“谁说我是陆哥的女朋友？我只是他的助手而已。”周凤明说：“哦，对不起！”

杨秀玲收拾电脑台上的东西，拿过身边的小包，说：“陆哥还没回来，我要回去了，周哥，你坐会儿。”周凤明说：“阿强去哪了？”杨秀玲说：“他陪一名大学生，去客户家里了，那位客户的女儿今年要高考，物理成绩不理想，想请一位理科成绩好的大学生辅导他的女儿，陆哥去落实这个事。”周凤明说：“那你住的地方远吗？半年多没来城里了，我想出去走走，看看夜景，走吧！”

城乡结合部不同于闹市区，路上很安静，晚风拂面，颇有几分凉意。周凤明说：“你是哪儿人？怎么当起了陆强的客服？”杨秀玲说：“我是苏北射阳人，去年在东吴科技大学毕业后，参加过几次招聘会，也参加过面试，没找到合适的工作，后来在网上看到陆哥招聘的帖子，就应聘了。”周凤明笑道：“我是苏北兴化的，说起来，咱们还是半个老乡，你刚才说什么临时工？”杨秀玲说：“陆哥当时还不知道网站的前途，所以说招临时工，还说等赚到钱后才开工资，但就是这样，我也毫不犹豫地报名了，当起了网站唯一的客服，一直做到现在。”

周凤明说：“你能介绍一下网站的情况吗？我实在不明白他是怎么靠网站赚

钱的?”杨秀玲说:“网站只是个交互的平台，真正赚钱的，是我们为大家提供的服务项目！现在，网站一共有七名固定员工，还有两百名报名当家教的大学生登记备用，我们还拥有做盒饭的厨房，还有干洗机，一辆面包车等。”周凤明感叹道:“发展迅猛嘛！其他工作人员呢？我怎么没看到?”杨秀玲说:“陆哥另外租有一套房子，有厨师，有外送盒饭的，有负责干洗和水洗的，有收衣送衣的。”周凤明说:“没有会计吗?”杨秀玲说:“暂时由我记账，实际上，厨房和洗衣，由他们自己记账，他们把账目和款子交给我，我登记在册后，把钱汇入网站的账户，家教方面的业务，由陆哥亲自经办。”周凤明有点替陆强担心，这么粗线条的管理，假如其他部门的经办人，有意侵吞收入，他又如何得知?

周凤明疑惑地说:“办网站真那么容易赚钱吗?”杨秀玲笑道:“一个篱笆十个桩，一个好汉三个帮，陆哥能成功创业，离不开贵人相助!”周凤明惊异地说:“这小子撞上狗屎运了，怎么好事都让他碰上了?”杨秀玲笑着说:“你一定猜不出这位贵人是谁？她是一个二十出头、开服装专卖店的姑娘，也是你们铁三角之一的商亮工作的江湾村李书记的女儿!”周凤明呵呵笑道:“原来是这么回事，我明白了，一定是她的爸爸在村里贪污了公款，然后叫女儿开个服装店，掩人耳目，将来她爸爸要是东窗事发，就借口说是女儿做生意赚的钱。”

杨秀玲瞪了他一眼，说:“你这是以小人之心度君子之腹！毫无根据地猜忌别人，我有点怀疑你的真实身份了！你老实说，你是陆哥和商亮的朋友周凤明吗?”周凤明疑惑地说:“我是啊，如假包换的周凤明啊!”杨秀玲冷笑道:“不了解情况，你就胡说八道，你素质太差了！我还以为你跟陆哥和商亮一样，是个胸怀坦荡的男人，没想到你内心这么阴暗!”周凤明有点茫然，不知道自己说错了什么？农村基层干部的贪污腐败现象，难道少吗？我好歹在农村呆过，你才不了解情况呢!

周凤明说:“难道事实不是如此？我刚从农村出来，农村的情况我有所了解，并不都是田园牧歌的景色，并不都是淳朴善良的村民，也有工于算计的人。”杨秀玲生气地说:“你没见过江湾村的书记，没见过他的女儿，怎么能信口雌黄？你这不是污辱人吗？你这是毫无根据的诽谤!”周凤明莫名其妙地说:“我只是随口说说，说的是别人，又不是说你，你干吗这么激动?”杨秀玲说:“我看不惯你这种作风！自作聪明，不尊重人！好了，我不要你送了，你请回吧!”

周凤明从来没遇到过这样的女孩，不顾及男人的面子，当面对男人指指点点，发一通意见，这种泼辣的性格，让周凤明有点措手不及，但他并没有生气，这个说话毫不留情的女孩，却给人耳目一新的感觉，仿佛给周凤明麻木的心灵打了一针强心剂，反而使他兴奋起来。女人如果都像糖果和牛奶，粘乎乎软绵绵，会让男人腻味的，带点苦的咖啡和带点酸的柠檬，能让男人精神为之一振。周凤明道歉说："对不起，刚才是我说话不严谨！你批评得对，我不了解情况，不能胡言乱语！"杨秀玲说："我看不惯男人胡说八道，没有风度！"

陆强回到出租屋，刚准备睡下，门外响起了敲门声。陆强说："谁呀？"周凤明在门外说："我，阿明！"陆强把门打开，两人拥抱在一起！陆强说："哪阵风把你吹来了？好久不见，想死我了！"周凤明笑道："小别胜新婚，好了，松手吧，要是让别人看见，真以为我们是同志！"陆强笑道："我们本来就是同志，志同道合的兄弟嘛！嗨，阿明，你来怎么不事先给我电话？搞突然袭击啊？"周凤明笑道："就是搞突然袭击，想侦察一下你是否重色轻友？"周凤明指指床下的行李箱，说："我早来了，可你日理万机，出去忙了，我见到了你的漂亮女助手。"陆强笑道："小杨可是带刺的玫瑰，你没被她扎着吧？"周凤明笑道："可不，被她扎得遍体鳞伤，差点下不了台！"陆强笑道："其实小杨不是不讲道理的人，看来你把她得罪了？"周凤明笑道："你对她这么了解，是否上心了？"陆强摇头笑道："俗话说，兔子不吃窝边草，我可不想破了这个行规！"

周凤明看到陆强还用几年前的旧手机，说道："你现在有钱了，干吗不换个时尚一点的？"陆强说："我知道没钱的痛苦，所以，该花的要花，该省的要省，手机还能用，没必要换新的。"周凤明说："以前你整天打游戏，不知道心疼钱，现在当老板了，反倒精打细算，锱铢必较，变化这么大？"陆强笑道："办了网站，做起生意，我才知道金钱来之不易，何况，我要维持网站的经营，支付员工的薪水，还要考虑网站未来的发展，我创业的本钱都是别人资助的，我岂能乱花投资人的钱？岂能让帮助我的人对我失望？"

周凤明靠在床上，笑道："你说的投资人，是江湾村李书记的女儿？"陆强一愣，说："你咋知道？"周凤明说："你的助手跟我聊过。"陆强说："你行啊，这么快就套到我的商业情报！没错，她是李书记的女儿，她还是商亮的好朋友，说实话，用女人的钱我是伤自尊的，但她对我的慷慨支持，却让我深深感动！"周凤明说："我有点奇怪，她开服装店，年纪又那么轻，跟你又不是亲戚朋友，怎会那么大方？她对互联网了解多少？怎会把她开店赚来的钱，投资给你的网站？万一你的网站经营不善，她的钱不是打水漂了吗？”

陆强不解地说：“她是阿亮介绍过来的，别的不说，难道你不相信阿亮吗？”周凤明说：“商亮当然没问题，但他去江湾村没多久，他对李书记了解多少？万一书记的钱来路不正，将来要是东窗事发，你也会受牵连的！”陆强笑道：“你的想象力真丰富，是不是小说看多了？我和李春燕交流过几次，她是个非常好的女孩，很有远见，很多观点我和她不谋而合！她愿意帮助我，我相信，完全是出于她的好心！当然，也可能是看在阿亮的面子上，她才伸出援手！”

周凤明点燃一支烟，说：“听你的助手说，每天的台账，你让做的人自己填，这样可靠吗？他们要是多收钱少上账，你怎么知道？”陆强笑道：“用人不疑，疑人不用！”周凤明说：“人心隔肚皮，要是他们每天贪污一点，积少成多，损失的可是你！”陆强笑笑说：“我不这样认为，我提倡人性化管理，他们既为我工作，也为他们自己，我要是像防贼一样防他们，谁会赤胆忠心跟我干？现在我除了发给他们基本工资，还给他们绩效奖励，调动他们的积极性，将来我的网站发展了，另外还给他们分红！”周凤明联想到自己现在的落魄，而陆强对他的员工这么慷慨，心里很不是滋味。周凤明说：“我是提醒你，不想你被别人坑了。”陆强说：“我的业务是分散的，又不在一个地方，我不可能每个部门都派人盯着，宽松的管理，可以减少我的成本，还能增强团队的合作精神。”

周凤明稍稍沉默一会，说：“不瞒你说，我今儿辞职了，不在板桥村呆了。”陆强呆了一下，说：“你不干村官了？为什么？去年你可是好不容易考上的。”周凤明犹豫道：“我出了点事，去洗头房玩，被警察抓了，我呆不下去了，不想当什么村官了，就辞职了。”陆强笑道：“你一向自以为是，感慨什么千里马常有，而伯乐不常有，怎么犯下如此的低级错误？去年我还羡慕你考上了村官，没想到你转了一圈，又回来了。”

周凤明叹道：“我走了一段冤枉路，去了才知道，那儿根本不需要我，他们把我当成摆设！”陆强说：“板桥村的人不喜欢你，排斥你，肯定有他们的原因，你不要把责任都推到别人身上，要从自身找找原因！商亮和你一样是村官，他也没有经验，为什么他干得好，你却当了逃兵？”周凤明说：“他那儿的工作环境好。”陆强说：“错！江湾村是个穷地方，没什么工业，阿亮凭他自己的努力，赢得了大家的肯定，他帮村民卖西瓜，他还试种大棚蔬菜，你这个村官做了什

么?"周凤明脸上有点挂不住，说："阿强，别以为你现在有了点臭钱，就想教训我！我今天命运不济，并不代表我就认命了！"

陆强拿过一个手提包，从里面拿出一叠钱，数了数，说："阿明，你对我的帮助，我感激不尽！我每次借你的钱，我都记好了，一共欠你一千八百五十块，我说过，等我有钱了，我会加倍还给你，这是三千七百元，你点点！"周凤明没接钱，说："你这是什么意思？我不是来要账的。"陆强说："欠债还钱，天经地义，过去我穷，你没少周济我，这份情我永远记在心里！但亲兄弟明算账，欠你的钱，我应该还你！至于我办网站时，你借给我的一千块，你放心，就当是原始股，先存着，等我的懒人网飞黄腾达了，我会给你丰厚的回报！"陆强并不知晓，办网站时商亮给的两千块，都是商亮的，周凤明没有份。

周凤明接过钱，陆强说："你回来有什么打算？考研还是上班?"周凤明说："我现在哪有心思读书？当然是上班了。"陆强说："如果你愿意，留下来和我一起干！咱们早就说好的，有难同当，有福同享！"周凤明的内心震动了，以前一直看不起陆强，没少嘲笑他，但陆强在很短的时间内，实现了创业梦想，尽管，网站规模还小，但前景不容置疑！周凤明感激地说："患难之中见真情，阿强，谢谢你收留我！"陆强笑道："哥们，这不叫收留，这叫携手共进！"

22 找回自信

春天给江湾村带来更多的希望，怀梅花一季青椒卖了七千元，村民们很眼热，每天有人来村部找商亮，请他这个大学生帮帮他们，让他们也种上大棚蔬菜，也能多赚些钱。大规模地搞蔬菜大棚，商亮没有经验，他不敢随便答应，尽管很想帮他们，毕竟，自己和怀梅花试种，无关大局，失败了也没什么，但那么多村民要搞蔬菜大棚，责任就大了。商亮感觉到自己的才疏学浅，如果当初上的是农学院，现在就能学以致用了。同时，商亮不想喧宾夺主，如何发展大棚蔬菜，不是自己能决定的，这要听从李书记和王主任的统筹安排。

这天下午，怀梅花在地里忙活，她将大棚两边的塑料薄膜掀开，让里面的土壤，能晒到没有遮蔽的太阳，能呼吸到清新的空气。隔年冬天，怀梅花就买了几担猪粪，堆在田的一角，上面用稀泥涂了一层，防止雨水冲刷。现在，她将风干的猪粪，抓在手里一边捏碎，一边均匀地撒在田里。撒完猪粪，她拿着铁搭翻地。地和人一样，也要饮水，也要呼吸，还要营养，猪粪就是给它施的底肥，有利于新一茬蔬菜的茁壮成长。

商亮走进大棚，说："梅花，这活应该我干的，来，把你手里的农具给我。"怀梅花一铁搭下去，停止了动作，说："别看我是女的，力气不比你小，翻地的活，还是我拿手。"商亮笑道："古人不是说，男耕女织吗？耕田的事，可不就是男人做的？我看你脸上都出汗了，你歇一下，我来吧！"怀梅花手一挥，说："春夏雨水多，我带了铁锹，你在大棚周围挖条沟吧，免得雨水把这块地淹了。"

商亮对司马琴私下说过，她在怀梅花家白吃白住不大好，怀梅花家本来条件不好，临走的时候，最好给怀梅花家一些饭钱。司马琴说："我给小磊买了奶

粉和玩具啊，那也是钱呀。”商亮说：“给小孩买的你也计较呀？”司马琴说：“我现在失业了，我也没钱啊！有谁来同情我？又有谁来帮我？我没有怀梅花的命好啊！”商亮说她：“你吃什么醋？你脸上的伤好了，是不是该找份工作了？”司马琴不满地说：“梅花姐都没赶我走，你赶我？是不是我呆在这儿，妨碍你跟怀梅花来往了？”女人的小心眼加醋坛子，商亮难以招架。

最近，因司马琴住在怀梅花家，商亮也就经常过去一块儿吃饭。小磊看到商亮叔叔来，更是喜欢。这天吃饭时，司马琴说：“我来东吴读书前，脸上有好多痘痘，皮肤很黑，几年下来，我的皮肤好多了，东吴真是美容的地方。”怀梅花笑道：“这儿空气好，湿润，所以这儿的女孩，长得比较水灵，你在这儿生活几年，看不出是川妹子了。”司马琴笑道：“梅花姐，你虽然结过婚，不过从外表一点看不出来，你还是那么年轻，好看！”怀梅花笑着说：“你别恭维我了，你看我的手，手上还有老茧，跟你差远了。”商亮笑道：“这是一双勤劳的手，比那些涂脂抹粉的手漂亮多了！”怀梅花笑着说：“你也取笑我？”

吃过晚饭，怀梅花说：“商亮，这季咱们种什么，你想好了吗？”商亮说：“我从网上看到，有种小番茄很可爱，价格卖得也贵，一斤能卖到三四块！”司马琴说：“好啊，就种这小番茄，能不能算我一份？”商亮说：“你连村官都不当，还想当村民？”怀梅花说：“这次想种蔬菜的人家多了，你忙得过来吗？”商亮说：“我一人的能力有限，这事由村里安排，李书记说过，镇里支持江湾村发展农副业，请市农科所的专家来指导，要真这样，大棚蔬菜的规模化种植，就有希望了。”

第二天上午，江湾村大院开来一辆小轿车，车里下来的，有罗镇长、李书记，还有一位五十多岁的男子。王主任上前迎接，罗镇长拍拍商亮的肩，笑道：“商亮，干得不错！希望你再接再厉，给花桥镇的大学生村官，树立一个好典型！”商亮说：“谢谢罗镇长！我会努力工作，为江湾人民服务！”李书记介绍说：“商亮，我给你请了位老师，这位是东吴农科所的专家孙老师，为咱们村的蔬菜种植提供技术指导，大家欢迎！”商亮高兴地说：“太好了！我农业知识薄弱，有想法却不知做法，现在有了专家指导，我就更有信心向前冲了！”

一行人到了北村的田头，实地察看了怀梅花家的蔬菜大棚。孙老师说：“商亮，你想种微型西红柿，是吗？”商亮说：“是啊，我觉得它小巧玲珑，能当零食吃，一定很有市场！”孙老师笑道：“你很有眼光！没错，微型西红柿既好看又好吃，现在很受消费者欢迎，这次来，我把种子带来了。”孙老师从皮包里拿出一袋种子，笑道：“你知道这袋种子多少钱?”商亮掂量了一下，说：“三十块?”孙老师笑道：“五百块！这是农科所新培育的小番茄种子，亩产能达到四千公斤，每亩收入能达到两万元左右。”王主任说：“要是一亩有两万块收入，五百块一斤的种子不算贵!”

孙老师笑道：“我一个星期要转好几个地方，不是天天在花桥，我先给你说说，在播种之前，种子要用50度左右的温水浸泡3个小时，落种前，地里要施足有机肥和水，使土壤充分湿润，种子入土后要用薄膜覆盖，种子发芽一周后，要分株移植，一亩大概种1800棵，要保证光照和通风，尽量少用农药和化肥。”商亮说：“那我们要尽快搭蔬菜大棚了。”孙老师笑道：“暂时不用搭，你这个大棚，可以用来育苗，气温在逐渐升高，适合小番茄的生长，让它在田里自然生长即可，秋冬季节种植，那就必须搭大棚保温了。”李书记笑道：“这样最好了，成本低，大家参与的热情就更高了!”

周凤明没想到，一年来，自己没什么收获，陆强却柳暗花明，做起了老板，他在羡慕的同时，也有点心理不平衡。对于陆强来说，朋友有难，理当帮忙，何况阿明曾帮过自己，滴水之恩，当涌泉相报嘛。不过，既然留下阿明，就得给他安排事做，人是资源，不用好人，就是资源的浪费，人尽其事，物尽其用，对事业发展才有益。

一早，陆强就和周凤明去吃面，周凤明点了排骨面，阿强点了爆鱼面。这家面店是老字号，有上百年历史，顾客以本地人居多，每天顾客盈门，吃面还得排队。其他地方的面，大多在面条上下功夫，比如拉面，烩面，凉拌面、刀削面等，这里的面，功夫在汤里，油水好，味道鲜，吃面的人会把汤喝得一滴不剩。以前，总是周凤明请客，如今，陆强终于有能力回请了。

周凤明说：“阿强，你现在的几个部门，缺乏有效的监督，你不怕他们有私心吗?”陆强笑道：“我和他们貌似分散，实际上是一个具有凝聚力的团队，创业之初，我需要一个精诚团结、肝胆相照的团队，他们都是我的创业伙伴，我不会怀疑他们，更不会亏待他们!”周凤明说：“你不怕他们从中揩油吗？机器漏油，虽然还能转动，但后患无穷，你不能不防!”陆强笑道：“我跟你想法不同，你越是敞开心扉，坦诚相待的朋友就越多，你越是对人顾虑重重，处处提防，朋友就越少！我一个人能把网站创办起来，但离开大家的同心协力，我的

网站就无法运转，更无法盈利！”

周凤明说：“你别误会，我是为你考虑，你办网站是为了赚钱，不能让人钻空子，渔翁得利。”陆强说：“赚钱是为了生活，生活不是为了赚钱！没错，我办网站是为了盈利，但实现盈利的过程，却也是为人民服务，这才是我网站的生存之道！”周凤明起身说：“好了，你是老板，我寄人篱下，当然听你的！”陆强说：“什么寄人篱下？咱俩是兄弟！你还是懒人网的原始股东！”周凤明笑着说：“原始股东？你不会梦想上市吧？”陆强笑道：“有梦想，不好吗？中国古代有嫦娥奔月的传说，人类在今天不是已经实现了登月之梦吗？有奋斗的目标，才有前进的动力啊！”

回到出租屋，杨秀玲已经上班了，正在回答网友的咨询。陆强介绍说：“小杨，这位是我的哥们周凤明先生。”杨秀玲笑笑说：“昨晚跟他打过交道了。”陆强说：“从今天开始，阿明就是咱们网站的 CEO，你们有什么事情，可以直接找他，他可以代表我处理日常事务！”周凤明愣了一下，陆强叫我当网站 CEO，如果在一家大公司，这相当于总经理的职位，他真够朋友！周凤明说：“阿强，谢谢你！”陆强笑道：“谢什么？假如你是女的，是否要以身相许？”

杨秀玲扑哧一笑，说：“周先生，恭喜！昨晚你还风尘仆仆、一副落魄公子样，今天就荣升为领导了，跟张好古有一拼，连升三级啊！”周凤明领教过这朵带刺玫瑰的厉害，笑着说：“咱们是同事了，请多关照！”杨秀玲淡淡地说：“我能关照你什么？我还担心你给我按个莫须有的罪，把我开了呢！”周凤明笑道：“你是阿强身边的红人，长得又这么漂亮，我哪敢得罪你？”杨秀玲正色道：“周先生，谢谢你的恭维！你是陆哥的朋友，我会配合你的工作，希望你不会让大家失望！”

支晓军和商亮是不打不相识，他们现在已成了无话不谈的朋友。支晓军用刀刺伤商亮以后，很是害怕，害怕吃官司，没想到商亮不但没告，还请李书记在大年夜把他从派出所保出来，由此，他对商亮十分感激和尊重，在村联防队上班后，他常去找商亮聊天。起初，李爱民还有点担心，怕支晓军反复无常，在村里闹事，当看到他和商亮在一起，就放心了。

一天中午，李书记对支晓军说：“晓军，你不用在大院门口站岗，你和其他队员一起巡逻好了。”支晓军说：“李书记，我不会给你们添麻烦的，我站在门口，保护大家的安全，不让坏人进来！”李爱民笑道：“你往那儿一站，村民有事也不敢来了。”商亮走到支晓军跟前，说：“晓军，村里随时欢迎老百姓来，不能像衙门那样门难进，你去巡逻吧，下了班来找我玩。”支晓军走后，郭兴元说：“小商，你心胸开阔，他捅你一刀，你还跟他交朋友，现在能做到这样的有几个？”商亮笑道：“如果我们宽恕别人，自己也会快乐自在，如果我们怨恨别人，自己也会闷闷不乐，何必呢？”李爱民笑道：“小商，你不该当村官，你应该当哲学家。”

过了正月十五，司马琴打算离开江湾村了。这段日子，给怀梅花家添了不少麻烦，自己不会干农活，帮不了她什么忙，怀梅花好久没和她儿子一块睡了，自己影响他们母子感情，实在过意不去；商亮那儿，似乎和他很难有后来，不可能住他那儿，目前自己没工作，心里也不踏实，从锦溪镇不辞而别后，那边停发了工资，虽然卡上还有一万多块，但吃老本不是长久之计，要找份新工作才行。

大学毕业，只有打工这条路吗？考公务员，能考上的毕竟是极少数，原以为，村官是条不错的道路，但在莲湖村的经历，司马琴明白，这是因人而异的，工作本身没有好坏之分，只有适合不适合？专业对不对口，倒不是最重要的。即便是农大毕业的，到农村就有用武之地吗？有的村庄，根本不种田了，比如莲湖村，那就是城市郊区的功能了，而且，村里也未必尊重人才、善用人才，去了那里，对一些人来说，不过就是讨一碗饭吃罢了。如果去了一个不该去的地方，这能怪谁呢？司马琴忽然想，大学生的就业，何必依赖政府？何必推给社会？陆强和李春燕能实现创业梦，为什么我不行？我也可以啊！

一个阳光明媚的上午，司马琴独自来到花桥镇上，找到了李春燕开的那家品牌服饰专卖店。天气乍暖还寒，服装店在这个阶段是销售淡季，春捂秋冻，大家在春节期间买的衣服还穿在身上，随着气温变暖，只是脱去一两件毛衫而已，要到四五月份开始卖夏季服装，生意才会好起来。司马琴看到，店内的服装并不多，只有少量的春衫和薄型毛衫，还有一些呢短裙和运动鞋，在门口的一个架子上，还在打折处理冬季服装。

李春燕看到司马琴，有点意外。李春燕招呼说：“琴姐，你要买衣服？我给你打八折。”司马琴笑道：“我不是买衣服，我是有事求你。”李春燕笑道：“琴姐开玩笑吧？我能帮你什么忙？”司马琴说：“我也想开个小店自力更生，但我没有开店的经验，我有点担心。”李春燕笑道：“原来你想开店呀，我支持！不

知你担心什么?”司马琴说:“我一没本钱,二没经验,现在开店为时尚早,所以,我想来你店里实习几个月,学习怎么做生意,希望以后我能独当一面,自己当老板,春燕,你能收我当营业员吗?”李春燕笑道:“好啊,琴姐,欢迎你!”

司马琴没想到李春燕答应得这么爽快,高兴地说:“春燕,谢谢你!”李春燕笑道:“我们都是商亮的朋友,相互帮忙一下,这是应该的。”司马琴很喜欢李春燕直爽的性格,说道:“春燕,我给你当营业员,我不要工资,就当是付的学费。”李春燕笑道:“你给我卖衣服,我哪有收你学费的道理?工资是一定要给你的,你不要工资的话,我也不要你当营业员了!”司马琴笑道:“好好,我投降!春燕,你人真好!”李春燕一笑说:“开店做生意,首先脾气要好,要不然,会把顾客吓跑的。”司马琴说:“我这就去租房子,明天我就来上班!”说着转身要走,李春燕叫住她说:“你等等!琴姐,你不用租房子,我在镇上有套房子,就我一个人住,你搬来和我一块儿住吧!”司马琴以为听错了,李春燕笑道:“你不愿意和我作伴吗?”

农民对新事物,接受起来有个过程,问得多,行动得少,尽管有专家来指导,但第一批种植小番茄的农户,也就二十几家。农民大多喜欢稳妥可靠的致富项目,喜欢种大的番茄,就是待客,也喜欢把最大的拿给客人品尝,他们对小番茄还不太了解,还心存疑虑。经过市场检验的,村民容易接受一些,比如大棚种植青椒,他们看到了别人的收益,就比较认可。这次商亮引进的小番茄,他们更多的是感到新奇,至于市场前景,大家心里都没底。

五月的一天,镇里通知李书记和商亮去开会。李春燕开车接他们,看着车窗外瓜果飘香的美丽景象,李春燕说:“爸,你看看,自从商亮来后,村里旧貌换新颜,比过去漂亮多了,这是商亮给江湾村带来的变化啊!”李爱民点头笑道:“你老爸老啦,你们年轻人是朝阳,将来,中国的城乡发展,就靠你们这一代人啰!”李春燕笑道:“爸,您才四十几岁,你还年轻啊!”商亮笑道:“江湾村是我的福地,我在这里学到了很多,我虽然是农民的儿子,但从前很少接触农活,来到江湾村后,我才真正体会到农民的辛苦,但他们的付出和得到不成比例,我想,我们应该引导村民改变传统的种植模式,使他们有更多的收成。”李春燕笑道:“商大哥,你真有责任心,江湾村有你这个村官,真是福气!”商亮笑道:“能来江湾村工作,那才是我的福气!”

李爱民说："商亮的同学在你店里上班，她现在怎么样了？"李春燕笑道："她对顾客很热情，卖衣服的业绩，超过先来的营业员了，有文化的就是不一样，一学就会。"商亮笑道："你将来要多个竞争对手了。"李春燕笑道："我才不怕呢，有竞争才好，我要跟琴姐比一比，看谁做生意厉害？"商亮说："她能主动去你那儿当营业员，这是我没想到的。"李春燕说："司马琴口才很好，能把顾客哄得团团转，她说当营业员，反而让她找回了自信。"商亮说："可能我们每个人，在世界上都有一个适合自己的位置，如果错位了，就会很难受，如果找到自己的位置，就会很快乐。"

李春燕说："爸，现在村里不缺钱，您也可以买辆小车开开，一般都是私人沾公家的光，您倒好，公家沾私人的光，老叫我当车夫，还不给我报销油钱。"李爱民说："村里的钱，不是我的，我不能为自己谋私利。是你爸没本事，没把江湾发展起来。"商亮说："江湾村的发展，不是一朝一夕之功，它需要几代人的努力，我当初签的村官合同，只有三年时间，要是我能长久留在江湾村，看到它蓬勃发展的一天，该有多好？"李爱民笑道："你真这么想？哪天你成了江湾的女婿，不就可以留下来了吗？"商亮和李春燕相视一笑，又把目光移开了。

23 周年联欢

春夏之交，田野里姹紫嫣红，有青青的麦子，有黄澄澄的油菜花，有绿油油的瓜田，有搭起竹架的番茄，还有枝蔓交错的黄瓜与豇豆，煞是好看。农民的自留地上，种着韭菜、茄子、冬瓜；屋场上，种着丝瓜、葡萄、扁豆，有的搭着结实的架子，有的偷懒，用一根绳子从瓜藤处通到树干上，丝瓜和扁豆，就会顺着绳子往上爬。有的人家种着桃树和梨树，枝头挂着鹌鹑蛋大小的果实，一看就惹人喜爱。东吴的农村，没有别处的荒凉，让经过的人都心生喜悦。

李爱民和商亮走进镇政府的小礼堂，里面已有好几十人。罗镇长迎上前来，说："欢迎欢迎！"李爱民说："今天人这么多？"罗镇长笑道："镇里的几位领导，还有十几个村的村支书和村主任，还有去年和今年的大学生村官，可能有五十几个人。"商亮看到有十几张年轻的面孔，说："罗镇长，今年又有新来的大学生村官？"罗镇长笑道："是啊，去年开始，我们每年招一批大学毕业生充实农村基层，这是一项长效机制，今年我们招了十来个，他们都在那边，你跟他们聊聊。"

商亮走向那群谈笑风生的年轻人，旁边闪出一位姑娘，叫道："商亮！"商亮转头一看，笑道："是你，如果我没记错的话，你叫徐洁，对吧？"徐洁笑道："好记性，没错，是我。"旁边一位小伙子说："那你还记得我吗？"商亮笑道："你叫张健！还有一个呢？"张健说："梅园村的孙晓龙，去年就不做村官了，你不知道？"商亮说："我没听说啊，他为什么不做了？"徐洁说："他到一家外企上班了。"张健说："当村官不是他自己的意愿，是他的父母让他当的，他不乐意，强扭的瓜不甜，最后他还是离开了。"

罗镇长走过来说："大家都到前台坐，你们几位是老村官，给他们新来的讲讲工作经验，消除他们的思想包袱。"商亮说："其实我们也不是老村官，就工作了一年，也还在摸索中。"罗镇长拍拍商亮的肩，说："商亮，你要好好干，争取和徐洁 PK 一下，这一年来，你们表现很出色，明年市里有个十佳大学生村官的评选，看看你们谁能获选？"商亮平时只关心江湾村的事，并不了解其他几位村官的情况，他觉得，有必要和他们加强沟通，相互学习，把工作做得更好。

张健笑道："商亮，你不知道徐洁这一年来的丰功伟绩吧？"商亮说："我坐井观天，发生在身边的事竟然一无所知，真是抱歉！"徐洁笑道："别听张健瞎说，我哪有什么丰功伟绩？"张健说："你把地租给市民当菜园，电视台的东吴新闻报道过的，我没瞎说。"商亮很感兴趣，说："把村民的地，租给市民当菜园？这主意好啊！"张健说："我们村有少量空地，今年我准备模仿徐洁的做法呢。"徐洁说："其实，我是受到商亮的启发才想到这么做的。"商亮惊奇地说："受到我的启发？怎么会？我们有一年没见了，况且我也没想到这个办法啊。"

徐洁笑道："我看到咱们地园村，上班的多，种地的少，有好多地荒着，实在可惜，一直在想怎么利用这些闲置的地？一次偶然的机会，我在网上看到你带领学生帮村民采西瓜，我灵机一动，市民渴望吃到新鲜的蔬菜，要是有一小块菜地，让他们自己种菜，既是劳动又是休闲，他们一定很感兴趣，我跟村领导一说，他们很支持，我就在网上发了消息，果然，住镇上和市里的居民，纷纷前来租地，都是一分、两分很小的菜地，但他们十分踊跃。"商亮赞道："好办法！既利用了闲地，又增加了村民收入，还让生活在城镇的人，找到一个周末的休闲方式，一举三得啊！"徐洁笑道："我是受到你的启发，我一直很关注你！"商亮笑道："农村天地广阔，只要我们用心，是能借地发挥的！"徐洁笑道："对，借地发挥！"

徐洁在地园村上班，和商亮一样，也在农业村。张健在镇郊的坊前村，村里靠出租厂房和店面房，很有钱，张健工作轻松，就是打打字，有时和村干部去收租金。三位去年参加工作的大学生村官，和今年新招的一批大学生村官坐在一起，有位男同学说："你们比我们先来，是我们的师兄，社会经验比我们丰富，能不能说说你们一年来的收获？还有什么注意事项？"商亮说："收获是融合在过程中的，农村是一所学校，我们要学习的地方太多太多，你们刚从学校

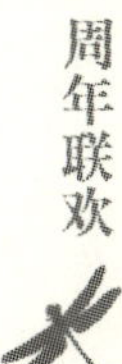

出来，千万不要自以为是，一定要谦虚好学，三人行必有我师，论农活，我们在村民面前是小学生，论工作，村干部个个经验丰富，我们要放下身段学习，就会获益良多!”徐洁说：“要勤于动手，还要善于动脑，我们体力活比不上村民，特别是女生，体质差，所以要扬长避短，发挥自己的长处，帮村里完善一些工作，农村缺的就是知识型的人才!”

另一位男同学说：“我是本地人，不管是村民还是村干部，我和他们很难沟通，没有共同语言，我想的和他们想的，完全搭不上边。”有位同学响应说：“我也感到很寂寞，他们文化层次低，和他们在一起，不知道说什么好。”商亮说：“沟通问题，是我们每个人都会遇到的，我们下乡后，要主动和村干部和村民打好交道，多做一点力所能及的事，我们要像海绵一样，大量吸收有用的东西，多跟村民聊天，了解他们有什么问题？了解他们需要怎样的村官？如果你整天坐在办公室喝茶看报，当然提不起劲了。”徐洁说：“简单说，做事先做人，你做人做好了，做事就顺利多了。”

有位女生说：“我上班两个月了，我是本地人，村干部对我挺照顾，但我很迷茫，不知三年以后怎么办?”商亮说：“这个问题，你在应聘村官时就应该想到，你为什么当村官？因为找不到工作才退而求其次？还是真的喜欢到农村当村官？或者为了三年后考公务员能有政策照顾？其实，最重要的，是你如何度过这三年？三年以后的事，不是你现在能把握的，比如你准备三年后结婚，万一三年后你还没找男朋友呢，你跟谁结婚去?”张健说：“对，在这日新月异的时代，没必要想那么多，过好当下，相信车到山前必有路，以后的事以后再考虑。”徐洁笑道：“要是生活太安逸太平静，人更会不知天高地厚，趁着年轻，到农村艰苦朴素一下，我认为利大于弊，对一生都有好处!”

桌上放着几只果盘，里面放着许多水果。大家围坐在一起。罗镇长说：“今天把大家请到一起来，就是总结过去，展望未来，感谢去年来的村官一年来辛勤的工作，欢迎今年三月新来的村官在新的岗位上干出好成绩！如果大家有什么问题，有什么困难？请知无不言，言无不尽，我们会尽量解决!”有位男生说：“我上班两个月，每天很惶恐，不知道自己该干什么?”罗镇长对旁边的中年男子说：“陈永江，他是你们村的吧？你是村主任，你是怎么带他的?”陈永江说：“我没什么要他帮忙的，所以……”罗镇长说：“所以你就对他不闻不问了？你是他领导，又是他师傅，你不关心他的工作，就是你失职!”陈永江说：

“罗镇长，咱们村不需要大学生村官，你把他硬塞给我，我不知道怎么安排嘛!”罗镇长打断他的话：“你说的什么话？安排大学生到农村任职，这是政策！政策懂吗？你要无条件执行!”陈永江说：“我就是想不通，这有什么意义?”一位管人事的领导说：“这个决策，缓解了当前大学生的就业压力，还锻炼了大学生，让他们健康成长，还为农村基层注入新鲜血液，为党培养了后备干部，这是多赢的一个举措，谁说没意义?”

另一位村干部说道：“如今的大学生，娇生惯养的多，他们说起来头头是道，做起来笨手笨脚，让他们办点事，他们还不耐烦，唉，真拿他们没办法!”该村的一名大学生村官，知道书记在批评他，不好意思地低着头。罗镇长说：“这个情况我知道，现在的孩子，普遍好逸恶劳，优裕生活使他们养成了一些坏习惯，希望各位大学生珍惜这次机会，扬长避短，创造辉煌!”另一位领导说：“要让农村经济，融入市场经济，要有开放的姿态，把农村这块蛋糕，做大做强，要摒弃小富即安的小农意识，把落后的村落，建设成现代化的新农村!”

村官们七嘴八舌地议论着，罗镇长说：“踏踏实实走好每一步，你们才会无怨无悔！有的大学生问到三年后的去留问题，我透露一下，期满后，如果考核合格，你们可以留任，继续担任村干部，还可以推荐你们参加公务员考试，你们也可以选择继续深造，如果不想继续担任村官，你们可以另找工作，还可以自主创业！总之，路是靠走出来的，如果想不劳而获，那是不可能的!”有位同学说：“我们在农村工作，找对象成了问题，城里的姑娘不肯嫁给我们，我们只能娶农村姑娘为妻了吗?”罗镇长笑道：“感情问题要你们自行解决，我帮不上忙。”另一位同学说：“农村女孩好啊，绿色、环保、无污染，我还想在农村找一个呢!”旁边有人笑道：“你当村官的动机不纯，原来你是为了到农村物色对象啊?”

李爱民说：“我给你们介绍一个人，他叫商亮!”商亮微笑着和大家招呼：“大家好！我是江湾村的支书助理商亮，很高兴和大家齐聚一堂，共话得失。”新来的村官中，也有东吴大学毕业的，说道：“我知道师兄的事迹，去年我和同学到江湾村摘过西瓜呢！我还关注你发在论坛上的《村官日记》，农村生活在你笔下妙趣横生，我禁不住诱惑，今年也来应聘村官了!”商亮笑道：“好啊，欢迎同学来花桥共事，以后多走动!”徐洁说：“商亮同学写的《村官日记》，讲他在农村怎么做事，怎么做人？看了这本日记，使人豁然开朗，受益匪浅，建议

大家都去看一看！”李爱民转头说：“小商，你还写日记呀？”商亮笑着说：“我知道很多同学想当村官，权当给他们做个参考。”有位同学说：“今年东吴市招收两百名村官，报名人数达到八千人，竞争激烈，一点不亚于公务员考试，你的《村官日记》，无疑起到了推波助澜的作用！”商亮笑道：“我写的就是农村里鸡毛蒜皮之类的小事，还有我个人的一些感受，应该没这么大影响，是大家对村官工作有兴趣有信心，才会争先恐后到农村来！”

罗镇长说：“去年来的四位大学生村官，干得相当不错，利用他们的聪明才智，为所在村里开拓出致富新路子！”有同学说：“四位？怎么才来三位？”罗镇长说：“还有一位去年离开了村官岗位，去一家外企工作了。请大家放心，我们对村官的管理，是宽松的，既欢迎留下来，也欢迎走出去，不会影响你们的前途！下面请地园村的主任助理徐洁，作为今天的村官代表，给大家讲讲她一年来的工作心得，大家欢迎！”

徐洁站起身说：“谢谢领导对我的信任，给我这个机会和大家交流，可能和其他同学不同，我家不在农村，在东吴市区，我来当村官，不是因为找不到别的工作，也不是出于父母的意见，而是我自己的决定！我觉得，人应该为自己活着，不能听任命运的安排！我喜欢大自然，喜欢农村的清新和美丽，在我心里，农村的田野是神奇的，能够从空荡荡的地里，长出各种各样的庄稼和蔬果，养活我们人类，简直太奇妙了！我不会干农活，到地园村上班后，开始我是一个乖乖女，领导让我干什么，我就干什么，后来我想，我应该主动找事做，不能得过且过！我走到田头，发现地园村虽然是农业村，但好多人家不种田，上班的上班，做工的做工，好多地里长着荒草，我不会干农活，我不知道地里应该种什么？说实话，之前，我并不知道韭菜和空心菜，割了一茬还能再长出来，还能继续割，是农村让我增长了见识！”

徐洁缓了口气，继续说道：“我们刚毕业的大学生，都有点心高气傲，就算到农村基层工作，仍然有点抹不开面子，好像觉得当农民是丢脸的事，其实，这种心态是错误的！农民并不低人一等，我们的父母或祖先就是农民，当你真诚地爱这片土地，你就会感受到，农村是我们的家园，农民是我们的亲人！”有同学表示异议：“我们是村官，不是去当农民！”商亮插话说：“这位同学说的没错，我们不是去当农民，但我们是去为农民、为老百姓服务，这没错吧？知识青年下乡，在三十几年前就有过，我们今天是在延续这份光荣的使命！不同的是，以前的知青是到农村接受再教育，而我们是为农村带去活力，为探索农村发展新路子，为老百姓谋求福利，尽自己的一份力量！古人说得好，‘千里之行，始于足下’，‘既来之，则安之’，‘穷则变，变则通，通则久’！这些古训，勉励我们要面对现实，勇于创新，从实践中积累人生的经验！”

有同学说：“师兄师姐，你们刚才说的都是理论，能和我们分享一下你们的业绩吗？大道理人人会说，业绩更有说服力！”李爱民接过话说：“我是江湾村的李爱民，商亮比较谦虚，他不肯自我标榜，还是我来介绍一下吧！我们江湾是个农业村，村里没有工业，经济相对落后，商亮来到江湾村后，除了协助我日常工作，还做了很多好事，有调解邻里纠纷，帮瓜农解决卖瓜难问题，去年年底，还援助一位村民搭建蔬菜大棚，取得了可观的经济效益！今年，他又引进小番茄的种植，马上就要上市销售了！他不是一个死板的助理，他是一个灵活的多面手，深得村民的喜爱！”几位同学惊呼：“哇，这么能干？”徐洁对着商亮笑道：“功夫不负有心人！商亮，我从你身上学到了很多，谢谢！”

一位中年男子说：“我是地园村的村主任姚金荣，徐洁是我的助理，坦白说，刚开始我对徐洁并不看好，一个城里小姑娘到农村工作，她能吃得了苦吗？说不定过几天就落荒而逃！让我没想到的是，她不但没逃，反而干成了一件大事！”有同学问：“她干成了什么大事？”姚金荣说：“在大家眼里，农村有什么特征？”有的同学说：“空气清新，贫穷人多。”有的说：“交通不便！”姚金荣说：“众所周知，农村里人多田多，就是收入不多！村里的年轻人都上班了，中年的都去做小工，剩下老年的，种不动地了，荒着没人管。”有的同学说：“干吗荒着？可以种菜，也可以养牛。”姚金荣说：“村里人对此见怪不怪了，是徐洁发现了商机，她把村民的地整合起来，然后分割成一小块一小块，出租给市民，市民很热衷来乡下种菜，徐洁的这招非常成功，村民出租空地，一年能收入几千块，村里的空地得到充分的开发利用！”

大家纷纷鼓掌，都说这招简单实用，可以在农村推广。罗镇长笑道：“如果大家都按葫芦画瓢，一哄而上，也会造成恶性竞争，对发展不利，我们提倡创新意识，大家最好能因地制宜，想出更多新颖实用的办法，为新农村建设添砖加瓦，为你们的人生加上浓墨重彩的一笔！”一位管民政的领导说：“尊老爱幼是中华民族的传统美德，江湾村利用自有资金创办老年活动室，使老人老有所养、老有所乐，希望其他村向江湾村学习，在注重经济效益的同时，也重视社

会效益!”李爱民笑道：“这老年活动室，还是商亮建议创办的，他想得比我还周到!”张健向商亮竖起拇指说：“商亮，你有当村官的天赋!”商亮说：“我哪有什么天赋？孟子说，‘老吾老以及人之老，幼吾幼以及人之幼’，我想，老年人更需要关怀，我们当后辈的，尽量创造条件，让老人有一个快乐的晚年。”

徐洁很欣赏商亮，本地人有种莫名的优越感，大多看不起外地人，商亮成熟稳重，做事有创见，做人有原则，比一般男人优秀。在徐洁的眼里，优秀的男人，并不是外表英俊潇洒或腰缠万贯，而是他要有一颗正直善良、积极上进的心！徐洁悄悄盯着商亮看，一副若有所思的样子。张健看在眼里，隐隐有些不快。徐洁和张健，一个在市区，一个在郊区的，他们每天坐公交车上下班，相遇的机会比较多，彼此也挺谈得来。张健心想，看徐洁的眼神，她不会爱上了商亮？

接下来是表演节目，镇里的领导、村里的领导，还有大学生村官，自告奋勇上台唱歌，哪怕唱得五音不全也没关系，重在娱乐。有的大学生喜欢写诗，勇敢上台朗诵自己创作的诗，博得了一阵掌声。最让人意外的是徐洁，她居然带了一把古筝，端坐在椅子上，宛若一位古典美女，举止优雅地弹奏起《渔舟唱晚》和《平沙落雁》，琴音如行云流水，悠扬而婉转，又似清风徐来，泉水叮咚，荡涤了人们心头的尘埃落叶，使喧闹的小礼堂，顿时清静而幽远……

24　将心比心

经过两个多月的磨合，周凤明对网站的管理，已胸有成竹。俗话说：“会者不难，难者不会。”懒人服务网的运营很简单，周凤明心想，真是便宜了陆强，居然想到给懒人提供服务，加上他会做网页，商亮又借给他两千块，网站在短时间内就建立起来，他懒人有懒福，那个开服装店的小姑娘，竟然给了他十万块，陆强心想事成，网站顺风顺水，如今，每月去掉运营成本和各项开支，还有五万多的纯利，一年光景，陆强从一文不名的穷小子，变成事业小成的有为青年。

看到周凤明熟悉了网站的情况，一天，陆强对他说：“阿明，以后家教的生意也由你负责，你带报名的大学生，跟有家教需求的客户见面，双方有意向后，让他们签下协议。”周凤明说：“阿强，你把事都交给我，那你做什么?”陆强说：“我准备招几位计算机专业的大学生，专门给企业制作网站，并提供网络维护和电脑修理，还准备给网吧提供兼职网管业务。”杨秀玲说：“陆哥，什么叫兼职网管?”陆强说：“市区和周边乡镇的正规网吧和黑网吧，总数不少于一千家，电脑的硬件和软件，随时会出现问题，我想采取包月方式，比如一个月三百块，我们派人负责给他维护，如果能有几百家网吧合作，一个月就有几万块，所得与学生五五分成，当然，是利用学生的空闲时间，比如晚上和周末，不影响他们的学习。”杨秀玲笑道：“陆哥，你真是运筹帷幄，决胜百里！你脑筋一动，都是赚钱的点子！”周凤明嘿嘿笑道：“小杨，你不是鄙视拍马屁吗？怎么今天你也拍得起劲?”杨秀玲反驳道：“周 CEO 此言差矣！我这不叫拍马屁，我这叫心悦诚服！”

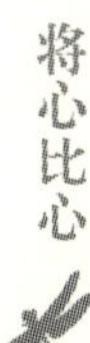

李春燕一个月来出租屋好几次，她到市区都会来这坐坐，倒不是对投资不放心，而是她和陆强很谈得来，他们不是股东和老板的关系，他们已成为朋友。陆强知道，和商亮、周凤明谈生意经，他们未必理解，而李春燕一点就通，两人常出现“英雄所见略同”的观点。这次，陆强拓展网页制作和网吧维护的新业务，得到了李春燕的认同。李春燕说：“陆哥，你真是越来越强了！”陆强笑道：“我要报答你的知遇之恩！你投资我的懒人网，一定会有丰厚的回报！”李春燕笑道：“能够帮到你，我很高兴，我不是为了从你这儿赚多少钱才帮你的。”陆强说：“那为什么？是看在商亮的面子？”李春燕笑道：“不知道是不是一见如故，从见到你的第一眼起，我就认定我们会成为好朋友，你说好朋友之间相互帮助，会看重回报吗？”陆强由衷地说：“谢谢你，春燕！认识你，真好！”

天气越来越热了，连着几天三十几度，人坐着不动，也会汗流浃背。一天中午，陆强、周凤明和杨秀玲，在出租屋里吃饭，吊扇在哗哗地吹着。周凤明说：“阿强，咱们这儿太挤了，两张铺占了一半，还有电脑台和饭桌，哪像是懒人网的总部？连空调都没装，热得像蒸笼，真叫人受不了！开发区那边有写字楼，我们是不是搬过去，把办公室弄得体面一点？”陆强笑道：“谁不想有宽敞舒适的办公室？住这儿，使我时刻想起创业的艰辛，勉励我不断努力，而不是花天酒地！不过，我们这儿条件差可以克服一下，但厨房部和洗衣部，还有男女宿舍，要给他们安装空调，他们工作更辛苦！”

杨秀玲说：“陆哥，我十分赞同你的人性化管理，你越是尊重员工，员工的忠诚度越高。”陆强说：“我不懂什么经营管理，我只知道，人心都是肉长的，我们要设身处地为他人着想，我陆强在去年的今天，还是一个让人瞧不起的穷小子，今天能取得一点成绩，都来源于大家的帮助！”杨秀玲说：“一个有凝聚力的团队，才有顽强的战斗力！陆哥，你是草根创业，你懂得尊重别人的劳动，这使我们做员工的深感欣慰！”

陆强说：“阿明，你下午把冷饮费发了，你和小杨每人五百，厨房部、洗衣部和送货的几位员工，每人八百。”周凤明说：“他们一人八百，是不是太多了？你一直说要减少不必要的开支，怎么发冷饮费这么慷慨？”陆强说：“他们工作在高温环境下，应该多一点。对了，夏天食物容易变质，你给厨房部提醒一下，一定要注意新鲜和卫生，千万不能出问题！”周凤明说：“厨房里有空调和冰箱，菜应该不会变质，但路上无法保证啊。”杨秀玲说：“陆哥，再买个制冰机吧，让他们在送餐时放置一些冰块，避免盒饭在送餐途中变质。”周凤明说：“厨房部的设备添了不少，这月的盈利都花在他们那了。”陆强说：“设备是一次性投资，买好了一直用得着，我并不要求部门个个月盈利，只要能良性循环，我们就能坚持做下去!”

下午，陆强出去了，出租屋里就周凤明和杨秀玲。周凤明酸溜溜地说：“秀玲，你跟阿强配合默契，真像是夫唱妇随啊!”杨秀玲瞪了他一眼：“你说的什么话？员工跟老板就不能是朋友吗？你没来之前，我和陆哥就这样的，你看不惯吗?”周凤明说：“我不是看不惯，我是建议，你和阿强最好保持一些距离。”杨秀玲说：“为什么?”周凤明说：“你没看到吗？李春燕和阿强关系非同一般，李春燕每次来，阿强就特别兴奋，你别当他们的电灯泡呀!”杨秀玲笑道：“那是他们有共同语言，对事业有共同的追求，就怕有的人自命不凡，却无所作为!”

周凤明正要答话，电话响了，他接过一听，是外送盒饭的顾卫峰打来的。顾卫峰说：“陆哥在吗？汪兵摔伤了!”周凤明一惊：“怎么摔伤的？遇到车祸了?”顾卫峰说：“我和汪兵骑电瓶车给一家宾馆送盒饭，在转弯时，汪兵为了避让行人，和一辆自行车撞上了！电瓶车和自行车一起摔倒了!”周凤明说：“和自行车相撞？没什么事吧?”顾卫峰说：“骑自行车的伤得不重，就小腿上两处青淤，他穿的衬衫被车龙头挂住，扯了道口子，我们好说歹说，陪了他一百五十块钱，那人已经走了。”周凤明说：“你们凭什么给他钱？没受伤还给他一百五十块，你们被他敲竹杠了！这是你们自己不小心和人撞上，一百五十块不能报销，由你们自理!”

顾卫峰说：“没关系，一百五十块就算我们的，可汪兵的膝盖撞在水泥地上，血肉模糊，他的手也磨破了，我想送他去医院，可我们带的零钱都给了人家，现在身上没钱，能不能我们先去医院，你一会儿送钱过来?”周凤明说：“是和自行车撞，又不是和汽车，能有什么事？贴几个创可贴就会好!”顾卫峰说：“不送医院不行啊，汪兵现在站都站不起来!”周凤明说：“顾卫峰，我命令你马上回来！顾客就是上帝，我们做生意信誉第一，人家订了餐，我们不能失信和怠慢，你马上回来重新给客户送去盒饭!”顾卫峰说：“可是，汪兵他受了伤，我不能……”周凤明打断说：“你先扶他到路边休息一下，等你送完盒饭，再送他到医院检查一下，一点皮外伤，又不会死人的!”

杨秀玲听不下去了，她一把夺过电话，说："顾卫峰，你马上送汪兵去人民医院，我马上过去看你们！"杨秀玲拿起自己的小包，转身就要走，周凤明拦住她说："慢着，秀玲，你这么做是什么意思？客户那边不需要送餐了吗？"杨秀玲大声说："你现在空着，要送你自己送去！"周凤明说："你什么态度？我是为了维护咱们的信誉，做错了吗？"杨秀玲毫不示弱地说："你知道怠慢客户不好，可你怠慢自己的员工就好吗？客户晚点吃饭不要紧，汪兵受了伤，你说要紧不要紧？周凤明，你太冷血了！"

杨秀玲打的赶往人民医院。医生说，汪兵的手掌不要紧，破了点皮，涂点药水就行，但他的膝盖是粉碎性骨折，需要住院治疗。病房里，顾卫峰说："小杨，你来医院，周凤明生气了吧？客户那边怎么办？要不我现在去送？"杨秀玲说："不用理他，他那么无能，那么不尊重人，陆哥早晚会看穿他的！客户那边，现在已经耽搁了，不用送了，我会打电话去说明情况，赔礼道歉。"顾卫峰说："我听厨房部和洗衣部的人说，周凤明老去查他们的流水账，好像不信任他们，他们不知道这是陆哥的意思，还是周凤明的个人行为？"杨秀玲愣了下，说："有这事？陆哥绝对不会这么做，肯定是周凤明干的好事！"顾卫峰说："他不知道被人怀疑是什么滋味？他这么做，不是在帮陆哥，分明是在拆陆哥的台！"

杨秀玲给宾馆打了电话，说明情况，叫他们另行订餐，她又给陆强打去电话，说明了下午发生的事。陆强说："小杨，你做得对！我们要善待每一位员工，你让汪兵放心，他出的一百五十块钱，以及住院期间的所有费用，由我来承担！"杨秀玲说："我替他们谢谢你！陆哥，还有件事，我想提醒你一下。"陆强说："什么事？你说。"杨秀玲说："这两个月，本是家教生意的旺季，学生面临中考和高考，许多家长给孩子请有考试和复习经验的大学生当家教，以便进行针对性的突击复习，可是，你知道吗？最近，家教中介的收入，不但没有增加，反而比以前还少！"陆强说："家教业务现在由阿明负责了，签约率减少，收入出现下降，我会跟阿明沟通一下，查找原因。"杨秀玲说："陆哥，你要注意周凤明的动向，我估计问题出在他身上！"陆强说："小杨，别这么说，阿明是我哥们，他能拆我的台吗？"杨秀玲说："不管你相不相信，你别告诉他，是我打的小报告。"陆强笑道："放心，我不会出卖你的，你们是我的左膀右臂，我会慎重对待的。"

为了查明家教中介业务减少的原因，陆强没有直接去问周凤明，而是采取了迂回方法，暗中调查此事。陆强并非不信任周凤明，只是，家教中介这块，操作简便，成本较低，比洗衣和送餐更容易赚钱，业务和利润呈双向扩增的趋势，怎么会在周凤明接手之后，出现倒退呢？当家教的大学生，和聘请家教的客户，双方的资料和联系方式，杨秀玲那儿都有登记。陆强走访了几个之前要聘请家教的客户，杨秀玲处显示没有签约，但陆强发现，客户家里其实有大学生在做家教，而且这个大学生，就是那个在懒人网报名的。

陆强感到惊讶，经过交谈后发现，学生和客户之间是签有协议的，而且，他们按协议条款支付了20%的中介费，然而，这份协议并没有在杨秀玲那儿存档，也就是说，作为中介方的懒人服务网，查不到他们签约的内容，也没有收到这笔中介费。陆强真不敢相信，自己信赖的好朋友，竟然做出这种挖墙脚的不义之事！真相已水落石出，是周凤明截留了一笔笔中介费，使网站蒙受了损失！陆强想不明白，周凤明为什么要这么做？他有原始股，网站的发展，他也有份，请他负责网站业务，每月给他两千块工资，虽然不多，但也够用了，为什么？为什么他要背叛朋友？他没想过，事情早晚会败露吗？陆强很伤心，伤心的不是失去那些中介费，而是周凤明的背信弃义！

六月上旬，江湾村种植的微型西红柿，到了成熟期，拇指大小的西红柿，色彩斑斓，有红的、黄的和绿的，小巧玲珑，惹人喜爱。商亮和怀梅花摘了一箩筐，带到村委会大院，分给大家品尝。门卫老陈笑着说：“我活了七十多，第一次吃到这么小的番茄，让我开了眼，味道也没得说，小商，你又成功了！”商亮笑道：“我只是出个主意，主要是村领导的大力支持，农科所专家的精心指导，还有村民兄弟的勤劳肯干，还有天气好，这一季的小番茄，才丰收在望。”老陈说：“出主意的人可重要嘞，打仗那会儿，那就是参谋，一个主意，关系到战场上的胜负，你说这个角色重要不？”商亮笑道：“没有李书记和王主任的支持，这事是干不成的，还是他们功劳大。”老陈拍拍商亮肩膀，赞许地说：“做了好事不邀功，小商，好样的！”

郭兴元吃得津津有味，吃了一个又一个。张桂宝说：“老郭，你胃口这么好啊？”郭兴元笑道：“别怪我吃相难看，这小番茄实在好吃！”李爱民关切地问：“开始卖了吗？销路怎么样？”商亮说：“菜贩子来收的，每天来装两卡车，大家先把熟的卖了，现在卖两块一斤。”王主任说：“一斤两块？小番茄比大番茄贵多了!”张桂宝说：“我在超市里看过，这种小番茄卖三四块一斤。”王主任说：“种的人家还不多，要扩大影响，种的人家多了，才能带动全村富起来!”郭兴元笑道：“老王，这工作应该你做啊!”商亮说：“专家说了，不能连续种同一类型的蔬果，以免虫害和影响品质，小番茄后，可以种一季水稻，水稻后，正好种大棚青椒，不种水稻的就先种其他蔬菜。”李爱民笑道：“小商，你进步很快，现在又多了个农技员的身份。”

江湾村这季种小番茄的，一共有二十五户，有的两亩，有的一亩，数量并不多，但收成不错，去掉成本，每亩小番茄能获利六千元，比种植水稻、小麦、白菜、西瓜都强。农民是纯朴的，喝水不忘挖井人，他们有了好收成，忘不了帮他们的商亮。一天，种小番茄的这些人家，凑在一起合计，他们知道商亮的工资不多，准备给商亮送红包，表示他们的谢意，但送多少合适呢？有的说：“每家送一百，意思意思。”有的说：“一百太少，送三百！没他带头，咱们哪有五六千收入?”商量来商量去，最后决定每家送两百，合起来一共五千。去村部给商亮钱不妥当，他们决定在商亮去怀梅花家里，由王冬生代表大家交给商亮。

种了一熟青椒和一熟小番茄，怀梅花家的经济状况有了明显好转，她内心最感激的人，自然是商亮。村民对商亮和怀梅花的交往，早看在眼里，开始还有些流言，后来，流言就烟消云散了。大家同情怀梅花，尊敬商亮，大伙乐意看到他们有圆满的结果。而且，自商亮常去怀梅花家后，村上的男人再也不去骚扰怀梅花了。江湾人不把商亮当外地人，他们把商亮当成亲人，商亮在江湾人心目中的地位，仅次于当了十余年村支书的李爱民。

商亮来到怀梅花家，一边逗小磊玩，一边看怀梅花洗衣服。商亮说：“小番茄快卖完了，我在想，接下来咱们种什么?”怀梅花说：“大棚边上的地，我准备种水稻，解决一家的口粮，大棚的那块地，我想种早白菜，到十一月，早白菜卖完后，继续在大棚里种青椒，你看怎么样?”商亮笑道：“原来你都打算好了，我瞎操心啊。”怀梅花笑道：“要说动脑筋，我比不上你，要说安排农活，还是我比你有经验。”

天气炎热，怀梅花穿得少，上身一件素净的碎花衬衫，下身一条的确良短裤，七分清秀，三分妩媚。她在竹竿上晾衣服，双臂抬起，衬衫下摆随之吊起，露出雪白圆润的腰。商亮看得有点痴呆，怀梅花回头看到商亮的神情，微微一笑。随着交往的深入，她愈发觉得商亮是个值得托付的男人，商亮人品好，但自己真有心要俘虏他，还是不难的，毕竟他血气方刚，单身在外，对她又有好感。对于女人来说，遇到心仪的男人，同样不可能心如止水。

怀梅花晾好衣服，说："商亮，到客堂里来吧。"商亮说："你应该买个洗衣机，用手洗对皮肤不好。"怀梅花说："小磊不用尿布了，夏天换洗的衣服少，用手洗也方便。"商亮牵着小磊的手，走进客堂，说："你既要干活，又要照看孩子，还要做家务，是不是太辛苦？"怀梅花笑道："辛苦什么呀？哪个女人不干这些？这是女人的命。"商亮笑道："如果有来生，你还愿意做女人，辛苦一辈子吗？"怀梅花说："我愿意做女人，因为女人比男人伟大！"商亮笑道："是因为男人征服世界，女人征服男人吗？"怀梅花笑着说："女人能孕育生命，能让人类延续下去，这是男人做不到的事！"商亮笑道："这不都是女人的功劳，没有男人配合，女人能怀上孩子吗？"

王冬生拿着年糕似的一摞报纸，来怀梅花家串门。实际上他是来找商亮，把报纸包着的五千块钱交给商亮，这是村里所有小番茄种植户的心意。王冬生走到屋场上时，隐约听到商亮说"怀上孩子"的话，还没走进客堂，他就笑着说："商亮，恭喜你，要当爸爸啦？"商亮一愣："王叔，你说什么？"王冬生笑道："你别不好意思，怀梅花怀上了，爸爸不是你还能有谁？"怀梅花涨红了脸，说："叔，你胡说什么！谁怀上孩子了？"王冬生看他们的表情，疑惑地说："是我听错了？"商亮说："王叔，你误会了，我们刚在开玩笑，不是在说生孩子的事。"王冬生笑道："叔是过来人，叔明白你们两个有意思，哪天请叔喝喜酒呀？"怀梅花板起面孔说："叔，请你不要胡说！我留在这，是为王家延续香火，怎么可能再嫁？"王冬生说："有什么不可能？你还年轻，不能一辈子在王家守寡吧？我是王小弟的堂叔，我不反对你重新结婚！"怀梅花说："你别说了，我这辈子就住在王家，不嫁男人了！"

王冬生坐了下来，对着商亮说："其实，我今天是来找你的。"商亮说："找我？有事吗？"王冬生笑道："我家两亩菜地，这次种的小番茄，卖了一万多块，我是来感谢你的！"商亮笑道："不用谢，这都是我应该做的。"王冬生把一包钱递给商亮，说："这是大伙的一点心意，他们让我转交给你。"商亮打开报纸一看，里面竟然是一叠钱！商亮说："这是干什么？"王冬生说："你帮咱江湾人找到了财路，大伙从心眼里感激你！大伙商量好了，每家两百块，向你表示一点谢意，你一定要收下，你不收就是看不起大伙！"商亮把钱递还到王冬生手上，

说："这钱我不会收的，你都还回去，王叔，你告诉大家，我每个月有工资，我做的一切，都是我分内的事，我不能另外再收钱!"

王冬生见商亮执意不收，无奈地走了。怀梅花从里屋拿出一叠钱，说："这个给你。"商亮发愣道："一个刚走，怎么你也要送钱给我?"怀梅花说："不是送钱，是还钱！这是我欠你的三千块，你拿着!"商亮把钱塞回怀梅花手里，说："我身边还有钱，够我用了，你手头刚活络一点，后头孩子、老人和蔬菜大棚都需要钱，你留着用。"怀梅花又把钱递给他，说："这是你在搭蔬菜大棚时借给我的钱，我应该还你的，你要不拿，我以后不欢迎你来我家了!"商亮再次把钱还到她手中，握着她的手，笑道："好，就算我接受了你还的钱，现在放你那儿，请你替我保管，可以吧?"

25　旗开得胜

开一家小店，这是司马琴由来已久的想法。这年头，谁不想自立门户当老板？当她还是学生时，逛街看到那些守株待兔的店老板，就很羡慕，觉得他们真幸福，这次到李春燕的服装店里当营业员，她才明白，当老板并没想象中那么轻松自在，除了要有本钱，进什么货，怎么卖，很有学问，不是随随便便就能赚到钱。司马琴很佩服李春燕，别看她年龄小，做生意很有一套，她的服装店走中档路线是很正确的，平均在 100 元左右，大家都能接受。人们的生活水平较过去有很大提高，对于穿着的需求，不单是实用，还要是美观。

司马琴虚心向同事学习，学会了察言观色，从实践中得知，做好一名营业员，不但要有口才，要待客热情，还要懂一点心理学，给予顾客适当的赞美，夸奖顾客会挑衣服，穿上这件衣服后，显得更漂亮更有气质。女人都喜欢听恭维话，你说她好话，赞美她，生意容易成交。漂亮营业员称赞男顾客有风度，有派头，男士也乐于掏腰包。对于犹豫不决的顾客，还要给她参谋，比如哪个颜色哪个款式更适合她？有时，营业员还要撒一点谎，说这件衣服这个款式，最近非常流行，买的人特别多，因为人有从众心理，追时髦是很多女孩的爱好，于是一冲动，就买下了服装。

李春燕赠送小礼物的营销方式，屡试不爽，很受顾客欢迎。你买一件衣服，只要 30 元以上，店里会赠送一样实用美观的小礼品，比如钥匙圈、手帕、袜子、口红、记事本等，人都有贪图小便宜的心理，东西不值多少钱，但因额外获得，会让顾客多一些购物乐趣。这次满意，下次就还会来，一家店不可能每天都是新顾客，老顾客的培养和忠诚度，影响小店的生存与发展。司马琴用心

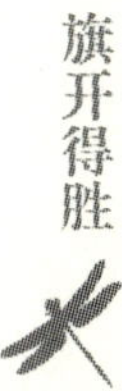

学习开店经验，对顾客热情大方，放下了大学生的架子，认真做好营业员的事，她成交的营业额，超过了几位同事。这段时间，她住在李春燕的房子里，两人关系很好，有关于开店方面的问题，李春燕毫不保留地告诉司马琴。

除了坚持自己的品牌特色，李春燕鼓励店员在休息时间去其它服装店观摩，看他们进了什么新款服装？看他们怎么招呼顾客？看他们的生意如何？当你去别的店里充当顾客，你很容易发现对方营销上的优点和缺点，你就能取长补短，改进和完善自己。李春燕这种开放和学习的开店方式，令司马琴受益匪浅，很多店老板盯着自己店里"一亩三分地"，挖空心思从顾客口袋里赚钱，从不关心同行怎么做生意，这样就很难发现自己经营上的一些缺陷，所以，经营同样的商品，有的生意冷清，有的门庭若市。

司马琴意外发现，镇上所有的服装店，没有一家卖中老年服装，都是卖年轻人和儿童的服饰，她向李春燕提出了这个疑问。司马琴说："为何没有店卖老年服装，他们也要穿衣服呀？"李春燕说："他们消费能力低，两三年才买一件衣服，他们舍不得花钱。"司马琴说："那他们平时穿的衣服从哪买的？"李春燕说："中老年妇女，她们穿的衣裤，都是去裁缝店量身定做的，做的比买的合身。"司马琴说："如果我开服装店，我就专门卖老年服装，与众不同，会有生意的。"

李春燕笑道："老年人有他们的消费习惯，他们喜欢叫裁缝做，一般不逛服装店，除非给小孩子买童装。"司马琴说："我和你想法不一样，有的习惯是可以改变的，比如小孩子的尿布，以前都是家里人用柔软的旧衣裳自己做，现在不都从店里买现成的？有的不用尿布，用尿不湿呢！"李春燕笑道："现在的人，越来越懒了，不喜欢自己动手，都喜欢买现成的，我妈妈那一代的女人都会织毛衣，我就不会织。"司马琴笑道："我也不会。"李春燕说："现在的毛衣什么商标都有，就是没有温暖牌的！说明陆强办懒人服务网真是想对了路子，懒人越多，他生意就越好！"

司马琴说："真没想到，才一年功夫，他就把网站办得那么成功，真是人不可貌相！"李春燕笑道："琴姐，你不看好陆强吗？我觉得他很有魄力啊！"司马琴说："听说你是他网站的股东，你可真有眼光！"李春燕说："我是觉得陆哥很有商业头脑，网站也有发展潜力，我才给他钱的，要是商亮办网站，我就不敢给他钱。"司马琴说："哦？为什么？商亮哪点输给陆强了？"李春燕笑道："他们是两种类型的人，一个喜欢脚踏实地，一个喜欢天马行空，现代人的生活，已经离不开网络了，陆哥喜欢幻想，他投身网络服务业，这是天赐良机，我非常看好他！”司马琴笑道：“春燕，你不止是看好他的网站，还看好他的人啊？”

次日，李春燕和司马琴都在店里，店里进来两个二十来岁的女孩，她们清凉的打扮，夺人眼球，一下吸引了司马琴的目光。两位女孩穿着相仿，一个上身穿紫色的肚兜，另一个穿的是靓蓝色的，菱形的肚兜，只遮挡住胸前，上身大部分是裸露的，背部也是光溜溜的，她们下身穿的都是牛仔短裤。这么时尚的打扮，走在街上，回头率一定很高。她们在货架上扫视着，司马琴上前招呼：“两位，看好哪件？”一位女孩说：“你们没有卖我们身上这种红肚兜吗？我们小姐妹都想买呢！”司马琴说：“你们穿的好漂亮，不知道是从哪买到的？”一位女孩说：“我们是从上海城隍庙附近买的，回来后，小姐妹都说漂亮，我们还想买两件替换穿。”司马琴说：“我们店里暂时没有，下次进货我们会留意，你们过几天再来看看，好吗？”司马琴这么说，是有用意的，现在店里没货，但仍拉拢了这两位潜在的顾客，使她们有可能再来光顾。

两位女孩走后，司马琴说：“春燕，我觉得她们穿的肚兜很好看，我们可以进点卖卖，说不定能流行起来。”李春燕笑着摇头：“我开的是品牌专营店，这有优点也有缺点，优点就是顾客对这个品牌的认知度高，而且，我卖不动还能换货，缺点就是我只能卖本公司的产品，不能卖其他品牌的服装，否则，被公司发现的话是要处罚的，甚至会被取消连锁专营店的加盟资格。”司马琴说：“那真是可惜了，不知道哪儿有批发的？我想去看看。”李春燕说：“上海城隍庙附近有个小商品市场，可能那儿有，你想开店卖这个吗？”司马琴说：“我哪有本钱开店？只是想去看看，了解下市场行情。”李春燕说：“红肚兜是很多地方的传统服饰，男女小孩都穿，女孩在十六岁以前，不戴胸罩，内衣就穿红肚兜，如今时代进步了，穿着越来越大胆暴露，二十几岁的女孩，也敢穿着肚兜招摇过市了。”

隔了几天，司马琴去上海批发了五十件肚兜，既有儿童款的，也有姑娘穿的。司马琴对李春燕说，她想晚上到街上摆摊卖，测试一下自己卖东西的能力。李春燕支持司马琴去练摊，她说：“琴姐，你不用到别地方摆摊，城管不一定让你随地设摊，你就摆在咱们店门口卖，即使城管来管，你搬进店里就行，他们不会怎么样的。”司马琴说：“这样行吗？我怕连累到你。”李春燕说：“不会，他们知道我跟镇长家关系好！我知道你想自己开店，不过，开店也有风险，你先练练摊，以后开店更有把握。”

司马琴借用春燕店里的钢丝床，在店门口摆了个摊。经过了三个月的实习，司马琴对卖衣服已驾轻就熟，要是一开始就摆摊，她是抹不开这个面子的，也不知怎么招呼顾客，所以，实践经验是非常重要的，比一百个想象更有用。由于她是镇上第一个卖肚兜的，看到的人感到很新奇。第一天，看的人多，买的人少；第二天就发生了变化，来买肚兜的女孩一个接一个。肚兜是内衣，要试穿才能知道合不合身？在街上，在大庭广众之下，顾客怎么试穿？司马琴叫买肚兜的人，到春燕店里的试衣室去试穿。由于试穿的人多，络绎不绝，难免影响店里顾客的试衣，店员小孙对李春燕说：“李姐，你看，你做好人，她却占用店里的试衣室，影响咱们生意，她做得太过分了！”李春燕说：“没事，她进的肚兜，几天就能卖完，倘若她还要卖下去，咱们就在墙柱上多装几面立镜，解决试衣问题。”小孙说：“李姐，你太迁就她了，就怕养虎为患！”

第二天下午，五十件肚兜，已经卖出去一半，司马琴心里乐开了花。每件肚兜的批发价是十二元到十五元，而零售价是二十五元到二十八元，才一天多功夫，就赚了三百元，还是自己当老板爽啊！

几名城管走了过来。司马琴见势不妙，连忙收拾。李春燕去市区取货了，店里的伙计对司马琴有看法，都不来帮她收拾东西。司马琴来不及把摊位搬进店里躲避，城管队员就来到了跟前。一位城管叫道：“你怎么自说自话在外面摆摊？不知道影响市容吗？”司马琴有点害怕，说：“对不起，我刚摆的摊，马上就搬进去。”另一位城管说：“我昨天就看见你在吆喝卖东西，没想到今天又摆出来了！”还有一位城管说：“你跟这家店老板是什么关系？”司马琴说：“我跟她是朋友，不信你们问店里的人！”一位城管说：“听你口音是外地人，你跟李春燕怎么会是朋友？”司马琴说：“我说的是真的，我还在店里当营业员。”

一位城管走进店里，问几位店员：“外面摆摊的，跟你们老板是朋友吗？”司马琴身为营业员，却只顾自己卖东西，不顾影响店里的生意，几位同事对她很有看法。小孙回答说：“老板不在，我们不知道。”城管队员一听，摆摊女说是店里的营业员，店里的人说不知道，肯定是摆摊女在撒谎，想逃避处罚！于是，他走出店门，一挥手说：“随地摆摊，影响市容，按照相关规定，没收工具和财物!”几名城管队员一拥而上，不顾司马琴的哀求和阻挠，将钢丝床和床上的衣物搬到了执法车上。眼看卖剩的 25 件肚兜被他们没收，两天摆摊白辛苦了，司马琴好不甘心，喊道：“我的肚兜！你们还我的肚兜!”说着扑向执法车，伸手去拉钢丝床，一名城管队员把司马琴推了个趔趄，喝道：“让开！你想暴力抗法吗?”

看着城管的执法车开走，带走了钢丝床和 25 件肚兜，司马琴欲哭无泪！她跑进店内，责问道：“我跟你们一起卖了三个月服装，你们为什么说不认识我?”小孙说：“我们没说不认识，你要怪就怪城管队员，冲我们气势汹汹干什么?”司马琴气愤地说：“李春燕呢？是不是她嫌我摆摊影响店里生意，故意走开了，叫城管队员来对付我?”店员张艳怒道：“司马琴，你太没良心了！春燕是那种人吗？她留你当营业员，留你住，还让你在店门口摆摊，你不但不感激，还诬赖她，等她回来，我一定告诉她，让她看清你无情无义的真面目!”司马琴在气头上，怒道：“我无情无义？我在店里当营业员，给她卖了多少服装，帮她赚了多少钱？你们不知道吗？我欠她的情，早就还清了!”小孙喝道：“你少不要脸了！文化高，素质低，你滚吧！我们不欢迎你!”

司马琴提着行李箱，离开了月亮小区。她不想就这么仓促离开，自她知道开店的利润，并且尝到了摆摊的甜头，更加坚定了要开店的信念。一年多来，经历了许多事，真如做梦一般，但又不是做梦，实实在在地发生在自己身上。司马琴知道，花桥镇是自己人生路上的一个驿站，不是归宿，商亮也不是自己的真命天子，他众花环绕，会找到他的幸福。淳朴自然的江湾村，真诚能干的商亮，善良勤快的怀梅花，这是她不能忘怀的记忆。在江湾村的日子，她不但疗好了心灵创伤，还重新树立对美好生活的向往。

李春燕从市区回来，得知司马琴摆摊被城管没收东西，连忙联络黄书记的女儿黄晓慧，顺利取回了钢丝床和肚兜，李春燕想把消息告诉司马琴，却发现找不到她了，店里的人说她走了。李春燕回到家里，发现司马琴把行李箱带走了，她给司马琴打电话，发现司马琴关机了。李春燕回到店里，小孙把事情经过说了一遍，李春燕说：“她是我朋友，你们对她这么不礼貌?”小孙说：“我们讨厌她！她太自私了!”李春燕说：“缺点人人都有，只要不是原则性的，我们就不要太计较，我知道琴姐，她不是坏人，她一个外地人，想在这儿立足不容易，我们要帮帮她。”张艳说：“李姐，是我错了，她现在人也走了，我们就不

用去管她了，她是个大学生，我们不用担心她迷路。”李春燕说：“商亮要是知道我们把她赶走，一定会怪我的。”

司马琴登上了开往市区的公交车，回到了城北原来的租住处。不知道赵燕还在不在这里？司马琴一边想着，一边用钥匙开门。门开了，屋里传来一声惊叫：“谁?”屋里的是赵燕，她专心致志在上网，正在浏览商亮写的《村官日记》。虽然一年多没和他联系，但她一直默默关注着他，通过他的日记，了解到他的喜怒哀乐，他村官工作的点点滴滴。实践证明，商亮的选择是对的，他在那里找到了一片天空，他生活得非常快乐！有时，赵燕想，如果当时和他一块儿下乡当村官，如今会是怎样的情景？起码那份恋情不会丢失吧？

司马琴看到赵燕在屋里，高兴地叫道：“燕子!”赵燕看清是司马琴，惊喜地说：“琴儿，你回来啦?”两人相拥，彼此抚慰，心头各有感慨，不禁湿了眼眶。赵燕说：“你不是在锦溪当村官吗？怎么回来了?”司马琴说：“别提了，我早离开那了，今天我是从花桥镇来的。”赵燕诧异地说：“花桥？那不是商亮呆的地方吗？你见过他了吗?”司马琴笑道：“你还惦记他呀？说明你心里还有他，不过……”赵燕说：“不过什么?”司马琴幽幽一叹，说：“燕子，你恐怕没机会和商亮重续前缘了，他现在左右逢源，喜欢他的女孩多着呢!”

赵燕笑道：“包括你吧?”司马琴自嘲地一笑：“没我的份，据我观察，最有希望跟商亮在一起的，一个是村支书的女儿李春燕，一个是年轻寡妇怀梅花。”赵燕说：“商亮的品味这么差，寡妇他都要?”司马琴笑道：“你错了，怀梅花是个好人，长得也好看，只是命运不好，她刚生了儿子，丈夫就出车祸死了，我在她家住过，我要是男人，也会爱上她!”赵燕说：“寡妇都这么有魅力，难怪商亮乐不思蜀了！那个村支书的女儿呢？难道是商亮想攀附高枝，在江湾村有个靠山?”司马琴说：“这个李春燕是个厉害角色，她在镇上开了一家服装专卖店，一年能挣二三十万，商亮要是跟她结婚，将来就轻松了!”赵燕叹道：“他在乡下交了桃花运，自从和我不欢而散后，连个电话都没打给我，哎!”

司马琴说：“燕子，你这一年还好吧?”赵燕摇摇头说：“上个月，我辞职了，我还在想，要不要去考村官呢?”司马琴说：“为什么辞职？文秘的待遇不错呀。”赵燕叹了口气，说：“老板不断骚扰我，还想包养我，我只能惹不起，躲得起，三十六计走为上!”赵燕的话，勾起了司马琴痛苦的回忆。司马琴说：“我和你有同样的遭遇，最后迫不得已离开了！男人为什么都是那副吃着碗里、看着锅里的德性？哎，不说这些了！燕子，我想回来和你一块住，我想重新开始！”赵燕说：“琴儿，你有什么打算吗？”司马琴说：“我有一个梦想，我想开一家店！”赵燕说：“开店？谈何容易？你有钱？有项目？有经验吗？”司马琴笑道：“除了本钱，其他两样我有，我在花桥当了三个月的营业员，现在让我卖东西，不在话下！前几天，我去上海批了几十件肚兜回来，本来摆摊卖得挺好，没想到遭人嫉妒，叫城管没收了我的东西，真可恨！”

赵燕眼前一亮：“卖肚兜？这主意不错！”司马琴说：“我想到市区来卖，在大学旁边摆摊，那些女生肯定喜欢！”赵燕说：“别说大学旁边不让你摆摊，就是能卖，也未必有生意，女生就算喜欢，但在学校她们谁敢穿出去？”司马琴说：“那怎么办？好不容易找到一条财路，难道就这样夭折了？”赵燕笑道：“我有个主意，不要多少本钱，就能把店开起来！”司马琴说：“哦，什么好主意？”赵燕说：“现在流行在网上开店，无店铺经营，咱们现在反正不上班，有的是时间，可以整天泡在网上和网友交流，电脑和数码相机我都有，你只要少量进货，把样品照发在网店里，就能开张营业了！”司马琴大喜，说：“对，开一家网店！只是，在网上卖肚兜，顾客不好试穿，怎么办？”赵燕笑道：“你傻啊，我们可以试穿，把照片张贴在网店里，旁边标明尺码，这样更有直观效果，凭你我的身材，还怕没人上钩？”司马琴笑道：“这主意太妙了！燕子，相信不用多久，这间出租屋将诞生两个小富婆！”

她们在网上开了家“红肚兜专卖店”，为了扩大知名度，她们在网店内上传自拍的照片，说是样品图，其实是艺术照和广告照的完美结合，两人穿着肚兜，似露非露，别有一番风情。她们的照片，迅速在网上流传，网店在一周之内，创下几十万的点击量。火爆的人气，带来了可观的生意。她们分工明确，司马琴负责进货、发货，赵燕负责应对网友的咨询，两人忙得不亦乐乎。为了维持网店的人气，她们不断更新照片，以便吸引更多网友的光顾。

网店开张第一个月，她们卖了六百多个肚兜；第二个月，卖了三百多个；第三个月，只卖了一百多个。这和司马琴的预期是有距离的，她以为生意会越来越好，没想到却越来越少。问题出在哪里？赵燕说：“网络上流行的东西，周期都很短，就像一阵风，没过多久，大家的兴趣就见异思迁了，网店的门槛低，你有好的东西、好的营销方式，很快就会有人模仿和复制。”司马琴说：“我觉得咱们卖的东西太单一，大家来到咱们网店，只有肚兜可买，没有其他吸引他

们的东西，所以人气越来越弱，来的不过是想看更新的照片罢了。”赵燕说：“品种单一，确实是个问题，咱们想想，看看增加别的什么东西？”

司马琴没有气馁，有了在李春燕的服装店实习的经历，遇到生意不好，她并不紧张，因为做生意有亏有盈，有旺季淡季，这很正常。她想到了李春燕派员工到其他店观摩的做法，不禁灵机一动，自己的网店遇到发展瓶颈，何不到实体店去取取经？司马琴就到市区的超市、商场和小商品批发市场去闲逛，寻找灵感，看他们卖的东西，自己能否借鉴，搬到网上去卖？其实，这种偷师学艺的做法，古往今来，早已有之。兵法有云：“知己知彼，百战不殆。”

司马琴在一家百货商店的首饰柜前看到，一条比较圆正的珍珠项链，他们售价三百元，司马琴记得，在锦溪镇和花桥镇的工艺品店里，他们只卖三十元左右，两者相差近乎十倍！如果是珍珠不规则的项链，价钱更便宜，一条十五元就能买到，一条珍珠手链也就十元左右。普通消费者，怎能想到珍珠项链的价格有如此的伸缩空间？那些大商店出售的珍珠工艺品，几乎都是暴利，消费者挨宰也不知。司马琴心想，如果把珍珠饰品放到网店里卖，每条珍珠项链定价九十八元，每条珍珠手链每条五十八元，岂不是利润很大？

虽然网店和实体店不同，但很多东西是相通的，比如定价技巧，将珍珠项链定价为九十八元，消费者以为便宜，因为没有达到“百位”，而尾数的八在多数地区是吉祥数字，人们乐于接受。从“天时、地利、人和”的角度来看，在网店销售珍珠项链，都是上上之选。人们原先青睐金项链，前几年每克不到百元，如今疯涨到每克两百多元，投资和保值的作用已不大明显，势必导致一些人移情别恋，人们将目光转向其他价廉物美的首饰，珍珠项链因其纯天然和高雅不俗的特性，是取代金项链的不二选择，此为天时；东吴市是全国有名的淡水珍珠原产地之一，不论是网店还是实体店，在这里卖珍珠项链，可谓“名正言顺”，人们更容易相信它的品质，加上在市区，物流方便，此为地利；网上购物的人越来越多，赵燕和司马琴合伙办网店，两人有着共同创业的愿望，此为人和。

珍珠项链在网店一推出，果然吸引来不少网友，销售业绩大有递进。网店营销，不怕人多，就怕货少。司马琴和赵燕充当模特，将穿戴肚兜和珍珠项链的图片发布在网上，除了贴于自己网店，还在其他论坛上发图片广告，美丽的模特和肚兜、珍珠项链相映成辉，加深了网友对商品的好感。经过两人的精心打理，“红肚兜专卖店”在浩如烟海的网店中，顽强地生存下来，每月能赚到四五千块，去掉房租、上网费和生活开支，每人到手两千左右。虽然收入不高，但自己当老板挣的，跟打工挣的，成就感完全不一样。富婆之路还很遥远，但她们对未来的生活，充满了信心与期望。

26 知足常乐

夏天来临后，懒人网的经营业绩在下滑。由于学生放假，洗衣部也少了许多生意，现有多少四肢不勤的孩子啊；天气酷热，人的食欲减退，订餐的人少了，因夏季食物容易变质，企业订餐也逐渐减少；暑假期间，考完试的都想放松一下，家教中介也进入了淡季。近阶段生意不好是事实，但事在人为，陆强想集思广益，改变这个现状。俗话说："没有做不到的，只有想不到的。"

陆强暗中调查周凤明私吞中介款的事，结果已清楚，但他没对周凤明说，他想拉朋友一把。陆强要杨秀玲加强对家教双方的跟踪回访，不管有没有签约，都要有回访记录，另外，中介费不再以现金方式收取，而是由客户直接汇入网站账户，网站还给报名的大学生发送短信，告知他们要遵守协定，不得和客户私下签约，不得将中介费交给网站私人，否则，将其在懒人网的家教名录中除名，并追究违约责任！周凤明不知道自己截留中介款已暴露，他看到陆强的一系列动作，不得不有所收敛。

陆强召集部门人员座谈，向大家征集合理化建议，希望大家畅所欲言。陆强说："网站现在经营不景气，今天请大家来，是想征求大家的意见和建议，诚望各位献计献策，若建议得到执行，并取得明显成效，将酌情给予物质奖励!"周凤明说："阿强，现在是淡季，用不了那么多人，可以先裁掉一些，到需要时再招，反正招人不是问题，这样可节约开支，请你考虑。"

杨秀玲反对说："现在找工作不容易，大家在一起工作，积累了感情，突然把人辞退，这合适吗？有经验的老员工不留住，不断招用新人，不利于网站的发展!"周凤明说："你这是妇人之仁！做生意不是做慈善，网站不赚钱，又怎么养得起人?”陆强说：“阿明，你负责家教业务，有没有高见，改善目前的状况?”周凤明说：“现在学生通通放假了，天气这么热，谁读得进书? 还是开学后多做几笔吧。”杨秀玲说：“大三、大四的学生，有不少留在城里找工作，据我了解，每年寒暑假，各种补习班很多，说明家教是有市场的，只不过家长难找到合适的家教老师，才转上补习班，我觉得，我们应改变家教针对毕业班孩子的思路，往前推一年，可以重点关注初二升初三、高二升高三这批孩子身上，提前给孩子补课，可以让孩子学得更从容，补课效果更好。”陆强拍手赞道：“好建议! 往前推一年，大大增加潜在的客户，这个建议马上就实施!”

盒饭部的厨师小高说：“夏天，人们更喜欢清淡一点的口味，我建议在盒饭的配菜上做些改进，多一些清淡的蔬菜，最好以素菜为主，少荤多素。”陆强点头说：“你说得不错，不过，素菜多的话，价格是否要调低一点?”小高说：“我认为不用降价。”周凤明说：“荤菜少了，还是原来的价，客户要骂人的!”小高不慌不忙地说：“客人订餐一份，我们可奉送冰冻绿豆汤一杯，相信客户不会有意见的。”陆强笑道：“好! 这是个好主意! 客户免费得到一杯冰冻绿豆汤，心情一定很愉快，就这么办!”

中国是个农业大国，以粮为纲的年代已成过去，这些年，工业、商业、旅游业、娱乐业，迅猛发展，农业悄然退居三线。吃力不赚钱，没前途，这是农民真实的想法，世代务农的农民，对农业都失去兴趣了，他们不希望自己的孩子，将来从事农业，最好走出农村，去到大城市。然而，商亮的到来，似乎改变了江湾人的观念，他们看到了农业的希望，他们亲眼看到，亲身体验到，田地就是聚宝盆，也能刨出金娃娃!

商亮的全面发展，他的适应能力和创新能力，李书记和罗镇长一致看好。花桥镇近二十名大学生村官，像商亮和徐洁这样在短时间内干出成绩，知识型和实干型能完美结合，是比较少见的，对于这样的好苗子，基层党政部门，有责任好好培养。商亮本是协助村支书工作的，但他串行干起了农业，李书记非但没有意见，还很支持! 农村不是工厂流水线，村干部也不是工人，多干能干是好事。

一天中午，商亮在村部大院，看到王冬生从卫生室出来，天气还没凉，他居然戴着一顶鸭舌帽。商亮说：“王叔，你的头怎么啦?”王冬生唉声叹气地说：“最近村里流行一种怪病，有的人掉头发，有的人身上长红点，你看我，半个月

不到，头发就掉了一半，医生说，可能是过敏性皮炎，我来配药膏的。”商亮吃惊道：“过敏性皮炎？王叔，你最近有没有吃海鲜，或者接触什么化学品？”王冬生说：“村里只有河鲜，哪有海鲜？化学品？洗发水算不算？”商亮说：“算！假的洗发水，就可能让人过敏，掉头发或身上长红疹。”

王冬生说：“听你这么一说，我有点明白了，上个月，南村的张阿大送我一瓶飘柔洗发水和几块力士香皂，他说东西从村口的路上捡的，我用了以后，头发根就麻辣辣的痛，就开始脱发了。”商亮心想，江湾村的公路，平时没什么货车经过，附近除了熊老板的工厂，没别的工厂，莫非，洗发水是他厂里生产的？这东西又不是高科技，他用不着神秘兮兮的，难道，其中有什么猫腻？商亮说：“王叔，麻烦你能带我去脱发的人家看看。”王冬生说：“行，我这就带你去！”

商亮在江湾村有了一定的声誉，大伙对他很信任，连脱发这样的小事，商助理都很关心，大家很感动。商亮向他们问了一些情况，村民如实作了回答。脱发村民的姓名、症状，使用洗发水和香皂的名称、时间、次数，商亮做了详细的记录。商亮拧开洗发水的瓶盖，凑近鼻子闻，嗅到的不是清香，而是一股怪怪的味道，那香皂的颜色也有点暗淡，不似超市里买来的那般鲜艳。商亮怀疑，十几个村民的脱发和皮疹，跟什么飘柔洗发水和力士香皂有关，那些很可能是假冒伪劣产品，熊老板选择在偏僻的江湾村开加工厂，也许早有预谋。

商亮给飘柔、力士等公司打电话，询问他们是否在花桥镇江湾村设立加工厂？他们给予否认。商亮向他们举报自己掌握的情况，他们深感震惊，说最近半年，他们接到几百起消费者的投诉，投诉原因，就是使用了公司的产品，相继发生脱发和皮疹，消费者要向公司索赔，公司正全力追查事件真相，没想到接到了商亮的举报，终于找到了问题的根源。他们要求商亮暂时保密，待他们调查核实后，会同有关部门前往查处。

村里租给熊老板的厂房，竟成了制假窝点，商亮非常气愤，这不但有损江湾村的声誉，由于假冒产品质量低劣，存在严重隐患，更损害了消费者的健康，这是商亮不能容忍的！这样的工厂，是害人精，是毒瘤，一定要及时清除，否则他们危害更大，害人更多。商亮没把情况向李书记汇报，厂方要求暂时保密，怕打草惊蛇，而商亮考虑到，村里将厂房租给不法分子制假，也有一定的责任，但李书记自始至终不知情，可以少些不良影响。

十一月下旬，一天下午，江湾村突然来了好几辆警车，还有工商局的执法车，他们直奔熊老板的工厂。工厂大门轰然打开，检查人员鱼贯而入。这个工厂开办了将近一年，可是，村民都不知道厂里在生产什么东西？车间里堆着各种各样的化学原料，一些工人在上班，仓库里有人在装箱，执法人员在拍照和清点货物，执法人员搜到一本进出货明细账，近一年来，工厂一直在生产假冒的名牌洗发水和香皂，厂长被控制，几个保安躲在一边，没敢声张。执法人员没收了原料、成品、空瓶、商标等物品，两辆大卡车开了几个来回，才将这些东西拉走。

厂里的工人一见厂子被查封，人心惶惶起来。他们每天辛勤上班，并不知道在生产假货，虽然厂里管得严，工作很累，但厂里包吃包住，每月有八百块工资，他们还很满意，只是，厂里先期每月只发三百块生活费，其余的说好在年底一次性发放，现在情况有变，厂子倒了，留存的工资跟谁要去？工人们慌了神，有人提议去村里讨说法，厂房是他们的，出了事，不找他们找谁？

江湾村办公室。王主任说："熊老板的工厂被查封，咱们村也受损失了，本来他们要交第二年租金了，现在造假被发现，厂不开了，租金不是没了吗？村里好好的一条财路，就这么断了，四十五万啊，真是可惜！"张桂宝说："担心什么？又不是只有熊老板一个在开厂，咱们可以租给别人！"李爱民正要说话，电话响了，他接过一听，是张永明打来的。张永明说："姐夫，你知道吗，工商局为什么查封熊哥的厂子？是因为有人打了举报电话！"李爱民说："是吗？你怎么知道？"张永明说："姐夫，你知道是谁干的吗？是商亮！是他害了熊哥，也害了村里！"李爱民说："是吗？他怎么没对我提过这事？"张永明说："我早就说过，要提防商亮，他是个吃里扒外的家伙！"李爱民说："你叫熊老板来一趟，叫他给工人结清工资，别让他们滞留在村里！"张永明说："姐夫，熊老板非常生气，他说了，这事没完，他会找商亮算账的！"

李爱民放下电话，问商亮："是你打的举报电话？"商亮点点头："是我，我在两月前就举报了，他们直到今天才来查处。"郭兴元惊讶地说："商亮，你真行啊，你怎么知道他们厂里在造假？"王主任摇头说："小商，你是个聪明人，可这回你办了糊涂事！你知道吗？就因为你多管闲事，马上要收的四十五万租金就此泡汤了！你举报，对你，对村里，有什么好处？"商亮说："上次村里谣传的怪病，就是因为用了他们厂里做的假洗发水和假香皂，十几个村民头发差点掉光了，身上长了又红又痒的皮疹，我掌握了确凿的证据，才打的举报电话，

希望有关部门赶快来查处，让他们少祸害人！”

李书记点点头：“小商，你做的没错，但在举报之前，要和大家说一声，不能太个人主义。”王主任说：“你举报了，财主跑了，村里和入股的一点没好处，你这是损人不利己呀！”商亮反驳说：“真正损人的是熊老板！他故意不招村里人，就是害怕被发现！要是不取缔，有多少人用了他们的假货，头发掉光，皮肤生疮！”李爱民说：“你们不要怪小商，这事主要责任在我，是我急于把厂房租掉，结果招来个走歪路的，我要吸取教训啊！”转而，他提醒商亮说：“小商，熊老板已经知道是你举报的，他扬言要找你麻烦，你千万要小心！”

十二月初，村里好多人家搭建了蔬菜大棚，商亮跟着农科所的专家，帮村民培育青椒秧，他还特意买了一支录音笔，将专家说的话录下来，以便随时收听。商亮的认真、细致、勤勉，深深感染了农科所的专家，他愿意把一些经验传授给商亮。规模化的大棚蔬菜种植，对于施肥、除虫、控温和质量管理，非常讲究，不像平时种菜那么粗枝大叶，尤其要注意病虫害的防治。菜场上蔬菜的价格在不断上涨，增添了江湾村民的种菜信心。

入秋以来，司马琴和赵燕的网店生意，像气温一样在下降，红肚兜和珍珠项链，适宜于夏季销售，在冬天少有人问津。有些东西虽好，但不适合在网上销售，比如保暖内衣、手套、暖手炉之类，本来价钱就不高，如果贴上邮费，纯粹是义务劳动了，如果让买家出邮费，价钱比商店里卖的还贵，谁从你这里买？有些人图方便，才从网上购物，但消费者对网上交易的信任度不高，开网店能发财的，好像还没听说过。

生意不好，司马琴和赵燕就想散伙，各自讨生活。司马琴想独立开店，但店面租金贵，她现在没这个能力。赵燕建议说：“琴儿，你走回头路吧，你的档案还在锦溪镇，你去找镇领导说说，说不定还能继续当村官？”司马琴摇头说：“就是前面堆着金山银山，我也不会回去！人各有志，我现在觉得，就业不如创业。”赵燕笑道：“创业也是就业啊！现在应聘村官的大学生越来越多，他们都错了吗？”司马琴说：“我不是说这份工作不好，大多数农村并不穷，大学生在那儿很好混，但混不出样，像商亮那样沉得住气，静得下心，让村民交口称赞的，毕竟是少数，我是深有体会的！”

出租屋里，杨秀玲对陆强说：“快餐店越来越多，竞争越来越激烈，原先订咱们盒饭的天元电子厂，这个月取消订餐了，咱们有好多老客户，都被人抢走了，陆哥，你说该怎么办?”陆强说：“那是他们恶性竞争！降质降价，给经办人送回扣，这么做是自毁牌子，咱们不能同流合污!”周凤明说：“阿强，你太天真了！现在做生意，哪有不给经办人好处的？有的给钱还不算，还请吃请喝请玩，我早对你说过，舍不得孩子套不住狼，可你……哎!”陆强说：“我反对业务往来送红包的潜规则！我爷爷是个铁匠，他说过，打铁还须自身硬！我不能做奸商，我要光明正大做生意，不断提高服务质量!”

周凤明说：“现在外送盒饭一天不如一天，我听说，有的网吧不让送盒饭的人进去，这是为什么？还不是因为没搞好关系!”杨秀玲说：“不对，网吧不让外面送盒饭进去，是网吧老板想多卖方便面！咱们做的是细水长流的生意，靠旁门左道是得不偿失的!”周凤明说：“阿强，你不是一直想成为陈天桥、马云那样的风云人物吗?”陆强说：“我只做我自己，他们不过是我学习的榜样。”周凤明夹起一只鸡腿，说：“我发现，网吧里一大半的人在玩网络游戏，网络游戏就像这只香喷喷的鸡腿，我们为何不咬一口呢?”陆强说：“阿明，你让我开发网络游戏？你不是反对我玩网络游戏吗?”

周凤明说：“那是过去，此一时彼一时！我认为，网游是未来的朝阳产业，你想想，现在的青少年，有几个不玩游戏?”陆强说：“做网游需要很大投资，我没这个实力，再说，我有我的经营思路，虽然赚钱不多，但稳扎稳打，经过时间的积累，懒人网会壮大的!”周凤明说：“懒人网有这么好的人气，网友大多是市民和大学生，有一定的消费能力，应该充分利用起来，我们可以和游戏公司合作，以分成方式合作经营游戏，你应该知道，这是一本万利的生意，做网游最赚钱的不是卖点卡，而是卖虚拟的武器装备，玩家买虚拟装备花的是真金白银，这都是利润啊!”

陆强说：“我办懒人服务网，既是为了赚钱，也希望帮到更多的人，多为别人服务，我知道，搞网络游戏能赚钱，不过，君子爱财，取之有道，我不想为了自己的利益，贻误更多的青少年!”周凤明不解地说：“阿强，你真的大彻大悟了吗？你不做，别人也会做，何必错失赚钱机会？把懒人服务网，改成懒人游戏网，有什么不好？倒是可以把生意不好的项目去掉，集中精力做赚钱项目!”陆强笑道：“网瘾是一种病，我好不容易戒了，不想再沾染了。”

周凤明叹道：“阿强，你怎么啦？你不是在创业吗？创业难道不是为了资本积累吗?”陆强笑道：“我小时候听过一个童话，说一只黄鼠狼去偷鸡，它从鸡窝缝隙钻进去，把所有的鸡都咬死了，吃了一只觉得不够，又吃了一只，把肚子撑得大大的，可它吃得太饱了，从缝隙出不来了，结果，天一亮，它被主人发现打死了。”杨秀玲笑道：“我明白了，那只黄鼠狼太贪心，所以害了自己，如果它每天晚上吃一只鸡，不但能吃到一窝鸡，还能全身而退。”周凤明脸涨得紫红，腾地站起身，气呼呼地说：“阿强，你把我比作黄鼠狼，你，你欺人太甚了！”陆强忙说：“阿明，你千万别误会，我只是随口讲个童话故事，不是说你！”周凤明不悦地说：“我赤胆忠心给你出主意，没想到，你非但不采纳，竟然还讽刺我，你眼里还有我这个兄弟吗？”

陆强没想到周凤明会误会，看着他一赌气走了，也没说什么，想等阿明气消后再作解释。周凤明闷闷不乐地走在街头，心想：阿强借童话故事来影射我贪财，分明是对我的人格侮辱！就算我截留家教中介费不好，你又何必这样含沙射影？我虽然是什么CEO，其实，我不过是个傀儡，一切还是阿强说了算！别以为我离开你，我就没有出路了，我周凤明哪点比你差？总有一天，我会让你看到我的成功！走着瞧！

晚上，陆强看到周凤明执意要走，一再向他道歉，劝他留下来，然而，周凤明去意已决。陆强从包里拿出两叠百元大钞，说：“阿明，这两万块给你！一万块是给你的工资和奖金，另外一万，是退给你的原始股的本金和红利，无论你回家还是想在外面做事，都用得着钱！”周凤明知道，陆强给的原始股本金，其实是商亮的钱，红利更是没有那么多，是陆强在照顾自己，但自己确实需要钱，就不客气了。周凤明接过钱，说：“谢谢你，阿强！我离开你，不是不交你这个朋友，是我想自己闯一闯！”

夜色婆娑，周凤明徜徉于街头，他在寻找可以住宿的宾馆。城市的夜生活，充满诱惑，那些茶楼、KTV、酒吧，充斥着暧昧和一夜情，只要你身上带有足够的钱，就会有人曲意逢迎，把你的口袋和身体一起掏空。但此时的周凤明，对这些没有兴趣，放纵只有一时的快感，他最感兴趣的是赚钱，是出人头地。

周凤明抬头看到一家足浴店，店名很有意思，叫“知足常乐”，可是，招牌是暗的，门也关着。周凤明有点奇怪，现在大街小巷到处可见足浴店，服务项目无非是洗脚和按摩，生意都很火爆，去过的人当然知道，足浴店不仅是服务行业，还是娱乐行业，里面不单单有洗脚和按摩，还有一些男人感兴趣的项目，这家店放着大好生意不做，怎么关门打烊了呢？他凑近一看，足浴店的红漆木门上，贴着一张“本店转让”的纸条，上面还留有联系电话。周凤明心花怒放，这不是个绝好的机会吗？把这家店盘下来，自己当老板！但他转念一想，又有点发愁，自己一共只有三万块钱，恐怕不够转让金，怎么办？认识的人中，就数陆强有点钱，跟他借？刚从他那儿离开，向他开口借钱，是否有点不好意思？不管了，大丈夫能屈能伸，为了事业，顾不上面子了！

当夜，周凤明就打了那个电话，问对方为什么转让？转让金多少？对方回答说，家里有急事，所以急着转让，转让金一共十万块，五万是已付的一年房租，还有五万是里面东西的折价，有按摩床、沙发、电视等，以及装修费，要的话尽快，问的人多，谁先付钱就转给谁。周凤明说，自己诚心要，但资金有点紧，能不能分期付款？对方犹豫了一下说，那就首付六万，剩下的三个月内付清，否则他有权无条件收回。周凤明说，两天内给回音。

在宾馆住了一晚，第二天一早，周凤明就折回出租屋。他去这么早，是想避开杨秀玲，这会儿她还没上班，免得被她冷嘲热讽。陆强正在刷牙，看到周凤明，也是一愣，匆忙漱了下口，说：“阿明，回来啦？回来好啊！”周凤明说：“阿强，我有事求你帮忙。”陆强说：“进屋说。”周凤明说：“阿强，你手头方不方便？我想借一笔钱。”陆强不解地说：“昨天不是给你两万吗？花完啦？别吓我啊！”周凤明说：“我想盘个店，两万不够啊！”陆强说：“盘什么店？要多少？”周凤明说：“有个足浴店转让，我想盘下来做，这边靠近开发区，白领多，每天坐办公室，那个颈椎炎、腰酸背疼的多，足浴和按摩可以消除疲劳，舒筋活血，生意肯定差不了！”

陆强说：“生意好，人家为什么要转让？”周凤明说：“人家说家里有急事。”陆强说：“这种店我虽然没进去过，不过，我听说里边有什么色情服务，阿明，你要接手，你可千万别沾染那些东西，少挣钱不要紧，犯法的事咱不能干！”周凤明说：“给我胆我也不敢啊！阿强，你帮我一把，我付你利息，行不？再不然，你投钱，算咱俩合伙，怎么样？”陆强犹豫道：“我手头也没多少，年终还要给员工发一些奖金，不知道你需要多少？”周凤明掰着手指算了下，说：“五万，没问题吧？”自从知道阿明截留家教中介费后，陆强对他有些不放心，说道：“我手头也紧，不过，我还是想帮你一把，钱我下午打给你卡上，到时你给我写个欠条吧。”

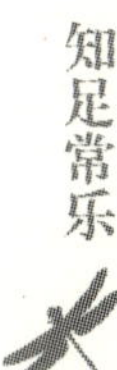

陆强要求写欠条并不过分，但周凤明担心杨秀玲上班后，知道自己向陆强

借钱，她会挑拨离间，阻止陆强借钱，就说：“行，欠条我一会就写给你，亲兄弟明算账嘛！阿强，你现在就和我一块去银行吧，我怕拖得时间长，足浴店被别人捷足先登！”陆强说：“你急什么？现在银行还没开门啊！”周凤明说：“阿强，你还没吃早点，走，咱俩一块去吃面，吃完就去银行！”陆强笑道：“你怎么有点急不可耐呀？”

27　一场雪灾

熊老板委托张永明，付清了工人的留存工资，滞留工人陆续离开了江湾村。郭兴元说："熊老板坑蒙拐骗，最好判几年刑，看他还敢不敢胡来？"张永明说："都是商亮惹的祸！狗拿耗子，多管闲事！搞得熊老板工厂倒了，工人失业了，村里的租金也没了！"李爱民说："这事不怪小商，是我审查不严，让熊老板钻了空子！车间里还有一些设备，叫熊老板赶快搬走，村里好另外出租。"张永明说："熊老板说了，设备他留着没用，就送给村里当废铁卖吧！"

下半年，种植大棚蔬菜的人家多，农科所的专家一星期来一次，大多数时间，是商亮在协助村民做好大棚青椒的管理。今年的青椒不愁销路，少了卖菜的后顾之忧，种植青椒的农户，乐呵呵地盼着年关快点到来，好让满棚青椒换成花花绿绿的钞票。几天前，菜贩子给怀梅花打来电话，问青椒成熟了没？怀梅花告诉菜贩，今年村里种大棚蔬菜的人家多，青椒产量大，一月底，就能陆续采摘上市，你们就开车来收吧！

2008年1月28日，傍晚，北风呼啸。东吴市的天空，飘飘扬扬地下起了雪。东吴市已几年没见到雪花，瑞雪兆丰年，大家心头都有些兴奋。29日早晨，下了一夜的大雪，仍没有停止的迹象，漫天飞舞的雪花，不知疲倦，把整个世界，打扮成白茫茫一片。"雪过天晴"是人们惯用的词汇，通常情况，下了一天的雪，第二天会阳光灿烂，可是，这次出乎人们意料，一场原以为温情脉脉的瑞雪，演变成了撒泼似的暴雪！

突如其来的寒流，让商亮措手不及。讲好来田头收购青椒的菜贩没有来，厚厚的积雪与冰滑的路面，货车开不到江湾的田头。暴雪没有停歇，大棚内的

青椒因冻害而受损，商亮冒雪通知大棚农户，叫他们给大棚加温，有电源的通上两盏200瓦的白炽灯，没有电源的，就烧煤炉，在炉子上放一壶水。自从村里种植大棚蔬菜的人家增多后，商亮忙得顾不上帮怀梅花的忙，一切都是怀梅花在操劳。商亮忙了半天，最后才来到怀梅花家，他钻进大棚一看，怀梅花已接好了电线，但小店的灯泡都卖完了，她只好从家里拿了个100瓦的灯泡接上，有聊胜于无。

商亮一边拍打外套上的雪花，一边说："这雪下得太不是时候了，青椒要是卖不出去，大伙损失就大了！"怀梅花安慰道："老天爷不会欺负咱们穷人的，说不定明天就出太阳了！"商亮说："如果明天雪停了，咱们的青椒就抓紧时间卖，地里的青菜萝卜被雪埋了，外地蔬菜很难及时运过来，菜场上蔬菜短缺，车子到不了村里，咱们就用船运到镇上去卖，这几天的蔬菜价格肯定涨了！"怀梅花说："但愿明天雪过天晴！"

30日凌晨，商亮在睡梦中被一声巨响惊醒，冬天不可能打雷，他不知道巨响从何而来？也许是自己的幻觉？窗外白得耀眼，室内被雪的反光映得恍如白昼。宿舍里没有空调，商亮裹着一床棉被，在冰冷的冬夜，迷迷糊糊地进入了梦乡。不知过了多久，商亮被屋外一阵嘈杂的声吵醒，他穿好衣服，打开宿舍门一看，天空仍是雪花飘飘，地上和屋顶的积雪，有三四十厘米厚，李书记、王主任、郭兴元、老陈等几个人，站在大院门口，无奈地望着前方。

商亮踩在厚厚的积雪上，发出咯吱咯吱的声响，他来到院门口，顺着他们张望的方向看去，不禁惊出一身冷汗！厂房呢？围墙之上，已看不到厂房的屋顶！商亮惊魂未定地说："厂房都塌了？"李爱民低沉地说："屋顶和上半截墙，全部坍塌！还有，江湾村两百多个蔬菜大棚，大部分被雪压塌！剩下的也破坏变形！害人的大雪灾啊！"一场飘飘扬扬、轻如鸿毛的雪，能把厂房和蔬菜大棚压垮？简直让人难以置信！商亮声音颤抖地说："昨天大棚还好好的，一夜之间，怎么会全部倒塌？"王主任说："你不看看这下的什么雪？第三天了还没停，地上快有五十厘米厚了！"郭兴元说："拱起的塑料大棚，都倒地上了，今年的青椒保不住了！"商亮只觉一股冷气蹿上脊梁，他痛彻心扉地说："蔬菜大棚全军覆没，我怎么向大家交待啊？都怪我，昨天没想到清理大棚上的积雪！"

这场百年不遇的大雪，摧毁了江湾村所有的蔬菜大棚，沉重的打击，使大家措手不及，欲哭无泪！搭建大棚的成本，种植花费的心血，加上青椒的损失，这不是一笔小数目，原本充满希望的村民，看到这样的结果，无不顿足懊恼，大家对过年的期盼，转化成了伤心和叹息！

孙桃花埋怨丈夫说：“都是你这个死鬼，要种大棚蔬菜，现在好了，棚塌了，青椒烂了，连本钱也泡汤了！”王冬生说：“我搞蔬菜大棚，你不是支持的？这次大雪灾，哪家不倒霉？”孙桃花说：“本来种露天蔬菜，多少能挣个两三千，都是那个商亮，把大棚蔬菜说得天花乱坠，说我们两亩地，一年挣两三万没问题，现在连两三百都没有，咱们上了他的当了！”王冬生说：“大棚倒了，是雪灾闹的，跟商亮有什么关系？”孙桃花说：“要不是他说得那么好，搭蔬菜大棚的人家会这么多？眼看血本无归，叫咱自认倒霉？我家两个大棚倒了，损失一万多块，三年的积蓄没了啊！”王冬生说：“商亮是出于好心，想让大伙多挣钱，咱们种青椒是自愿的，怪不得人家！”

怀梅花起床烧粥，当她开门望见田野里一片光秃秃，蔬菜大棚全部倒塌，不由惊呆了！再过几天，青椒就能大举出售，几个月的辛劳，眼见能收到丰厚的回报，突然来这么一场暴雪，大家不但没收成，还要遭受损失，这次搭大棚的人家那么多，会不会有人怪到商亮头上？

早上六点多，雪还在飞舞，村民们早就惊慌地嚷开了。有的扫着自家门前的雪，有的看到倒塌的蔬菜大棚后，目瞪口呆。在危难面前，大家渴望组织发挥力量，有不少人赶往村委会，面对这么大的雪，大家都不知怎么办？摩托车和自行车都不能开了，大伙只能步行，深一脚浅一脚地向前走着。

李书记和村干部们，正在院里和路上铲雪，陆续有村民过来，有的村民说：“大棚塌了，我花了一万多搭的大棚啊！”有的村民说：“厂房也倒了，咱们的集资款没了吗？领了一次红利，连老本也搭进去了吗？李书记，你说咋办啊？”有的说：“厂房怎么会倒？是纸糊的吗？你们办的什么事啊！”王主任说：“这是天灾，能怪谁？你们没看电视，全国到处都是雪灾吗？”

商亮说：“咱们得抓紧时间抢险救灾，厂房倒塌了，幸好没压着人，也没值钱的东西，可以缓一缓，先去了解大棚蔬菜的受灾情况，尽快清理积雪，把没坏的青椒抢出来，还能卖俩钱，减少一点损失。”李爱民说：“小商说得对，大家别在这呆着了，先去清理大棚，把能吃的青椒从雪里扒出来，把损失降到最低！”有的村民说：“天灾人祸，天灾和人祸是连在一块儿的！厂房倒了，为什么倒？豆腐渣啊？大棚倒了，为什么倒？没人叫咱及早清理积雪啊！”商亮说：

“各位乡亲，对不起！是我疏忽大意，没想到大雪能把大棚压垮，我向大家赔礼了！”说着，商亮深深向大家鞠了一躬。

王冬生夫妇来到了村部，商亮迎上前说：“王叔，你家的大棚怎么样了？”王冬生唉声叹气说：“全没了！这个年没法过了！本来想给孩子挣点学费，现在连路费也没了！”孙桃花说：“商亮，蔬菜大棚是你管的，你没让大伙赚钱，还让大伙赔了血本，都是你害的啊！”王主任说：“话不能这么说，商亮是好心好意，他是为了给江湾村发展农业经济，他又不会神机妙算，老天爷下三天大雪，他能料得到吗？”王冬生说：“大棚用钢筋做的架子，又不是用竹子搭的，外面一层塑料薄膜被压坏是正常，可大棚怎么会塌？我怀疑搭棚的钢筋有问题！”

李爱民听王冬生说起这话，一想也有道理，说：“大伙搭大棚的钢筋是从哪买的？”王冬生说：“村上搭大棚的，都是从镇上的良民建材店买的，是商亮介绍去那的。”李爱民转身问商亮：“你介绍的？”商亮说：“造厂房时，您叫我负责材料采购，货比三家，我觉得他那儿的性价比不错，所以钢筋都从他那儿买的，因为和建材店老板熟悉了，所以我介绍村民去他那儿买钢筋，质量可靠一点。”李爱民皱了皱眉，说：“质量可靠？厂房和大棚不都塌了吗？”王冬生说：“现在买东西，买得多都有回扣，谁还在乎质量？”商亮辩解道：“我没拿回扣！不信你们去查！”李爱民说：“这事回头再说，大家先去田里清理大棚，把没坏的青椒抢收出来！”商亮说：“大家把抢收出来的青椒，用挂机船送到菜场去卖，价格肯定比平时高，挽回些损失也好！”

商亮和怀梅花到田头查看大棚，发现大棚已严重变形，不能再用了。他们用铁铲把积雪铲开，把塑料薄膜掀开。青椒大都被压坏了，有的青椒发黄了，有的青椒被压烂了，忙碌了半天，总算从雪堆里掏出一大堆青椒。雪停了，在寒冷的天气里，商亮和怀梅花却忙得热气腾腾的，脸上还渗着汗珠。怀梅花说：“总算抢回一点，损失的是大棚。”商亮朝四面望去，其他人家也在忙着清理积雪和拆除大棚，把没坏的青椒抢收出来，在田里放了一堆一堆。平时，怀梅花挑一担青椒很轻松，可现在路上积雪太厚，挑担不方便，商亮主动提出两人一块儿扛，虽然多走几个来回，但两人扛比一人挑轻松多了。

两人走了二十几个来回，把雪地里的青椒都收到家里。怀梅花说：“商亮，你坐下歇歇，我去烧水煮饭，你就留下来吃饭。”商亮说：“菜贩子的车进不来，你家又没船，三轮车也不好骑到镇上，我担心这些抢收出来的青椒，怎么拿出去卖？”怀梅花说：“没事，明天我搭别人家的船去镇上卖，现在冬天，青椒多放几天不要紧，雪不下了，只要两三个晴天晒下来，路上的雪就能化开了，我就能骑三轮车去卖菜了。”

这次百年一遇的大雪灾，给人们生活带来诸多不便，由于雪灾发生在春节前夕，暴雪阻断了交通，准备返乡的民工不得不滞留在他乡，原本打算回家过年的商亮，由于遭遇暴雪，只能打消回家的行程，协助村民进行自救。李书记组织人手，对倒塌的厂房进行清理，寄予厚望的厂房就这么毁了，实在让人心痛！郭兴元心存侥幸地说：“要是工厂没被取缔，工人不死也得伤残，那问题更大了！”李爱民说：“厂房用的钢筋和彩钢瓦，这么不牢靠，是有点蹊跷！”郭兴元说：“当时为了抢施工进度，会不会建筑质量有问题？”李爱民说：“这事肯定要查，查到有问题，绝不姑息！”

第一年扩大规模搞大棚蔬菜，就遭遇雪灾，受到了莫大的损失，严重挫伤了村民的信心。还好，二月初，连着几个晴天，路面上的积雪融化后，恢复了交通，大家能上班和出行了。菜贩子来到江湾村，把村民家里的青椒都收购了，但青椒受到冻害和压伤，质量不是很好，收购价一斤两元。市场上的蔬菜价格飞涨，青菜都卖三块一斤了，好的青椒卖四块一斤，质量稍次的卖三块一斤，菜贩出两块收购，价钱还算合理。抢收出来的青椒，换得了一些钱，虽然赚钱的愿望落空了，但不致血本无归，大家还是松了口气。

李爱民和郭兴元来到良民建材店，见到了老板赵良民，要求查看商亮当初采购时的发票存根。有些采购经办人，采用阴阳票的手法，私吞钱款，比如存根写的是五千元一吨的钢材，发票上写的却是八千元一吨，这三千块的差价，或由经办人独吞，或和店老板私分，这是很多采购员损公肥私玩的伎俩。李爱民查阅了存根，对照带来的发票，发现两者金额完全相符，价格也是当时行价，说明商亮在经济上是清白的，但钢筋质量有没有以次充好？还有待相关部门的检验。

晚上，张秋妹给女儿打电话，说：“燕燕，回家的路通了，你怎么不回来？”李春燕说：“我忙着呢，这几天，店里的羽绒服卖疯了，我想给商亮带一件都没时间回去。”张秋妹说：“你就知道惦记商亮，难道爸妈在你心目中的地位，还比不上那个白眼狼？”李春燕愣了一下，说：“妈，您说谁是白眼狼？”张秋妹说：“还能有谁？”李春燕急了，说：“妈，您是说商亮？”张秋妹说：“我的好女儿，你看走眼了！商亮拿了建材店老板的回扣，买来劣质钢筋，以次充好，害得村里一百来家的蔬菜大棚毁了，村里的厂房也倒了，全是他造的孽！”李春燕说：“不可能！商亮不是那种为了私利不要原则的人！他的朋友创业，他把身上所有的钱掏出来借给朋友，他为了帮怀梅花家，贴钱给她家搭蔬菜大棚，现在上哪找这样的人去？妈，我不允许您说他坏话！”

李爱民接过电话说：“现在还没查出结果，燕燕，不要听你妈瞎说。”李春燕说：“为了还商大哥一个清白，我建议，请质监局检测钢筋的质量，爸，我怀疑是不是设计和施工有问题？”李爱民说：“造厂房请的泥工和木工是江湾人，没有设计施工图，只有他们画的草图。”李春燕说：“这就是问题所在啊！没有图纸，胡乱施工，难免有隐患，怎么能怪到商亮头上呢？”李爱民说：“我会考虑你的建议，事情总会水落石出的。”李春燕说：“商亮是人才，爸，您不能伤他的心！”李爱民笑道：“我女儿也懂心疼人啦？”

一天，怀梅花问商亮：“现在村里有人怀疑你收回扣，说你串通建材店老板，把质量不好的钢筋卖给江湾人，你不生气吗？”商亮说：“被人误会，开始我很气愤，也很难过，不过，我已经想开了，人正不怕影子歪！我只希望，大家能利用好春播，种好青菜，种好小番茄，把雪灾损失补回来！”怀梅花笑道：“他们在埋怨你，你还在为他们着想，你真是傻得可爱！”商亮笑着说：“我在这儿找到了人生的价值，我喜欢江南肥沃的田园，喜欢没有被工业化吞噬的农村，我喜欢村官这份工作，只要我在江湾一天，我会做好自己的事！”怀梅花说：“明天就是过大年，这里的人要吃年夜饭，你是西北人，喜欢吃饺子，明天你来我家，我给你包三鲜饺子，管你吃饱吃好！”商亮笑道：“我到你家蹭饭吃，已经习惯成自然了，你不请我，我也会不请自到！”

经过质监局和建筑设计院的专家鉴定，厂房的建筑材料质量合格，符合相关要求，主要问题是设计和施工，车间跨度太大，起支撑作用的三角架钢梁过少，用彩钢瓦做房顶承重力差，经受不住积雪的负荷，所以屋顶会坍塌，山墙采用空心墙，受力不达标，所以有部分坍塌破损。关于蔬菜大棚，一般情况，使用 6mm 钢筋搭架没问题，但这次暴雪强度大，棚顶积雪太厚，导致钢筋变形，大棚整体发生倒伏，这属于自然灾害。

春暖花开，万物复苏，但倒塌风波并没就此过去。有的村民看到厂房坍塌，不但投资入股的钱收不回来，分红也没指望了，他们就到市信访局反映江湾村非法集资问题。市领导批示，责成花桥镇党委对江湾村非法集资致村民受损之事严肃处理！黄书记在会议上，对李爱民点名批评，并给予行政记过处分，同时要求江湾村妥善处理此事，分批归还村民的集资款项，对村民做好劝说工作，防止事态进一步扩大。村里哪有钱赔给村民？李爱民有点焦头烂额。

有些村民重新搭起蔬菜大棚，有些村民把田里清理干净，准备等天气暖和一点，种上包菜和西瓜。怀梅花知道，前不久大棚倒塌，使一些村民对投资蔬菜大棚心存疑虑，她要做出榜样，让大家看到，大棚蔬菜的收益，就是比普通蔬菜收入高！她不愿意商亮遭受一点点的信任危机。她购买了厚一些的优质农用薄膜，使用 6 根 10 毫米粗的钢筋，架起大棚轮廓，使大棚更坚固耐用。这回，别说是暴雪，就是台风来袭也不怕了！

商亮发现，最近吃饭，桌上总有一碟白菜，看上去像生的，但吃起来嫩脆清甜，十分爽口。怀梅花戏称它是“怀氏泡菜”。商亮好奇地说：“韩国泡菜倒听说过，怀氏泡菜怎么个做法？”怀梅花笑道：“中国许多名菜，都是穷人发明的。怀氏泡菜的做法很简单，把白菜瓣切成碎块，清洗后放入搪瓷盆，倒入开水烫，放入适量的食盐，第二天就能捞起来吃了。这么做泡菜，不会破坏白菜的色、香、味和营养，随吃随捞，十分方便！”

28 八方支援

村里没钱退还村民的集资款，只能尽量做说服工作。李书记表示，村里将对厂房进行整修，修缮后重新对外出租，村民获取本息的权益不受损害，至于修建的费用，不再向村民伸手，由村里负责筹措。商亮上网，除了浏览各类新闻，每天更新他的《村官日记》，他的帖子在东吴大学论坛上，非常受网友欢迎，他们回帖说，也有兴趣到农村或社区工作，商亮的这部日记，内容详实，细节丰富，对他们很有启发。能帮到他人，这是商亮最高兴的。

这天，商亮下班后，接到了李春燕的电话。近段时间，两人联系较少，有段时间没见面了。李春燕说："商大哥，到镇上来吧，我请客!"商亮说："有什么事吗?"李春燕笑道："没事就不能请你啦？我知道最近你压力大，出来走走，吃顿饭，放松下心情，再说，好久不见，也有点想你啦。"商亮笑道："想我？你想蒙我吧？老实交待，你和阿强进展如何？要不要我当红娘，为你们煽风点火?"李春燕笑道："商大哥，你别乱点鸳鸯谱了，我还小，不想这么早就被人管!"

商亮骑车来到商业街边上的一个巷子里，李春燕站在一家小饭店门口，笑盈盈地招手道："商大哥，别东张西望看美女了，我在这儿!"商亮走进饭店，两人坐定。李春燕说："你也许奇怪，我今天为何找这么家小饭店请你？其实，真正的美味，往往来自于这种闹中取静、其貌不扬的小饭店，那些大饭店，不过是徒有虚名罢了。"商亮笑道："这个淘美食的秘密，其实是我和阿强、阿明他们发现的，春燕，看来你和阿强走得很近，大有强强联合之势啊。"李春燕说："我和你是朋友，我和阿强也是朋友，并没有厚彼薄此啊!"

菜陆续端了上来，摆满了四方的小餐桌。商亮举起酒杯说："春燕，看到桌上这些美食，我已迫不及待了，跟你在一起，我就不客气了。"李春燕笑道："慢着，在你动筷子之前，我先给你介绍一下菜名。"商亮指着桌上的菜碟说："不用介绍，我都知道啊，这不是番茄炒鸡蛋吗？这个是菠菜炒黑木耳，这个是炒螺蛳，这个是……"李春燕笑道打断道："不对不对，你一个也没说对，罚酒一杯！"商亮不解地说："难道这些菜还有别名？"

李春燕指着刚才几个菜，说："番茄炒鸡蛋，又叫关公战秦琼，你看这菜的颜色，不是一个红脸一个黄脸吗？这菠菜炒黑木耳，又叫波黑战争；这个炒螺蛳，叫不可原谅！"商亮有点发愣，说："这炒螺蛳，怎么叫不可原谅？"李春燕笑着说："把人家的屁股都夹断了，如此狠心，当然是不可原谅啦！"商亮笑道："有点意思。"李春燕接着说："这个土豆色拉，叫不可救药，因为土豆又叫山药蛋，它被捣成稀巴烂了，当然是不可救药了！"商亮笑道："这面条呢？怎么当菜上来了？"李春燕说："这叫不可放弃！"商亮说："不可放弃？"李春燕说："面条是主食，它提醒我们，无论菜肴多么美味，都不能忘了主食，它还告诫我们，面对诱惑和困难，要坚持信念，把握自己，所以叫不可放弃！"

商亮笑道："没想到菜名还有励志功能，春燕，你是借请我吃饭的名义，想开导我吗？放心，面对那些误会和挫折，我没那么脆弱！"李春燕说："看到你的笑容，我就放心了，无论你遇到什么困难，我永远和你站在一起！"商亮由衷地说："谢谢你！你是我的好朋友，好妹妹！"他看到桌上还有一个菜没介绍，说："这个童子鸡，还有别名吗？"李春燕的脸腾地红了，说："这，这我不知道。"商亮笑道："这个我知道！它的别名叫'没有性生活的鸡'，我们都是成年人，有必要对这个字讳莫如深吗？"李春燕扮了个鬼脸说："好黄的菜名啊！"

两人吃饱喝足，正要离开饭店，李春燕的手机响了。她悄悄说："我爸打来的。"商亮说："哦，李书记会不会打听我和你有没在一块？"李春燕说："那我说实话吗？"商亮说："说吧，没事。"李春燕接通电话，说："爸，您找我有事？"李爱民说："我明天去你那儿，你给我准备二十万，我要用。"李春燕说："二十万？爸，您要干吗？"李爱民说："村里准备翻修厂房，急需用钱，这钱算村里借你的，收租后就还你。"李春燕说："爸，您是村书记呀，怎么跟女儿借钱？村里没钱，可以跟银行贷款嘛！"李爱民说："我是一村之主，要为村里精打细算，贷款利息高，跟你暂借一下，可以省下利息钱！"

李春燕吞吞吐吐地说："爸，我没有二十万啊！买房买车买家电，都是我自掏腰包，我哪还有钱啊？"李爱民说："你别跟爸捉迷藏了，我去年看到过你的存折，上面有十六万，加上你一个冬天挣的，总数应该有二十几万了，爸遇到困难，你不能帮一下忙吗？"李春燕为难地说："不是我不帮您，爸，我真的没那么多钱，我的钱，要留着当流动资金周转的。"李爱民说："你少来唬爸了，你有备货，流动资金两万就够了，二十万你拿得出的！难道还要爸求你吗？"李春燕说："爸，我真的不骗你，我手头没那么多钱，我借不出来。"

李爱民知道女儿的个性，她不是吝啬的女孩，如果她手头有钱，应该很爽快的，今天怎么拒绝了老爸的借钱要求？李爱民说："春燕，你老实告诉爸，你的钱哪去了？是借给了别人，还是被人骗走了？"李春燕说："爸，您太小看女儿的智商了，骗我的人还没出生呢！"李爱民说："我知道你的收入，那你说，你的钱呢？"李春燕迟疑道："我……"商亮压低声音说："你就答应李书记，我知道阿强的网站赚钱了，我打电话给他，让他还钱给你。"李春燕点点头，说："爸，我把钱准备一下，你后天来取吧。"李爱民隐约听到了商亮的说话声，问道："商亮在你身边吗？你叫他接电话！"

商亮接过春燕的手机，说："李书记，是我。"李爱民说："小商，告诉我，你是不是知道春燕的钱去哪了？"商亮犹豫道："这，我……"李爱民追问道："是不是跟你有关？"商亮说："是，我朋友做生意缺钱，春燕借了十万块给我朋友。"李爱民说："小商，春燕做生意有一套，做人很单纯，缺乏社会经验，你不要利用她对你的信任！如果你欺骗她什么，我不会饶你的！"商亮忙道："李书记，您为村里着想，翻修厂房再出租，我朋友生意还行，我叫他尽快还钱，好吗？"李爱民说："小商，希望你别让我失望！"

第二天，李春燕载商亮去市区找陆强。陆强看到商亮，惊喜地说："阿亮！你怎么有空过来？"杨秀玲说："商哥是无事不登三宝殿。"商亮笑道："阿强，你的秘书行啊，我是有事找你。"陆强说："什么事？只要我能办到的，一定尽力！"商亮说："江湾村的厂房在雪灾中坍塌了，李书记准备重修，村里没钱，想跟春燕借二十万，可春燕没那么多现金，所以，想请你帮忙。"李春燕说："我能凑出十万，还缺十万。"陆强说："没问题，我本来就欠春燕的，十万块一会就给你。"商亮说："阿强，你就还十万？不给点利息？春燕可是帮了你大忙的！"陆强笑道："我是那种过河拆桥、不计情面的人吗？春燕帮了我，我理应投桃报李！我还的十万，不是春燕的本金，而是我的一点心意！”商亮拍拍他的肩，笑道：“阿强，你变化太大了，你从一个游戏高手，转变成一个良商，这个转身让人惊喜！”

李爱民从女儿处借到二十万，江湾村的厂房顺利进行了修缮。用自家的钱，办公家的事，李书记不是第一次这么做。人家是把公家的钱放进私人的口袋，他倒过来，把私人的钱掏出来，为公家办这办那，这种思想作风，给商亮很深的震撼。如今的不正之风已司空见惯，但在江湾村，商亮看到了令人鼓舞的情形。官不贪，民不反，村干部没有频繁更换人选项，村支书和村主任，都是连任好几届了。村干部不像企业领导那样左右着职工的命运，村民完全可以不在乎村干部，靠自己丰衣足食、安身立命。

尽管，上面要江湾村返还村民集资款，但李书记没有照着做。他本就想把村里手里的死钱变成活钱，让村民多一份收入，虽说厂房倒了，但可以重修，熊老板撤租了，可以租给其他人。2008 年的猪肉价格一路飙升，养猪有不错的利润，有人想租厂房搞养猪，被李书记回绝了。李书记说：“你就是出到一平米 200 块，我也不会租给你！养猪场在江湾村上游，你一养猪，一条江就脏了，就糟蹋了！”好在现在有钱的人多，开厂的人也多，厂房大部分租出去了，有一些村民还被招到厂里上班。村民们为集资闹起的纠纷，终于平息下来了。

五月初的一天，李书记告诉商亮：“市里的十佳大学生村官的评审已经开始，镇里推荐了两个名额，一个是地园村的徐洁，她的事迹你知道，一个是五谷村的罗佳祥，他是去年参加工作的新村官，在五谷村发展养猪业，成绩显著！商亮，你的材料我报给镇里的，我猜，可能因为大棚倒塌的事，你被刷下来了。”商亮没太在意这个十佳荣誉：“只要自己尽力而为，对得起江湾人民，我就欣慰了。”

商亮和徐洁认识，在去年的联欢会上有过交流，商亮很敬佩这位本地姑娘，她的身上，没有娇生惯养的习气，她从东吴自愿到农村工作，光凭这一点，就比那些一心傍大款的女孩强。商亮打电话给徐洁，说：“徐洁，祝贺你入围东吴市十佳大学生村官！”徐洁笑道：“商亮，你祝贺得太早了，只是入围，还不是最后结果，我觉得，你才是当之无愧的十佳村官！”商亮笑道：“你别取笑我了，我还在摸索之中，还没干出成绩来。”徐洁说：“你太谦虚了，你和村民的亲近，这是很多村官做不到的，你的很多想法，都是行之有效的。”商亮说：“要做好

村官，并不轻松，还任重道远。”

徐洁说：“去年，我看了你的日记，你说江湾村要发展大棚蔬菜，还说可以利用水面搞水产养殖，我很受启发，就建议村里在河荡内养红菱和荷花，效果相当好，地园村成了市民夏季休闲赏荷的好地方，虽然，这不是观光农业，不卖门票，但市民来休闲要消费，一些村民搞起了农家乐家庭餐馆，地园村人气大增，对原先的小块菜地出租，带来有力的促销作用，前来观光的市民，十分喜爱地园村的环境，争先恐后来租菜地，村里的菜地供不应求，为了满足市民的需求，我们村包下了邻近的顾家浜的田地。”

商亮感叹道：“徐洁，你的举一反三，让我自愧不如！我提到的水产养殖，只是养鱼、养鸭、养鹅等传统养殖，没想到你想得更远，想到了养红菱、养荷花，把菜地出租发展得这么成功！”徐洁笑道：“我是本地人，和村里沟通起来比你容易一些，我的想法和你一样，我们到农村来，不仅是锻炼自己，还应该发挥我们的长处，让知识改变农村的命运。”商亮说：“农村最大的资源就是土地，而土地可以生长万物，这是造物主赋予的神奇，我一直在想，农村能不能搞立体种植或立体养殖？比如在田里挖鱼塘，水里养鱼，水上养鸭，鱼塘上搭架子种上葡萄？”徐洁笑道：“商亮，我发现你有点理想主义，你这个方案，可以利用现有的河道做实验，不用在田里挖鱼塘呀。”商亮笑道：“对啊，我怎么没想到？利用现成的河道，就不用改变农田用途了。”徐洁说：“农村的舞台很大，农村的落后，不在于地理环境，而是我们缺乏想象力，农村的原生态风貌，本就是宝贵的资源！”

徐洁的聪慧，让商亮有了更多的感触，她把农村的生态环境，视为资源，这是很有见地的，而且，她为地园村所做的，丝毫不破坏原有的格局，而是在美化它。如今，把农村建设得不伦不类或虚假繁荣的现象，难道还少吗？有的地方，让经济拮据的农民住上别墅，这是拔苗助长，好大喜功，不是在改善和提高农民生活质量，反而增加了农民的负担。把农村向城镇化发展，这是去农村化，改变了农村的性质，这不叫新农村，应该叫新城镇。徐洁在农村原有的水土环境中，扩延农村的魅力和活力，这是农村可持续发展的智慧之举。

5 月 12 日下午，商亮从田头回到村部，老陈叫住他，说：“小商，你还不知道吧？四川发生了大地震！我刚从电视里看到的！”商亮大吃一惊，年初刚发生了大雪灾，怎么又发生了地震？商亮说：“真的吗？我上网看看！”果然，网上关于四川汶川地区发生 8 级地震的消息，早就铺天盖地，商亮点开一条新闻，只见上面写道：“2008 年 5 月 12 日 14 时 28 分，四川汶川发生 8.0 级地震，北京、上海、天津、山西、甘肃、陕西等全国多省市有明显震感。地震发生后，胡锦涛总书记指示尽快抢救伤员，温家宝总理赶赴灾区指导救灾。”

商亮呆住了，8 级大地震，那是多吓人的破坏力啊？商亮第一时间想到了司马琴，因为她是四川绵阳人，就在震中附近，不知她家受灾情况如何？商亮拨打司马琴的手机，听到的是嘟嘟的忙音，重拨了好几次，都是忙音。商亮点开一个个地震的报道，看到一张张新闻图片，尽是倒塌的楼房、塌方的隧道、崩裂的路面、滑坡的山体、悲痛欲绝的灾民……触目惊心！惨不忍睹！当他看到北川中学教学楼倒塌的消息，那些孩子……商亮的心一下子揪紧了！

晚上，商亮拨了几次，才打通司马琴的电话。司马琴带着哭腔说：“我老家地震了，我打了一下午电话，家里电话和弟弟的手机都打不通，不知道他们是否平安？我急死了！”商亮安慰道：“你别着急，温总理已经到了绵阳市，正在组织救灾，你的家人不会有事的。”司马琴说：“如果明天和家人联系不上，我要回家！我快要崩溃了！”

第二天的新闻里说，汶川地区和绵阳的电力、通信全部瘫痪！怪不得司马琴和家人联络不上。商亮向李书记请假，说去市区看望四川的同学。李春燕开车送他到市区，并带上陆强，一起来到城北司马琴的租住处。赵燕开门看到商亮，眼前亮了一下，又看到商亮身边的陆强和李春燕，才知他并非来找自己。赵燕说：“你们是见司马琴吧？请进。”李春燕走进屋，对司马琴说：“琴姐，上次你一走了之，我还有工资没结给你，这次我带来了。”司马琴说：“上次很抱歉，我误会你了。”李春燕说：“没事，你上次卖剩下的肚兜，我帮你卖了，钱都在这儿。”司马琴接过钱，说：“春燕，谢谢你！”

商亮说：“司马琴，电话打通了吗？”司马琴摇头说：“没，燕子也帮我打，我们两个轮流打，就是打不通！”陆强说：“新闻说，那边的信号中断了，正在抢修。”司马琴说：“亲友的电话，一个也打不通，我实在担心！担心爸妈不会出什么事？我们买好了去成都的车票，晚上十点乘车回去！”赵燕说：“我和琴儿一起去灾区！灾区需要人！”商亮说：“燕子，你到灾区能干什么？灾区现在物资极其匮乏，无关的人多一个就多一份负担，你还是替灾区节省点粮食吧？”赵燕说：“我不到灾区，我去成都和绵阳当志愿者！帮救助站搬运物资！”

陆强说："灾区现在最缺的是食物和水，我们这边运过去不现实，我们不如把钱给司马琴同学，让她到成都帮忙购买食品后送到灾区。"李春燕说："好，要给灾区人民带去他们最需要的物资，琴姐回四川后，一定要给我电话，我寄些衣服和生活用品过去，灾民需要换洗的内衣内裤，还有卫生纸、清凉油、创可贴等。"司马琴感激地说："谢谢你春燕，你想得真周到，我急着回家，脑子很乱，什么都想不到。"商亮掏出身上的三百元，李春燕掏出五百元，陆强掏出一千元，都递给了司马琴。陆强说："钱很少，这是我们的一点心意，在灾难面前，全国人民会团结一心抗震救灾，我会在网站发布倡议，希望有更多的人奉献爱心，伸出援助之手，为灾区人民送去温暖和帮助！"

离开出租屋，李春燕一边开车，一边说："这次大地震伤亡惨重，但愿灾区人民能渡过难关，平平安安！"陆强说："我发现，绵阳和绵羊谐音，绵羊任人宰割，名不好，所以运也不好；汶川也是，汶字和坟墓的坟相似，坟边的土被水冲走了，能有什么好结果？"商亮说："阿强，你这是牵强附会！地震是自然灾害，跟地名无关！"陆强说："怎么没关系？你看《三国演义》，里的凤雏庞统，不是死于落凤坡吗？那就是他的归宿啊！"商亮说："唐山大地震和印度洋海啸又作何解释？地震跟地名扯不上关系，但可能与人类的活动有关，比如钻探、挖矿、筑坝等，说不定会改变地形地质，造成一定的隐患。"李春燕说："你们都不是专家，都别自作聪明了！"

他们路过一个超市门口，看到广场上停着一辆红十字会的流动献血车，车上拉着一条横幅："一方有难，八方支援，无偿献血，众志成城！"车前排着长长的队伍，秩序井然地等待着献血。商亮心里一动，说："春燕，你把车停边上，我们去献血吧！"李春燕欣然说道："好啊，用我们的热血，挽救受灾受难的同胞，这是多有意义的事啊！"陆强说："地震无情人有情，地震虽然可怕，但也激发了中华儿女的团结与坚强，老子说的没错，'祸兮福之所倚，福兮祸之所伏'！"商亮说："一方有难，八方支援，希望灾区人民能早日重建家园！"

29　以德报怨

5月18日中午，花桥镇农业银行。商亮查到工资到账了，他拿出一张小纸片，上面是中国红十字会的地震捐款专用账号，他把卡和纸片递给柜台小姐，说：“请帮我转一千元到这个账号。”最近向红十字会捐款的人很多，银行不收取手续费，柜台小姐麻利地办好了转账手续，把卡还给商亮。商亮正要离开，突然看到王冬生气喘吁吁地出现在柜台前。王冬生伸手擦了擦脸上的汗，从兜里掏出几张存折，对柜台小姐说：“把存折上的钱都取出来，快！”柜台小姐说：“大叔，您的存折还没到期，都要取出来吗？这会损失不少利息呀！”王冬生急促地说：“全取出来，我有急用！”

商亮不知他为何一下取那么多钱？难道家里发生了什么事？本来，王冬生和商亮关系很好，种小番茄他赚了些钱，对商亮很感激，自从年初的雪灾以后，王冬生对商亮有点冷淡了，可能因为他的蔬菜大棚，被雪压塌后，损失了几千块，他把责任怪到商亮头上。王冬生后来把两个大棚都拆了，上半年种上了西瓜。

柜台小姐尊重储户的意愿，办好了存折的支取手续，把三扎百元大钞从窗口递了出来。王冬生接过钱，并没离开，又从口袋取出一只手机，翻看起来。商亮不知道他在干什么？心想，他身上揣着三万块，等会儿跟他一起回江湾村，以免被人盯上，发生不测。王冬生冲着柜台说：“同志，我要汇款！”柜台小姐说：“汇多少？汇到哪里？”王冬生说：“汇三万！汇到这个账号！”王冬生把手机递进窗口，说：“账号在手机上！”柜台小姐说：“不要把手机给我，你在柜台上拿张汇款单，填好了再给我。”

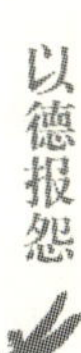

商亮有点不解，王冬生要汇三万块？汇到哪里？商亮在他身旁说：“王叔，给谁汇款呀？要不我帮你填汇款单？”王冬生刚才没注意到商亮，一看是他，没好气地说：“谁要你多管闲事？我会填！”商亮说：“王叔，发短信的人叫你汇款的吗？”王冬生拿着汇款单在看，头也不抬地说：“你烦不烦？我有急事，少在我耳朵边啰嗦！”商亮继续说道：“王叔，叫你汇款的人，你认识吗？现在利用短信诈骗的人很多，你要小心啊！”

王冬生瞪了商亮一眼：“你胡说八道什么？我儿子发生车祸住进医院，下午就动手术，我给医院汇三万块住院押金！”商亮“啊”了一声，说：“王叔，这是真的吗？那你要赶紧过去看看孩子啊！”王冬生说：“他在盐城上学，我坐车过去要老半天，怎么来得及？盐城人民医院的医生说，下午两点就动手术，我必须在两点前把钱汇过去，要不然，手术就要延迟，我儿子国华就有生命危险！”商亮说：“王叔，谁通知你，你儿子发生车祸？是交警吗？”王冬生说：“中午，医生和国华的班主任都给我打来电话，说我儿子遇到车祸，他们叫得出我的名字，这还有假？”商亮提醒说：“现在骗子太多，手段狡猾，王叔，你现在给国华打个电话，问问是否属实？”王冬生没好气地说：“他躺在急诊室等做手术，怎么接电话？”商亮说：“打一个试试看，说不定他的同学或老师在他身边，你可以问问他们，了解下情况。”柜台小姐说：“大叔，他提醒得有道理，你盲目汇钱过去，万一上当受骗呢？就算是真的，现在才一点多，汇款几分钟就搞定，两点动手术还来得及。”

王冬生虽然着急儿子的情况，但也有点担心万一儿子受伤不是真的，那自己的三万块可就肉包子打狗，有去无回了！他从手机里找到儿子的号码，拨了过去。王冬生听到的提示音是“对不起，您拨打的手机已关机！”他又拨了一次，还是关机的提示音。王冬生说：“我儿子肯定出事了！不会这么巧关机的！同志，你帮我把钱汇过去吧！”商亮说：“王叔，你稍微等一下，学生现在应该上课了，我打电话问问他们学校，学生发生车祸，学校应该知道。”

商亮不知道盐城工学院的号码，他拨打了盐城的 114 查号台，问到了学校的校长室电话，给校长室拨了个电话。电话接通了，商亮说：“请问是盐城工学院吗？我是贵校学生王国华的朋友，我想问一下，他今天有没有遇到车祸？现在盐城人民医院抢救吗？”校长室的人说：“哦？没听说有谁遇到车祸呀，请问他在哪个班级就读？我去问下他的班主任。”商亮把手机贴近王冬生的脸，说：

"王叔，学校问王国华在哪个班级？"王冬生说："国华是07年读的机电一体化。"校方说："好，我去了解一下，你们过几分钟再打来。"

王冬生忐忑不安地等了五分钟，焦急地说："时间不等人，国华是我家的独生子，他真要遇到了车祸，我倾家荡产也要给他治！"商亮理解他的心情，孩子是父母的希望，孩子在外面有什么意外，做父母的谁不是心急如焚？商亮拨通了电话，说："请问查到了吗？王国华真的遇到车祸了吗？"校方说："你们听谁瞎说的？王国华同学根本没遇到车祸！他正在教室上课！"王冬生听到了，说："那我怎么打不通他电话？医生和他的班主任，都给我打电话，明明对我说，我儿子中午被车撞了，需要动手术，要我马上汇钱过去，怎么又说在教室上课？"校方说："这是犯罪分子精心设计的骗局，你们接到类似电话，千万不要上当！你儿子马上就下课了，他会给你打电话的！"

一会儿，王冬生的手机响了，果然是儿子打来的。王国华说："爸，我在学校好好的，您怎么说我在医院抢救？"王冬生说："国华，你真没事吧？中午我接到一个男的电话，说你发生了车祸，他是医生，他要我马上汇款，我说手头没钱，要去银行领，他说在下午两点前一定要把钱汇过去，要不然，他们就无法给你实施手术抢救，你的女班主任老师也打来电话催我汇钱，说你被撞得很严重，可把我急坏了！"王国华笑道："他们在胡说八道，我哪有车祸？要是真的车祸，不会等几个小时才抢救吧？再说，我的班主任老师是男的，不是女的！"王冬生说："国华，中午我怎么打不通你电话？要是打通了，我就不会上他们的当了！"王国华说："我的手机不小心摔坏了，送手机店修理了。"王冬生说："我还是闹不明白，他们怎么知道我的手机号码？"王国华说："有个网友说，她暑假要到我家来玩，还问我家里的联系方式，我就把您的手机号告诉了她，昨晚聊天，我还把修手机的事对她说了，说不定是她在搞鬼？"王冬生说："你要好好读书，别老上网！你看你交的什么网友？差点骗走我三万块血汗钱！"

王冬生知道儿子安然无恙，心里的石头放下了，他把领出来的三万元，重新存了三年定期，到儿子毕业后，找工作，找对象，就能派上用场。柜台小姐办好了手续，对王冬生说："幸亏你身边那个男的警惕性高，你急着汇款，一到账，骗子就会把钱取走，你就后悔莫及了！"王冬生把存折放进口袋，对商亮说："谢谢你提醒我，我的钱才没被骗走，回家我请你喝酒！"商亮笑道："王叔，喝酒就不用了，下回你看见我，不要板着脸假装不认识就行了。"

两点钟到了，王冬生的手机又响了起来，他看了下号码，探询似地问商亮："那个假医生打来的，要不要接？"商亮说："你告诉他已经汇钱了，让他空欢喜一场。"接通电话，那个医生说："钱准备好了吗？赶快汇过来，我马上给你儿子安排手术！"王冬生忍住笑，说："刚汇了三万块，你们快点手术啊，拜托你们了！"对方说："好，我去查询一下，要是钱到账，你儿子就有救了！"王冬生刚想挂断通话，商亮把手一伸，接过王冬生的手机，大声说道："我是盐城市公安局侦察处，你们的诈骗行为已在我们的监控之中，限你们一天之内马上来我局投案自首，否则后果自负！"说完就把通话挂了。

王冬生愣愣地看着商亮，说："你假装警察，他们会害怕吗？"商亮笑道："他们躲在盐城，我们在这边报案没用，再说你没造成损失，警方不会立案的，他们做贼心虚，我就是吓吓他们，让他们提心吊胆几天，起码那几个手机号码和那张银行卡，他们不敢再用了，叫他们偷鸡不成蚀把米！"

群众的眼睛是雪亮的，谁跟老百姓亲，谁为老百姓好，他们心里有数。虽然，蔬菜大棚让一些村民遭受了损失，但雪灾是防不胜防的，这不怪商亮，商亮真心实意想让大家在田里多挣点钱。虽然，厂房坍塌影响了集资者的分红，村里没把集资款退给村民，但李书记拿自家的钱修复厂房，重新出租，村民还能说什么呢？

商亮从《东吴日报》上看到，东吴市首届十佳大学生村官评选结果揭晓了，花桥镇五谷村的罗佳祥名列十佳之一，获奖理由是他带领村民发展养猪业，使村民走上致富路，并缓解了本地猪肉供应紧张的局面！商亮放下报纸说："我看好地园村的徐洁，没想到她落选了。"李爱民笑道："评比的依据，是看直观的成绩，最近猪肉价格疯涨，养猪的获利多，受到关注的程度也高，他被评为十佳，一点都不意外。"商亮说："从长远来说，徐洁做得更好，她不破坏农村环境，不增加农民负担，农民临时转让土地使用权，获得一定的收入，市民体验种菜，获得自产的新鲜蔬菜，又能休闲放松，这是多好的创意啊？"

李爱民笑道："徐洁是很出色，但她跟罗佳祥比，还差那么一点，小商，如果这届你参加评选，你也会落选！你带头搞的大棚蔬菜，影响力还不够，如果江湾村能成为远近闻名的蔬菜种植基地，那你就有希望入选明年的十佳。"商亮笑道："十佳不十佳的我不太在意，村民能得到经济实惠，我就很高兴了。"李爱民笑道："荣誉是一种财富，是你成长的资本，如果你入选十佳大学生村官，不但对你的前途有利，咱们村也跟着沾光！”

年初的严寒和暴雪，给人们造成巨大损失，但有失有得，瑞雪和严寒对农业有一定好处，可以杀死过冬的害虫，减少来年的病虫害。今年的西瓜、小番茄和其它蔬果，获得了丰收，农民高兴，那些菜贩子也眉开眼笑的，雪灾带来的损失，得到了大自然的补偿。怀梅花家在商亮的帮助下，已摆脱了贫困，她们一家的欢乐，见证了商亮的努力。许许多多的农户，决定秋收后，再搭蔬菜大棚，露天种植的所有蔬菜，包括青菜、黄瓜、豆苗、茄子、四季豆等，都可以搬到大棚里种，而反季节蔬菜的价格，比一般蔬菜卖得贵，大家看到怀梅花就是这么把钱积攒起来的，那还犹豫什么？要干就一块儿干！

8月8日，举世瞩目的第29届夏季奥运会，在中国北京隆重开幕。随后的比赛中，中国代表团取得了优异的成绩，奖牌数和金牌数均获得了第一名。那一阵，办公室里每天聊的话题，都离不开奥运赛事。一天，郭兴元说：“中国的乒乓、举重和跳水比较强势，足球、田径、游泳不行，特别是足球，简直丢中国人的脸！”李爱民说：“某些项目有优势，除了运动员个人付出的努力，国家也投入了巨大的人力物力，我想，等江湾村的经济上去后，咱们要利用荒地建一个篮球场，建一个公园，安装一些健身器材，让大家有休闲和健身的好去处。”

郭兴元说：“老李说得好，村里要有健身的地方就好了！这几年，我运动量少，胖了不少，老王也发福了。”王主任说：“现在不下地劳动，每天坐办公室，能不胖吗？”张桂宝说：“记得我们小时候，有跳绳、跑步、拔河、踢毽子等健身活动，现在的小孩就喜欢看动画片？都不爱玩了。村里的胖子多起来了，每年得高血压、脂肪肝、糖尿病的人越来越多，辛苦挣的钱，都花在看病上了，真不值得！”李爱民说：“咱们村干部要与时俱进，过去主要抓生产，现在主要抓经济，往后，我看要抓村民的健康了，生活好了，要是身体不好，钱再多也白搭！”商亮说：“李书记说得对，健康是人的第一财富，身体站起来就像一个1，要是1倒下了，我们拥有的其它东西，也就没意义了。”

大学生就业难已是众所周知的问题，但家长们望子成龙、望女成凤的心愿，依然没有改变，这使家教市场方兴未艾，竞争激烈。懒人服务网的家教服务，主要针对初二、初三和高二、高三的学生，生意还不错。一天，杨秀玲对陆强说：“陆哥，我建议把咱们家教的服务对象，提前到小学生，小学是求知的基础阶段，只有打好基础，才能在后面走得更稳！”陆强说：“听上去不错，但给小学生补课，是不是太早了点？家长也没这个意识。”杨秀玲说：“给小学生补课，那是夯实基础，给初中生和高中生补课，主要是应对考试，应该让家长理解这一点！”陆强反驳说：“如今提倡给学生减负，寒暑假期，家长逼孩子上兴趣班，都会引起孩子反感，如果在小学就开始补课，他们哪有时间去玩？这样的童年未必太枯燥太恐怖了！”杨秀玲点点头，说：“陆哥，你说得对！我们习惯了以成人的观点去要求孩子，忽略了孩子的权益，我们以为为他们好，实际是我们太自私太霸道了！”

席卷全球的金融危机，波及各行各业，很多公司在裁员和降薪，每年几百万的应届毕业生，找工作愈发困难起来。农村张开怀抱，任劳任怨地接纳着返乡的民工，无形之中，中国广袤的农村，成了这场金融危机的避难所。农民的承受力是非常惊人的，城市里脏苦累的活，基本由他们包了，而今，他们被迫返回家乡，日子还得过下去，种地，打零工，默默地忍受生活的磨难。

江湾村受到金融危机的影响较小，农业村本就是自给自足的生产方式，就是再怎么危机，饭菜总归要吃的，蔬菜的价格和销路并没受到影响。猪肉跌价了，五谷村的养猪户叫苦不迭，去年看养猪行情好，不少村民一哄而上，现在行情一变，把去年赚的都赔进去了。刚刚获得十佳大学生村官荣誉的罗佳祥，命运和他开了个玩笑，转眼间就灰头土脸。商亮在《村官日记》中，抒写了自己对现实的诸多想法，他呼吁更多的毕业生，到农村来，给人生充电，为农民服务，当村官不能升官发财，但在农村得到的锻炼和熏陶，将受益终身。

走出校门的学子，眼见金融危机来势凶猛，找工作比找对象还难，本来视作鸡肋的村官工作，一下变成了香饽饽。有些地方，考村官不亚于考公务员，几十个人争夺一个名额。有些人，不是真心实意到农村工作，而是看中村官的待遇，看中将来考公务员的加分照顾，他们把村官工作当成了跳板。一些大学生来到农村基层，不知从何着手，他们什么都不会干，还嫌工作环境不好。商亮认为，出现这种不适应、不和谐、不默契的现象，问题根源不在农村，而在大学生，他们心里没有农村，又能给农村带来什么？

司马琴五月中旬回四川后，没再回来，据同去的赵燕说，司马琴留在了老家，地震中，除了她奶奶被倒塌的房子压伤，父母和弟弟均平安。绵阳、北川和汶川地区，很多学校在地震中成为废墟，很多老师在地震中不幸牺牲，如今，师资力量匮乏，司马琴在临时搭建的帐篷学校，充当起小学代课老师。赵燕说，司马琴干得很投入，尽管有一段时间没有工资，后来也只有六百元，比在沿海地区打工差好几倍，但她心甘情愿。司马琴终于找到了她的人生坐标，一个人，如果能做自己喜欢的事，又能从中感到快乐满足，还有什么比这更值得庆幸的？

小磊站在热气腾腾的浴盆内，身上满是泡沫，怀梅花正在给他擦洗身体。怀梅花说："小磊，快点洗，热水凉了，你会感冒的。"王小磊很调皮，手上抓一把肥皂泡沫吹泡泡。怀梅花说："过两年，等妈妈攒够钱了，就把这旧房子拆了，造一座漂亮的楼房，还有漂亮的卫生间，到时候，随便你洗多久，妈都不会管你了！"小磊抓着妈妈的手说："妈妈，我不要楼房，我要商亮叔叔！我要听他讲故事！"怀梅花用干毛巾擦拭儿子身上的水珠，说："商叔叔工作忙，不能天天来看我们。"小磊忽闪着眼睛说："妈妈，我要商叔叔跟我们一块儿睡，妈妈睡里面，商叔叔睡外面，小磊睡中间，好不好？"怀梅花把儿子抱到床上，盖好被子，亲了亲他的脸，说："商叔叔要回老家了，你叫他早点回来好不好？"

30 真情告白

商亮三年没回家过年了，心头颇有些感慨。没找到工作时，不好意思回家，怕丢脸；工作第一年，不想请假，想给领导留下好印象，还是没回家过年；第二年，工作有些起色，想回家报喜，却遇上了雪灾，抢险救灾要紧，回家过年又落空了；今年，商亮决定，无论如何要回家，再不回家过年，真的说不过去了。说不上衣锦还乡，说不上光宗耀祖，在外面好歹呆了三年，回家看看父母，那也是做儿女应尽的义务。

商亮要陆强帮他买两张到西安的车票，陆强说："两张车票？你跟谁一块儿回去？"商亮说："燕子。"陆强说："燕子？你跟她和好啦？"商亮说："没，我回我的花瓶村，她回她的赵家庄，路归路桥归桥。"陆强说："阿亮，我有点搞不懂，你到底喜欢哪一个？别的我不管，如果你和春燕没那意思，别忘了告诉我！"商亮笑道："为啥？你爱上她了？"陆强说："你是我哥们，你又先认识春燕，如果你爱她，我就退出，如果你不爱她，我就对她展开攻势了！"商亮笑道："你如果攻得下来你就攻吧，我没意见。"陆强笑道："好，那我就不用顾忌了！"

商亮骑车去镇上，经过怀梅花家时，她在屋场上给鸡喂食。商亮说："梅花，我想请你参谋一下，我想给家里人带点东西回去，但不知买点什么好？"怀梅花说："你爸喜欢抽烟、喜欢喝酒吗？给他买条好烟，买瓶好酒，要东吴生产的；给你妈买件保暖的羽绒服，她自己舍不得买，你给她买回去，她嘴上会埋怨你，但心里欢喜！你再多买点这里的土特产，糕点啊，蜜饯呀，分给亲戚家的孩子，让他们高兴高兴。"商亮说："还是女的心细，我就想不出来，谢谢了！”怀梅花说：“你回家那天，我去车站送你，我也有样东西要送给你。”商亮笑道：“梅花，你送我什么礼物？”怀梅花微微一笑：“暂时保密！”

元月22日下午，李春燕开车回江湾村，送商亮去火车站，同去的还有怀梅花。商亮望着窗外的风景，说：“东吴上千年来，是有名的江南鱼米之乡，可惜，现在有点名不副实了。”怀梅花说：“别的地方变了，咱们江湾没变多少呀。”李春燕说：“现在是物质社会，大家都在向钱看，要我种田我还不会。”怀梅花说：“种田的一天流的汗，比坐办公室的一年流的汗还多，还挣不来钱，幸亏商亮会动脑筋，种上大棚蔬菜，收入才好点，但愿哪天，当农民也有退休金，也有养老保险，咱们去田里种菜就像上班，那就好了。”商亮笑道：“会有这一天的。”李春燕笑道：“你们一说种田，我就插不上嘴了。”

怀梅花说：“商亮，你东西都买好了吗？”商亮说：“买了，我还买了个手机。”怀梅花笑道：“我猜，手机是买给你妹妹的吧？”商亮笑道：“哎，怀梅花，你像我肚子里的蛔虫，我想什么，怎么都瞒不过你？”怀梅花笑道：“我听你说过，你们兄妹感情好，她早早出去打工挣钱，省吃俭用，供你上大学，你又不是忘恩负义之人，我想，你这次回家，一定会送礼物给她，买衣服你不知她尺寸，所以，给她买个时尚的手机，她一定很开心。”商亮笑道：“我就是这么想的！”

李春燕在市区接上陆强，前往城北小区。李春燕说：“陆哥，跟你一块的那个周凤明去哪了？最近怎么没见到他？”陆强说：“阿明不在我那了，他去开店了。”商亮不知情，说：“开什么店？你们咋都没告诉我？”陆强说：“他在诗滨路上开了家足浴店，从别人手上盘的，他那有按摩，阿亮，等你回来，咱们去体验一下。”商亮有点不信，说：“他哪来的本钱开店？跟他父母要的？”陆强说：“他跟我借了五万。”李春燕说：“陆哥，你的钱挣得也不容易，我听杨秀玲说，周凤明人不怎么样，你怎么一下借给他五万？”陆强说：“他是我哥们，我能拒绝吗？”商亮说：“阿强，你借钱应该看看阿明干什么呀？足浴店，正正规规经营的，生意好不了，要是搞歪门邪道，那就违法了，你这不是帮他，是害他啊！”陆强说：“改天我去侦察一下，要是真有猫腻，就叫他转手别干了！”

当赵燕提着行李出现路旁，怀梅花愣了一下。商亮没告诉她，他和初恋情人一块回家，这要是他们旧情复燃，那自己的希望就破灭了。副驾驶位坐着商亮，后排坐着陆强、赵燕和怀梅花。赵燕第一次见到怀梅花，但她认了出来，司马琴回来同住那段时间，描绘过怀梅花的长相，她早就想见识一下怀梅花，因为商亮在《村官日记》里描述过这位美丽村妇，极尽赞美之词。赵燕冲怀梅花笑了笑，说："你是梅花姐?"怀梅花诧异地说："你认识我?"赵燕笑道："商亮在网上写过你，他在江湾村受到你不少照顾，谢谢你今天来送我和商亮!"

怀梅花的心情，一下子晴转多云。看她说话的语气，似乎和商亮藕断丝连，并没有完全断了。怀梅花心想：论相貌、才华、能力，李春燕和赵燕都比我强，我是一个结过婚的女人，哪有资格和她们竞争？商亮虽然在江湾时和我相处很好，但他是来工作，不可能长久留在江湾，看来，我和他是没希望的，他年轻有为，前途无量，我不能拖累他，我应该埋藏不切实际的幻想，祝福他!

站台上，商亮和李春燕、陆强握手话别，怀梅花站在一边，眼中盈泪。商亮看见了，悄悄走到她身边，说："你怎么啦？过完年，我会回来的，我还继续给你当下手，和你一起种菜，你不用伤心。"怀梅花用手快速擦了下眼角的泪，轻声说："小磊让我告诉你，他希望你早点回来，他想听你讲故事。"商亮笑着说："请放心，我很快就回来，我绝不食言!"直达西安的列车进站了，旅客开始检票上车。赵燕拉了一把商亮，说："咱们上车吧!"商亮说："你先上车，我一会就来。"

商亮和怀梅花握手告别，怀梅花说："替我向二老问好！这次回去，你好休息个够了。"商亮笑道："三年没回家，回家肯定更累！对了，你答应送我的礼物呢？车要开了，快点给我吧!"怀梅花忽然红了脸，说："我……"商亮低声说："我盼着呢，你可不能反悔啊!"怀梅花轻声说："在行李箱你的衬衣口袋里，你一个人的时候看……"李春燕在前边说："商大哥，你们嘀嘀咕咕说什么悄悄话？怕我们听见啊?"商亮说："没说什么啊。"

商亮提着很大的行李箱，登上列车台阶，又转身向陆强、李春燕和怀梅花挥手道别。他走进车厢，找到硬卧座位号。赵燕坐在下铺，说："你怎么才来?有两个美女送你，是不是恋恋不舍?"商亮说："我和她们说两句话，你吃什么醋?"包厢内有两排铺位，各有上、中、下，商亮掏出车票看了一下，说："燕子，你在上面还是下面?"赵燕说："我的是中铺，你呢?"商亮说："我是下铺。"赵燕说："那你睡下面，我睡上面!"商亮笑道："还是男的在上面比较好。"赵燕说："谁说的?"转而她叫道："你好坏！占我便宜!"商亮笑道："我让你睡下铺是照顾你，因为下铺空间大，可以坐着看书，中铺坐不了，只能躺着，我是好心，是你想歪了啊！"

坐在对面下铺的是个二十岁左右的小伙，他很大方地说："听你们口音，是陕西人？自我介绍一下，我叫周青，陕西凤翔人，正在东吴大学上大一。"商亮笑道："真是巧了，不但是老乡，还是校友！"周青惊喜地说："两位是东吴大学的学兄学姐？你们读大几？"商亮说："我们早毕业了，这不，回老家过年。"周青感兴趣地说："学兄在哪高就？"商亮说："一介村官，布衣百姓而已。"周青兴奋地说："你是大学生村官？我虽然才上大一，但对毕业后的去向很关心，我也打算毕业后回农村当村官，能不能请学兄聊聊你的工作，让我有个参考？"

商亮笑道："工作本身没有好坏之分，就看你是否有热情有信心去做？到了社会上，首先要学会面对现实，适应环境，就像植树一样，先存活，然后才能长好。"周青说："依你之见，最近几年，学什么专业比较好？"商亮说："你读的什么专业？"周青说："法学。"商亮笑道："法学还不错，我个人觉得，未来五年，律师和医学专业，比较有前途，因为现代社会对法律和医疗的需求愈加旺盛，还有心理学也不错，现代人的心理压力大，需要专业心理咨询师的疏导。另外，现在热的专业，几年后未必热，现在冷的，将来未必冷，比如环保、营养师、农业，都有机会。"

周青说："你说的我非常认同，但对农业的前途我不敢苟同，现在是后工业时代，处处追求高科技，哪有农业的立足之地？农民已沦为最底层的职业。"商亮笑道："风水轮流转，农业被忽视了几十年，在工业萧条时期，说不定农业会重新得到重视！"赵燕插话道："商亮，你这是什么理论？你当了村官，就给农村大唱赞歌？农村真要好，为什么有那么多的人出来打工？"商亮说："社会发展，有时会有跷跷板效应，一会儿涌向这头，一会儿倾向那边，这不奇怪，我说农业好，是因为人多地少，但人每天要吃喝拉撒，将来的粮食价格，说不定比肉价油价还贵！"赵燕说："我才不信你的胡话！中国几千年的文明古国，哪朝哪代当农民扬眉吐气了？"商亮笑道："燕子，不和你争论了，中国水资源紧张，我还是节省一点唾沫吧。"

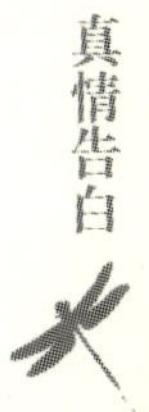

列车咣当咣当地向前急驶，窗外的路灯一闪而过。晚间十点钟，列车统一熄灯，只有车厢走道下边的小灯亮着，散发着淡黄色的光。睡在中铺的商亮，心里想着怀梅花的礼物，哪里睡得着？过了一会，车厢里安静下来。商亮探头望了眼赵燕，见她向内侧睡，便悄悄下床，拉出铺下的行李箱，从中摸索着，摸到了一件衬衫，衬衫口袋里鼓鼓囊囊的不知是什么？商亮就着暗淡的灯光，把口袋里的东西掏出来，塞进了裤兜。睡在对面的周青，看到商亮鬼鬼祟祟的样子，好像从行李箱偷了什么东西，不禁有点紧张。

商亮走到车厢一头，看到卫生间内无人，就推门进去，把门反锁，然后从裤兜里掏出东西。卫生间里的灯光很亮，商亮看清了，这是一个红色的香包，中间用金线绣了两颗重叠的心形，心形下面，绣了“好人一生平安”几个字，字是黑色的，摸上去很光滑，商亮凑近仔细一看，发现绣字用的不是普通的丝线，而是头发丝！是怀梅花用她的秀发刺绣的字！商亮抑住激动的心情，拉开了香包的拉链，里面有一个用纱布包好的香料袋，还有一张折叠得很小的纸条。打开纸条，只见上面写着一首十六行小诗：

赠　你

如果你是清清的水，
我愿是静静的睡莲！
如果你是蓝蓝的天，
我愿是悠悠的白云！
如果你是宽宽的脚，
我愿是长长的脚印！
无论你走到哪儿呀，
我愿伴随在你身边！
遇见你是我的缘分，
你改变了我的命运！
白天想看你的笑脸，
梦里都是你的身影！
如果你爱的是别人，
请原谅我自作多情！
如果你心里也有我，
就让我们心心相印！

商亮一遍遍地念着这首小诗，心底涌起一阵阵感动，眼角已悄然湿润了。

这首小诗，并不押韵，也并不精致，但对于一个仅有初中文化、整天忙忙碌碌的农妇来说，这要花去她多少心思啊？毋庸置疑，这是她的真情告白，对于一个女性来说，这么做，需要多大的勇气啊！商亮感到几许惭愧，身为堂堂男儿，竟然怯懦得不敢表达自己的情感，更让他无地自容的是，面对如此真情的女人，自己的心思却还在摇摆不定，还在李春燕和她之间犹豫不决，这太不该了！

绣香包，赠情诗，这种在评书里才有的情节，被她巧妙地借用了，她何尝没有细腻和浪漫？也许她是想证明，虽然她文化低，但一样能和他交流文学？她一定经过了反复的思想斗争，才勇敢迈出这一步！在她面前，商亮自惭形秽！她原本是想留在王家的，因为遇到了商亮，她动摇了这个念头，她想追求自己的幸福，也许这是她的一次赌博，如果不成功，那她就真的死心塌地留在王家当一辈子媳妇和寡妇了。怀梅花的温柔、善良、勤劳和善解人意，这是那些小女孩无法比拟的，商亮感受到她的亲和与包容，在她家里，他随意得就像在自己家，在她面前，他可以脱下一切伪装，无所顾忌地扑在她怀里哭泣！商亮叩问自己：面对这样一个女子，我有理由搪塞吗？我有理由伤害吗？我有理由不珍惜吗？不再犹豫，他已有了答案！

天亮了，列车到达西安站，商亮和赵燕拖着行李箱，随着人流走出车站。两人在车站旁的一家餐馆，每人要了一碗羊肉泡馍。赵燕边吃边说："终于吃到家乡的风味了，吃啥都不如羊肉泡馍香啊！"商亮笑道："燕子，那你回来啊，到西安或者丹凤工作，就能天天享用家乡的美味了。"赵燕说："你怎么不回来？"商亮说："我的工作合同来年六月就到期了，可我真的舍不得离开江湾村，我喜欢那儿，我对那里有割舍不了的感情！"商亮没有明说，他已经对那里的人，有了割舍不了的情感。

商亮和赵燕叫了辆出租车，找到了妹妹商兰工作的那家饭店。商亮叫赵燕先去长途汽车站坐车回家，赵燕不肯，非要跟着他，说要见见他的妹妹。饭店门口，站着两位身着旗袍的漂亮女孩，微笑着对宾客迎来送往。商亮心说：在大冬天，她们穿那么少，不冷吗？有的老板为了招徕顾客，故意要迎宾小姐穿得美丽冻人，全然不体恤员工的健康，而迎宾小姐为了工作，为了挣钱，只能忍气吞声。

商亮提着行李箱，跨上台阶，两位迎宾小姐伸手笑脸相迎："欢迎光临！"商亮在进门前，无意间瞥了眼站在门旁的迎宾小姐，发觉有点眼熟。迎宾小姐也发现了他，盯着他足足看了三十秒，这才惊喜地叫道："哥！哥！真的是你吗？"她不由分说，扑到商亮跟前，张开双臂，和商亮紧紧拥抱在一起！商亮刚才已认出了她，他强抑着激动的心情，说："兰兰，我的好妹妹！"兄妹俩在饭店门口，旁若无人地相拥在一起！商兰俯在哥哥肩头，说："哥，你一点都没变，还是这么英俊！"商亮笑道："哥哪算得上英俊？兰兰，你变了，变得越来越漂亮，哥差点认不出你来了！"

旁边那位迎宾小姐说："小兰，你哥来了，要不跟老板请个假？"商兰说："这几天饭店生意好，都是单位来吃年夜饭的，店里人手不够，我再请假，老板会有意见的。"小芳说："老板太抠了，人手紧，干吗不多招几个？叫我们天天加班，到大年夜才放我们假，太没人性了！"商兰笑道："小芳，你就别发牢骚了，现在忙，过完年就淡季了，换了你是老板，你愿意现在招人吗？"商亮说："兰兰，你说当服务员，没说在当迎宾小姐呀！"商兰说："原来是干端菜洗盘子的活，后来店里重新装修了，门口需要迎宾小姐，要形象好的，老板就把我安排到这儿了。"赵燕说："当迎宾小姐挺轻松的。"小芳没好气地说："站着说话不腰疼！你来站一个月试试？每天像门神一样站八个小时，还要面带微笑，你以为滋味好受？要不是看在工资多一点，我宁愿回去洗盘子！"商兰说："当迎宾小姐，比端菜洗盘的有面子一些，要说累，当服务员哪有不累的？"

还不到中午开饭时间，店内比较冷清，没有吃饭的，只有住宿的有几个出入。小芳说："小兰，你陪你哥去里面坐，现在客人少，我来应付好了。"商兰带商亮和赵燕在大厅喝茶的地方找座位坐了，商兰说："哥，你咋不事先给我打电话？我好去车站接你。"商亮笑着说："我想给你个惊喜嘛！"商兰说："你都三年没回来过年了，我盼星星盼月亮，终于盼到你回来了，爸妈看到你回来，肯定特高兴！"商亮说："爹娘的养育之恩，你对哥的帮助，哥都记在心里！今年，工作总算有了头绪，我才请假回来过年，呆到正月十五才回去上班！"商兰说："哥，你就是没找到工作，没混出个人样，也应该回来嘛，我和爸妈怎会嫌你没出息？"商亮说："我知道你们不会嫌我，但我不能给你们丢脸啊！好不容易上了大学，哥不能两手空空、一事无成地回来！"商兰笑道："哥，你还是没改爱面子的毛病，还记得你上小学五年级，没评上三好学生，你躲到天黑才回家，怕别人笑话你！"赵燕笑道："商亮，没想到你还有这臭毛病，这不是死要面子活受罪吗？"商兰说："我哥不是你说的那样，我哥不管做什么都想做到最好，不甘落后！”

赵燕笑道：“你们兄妹真是一条心啊，不过，我怎么感觉你们长得一点都不像？”商亮说：“这有什么？天下有相同的两片树叶吗？就是双胞胎，长得不一样的也挺多。”商兰看看赵燕，说：“哥，这位是谁呀？”商亮说：“她是我同学，也是我们老乡，她叫赵燕。”商兰有点疑惑，她知道哥哥在大学里谈过一个叫赵燕的对象，不过毕业后两人分手了，怎么又在一起了？商兰说：“哥，你们现在准备一块儿回家？”商亮摇头说：“我们现在是同学，没别的。”

商兰看看大厅里的钟，说：“哥，快到十点了，我要站门口，不能陪你们聊了，被老板看到我开小差，要扣钱的！哥，要不你在城里住两天，后天大年夜，我们一块儿回家？”赵燕笑道：“我发现你们兄妹有个共同点了，就是敬业！”商兰说：“既然干了这份工作，当然要干好！”商亮说：“我住城里干吗？快到家门口了，咱不花那个冤枉钱。对了，我给你带了部手机，你看看喜不喜欢？”商亮取出手机，商兰接过一看，手机款式很新颖，很时尚，就说：“哥，你买这干吗？挺贵的吧？”商亮说：“不贵，就一千多一点。”商兰瞪他一眼，说：“哥，你现在口气不小，一千多还不贵？爸在家里电话都舍不得装，说不打电话还收月租费，不合理！哥，把手机给爸用吧，给他买个不用月租的手机卡。”商亮说：“这是女式的呀，爸用不合适吧？”商兰笑道：“爸不懂男式女式，不过，哥，你把价格说低点，就说两百块买的，要说贵了，爸不但不谢你，还会臭骂你一顿！”赵燕笑道：“为了亲人的爱，撒一个善意的谎言！”

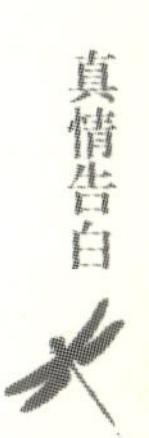

31 近乡情怯

商亮回到了阔别三年的家乡。花瓶村第一个大学生，风尘仆仆地回来了，乡亲们都来看热闹，有说他瘦了，有说他高了，有说他俊了，三姑六婆，七嘴八舌，商家像过节一样热闹。商亮把羽绒服给老妈，把香烟、老酒和手机给老爸，把一些土特产和小礼物，送给亲戚的孩子，皆大欢喜。

老商吸着儿子带回来的香烟，笑眯眯地说："亮亮，你有出息了！老商家没白养你二十六年啊!"商亮妈说："亮亮，怎么没给你妹妹带样东西？没她打工供你读书，你有今天吗？"商亮忽然想起，本来给商兰买个手机，可她不要，把手机让给了爸爸，真没其它东西送给她。商亮说："我问过她要什么？她什么都不要。"商亮妈说："兰兰从小就懂事，知道把好东西留给你，可你怎么当哥哥的？出去几年就把她忘了吗？你对得起她吗？"商亮说："我记着她对我的好，我会给她补偿，会报答她的。"

商亮妈说："亮亮，你在外面上班两三年了，一年挣一万，该有两三万吧？过完年，你陪兰兰去趟省城，给她买点金银首饰!"说实话，若是商亮把工资积累下来，该有五六万了，但他现在卡上，也就一万多元。他的工资本来不高，又借钱给陆强，还不时资助怀梅花，2008年的地震，他向灾区捐了钱，加上自己用的，如今所剩无几。商亮知道，妈妈叫他给妹妹买首饰，是对妹妹的一种补偿，但兰兰不会接受的。兄妹之情是无价之宝，金钱是无法衡量的。

除夕，商兰从西安回来了。合家团聚，其乐融融。是夜，一家人围坐着吃饺子，热气腾腾，欢声笑语，这是多年没有出现的喜乐场景，商亮心头热乎乎的。俗话说："金窝银窝，不如家里的狗窝。"在外头，虽然大家对他都很好，但没有亲情的欢乐，还是会感觉缺点什么，心里像飘浮的云一样没有着落。在家里，和商亮最亲近的就是妹妹商兰，兄妹俩说笑着，嬉闹着，如同孩子一般，他们忘记自己已长大，已是二十来岁的青年了。看到兄妹俩如此亲密，父母在一旁笑得合不拢嘴。十几年前，父母就有过打算，肥水不流外人田，将来要让儿子和女儿组成家庭，如今，儿子出息了，女儿也长成大姑娘，该给他们办喜事的时候了。

兄妹俩在屋场上放礼花，听着啾啾的声响，看着礼花在夜空中绽放，天女散花一样，商兰孩子似的拍着手，开心地叫着。商亮侧过脸，静静地看着妹妹，妹妹已出落成美丽的凤凰，她的身材，她的容貌，她的孝顺，在村子里都是百里挑一，可她在自己眼里，仍是十几年前，那个调皮可爱的小女孩。礼花是商兰买回来的，农村里只有鞭炮和百响，哥哥回来了，她为了庆贺，特地买了一大把礼花棒，她要让商亮分享她的喜悦和快乐。在她的心目中，哥哥是才子，是英雄，他是村里第一个大学生，他是商家的骄傲，能为哥哥出一点力，能站在他身边做一颗陪衬的小草，这是她心甘情愿的，也是她引以为荣的。

家里只有三间平房和一小间附屋，附屋兼着灶屋和杂物间，三间正房，西边一间是父母的卧室，当中一间是客堂，放着一张八仙桌和几条长凳，是吃饭和会客的地方，东边一间是商亮和商兰的卧室，里面架着两张铺，一张靠后墙是商亮睡的，一张靠东墙是商兰睡的。从商兰三岁起，兄妹就同住一屋，商亮在乡里上初中开始住校，星期六星期天回来，他们仍住在一个屋里。商家居住条件有限，没有空房可分开住，兄妹住一起，哥哥辅导妹妹功课方便些。直到商亮上高中上大学，寒暑假回家，还是这样住。因为是兄妹，也没考虑什么避嫌。村里好多人家都这样，有的姐姐和弟妹一块儿住，直到出嫁才分开。

商亮此次回来，仍和妹妹同住一屋。除夕之夜，村子里的鞭炮声此起彼伏，想睡也睡不着，他们就躺在铺上聊天。商亮说："兰兰，你又长了一岁，该找对象了，不怕变成老太婆，没人要吗？"商兰笑道："哥，我有那么困难吗？没遇到好的，总不能路上随便找一个嫁吧？再说了，哥都没找，我急什么呀？"商亮说："你想找什么样的男人？哥帮你参谋参谋。"商兰笑着说："像哥这样的，我就喜欢！"商亮笑道："我有什么好？人不帅，又没钱，有哪样好的？"商兰说："长得帅不能当饭吃，没钱可以自己挣，这两样我都不在乎，我在乎像哥这样，有上进心，做事踏踏实实，为人诚恳厚道！"商亮笑道："在你眼里，哥有那么优秀？”商兰笑道：“就是！在我心里，哪个男人也比不上咱哥！”

春节期间，商亮和妹妹天天走亲访友，和同学聚会，每天老晚回来。商亮小学和初中时的同学，大多在外面打工，基本都结婚当爸爸了。有的同学说：“商亮，你考上大学，不在村里呆了，才有晚婚的权利，像我们初中、高中就毕业的，一到结婚年龄，就被爸妈逼着结婚了，在劫难逃啊！”商亮笑道：“什么叫在劫难逃？你们是身在福中不知福！有爱妻，有娇子，你们还想怎么着？”同学笑道：“你在外面风流快活没人管，我们就不行了，早早就被判有妻徒刑了！”

商兰带哥哥去她的小姐妹家玩，她们相继结婚了，有的当上了妈妈。商亮有点歉疚，要不是自己拖累了妹妹，她也该为人妻、为人母了。小姐妹阿梅说：“商兰，你怎么还不结婚？女人嘛，干得好不如嫁得好，女人的价值，跟年龄的增长成反比，女人一过 25 岁，就开始贬值了。”商兰笑道：“阿梅，你变得这么现实呀？可现在年轻的不经事，让人失望，成熟稳重的又都是别人家的老公，农村的太老实，城里的太花心，现在要找个好老公，真比中五百万彩票还难！”阿梅笑道：“人家说，女人是一所学校，男人是靠女人培养的！有心计的女人，喜欢一步到位，直接嫁个有钱的老公；有眼光的女人，能把普通男人培养成才，这才叫真本事！”商亮笑道：“男人在女人眼里成了什么了？男人就不能自学成才吗？”阿梅笑道：“男人能不能被调教成才，取决于他碰到什么样的老师？有的女人能把玻璃变成钻石，有的女人却把钻石变成玻璃！”商亮笑了，不管是钻石还是玻璃，其实都有用途，就在于他能否遇到识货的人？

年初五是财神生日，农村有烧香拜财神的习俗，祈愿新年有吃有穿，财源茂盛，家庭和顺！中午在家吃饭时，商亮的爸爸忽然说：“亮亮，兰兰，我给你们讲个故事吧。”商亮很惊奇：“爸，我小时候央求您讲故事，你都没讲，怎么现在？”爸爸说：“这个故事压了我二十多年了，你们要好好听着。”商亮和商兰点点头。老商神色凝重地说：“从前，花瓶村有户人家，家境贫困，男的到二十七岁才结了婚，没想到，过了一年又一年，就是不见婆娘的肚子大起来，农村这地方，讲究传宗接代，不孝有三，无后为大，没有一儿半女，将来谁给养老送终？婚后第五个年头，夫妻俩一合计，准备领养一个孩子，他们去村里和乡民政打了证明，坐车去了西安福利院，那天说来也巧，院长说，他们昨天刚抱到一个出生才七天的宝宝，还是个男孩，没发现小孩有什么毛病，从婴儿的抱被里，发现一张纸条，上面有一行字，说是他们无力抚养孩子，希望好心人收养，下面写有小儿的出生日期，没留下姓名和地址。当时，夫妻俩一看见那个小孩，喜欢得不得了，办了手续，就把小宝宝领回了家。小男孩给他们家带来了喜气，三年后，这对夫妻居然怀上了，生了个女儿，夫妻俩拼命干活，把这对儿女养大成人……"

小男孩？一儿一女？相差三岁？商亮看看妹妹商兰，商兰也看看哥哥商亮。商亮说："爸，您讲的故事，不会就是咱们家吧？"妈妈说："你爸说的，就是俺们家！"商亮瞪大了眼睛说："那个小男孩，难道是我？难道，爸妈不是我的亲爸妈？"老商猛抽了一口烟，说："亮亮，你是我和你妈当年领养的男孩，二十六年了，该告诉你身世了！"商亮一个劲地摇头，嘴里喃喃说道："不可能！这不可能！我就是你们生的！你们骗我！我从小就生活在这个家，我看着妹妹一天天长大，我怎么可能是被别人抛弃的？兰兰，你说，哥是你的亲哥哥，你说呀！"商兰怯怯地说："哥，我比你小，我怎么给你证明呀？"老商说："亮亮，我抱你回家时，你出生才七天，你什么都不知道，当时的邻居和村长知道这事，你不信可以去问。"

商亮痛苦地抓着头发，垂头丧气地说："爸，您既然瞒了我二十六年，为什么今天要把真相告诉我？我宁愿不知道真相，我宁愿是你们的亲生儿子啊！"商亮无法想象自己会有这样的身世，自己居然是个弃婴？他无法接受这个事实，天下哪个父母忍心把亲生儿子狠心遗弃？二十六年来，自己一直蒙在鼓里，虽然在这个家生活清苦，但亲情的温暖，一直是他心底最深的牵挂，现在好了，梦碎了，原来自己是个来路不明的人！是个有爸有妈却没爹没娘的人！太可笑了！太荒诞了！商亮冲进卧室，把头埋进被子，号啕大哭！

商兰悄悄跟了进来，坐在商亮的铺上，轻声说："哥，别哭了，不管怎样，你在我心目中，永远是我的亲哥哥好哥哥！"商亮止住了哭泣，低沉地说："不知道爸为什么突然告诉我这个？这么多年来，没人告诉我身世，我就一直不知道好了，现在我知道了，反而心里堵得慌，我……"商兰说："哥，你想不想寻找亲生父母？"商亮沉默片刻，说："人都不是平白无故来到这世上的，谁不想知道亲生父母是谁？可是，爸妈对我这么好，他们对我的养育之恩，我还没有报答，如果我去找亲生父母，我会感到心中有愧！"商兰笑着说："哥，我相信你不是没良心的人，你就是找到了亲生父母，也不会离开爸妈的，对吗？"商亮点点头。商兰说："明天我陪你去西安，咱们去福利院打听一下，要是能找到他

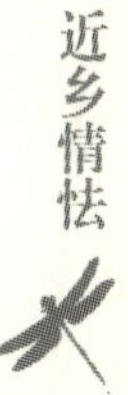

们，你就多了一对爸妈，这多幸福啊？”商亮无奈地笑了笑，找亲生父母，这是多感伤的事，商兰却看成了幸福，她没这种感受，怎能理解他人此刻的心情？

初六早上，商亮和商兰一起出门，说去同学方诚诚家玩。他们乘车来到了西安，找到了市福利院。福利院只有一名值班老师和十几个小孩子，商亮向值班老师说明来意。老师说，院长不在，要到初八才上班。商亮问到了院长的电话，忐忑不安地给院长打去了电话，说：“院长您好，我是二十六年前，您在福利院门口捡来的那个男孩，当时我出生才七天，是让丹凤县花瓶乡花瓶村商虎根领养的，您还记得吗？”院长在电话里说：“你说的事，我不知道，我到福利院才几年，以前的王院长已经退休了，要不，我告诉你地址，你去问问老院长？”

商亮和商兰找到了那条老街巷，找到了退休在家的老王。商亮说，希望王院长能帮他找回亲生父母，不知当时有没有留下什么线索？老王笑眯眯地说：“二十几年前的事了，我记不得了，不过，看到你现在生活得很健康，我很高兴！小伙子，你听我说，遗弃孩子的父母，一般都不会留下真实姓名、联系地址或工作单位，就是留有资料，福利院也有保密的义务，不能向外人透露，包括领养人和弃婴长大以后，这在领养协议上有明文规定的。”商亮不解地说：“难道他们把孩子像扔抹布一样扔了，从此不管不问了吗？还不允许小孩长大后去找他们？既然他们不准备养，为什么还要生出来？这么不负责任的父母，简直不配做人！”

老王长叹一声，语重心长地说：“为人父母，怎么舍得遗弃亲生骨肉？他们当时肯定有不得已的苦衷，比如养不起，比如不能养。”商兰说：“又不是别人家的孩子，为什么不能养？”老王说：“不能养，是有一些不足与外人道的原因，不管是养不起还是不能养，在父母心头，都是永远的悔恨，他们何尝不想骨肉团圆？他们何尝不想找回自己的孩子？时过境迁以后，确实有不少当初遗弃孩子的父母，悔不当初，踏上漫漫寻亲路，有的找回了，弥补了遗憾，但不一定带来幸福，也有无尽的烦恼，有的没找到，痛苦伴随了他们一生。”商亮说：“我还是不能原谅那些狠心丢弃孩子的父母，孩子被陌生人收养，虽然会得到养父母的呵护照顾，但一旦孩子知道了身世，就会滋生出怨恨！”老王摇摇头，说：“千万不要怨恨父母，你的身体发肤，来自于生身父母，养父母又含辛茹苦把你养大，不管你的命运如何，你都没有资格去责备他们，你应该谅解他们，减轻父母冥冥之中的自责，以宽容接受他们的忏悔!”

商亮说：“他们当初把孩子当成累赘一样扔掉，理应受到良心的谴责!”老王说：“我给你讲个故事吧，或许你能体谅父母的心情。在八十年代初，有位大学老师爱上了他的女学生，两人私奔了，男的失去了工作，女的去纺织厂做挡车工，女的随后怀孕了，他们没钱吃饭，也没钱去流产，挨到孩子出生了，却实在无力抚养，女的就把女婴抱到汽车站的候车座位上，她躲在一边偷偷看着，直到看到孩子被别人抱走，她才失魂落魄地离开，不久，大学老师在校领导的劝说下，回学校上课了，女学生没脸回家，也没脸回校，她和老师的关系没再继续下去，女学生悔恨交加，她想找回孩子，可茫茫人海，到哪里去寻找？后来，那女的疯了，再后来，她被车撞死了……”

商兰唏嘘不已，说：“那女的太可怜了！那男的太无情了!”老王对商亮说：“小伙子，你认为那位年轻的母亲是报应吗？是死有余辜吗?”商亮默默地说：“不，她没错，如果有错，也是值得同情和谅解的！我明白了，我们每个人都有可能犯错，我们来到这个世界上，不是来恨的，是来爱的，只不过有时候事与愿违罢了！不管命运如何，我应该心存感恩，感激生命，感激父母，感激身边所有的人！我不应该记恨父母，不应该埋怨养育我的亲人，我应该珍惜他们，报答他们!”老王笑道：“小伙子，你的悟性不错！对，与其去找记忆，不如珍惜现在!”

人的际遇，真的很奇妙，经过与老王的一番交谈，商亮郁结的情绪已释怀。商亮感觉，这个福利院的老院长，就像一个慈眉善目的老和尚，对登门拜访的商亮，进行了“开心”的教诲。心底无私天地宽，商亮顿有豁然开朗之感。他决定不再人为去打破生活的平静，亲生父母不管在哪里，不管他们做过什么，自己都是他们的孩子，血管里流淌着他们的血，无论重逢不重逢，都应该祝福他们，为他们祈祷，而我最应该做的，是报答养父母的养育之恩！

商亮给爸妈买了几支人参，想让他们补补身子。他和妹妹准备坐车回家，爸爸打来了电话。爸爸说：“我碰到你的同学方诚诚了，他说你没去他家，亮亮，你和兰兰到底去哪了?”商亮说：“我们去城里玩了。”商亮爸说：“你们去城里？那你身上带钱了吗?”商亮说：“带了，爸，您需要啥？我去买!”爸爸说：“不是我要买啥，你不是跟兰兰在一块吗？你妈让你给兰兰买个金戒指，买对金耳环，听见了吗?”商亮心想，妹妹供我上大学，自己工作了，给她买点东

西是应该的，就说："好的，爸，我这就陪兰兰去买！"

吃过晚饭，商兰正要回屋休息，老商说："兰兰，你等会儿，爸有事跟你们说。"商兰说："爸，我今天坐车、逛街，有点累了，明天说好吗？"老商说："不行！这事关系到你的终身大事，你和亮亮必须在场！"看到爸爸一副郑重其事的样子，商亮让出长凳一头，说："兰兰，坐，爸肯定有事儿。"商兰坐了下来。妈妈说："兰兰，亮亮给你买的戒指呢？"商兰说："在包里，放铺上了。"妈妈说："买了干吗不戴上？亮亮，你把包拿来，给兰兰戴上。"商兰说："这么晚了，戴给谁看呀？妈，您和爸怎么啦？让哥花了好几千，我很过意不去哦！"妈妈说："金戒指，金耳环，再怎么穷，这两样总归要的！"

老商咳嗽起来，妈妈说："老头子，叫你少抽几根，你一根接一根，别把肺烧坏了！"老商把过滤嘴扔地上，用脚踩灭了，说："这是亮亮从东吴带回来的好烟，十几块钱一包，比那三块一包的就是好抽，一上嘴就停不了！"商兰说："爸，好抽也不能一天抽完呀，烟熏火燎的，对您的身体不好！"老商说："爸没事，尼古丁杀菌，爸今年五十好几了，伤风感冒都很少，就是这烟的功劳！"商亮拿着首饰盒走出来，说："爸，您还是少抽一点好，吸烟危害健康，它对身体的伤害是日积月累的，不是抽了一根烟马上不舒服，到年纪大了，抵抗力差了，病就来了。"老商看看他，说："亮亮，你买了不让我抽，那买来干吗？让我闻让我看？"

妈妈说："你少说两句，满嘴的烟味，真够呛！亮亮，你给兰兰戴上吧！"商亮拿出金戒掉，有点迟疑，说："哪有哥哥给妹妹戴的？应该新郎给兰兰戴上才对啊！"老商笑着，说："亮亮，今天你就当回新郎，给兰兰戴上！"兰兰伸出左手，商亮拿着戒指，说："戴哪个手指呀？"妈妈说："戴无名指！"商兰说："不对吧？戒指戴无名指，表示已经订婚或结婚了，我还没有啊，应该戴食指！"商亮笑着说："这也有讲究啊？那戴在食指上表示什么？"商兰说："戴食指是求婚的意思，戴中指表示在热恋，戴小指表示独身主义，不想结婚。"

商亮刚想把戒指套在妹妹的食指上，妈妈说："别戴食指，就戴无名指！"商兰看着妈妈说："妈，您什么意思嘛？我无名指戴了戒指，谁还敢向我求婚？"妈妈满脸笑着说："傻兰兰，你还指望有人向你求婚？你知道吗？我和你爸，这几年回了多少家上门来提亲的？"商亮不解地说："为什么？应该先让兰兰见见人家，满不满意让她自个决定。"妈妈笑道："兰兰，我和你爸早给你找好了对象，就等着给你们办喜酒了！”商兰困惑地说：“我咋不知道？是谁？”妈妈笑着说：“远在天边，近在眼前！”商兰看看眼前，除了哥哥商亮，还有谁？她惊讶地说：“我哥？我们是兄妹哎，怎么能结婚？”商亮也是大吃一惊，说：“妈，您是不是糊涂了？我和兰兰，怎么可能嘛？”

妈妈说：“有啥不可能？你和兰兰从小一块儿长大，你们感情好得没话说，兰兰对你也是一片真心，她为了你，学不上，打工挣钱供你读书，她对你还不够好吗？”商亮说：“兰兰是对我好，我们感情是好，不过……”老商说：“你们兄妹俩没有血缘关系，我问过村长了，只要双方同意，你们可以登记结婚！”兰兰虽然喜欢哥哥，但爸妈的这个决定，来得太突然了，让她有点猝不及防！兰兰说：“爸，妈，你们这么安排，先要对我们说一声啊，我们一点思想准备都没有，叫我们……”妈妈说：“你们都是爸妈一手带大的，妈还不知道你俩的关系？家里的情况，你们也知道，就一个字，穷！结不起婚，嫁不起女，你俩要成一对儿，啥都省了，彩礼省了，嫁妆省了，连房子也省了，你俩还住一屋，只要扯张结婚证，办几桌喜酒，就完事了，多好的事儿啊！”

老商说：“几年前，我和你娘就商量好这么办了，当时亮亮还在上大学，后几年又没回家，没机会跟你们挑明，今年一家人团聚了，你们也老大不小了，该了却终身大事了，你俩把婚事办了，爸妈也就放心了！”商亮无法接受这个安排，就算没有血缘关系，这兄妹结婚，传出去也是不上台面的事，爸妈虽然对我有养育之恩，但这么大的事，应该事先征求我和妹妹的意见！更何况，我在江湾村，已经有了心爱之人，我不能辜负她，我怎么能回趟老家过年，突然把婚结了，这算什么事嘛？

老商看商亮沉默不语，说：“亮亮，你表个态，咱商家对你怎么样？有没有亏待过你？兰兰对你又怎么样？咱老商家，总把最好的留给你，你还不满意吗？”商亮起身说：“爸，妈，我现在脑子很乱，让我想想。”老商说：“最好过几天把证领了，把喜酒请了，商家传宗接代就靠你了！然后兰兰就不是你妹妹了，她是你媳妇了！接下来的任务，我不说你也明白吧？”商亮心里很难受，爸爸的话，分明不给人拒绝的余地，这太强人所难了！从前有童养媳，难道叫我做童养婿？商亮不说一句话，转身进了卧室。商兰紧接着跟了进去，把门关上了。

商亮闷闷不乐地坐在铺炕上，商兰走到他跟前，安慰道：“哥，你别生气，

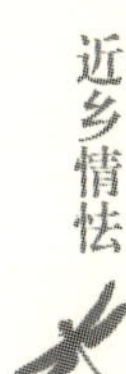

要是你不同意，我去对爸妈说，叫他们别逼你！”商亮抬头看了她一眼，说：“你同意了？”商兰羞红了脸，嗫嚅道：“我……我是愿意跟你一辈子在一起，不过，哥，你要是不同意，我绝不勉强！我对你好，是真心的，我以前没想过要嫁给你，是上天给了我这个机会！哥，你不喜欢我吗？”商亮点点头，又摇摇头，说：“喜欢，但喜欢不是爱！我……”商亮欲言又止，商兰敏感地说：“哥，你是不是有心上人了？”商亮打开行李箱，从夹袋里取出怀梅花送的心形香包，还有那首小诗，默然递给了妹妹。

商兰端详着绣着“好人一生平安”的精致香包，默念着那首小诗，眼泪情不自禁地流淌下来。她哽咽着说：“我明白了，哥，我祝福你！”商亮满怀歉疚地说：“兰兰，哥对不起你！哥相信，你会找到属于你的幸福！”商兰把戒指从无名指上摘下来，说：“哥，你把这个送给我未来的嫂子吧！”商亮一把抱过妹妹，喃喃地说：“谢谢你，我的好妹妹！”商兰俯在他的肩头，抽泣着说：“哥，你永远是我的好哥哥！我不怪你，只要你过得开心，兰兰也开心！”

第二天，商亮想出门散散心，没想爸爸把篱笆门关上了，不让他出去，还说：“这两天你老老实实在家呆着，哪都别去！等你答应了，就让妇女主任陪你们去领证，领完证，办完喜酒，就让你回去上班！”商亮满腹委屈，又无处发泄。父母对自己有恩，不能对他们粗言粗语，可现在是什么年代了？还用这种逼迫的方式，给子女包办婚姻，未免太落伍太荒唐了！

商兰把他拉回屋里，俯在他耳边悄悄说道：“哥，别跟爸妈作对，这几天，你假装和我好，装装笑脸，等爸妈放松了警惕，我再和你一块儿出去，我就说去集市上买生活用品，带去西安用，爸妈不会怀疑的，你就趁机坐车离开，回你的东吴去！”商亮担心地说：“你串通我欺骗爸妈，他们知道后，肯定把气出在你身上，你会挨骂的！”商兰抓起商亮的手，往她的脸上贴，笑道：“哥，你摸摸，我的脸皮厚，我才不怕他们骂呢！”

32 不负众望

农历正月十二，商亮回到了东吴市。本来他想在家多玩几天，没想到养父母要他和妹妹结婚，他在妹妹商兰的帮助下，提前溜了回来。商亮并不恨养父母，他们的养育之恩，今生今世都报答不完，他们的行为虽让人难以接受，但还是能理解，兄妹没有血缘关系，结成夫妻是很省钱省事，但婚姻非同儿戏，如果为了报答而答应与妹妹结婚，这份感情就不纯粹了，甚至失去了兄妹之情那份美好，商亮是个有理想有追求的青年，他不愿意自己的命运被人为地定格。

回来之后，商亮就投入工作。李爱民已放任商亮专心去发展蔬菜种植，商亮热衷于这个，就让他放手去做，年轻人有想法，有干劲，这是上了年纪的人最缺乏的。不仅是大棚蔬菜，就是露天蔬菜，同样得到了发展，一些原先让田荒着的农户，看到种蔬菜有不菲的收入，纷纷开垦荒地，种上了各类蔬菜。就是低洼的水田，也种上了茭白和慈菇，农田的利用率大大提高。江湾村地处偏僻的劣势，渐渐演变成优势，正因为远离工业区，所以保留了那么多农田，环境也还好。

商亮回去过年的这段时间，正是青椒、青菜等大量上市的季节，怀梅花等一众农户，忙得不亦乐乎。搞好邻里关系，真的很重要，王冬生夫妇今年没搞大棚，年底有空闲，他们主动帮怀梅花采摘青椒，看到一亩青椒收入比种西瓜多，他们又有点心动了。这几年物价上涨厉害，增加了村民的生活负担，但也带来了一些好处，比如青菜价格，往年卖五毛一斤，今年卖一块以上，最高时甚至卖两块多，增加了村民的收入，部分抵消了物价上涨带来的压力。

商亮回来第一件要办的事，就是去见怀梅花。到了她家，只见门开着，从西屋传来“哎哟哎哟”的呻吟！商亮三步并作两步，来到西屋一看，只见怀梅花在帮婆婆揉腹，婆婆双手抓着床沿，表情十分痛苦。商亮着急道：“婆婆病了吗？赶紧送医院啊！”怀梅花看到商亮出现，眼前一亮，说：“商亮，你回来了？我婆婆突然肚子痛，我劝她去医院看，她不肯去！”商亮说：“大妈，生病了要及时去治疗，耽误不得！”婆婆忍着疼痛说：“我不要紧的，等会儿好点了，去村里配点治肚子痛的药，病就会好的。”商亮说：“村卫生室条件差，没检查设备，不知道病，不能乱吃药，我叫辆车来，还是去医院好！”

商亮打电话给李春燕，李春燕高兴地说：“商大哥，新年好！你回来了吗？怎么不到我店里来玩？”商亮说：“春燕，咱们改天好好聊，今天我有急事，你有没有空？”李春燕说：“现在？我有空呀，你有事？”商亮说：“那你快开车来江湾北村，怀梅花的婆婆病了，你帮忙送她去医院，行吗？”李春燕笑道：“商大哥，你真是热心肠哎，好，我马上就过来！”

十分钟后，李春燕的轿车就开到了怀梅花家的场上。商亮在床边蹲下身子，说：“大妈，来，我背你！”婆婆有点迟疑，挣扎着要自己下床，怀梅花说：“妈，您不要逞能了，就让商亮背你吧！”商亮把婆婆从床上扶起，把她背在身上，起身往外走。怀梅花拿了外套和病历卡，匆忙跟出来，王小磊小跑着跟出来，叫道：“妈妈，我要去！我也要去！”到了门外，邻居孙桃花也走了过来，怀梅花说：“小磊，妈去陪奶奶看病，你在家，让孙奶奶陪你玩，好不好？”怀梅花对孙桃花说：“婶，我婆婆病了，小磊麻烦你照看一下，好吗？”孙桃花说：“没问题，小磊让我来带好了。”小磊却哭着抱住怀梅花的腿，说：“我不要孙奶奶，我要妈妈！我要和妈妈在一起！”

商亮把婆婆小心放下，李春燕打开车门，扶着老人坐到车里，怀梅花被儿子缠住，有点生气地说：“磊磊，听话！妈妈给你买变形金刚！你要不听话，大灰狼会来咬你屁股！”商亮回头说：“别吓唬孩子，车里坐得下，让小磊一块去吧！”李春燕也说：“梅花姐，带小磊一块儿去吧，你留他在家里，他会哭的。”怀梅花说：“好吧，小磊，来，妈抱你上车！”小磊破涕为笑，高兴地钻进车子。李春燕发动车子，向镇上开去。

在车上，怀梅花说：“小磊，快叫商亮叔叔，春燕阿姨！”王小磊听话地叫道：“谢谢春燕阿姨！商亮叔叔，你好长好长时间没来看我了，我好想你哦！”商亮回头笑道：“叔叔回去过年了，刚回来，叔叔也想你哦！”李春燕说：“你不是说元宵节才回来吗？怎么提前了？老家没劲吗?”商亮说：“我怕打工的回城人多，挤不上车，就提前回来了。”李春燕笑道：“今年春运人不多，现在金融危机，工作不好找，出来的人少了，都在等待经济回暖呢。”商亮说：“时间会治疗一切创伤，也许过一段时间，经济就复苏了。”

到了医院，商亮背着王梅花的婆婆去急诊室，医生简单询问了下病情，听了下心跳，就开了做B超和验血的单子，怀梅花去付了费，商亮背着老人去验血室，抽血化验后，又背着老人来到二楼的B超室，半小时后，诊断出来了，是急性阑尾炎！医生建议马上手术！怀梅花就带了一千元，不够交住院押金，商亮去医院旁边的银行柜员机上领了两千元，交给了怀梅花，让她去交押金。怀梅花的婆婆眼睛湿润，滚出了两行热泪！她不是痛得流泪，她是被商亮感动了！这个外地来的小伙子，心肠真是太好了，平时经常来照顾咱们家，还背着我跑上跑下看病，还二话不说借钱给咱们，这样的人，真比儿子还亲啊！

医生给老人做了阑尾炎切除手术，怀梅花在病房陪护婆婆，商亮下班以后，常过来看望，还买了黑鱼、鸽子等，让怀梅花煮汤给老人喝。怀梅花给了商亮钥匙，让他去她家里，从床头顶上的布包里取三千钱块，还叫他把电饭锅带出来，在病房里煮东西方便些。那些鲜汤是给婆婆喝的，也给一些小磊吃，她自己每天就着萝卜喝稀粥。怀梅花的孝顺，商亮的好心，使老人深受感动，在喝汤的时候，常常含着热泪一起喝下。老人失去老伴和儿子，身体和心情都不太好，如果没有怀梅花带着孙子留在王家，如果没有商亮这几年的好心帮助，王家就剩下她一个老太婆，还能有什么希望?

商亮回到江湾村后，虽然没和怀梅花好好聊过，但从她的眼神，从她对他的信任中，他早已明了她的感情，她已经完全倾心于他。自商亮看到她送的礼物后，对自己的感情归宿，也有了明确的方向，他知道，最让自己动心的，还是怀梅花！他放下了对李春燕曾有过的遐想，拒绝了养父母安排的和妹妹商兰的婚事，为的就是要和自己所爱的人，生活在一起！有了怀梅花，自己哪怕在江湾村呆一辈子，也心甘情愿！李春燕和妹妹商兰，她们都是好女孩，商亮不想让感情掺有杂质，她们应该有属于她们的纯粹爱情！

婆婆心疼住院花费贵，手术第五天，她就坚持要出院。还好，这次住院一共花了两千多块，不算太贵。李春燕也不时来医院探望老人，还买来了水果，她知道老人今天出院，早早开车等在医院门口。怀梅花在收拾东西，发现商亮不见了人影，刚才还在病房，他去了哪儿？婆婆说："商亮会来的，他不会不声不响走的。"等了一会儿，果然，商亮笑嘻嘻地回来了，手里还拿着个变形金刚！小磊一见，就上去抢，叫道："变形金刚！叔叔，把它给我，我要玩！"怀梅花嗔道："你又不是什么大款，小孩要什么，你都给他买啊？"商亮笑道："我不是答应过小磊要送他一个吗？当然不能失信于孩子！"

婆婆能下地走路了，商亮扶着她下楼，来到李春燕的车子前。怀梅花掏出一百元，递给李春燕，说："春燕，真抱歉，耽误你做生意了，这是你来回开车送我婆婆的一点车费，你拿着。"李春燕把她的手推开，板着脸说："梅花姐，你这是什么意思？你要给钱，我就不送了！"怀梅花说："春燕妹子，几次耽误你，我过意不去啊！"李春燕说："梅花姐，说实话，我以前对你有点误会，不过，这几年我看出来了，你真是个少有的好女人！连我尊敬的商大哥，都对你十分敬重，我就不能向你表示一点敬意吗？你就允许商大哥帮你，不允许我这个妹子出把力吗？"怀梅花笑了，说："春燕妹子，谢谢你！你跟李书记长得像，心肠也一样好，没少对我家照顾。"李春燕指指商亮，笑道："梅花姐，江湾人谁不知道，最照顾你的是他，不是我爸！"

当晚，怀梅花用糯米粉，做了一个个葡萄似的小汤圆，有糖馅、肉馅和芝麻馅，说是补过元宵节，请商亮到她家来吃元宵。元宵节一过，就表示春节的结束，前几天，怀梅花的婆婆住院，所以没顾上过元宵节。商亮欣然前往，和她们一家人，开开心心地吃元宵。婆婆看到媳妇笑容满面的样子，看到她和商亮互敬互爱的神情，她明白这两个年轻人，已经有了不一般的感情，儿子死后，给媳妇带来了沉重的负担，王家一贫如洗，这几年，都是在怀梅花和商亮的帮助下，王家才重新焕发了生机，飘扬起欢快的笑声。

怀梅花心灵手巧，她做的汤圆，小巧玲珑，软而不烂，商亮很喜欢吃。吃完汤圆，怀梅花去厨房收拾，婆婆忽然对商亮说："小亮，你是不是喜欢我家梅花？"商亮吓了一跳，连忙说："没，我们没什么，大妈，您别多想。"婆婆笑着说："我老太婆都看出来了，你别不承认，你是不是担心我反对你俩来往？没有，看到你们在一起说说笑笑，开开心心，我老太婆的心里也高兴！"商亮有点不敢相信，毕竟怀梅花是她家的媳妇，她真不反对？商亮说："大妈，这，我和梅花是很谈得来，但我们真没什么，您别多心哦。"婆婆笑道："有啥不好意思的？还要我这个老太婆为你们捅破窗户纸？你要真看上梅花，我反倒放心了，梅花在咱王家吃了不少苦，她要跟上你，准能过上好日子！”

怀梅花从厨房出来，听到了婆婆的话，心里一热，她一直担心婆婆会阻止自己跟商亮来往，现在看来，这个担心是多余的。她端着刚泡的一杯麦乳精，放到婆婆面前的桌上，说：“妈，我哪儿也不去，我就留在王家，陪你一辈子！”婆婆笑道：“我的好媳妇，别说傻话了！婆婆有体会，女人身边要是没个男人照应，日子那个苦啊，说也说不出来！小亮人好，就像我的亲儿子一样，你们两个都好，小磊由你们带着，我放心！”婆婆说着说着，有点哽咽，怀梅花看看商亮，商亮说：“大妈，我和梅花的事，慢慢来，不着急，小磊我会常来照看的，您放心！”婆婆说：“小亮，你来村里工作，说不定什么时候就调走了，你要走的话，记得要带梅花和小磊一块走，由你照顾他们，我就是死了也瞑目了！”怀梅花泪流满面地说：“妈，我不走，我要陪在你身边，我不会离开你的！”婆婆摸着她的头说：“你傻啊，一个疼你的丈夫，比我这个老太婆管用多了！”商亮看着她们婆媳亲如母女的感情，不禁动情地说：“大妈，您放心，哪怕我不在江湾上班，我也会留在花桥打工，和梅花一起照顾您！”

商亮和怀梅花默默地走在村间公路上，月亮的清辉，使江湾村仿佛披上了一层朦胧的婚纱。遮遮掩掩的关系挑明了，两人有了更亲切的感觉，在村庄里走动，不再害怕别人看见议论。他们来到商亮的宿舍，商亮开了门，说：“进来坐坐吧。”皎洁的月色，使大地恍若早晨般清亮，就是不开灯，室内的物什也一目了然。怀梅花说：“你屋里很整齐，不像一般单身男人那样弄得乱七八糟。”商亮笑道：“一屋不扫，何以扫天下？男人也要有生活自理能力嘛。”怀梅花说：“你看到我的礼物了吗？”商亮笑道：“我看到了，我的好姐姐，你把我感动得一塌糊涂！”怀梅花轻轻说：“你笑话我吗？”商亮笑道：“我发自内心的高兴！从见到你的第一眼起，我就暗恋上你了，终于能坦诚面对这份感情，我感到无比的激动！”

怀梅花情不自禁地依偎在他胸前，呢喃道：“我怕你笑话我，我怕婆婆反对我和你好，商亮，你知道吗？我一天天地想你，我怕你拒绝我，怕你再也不来我家了，你这次回来，看到你的表情，我就放心了，没想到婆婆早看出来了，她不但没反对，还有意撮合我们，我真是太幸福了！”商亮拥她入怀，轻轻抚摸她的头发，说道：“你是个好女人，好媳妇，好母亲，我相信，你一定也是个好妻子！我把我俩的事，和我妹妹说了，妹妹非常通情达理，她要我安心在外面

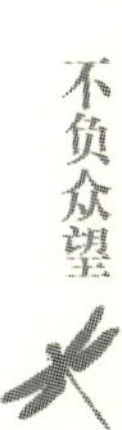

成家立业，她在老家招上门女婿，所以说，你不用跟我在外面流浪，我就厚着脸皮入赘你家了。”怀梅花哇一声大叫，喜出望外地说：“真的？你真的肯留在我家？太好了！我婆婆听到这个消息，肯定会乐坏的！”

商亮俯在她耳边，低语道：“梅花，今天是团团圆圆的日子，我……”怀梅花温柔地说：“我该回去了。”她想挣扎商亮的怀抱，无奈商亮抱得很紧，她轻声说：“别，小磊在家等着我呢。”商亮抱紧她说：“不，我的好姐姐，我想你，我……”商亮把怀梅花顺势压在床上，俯身向她脸上吻去。怀梅花嗯地娇吟一声，双手环抱着商亮的头，两张湿润而炽热的嘴唇，顿时交织在一起！一个精力旺盛的青年男儿，一个春心荡漾的寂寞少妇，终于放下矜持，沉浸于浓浓的春色之中！

江湾村的蔬菜种植面积，已形成了一定的规模，田野里成片的蔬菜大棚，还有成片的露天蔬菜，生机盎然。商亮把上次父母寄来的生花生，送给几户村民，让他们在自留地播种，家乡的花生很适应这里的土壤，绿油油的花生藤，十分惹人喜爱。村民种菜的积极性很高，雪灾时大棚倒塌的阴影，已烟消云散，项目好不好，能不能给大伙带来实惠？村民眼明心亮。本来大家对种田没啥盼头，商亮一来，面貌发生了根本性的变化，大家都有钱赚了，这个高兴劲就别提了。现在他们知道了商亮和怀梅花的关系，每当商亮从他们身边走过，他们总是开玩笑说：“商助理，啥时候办喜酒啊？到时候，全村的人都去喝你的喜酒，为你祝贺！”商亮笑道：“大家的心意我领了，结婚没必要铺张浪费，我们决定婚事从简，但喜糖肯定少不了大家的！”

让人担心的周凤明，到底还是出事了。四月的一天晚上，李春燕约商亮去陆强那儿玩，吃过晚饭后，陆强提议去周凤明的“知足常乐足浴房”去看看，阿明不是一直邀请去他店里按摩吗？阿明曾说店里生意不错，每天营业到凌晨三点才打烊，他还吹嘘说，他店里的按摩小姐，人漂亮，手艺好，这次就去体验一下，看阿明有没有撒谎？因为阿明说的话，就像商场里搞促销，总要打点折扣。

商亮和陆强从车里出来，感觉不对劲，足浴房前的路面上，停着一辆闪着警灯的警车，还有一辆面包车。在他们疑惑间，看到几名警察，押着两对男女出来，塞进了面包车，接着，周凤明低着头出来了，身后还有两位民警拽着他的胳膊。陆强和商亮快步上前，陆强说道：“阿明，你怎么啦？”周凤明抬头看到陆强和商亮都来了，惭愧地说："我……"一位民警问道："你们是他什么人?"商亮说："我们是他朋友，他犯了什么错?"民警说道："我们在他店里查获了卖淫嫖娼人员，他不是犯错，是犯罪!"陆强说道："阿明，你怎么这么糊涂啊？做生意要走正道，你怎么不听我的劝?"周凤明低声说："阿强，对不起，借你的钱，等我出来再还你了。"商亮叹息道："阿明，你为什么用这种手段挣钱啊？不做有钱人，就平平安安生活，老老实实做人，有什么不好?"周凤明摇摇头，说："阿亮，我没你的心态好，我不想默默无闻，我渴望赚钱，我渴望成功，这有错吗?"商亮痛惜地说："你还不明白吗？你的目的没错，是你的方法错了啊!"

商亮得到消息，赵燕已回到了东吴市，并在一家外资企业找到了一份工作。今年以来，虽然金融危机的影响仍在扩散，但部分行业已出现了复苏迹象，一些企业恢复了生产，还招收新员工。李春燕和陆强，也在热恋当中，本来李春燕去市里看望陆强的次数较多，最近倒了过来，陆强主动来花桥，两人不但在小镇上散步，有时，陆强还客串她服装店的营业员。不过，春燕还没对家里人说，她担心爸妈反对她和外地人谈对象。商亮自告奋勇当他们的说客，商亮表示，他会找合适的机会，向李书记透露这个情况，努力说服李书记和张阿姨接受她和陆强的恋情，人和人都是平等的，本地人不应该歧视外地人，尤其在爱情面前，不应该以地域差别而打击真挚的情感。

今年，东吴市开始对大学生村官，进行年度考核，考核指标是"德才兼备，以德为先"，考核合格者，将提高一级薪资，优秀者，还有嘉奖，并将作为选调干部的重要依据，对于不合格者，将予辞退。这个考核制度的出台，对加强大学生村官队伍的管理，有着积极意义，那些不适应工作、庸庸碌碌想混过三年的，日子不好过了，必须打起精神了。五月初，商亮把一份填好的《大学生村官年度考核登记表》，交给了李书记，几天后，镇里的副书记和罗镇长等人，前来江湾村核实情况，找了村干部和村民谈话，跟商亮也聊了一个多小时，对商亮的工作给予了赞扬。

五月十六日，江湾村党支部进行换届选举，经党员推荐、群众推荐和江湾村全体党员选举，村官合同即将期满的商亮，被推选为江湾村党支部副书记!商亮有点受宠若惊，从村支书助理到江湾村副书记的角色转换，让他心里没底，他连连推辞："我才疏学浅，难当此任，请大家改选他人吧!"李书记语重心长

地对商亮说："这是民意选举，表达了民心所向！也是对你所做工作的肯定和期待！你来当副书记，推进了江湾村党支部年轻化、知识化的建设进程，也增加了我们两委班子的凝聚力和活力！小商，希望你再接再厉，为江湾村的发展再创佳绩！"

不知是谁，在江湾村大院门口，燃放起了鞭炮，劈劈啪啪的声响中，飘荡着江湾村人的笑声和歌声！怀梅花站在人群中，看着台上满脸通红、手忙脚乱的商亮，偷偷地笑了……

（全文完）